Klaus Schober

IchPatriot

Roman

Bibiliographische Information der Deutschen Nationalbibliothek.

Die Deutsche Nationalbibliothek verzeichnet diese Publikation in der Deutschen Nationalbibliografie; detaillierte bibliografische Daten sind im Internet über dnb.dnb.de abrufbar.

© 2018 Klaus Schober

Umschlagentwurf: Zsi

Herstellung und Verlag

BoD – Books on Demad, Norderstedt

ISBN 978-3-7431-7269-2

Sie können alles erzählen, unter der Voraussetzung, niemals Ich zu sagen.

André Gide zu M. Proust

Eigentlich wollte ich längst w o a n d e r s sein -

Aber ich habe meine Schwester nicht vergessen.

Ich interessiere mich nicht für Politik

Ich bin zurückgekehrt nach Paris – nicht zuletzt aus politischen Gründen.

Ich habe erfahren, dass meine Schwester ermordet worden ist – aus politischen Gründen.

Ich muss sie rächen – nicht zuletzt aus politischen Gründen.

Ich sage ich: nicht zuletzt aus diesen Gründen

25.08.16

Ich hatte das Caféhaus – gegen meine Gewohnheit - bereits am frühen Nachmittag betreten. War es das unangenehme Wetter, war es die Gesellschaft, in deren Mitte ich mich, wie auch der eine oder andere Passant plötzlich befand, und wo ich hin und wieder angerempelt wurde und statt mit einer Entschuldigung mit einem, wie mir schien, höhnischen, indes nicht unfreundlichen Lächeln, abgefunden wurde oder der Brief, den ich angefangen und immer noch nicht beendet hatte und hoffte, ihn hier weiterschreiben zu können; die Erinnerung an Marie hatte ich „bis auf weiteres" in den Hintergrund gedrängt. Kurz, ich flüchtete und nun: Mein Platz, nein, ich habe kein Abonnement auf diesen Sitz, aber von hier aus kann ich mich, zurückgezogen, meinen Gedanken überlassen und habe doch das ganze Caféhaus im Blick, d.h. mir entgeht, wenn ich es denn darauf anlegte, nichts: was die Kellner treiben, welche Gäste das Café aufsuchen, wie sie einen Platz wählen usw., ist besetzt. Ein Mann, nein, nicht irgendeiner, dieser Mann, ja, ich kenne ihn, hat es darauf angelegt, mich zu provozieren. Mein Blick irrte über die anderen Plätze, der Kolonialwarenhändler, Ihn gibt es hier noch, was treibt ihn zu dieser Tageszeit in das Café? der Informatiker, der, sein Laptop auf dem Tisch, keinen anderen Gast neben sich duldet, Bon jour, Madame, ich hoffe, Ihnen geht es besser, und IhrRückenbeschwerden, hat die Behandlung, ja, die traditionelle Massage und anschließende Bestrahlung wirken am zuverlässigsten, gewirkt? Ja, das freut mich. Es ist kein Stuhl frei außer an „meinem" Tisch, so dass mir nichts übrig bleibt, als jenen Herrn, ich kenne ihn, der an meinem Tisch, auf meinem Stuhl! Platz genommen hat, zu fragen, nein, zu bitten, ob ich mich setzen darf. Dieser Herr, Sie werden es gemerkt haben, ich versuche, Abstand zu halten, ist mir in seiner Art unsympathisch,

Marie ich vergesse dich nicht, und tatsächlich, er, der eben noch stieren Blicks wie bewusstlos auf die bis auf sein Kaffeegeschirr leere Tischplatte gestarrt hatte, wird, vergelt ihm Gott, lebendig. Er, der mir aus tiefster Seele unsympathisch ist, wacht auf, er erkennt mich und ein strahlendes Lächeln überfährt sein Gesicht: Sie! Und im selben Augenblick fühle ich mich eingewickelt in seine Fürsorglichkeit, bedrängt von einer Aufmerksamkeit, die mir die Luft und die Sinne rauben. Ich habe geahnt, nein gewusst! dass ich Sie hier antreffen würde. Ich muss Ihnen etwas sagen – können Sie nicht warten? Sie sehen doch, dass wir uns unterhalten- ja, bitte, einen Café Espresso, Auguste...Sie hätten ihn stehen lassen sollen, nein, was ich Ihnen sagen wollte, ich habe Informationen, Sie werden es nicht glauben, er beugte sich zu mir herüber, dass mir kaum Luft zum Atmen blieb, ich darf nicht darüber sprechen, ist top-secret. Er ließ sich wieder zurückfallen und in seinen Stuhl sinken, als ob ihn die Last eines schweren Geheimnisses erdrücke. Ich blieb ruhig. Das war seine Art, indem er Dingen, Ereignissen, auch Personen Bedeutung zumaß - die ihnen, wenn schon, mehr oder weniger, eher selten zukam - diese in ein geheimnisvolles Licht zu rücken. Ja, die „important" Angelegenheit färbte, und das war der Sinn dieser Inszenierung, auf ihn ab. Danke, Auguste. Ich sog den Duft des Espressos ein, ehe ich behutsam, ich weiß, meine Gegenüber werden unruhig, ich lasse mir Zeit mit meiner Antwort, von diesem Geschenk schlürfe. Liegt nicht in der Muße des Abwartens, des geduldigen Ausharrens, die Kraft, die sie uns verleiht, um den Geschehnissen, was auch immer an Überraschungen sie in sich bergen oder mit sich bringen, angemessen begegnen zu können? Nun sagen Sie schon, sind Sie nicht neugierig? Er hatte sich wieder nach vorne gebeugt, richtete sich etwas auf, dass er mir bedrohlich nahe kam, sein Gesicht, seine Augen tanzten, wiewohl ich mich ein wenig, um nicht unhöflich zu wirken, zu-rückfallen hatte lassen, vor den meinen, ich wusste, ich konnte nicht ausweichen - seinem Bedürfnis, mich in die Geheimnisse, in-wieweit sollten sie mich berühren? einweihen zu dürfen - seinem Gewaltanspruch über mich nicht entkommen. Erzählen Sie. Ich blickte gefasst auf ihn, seinen Mund, den er, je dringlicher sein Bedürfnis war, sich mitzuteilen, mich einzuweihen! wie den Schnabel einer Gießkanne zuspitzte, seinen Hofnachrichten, den neuesten Klatsch aus dem „Innenleben der Macht", zu lauschen. Es existieren Überlegungen, Pläne, verbesserte er sich, ich sage dies so offen, weil die Gerüchte darüber schon eine Weile herum-schwirren – aber wer in unserer offenen Gesellschaft gibt schon zu, etwas von Gerüchten zu halten, obwohl ihnen doch immer ein Kern von Wahrheit innewohnt? Dass…? fragte ich, dass? wieder-holte ich, insistierte ich, als er, nein, nicht von mir abrückte, d.h. nur ein wenig, um mich, sein Blick glitt über meinen Körper, das Gesicht, meine Reaktionen ganz zu erfassen. Unser höchstes Gut, für das wir gekämpft haben, und für das wir gerade stehen, immer stehen werden, er hatte sich erhoben und stimmte die Nationalhymne an. Die Gäste an den anderen Tischen blickten erstaunt zu uns herüber, ein Gast lachte und schüttelte den Kopf, andere Gäste waren aufgestanden und stimmten in die Hymne ein. Ich gebe zu, ich war, peinlich berührt, unschlüssig, wie ich mich verhalten sollte. Ich schaute mich um, als einer von wenigen war ich sitzen geblieben, zwei Tische weiter, ein Nordafrikaner, der sich zu amüsieren schien, an seinem Tisch eine Frau, die mir bekannt vorkam…Ich hielt dem Blick einiger Sänger, der mich zum Verräter! stempelte, stand. Ich kann doch nicht, rechtfertigte ich mich vor mir selber, ansatzlos, aus nichtigem Anlass! unser höchstes nationales Gut „verjubeln" – unsere Hymne ist ein Feiertagsgeschenk, kein Gassenhauer, den man so einfach profanisieren kann, und ich, kein Anhänger nationalen Übermuts, habe ich mich nicht immer diesem Gefühlsüberschwang entzogen? suchte nach Beispielen, an denen man das Anstimmen unserer Nationalhymne billigen kann bzw. muss. Wir müssen Flagge zeigen! tadelte mich mein Nachbar, nachdem er ausgesungen und sich wieder gesetzt hatte, und uns besinnen, wer wir sind - und was wir wollen. Sie sind, ich bemerkte den leicht verächtlichen Ton in seiner Stimme, fast so etwas wie ein – Kolonialfranzose. Sie müssen sich entscheiden, wo Ihr wahres Zuhause ist. Es gibt, er fixierte mich scharf, einen Entwurf, noch keine Gesetzesvorlage, nach dem ein, er schien das Wort einzeln buchstabieren zu wollen, Doppelpassfranzose, seinen französischen Pass verliert, wenn er sich eine Straftat hat zuschulden kommen las-sen. Desgleichen, ergänzte er, wer seiner Heimat über längere Zeit fern geblieben ist. D.h. relativierte er sein Diktum, wer sich ohne Angabe von berechtigten Gründen im Ausland aufhält, verliert seinen französischen Pass. Missverstehen Sie mich nicht, als er meine Reaktion wahrnahm, ich hatte mich von meinem ersten Schrecken, ich schalt mich einen Narren, einem, wenn auch nur für einen Augenblick, Scharlatan, einem Gerücht aufgesessen zu sein, erholt und willens, in ein Lachen auszubrechen, von dem mich nur die feindseligen Blicke der Nebentische abhielten. Zugleich nahm ich wahr, dass Auguste, nachdem die Geschäftsleitung auf ihn eingeredet hatte, den Nordafrikaner und seine Begleitung aufforderte, ihre Rechnung zu bezahlen, ihre Anwesenheit, er berief sich mit einem Blick auf die anderen Gäste, sei unerwünscht. Das ist nicht Ihr Ernst, sagte ich. Das ist erst der Anfang, widersprach mein Patriot. Wir haben vergessen, wer wir sind! Ein Volk, sagte ich, dass verlernt hat, was Krieg ist – glücklicherweise. Wir leben mit unseren Nachbarn in Frieden, seit siebzig Jahren, wir begreifen uns als Europäer…Ich sah in den Augen meines Nachbarn, dass meine Verteidigung „unseres gemeinsamen Hauses" keinen Eindruck auf ihn machte, im Gegenteil, er schien meine Gedanken zu erraten: Was nützt uns ein gemeinsames Haus, wenn wir die Schlüssel abgegeben haben? Europa, lehnte ich mich auf, ist eine Vision. Da haben Sie Recht! rief er aus, eine Vision – verkommen zu einem Brei, in dem alle Welt sich das Recht herausnimmt, hier zu Hause zu sein! Ihre mitgebrachten Sitten und Gebräuche herauszukehren, nicht nur das: sie vor, nein, auf unsere überkommenen Traditionen zu pflanzen. Wachen Sie auf! rief er aus, als er meinen ungläubigen Gesichtsausdruck wahrnahm, wir befinden uns in einem Ausnahmezustand.

Wohl wahr! So musste es jeder empfinden, der die Straßen entlanglaufen wollte. Überall sichtbare Polizei – und Militärpräsenz; erschien den Uniformierten jemand verdächtig, musste er sich ausweisen. Ich wurde, als ich am Bois de Bologne flanieren wollte, aufgehalten und sollte einen triftigen Grund für meine Anwesenheit und meine Absichten angeben. Das kommt mir so vor, als solle ich mich erklären, warum ich atme, rief ich aus. Stieß dies auf Unverständnis, korrigierte ich mich, ich verdeutlichte mein Bedürfnis: Um zu leben, leben! Das musste den Argwohn der Ordnungskräfte, die im Widerspruch existieren: Leben schützen und Leben auslöschen, hervorrufen. Und, versuchte ich mir, ihre Tätigkeit zu entschuldigen, diesen Widerspruch zu verkraften. So rückte ich freiwillig meinen Identifikationsnachweis, einen Pass, heraus, als sie danach verlangten und hatte schon meinen Arm ausgestreckt, um ihn wieder in Empfang zu nehmen, als mir der Offizier, er hatte die vielen Stempel und Eintragungen von früher aufmerksam studiert, bedeutete, dass meine Papiere Hinweise enthielten, denen sie nachgehen müssten. Ich sollte mich in den nächsten Tagen auf der und der Polizeistation melden. Ich versuchte meinerseits, einen triftigen Grund für dies Vorgehen, „ein schwerwiegender Eingriff in meine Freiheitsrechte!" zu erhalten. Würdigte mich der Offizier keiner Antwort, flüsterte mir ein subalterner Polizist, den meine Ratlosigkeit, ich will nicht so weit gehen und von Verzweiflung sprechen, dauerte, zu: Dies dient Ihrer Sicherheit!

Dies ging mir durch den Kopf. Die Erinnerung an den demütigenden Akt, daran, dass ich zur Zeit wie ein Staatenloser herumlaufe, ohne Existenz! belegten, dass ich wie ein streunender Hund jederzeit, bei einer erneuten Kontrolle, aufgegriffen und, was vermochten meine Beteuerungen? ins Gefängnis gesteckt werden konnte...

Es herrscht ein Klima der Angst, sagte ich. Die Parteien rücken zusammen, d.h. sie stimmen ihre Programme aufeinander ab...ich redete nicht weiter, denn mein Nachbar konnte ein Lächeln nicht unterdrücken.

Einen interessanten Gesichtspunkt, sagte er ihm. Nur dürfen wir nicht vergessen, wer hier den Weitblick bewiesen hat, nicht die Sozi-ablisten, die eine Politik von vorgestern durchsetzen wollen, auch nicht die Republikaner, die sich anbiedern wollen. Es war, und wir müssen unsere Vorbehalte überprüfen, der Front National. Er hat, angesichts der Lage, in der wir uns befinden, immer darauf hingewiesen, dass wir neue Artikel in die Verfassung aufnehmen müssen.

Der Staat rüstet auf, stellte ich resignierend fest.

Er verteidigt sich, und wie wehrt man sich am besten? Indem man die Initiative ergreift und in die Offensive geht. Wie wollen Sie der Situation anders Herr werden, wenn Attentate begangen, jeden Tag Häuser angezündet werden, Autos brennen? Sehen Sie: An den Fenstern des Cafés marschierte eine schwerbewaffnete

Einheit vorüber, ein Gast hatte ein Fenster entriegelt und jubelte den Soldaten zu. Auf einen Wink seines Chefs hatte Auguste die Tür sperrangelweit geöffnet, dass man den Marschschritt hören konnte. Einige Gäste klatschten und hielten den Takt der marschierenden Stiefel, indem sie ihn mit ihren Fingerknöcheln auf der Tischplatte zu begleiten versuchten...

Wann haben Sie das letzte Mal eine solche Aufmerksamkeit für Politik erlebt, ja, je erleben dürfen? Ein ganzes Volk...

Begeisterung ist gut, fiel ich ihm ins Wort - wenn sie sich in Grenzen hält. Wir werden doch nicht dem Mythos einer nationalen Erhebung verfallen, wagte ich – unvorsichtigerweise – anzumerken.

Was, Auguste unterbrach ihn, weil er auf Geheiß seines Chefs jedem Gast einen Pernod einschenkte, danke Auguste, finden Sie es so schlimm, wenn ein Volk sich zu seinen Gefühlen bekennt? In Ihren Worten: den alten Werten, die es ausmachen, die Treue hält? Sie haben recht, kam er meinem Einwand zuvor, dies zeugt von einer tiefgehenden Befangenheit, einem Affront gegen die Furcht. Immer, wenn wir etwas abwehren wollen, was uns bedrohen könnte, besinnen wir uns.

Wann hat Sokrates den Giftbecher geschlürft? Am Tiefpunkt der moralischen Verkommenheit der athenischen community, um sie, so die Einbildung, wachzurütteln - was hat er erreicht? In der Geschichte ein leuchtendes, ein bleibendes! Beispiel - im antiken Athen, im Bewusstsein und Verhalten der Mitbürger, Platon weist darauf hin, keine Änderung.

Sie wollen doch nicht sagen, dass wir, unsere Gesellschaft, der Staat, ich verabscheue diese politischen Diskussionen! moralisch versagt haben! Wir sind eine weltoffene Gesellschaft. Allerdings, die Komplexität der Ereignisse—das wird Ihnen jeder Soziologe bestätigen, erzwingt diese Besinnung...wenn Zusammenhänge verloren gehen, der Blick verzweifelt nach einem Anhaltspunkt sucht, oder unser Verstand irrt...Und wenn nun gar ein Gegner auftaucht, der uns bedroht - gegen einen Gegner von außen können wir uns wehren, aber wenn dieser Gegner mitten unter uns weilt, uns von innen her angreift – dann müssen wir zurückschlagen. Wir stehen im Fadenkreuz der Feinde unserer Demokratie...

Deshalb, lieber Freund, stehen wir auf, er erhob sich, und rufen: Vive la France! Vive la France, schallte es von allen Seiten zurück, auch die anderen Gäste waren von ihren Plätzen aufgestanden, hoben ihr Glas, prosteten sich zu und wiederholten diese Beteuerung. Auch ich, zwar sitzengeblieben, hatte mein Glas gehoben und trank. Hier zeigt sich, bekräftigte Armand, nachdem er sich wieder gesetzt hatte, seine Überzeugung, der ausgeprägte französische Wille, in Gefahrensituationen oder in der Not! zusammenzuhalten, nennen Sie es Volkssouveränität. Staat und Gesellschaft gehen konform.

Das betrifft nur einen Teil unserer Gesellschaft...

die Mehrheitsgesellschaft...

Richtig, und den anderen Teil grenzen wir aus. Unsere Bemühungen in der Integration...

Wie viele gibt es, belehrte er mich, die sich nicht integrieren wollen? Was haben wir alles angeboten, Teil unserer Gesellschaft zu werden – bis zur Selbstverleugnung! aber in die Familien können, konnten wir nicht hineinwirken.

Seit meinem Caféhausbesuch waren mehrere Tage vergangen, in denen ich meine Wohnung für längere Zeit nicht verlassen hatte;

ich wagte nicht, meiner Identität beraubt, mich auf den Straßen frei zu bewegen, ich litt. Meine telefonischen Anfragen beim Einwohnermeldeamt, den örtlichen Polizeistationen, ergaben nichts, man vertröstete mich - wenn man höflich aufgelegt war, sonst fertigte man mich kurz und barsch ab. Die Nachrichtensender, meine Verbindung zur Außenwelt, berichteten von Übergriffen (die man mit aller Härte verfolgen werde), von Razzien, den Erfolgen, dass man wieder ein Nest ausgehoben hatte, ja, einige verdächtige Spuren wurden gefunden, Hinweise, die auf eine Verbindung mit einer „terroristischen" Vereinigung schließen ließen. Eine, wie mir schien, hysterische Stimmung wurde verbreitet, die eigene Fehler und Versäumnisse in der Sozialpolitik mit einem eindrucksvollen Feindbild überdecken sollte. D.h. Vorgänge in Nahost wurden benutzt, um von Fehlentwicklungen, vernachlässigten „Eingemeindungen", einer nicht in Gang gekommenen Integrationspolitik, abzulenken. Ich weiß, wie schwer es ist, dem urkundlich, auch juristisch nicht beleumdeten Bild eines echten Franzosen, s. der Vorwurf an mich, zu entsprechen. Litt nicht auch Camus unter diesen Anschuldigungen, den verdeckten bis offenen Intrigen eines Paul Sartre? Ich vermied es, Bekannte, Freunde hatte ich nicht, anzurufen, ein Satz, der falsch verstanden werden konnte, ein unbedachtes Wort - wie leicht gerät man ins Visier des Geheimdienstes. Ich weiß, wovon ich spreche: Eine Bekannte hatte mich am Telefon ersucht, vor ihren Kindern über meine Begegnungen mit Zuwanderern aus dem Maghreb zu berichten, ihr unreflektiertes Ansinnen überraschten mich, indes schien sie sich zu weiden an meinem Versuch, sie von diesem Vorhaben abzubringen (sie ließ sich auch nicht, sicher wurden wir abgehört, durch das Knacken in der Telefonleitung einschüchtern). Sie krönte ihre leichtsinnigen Äußerungen mit der törichten wie provokant gemeinten Frage, ob sie es nicht doch wagen könne, ihre Burak, wozu habe sie diese schließlich erstanden, in der Öffentlichkeit zu tragen? Ich war sicher, dass sie keine Burka besaß und dass sie mich mit ihren witzig gemeinten Bemerkungen in den Strudel suspekter Nachforschungen hineingezogen hatte. Wenig später kontrollierte man mich auf offener Straße, und ich wurde meiner Ausweispapiere verlustig.

Ich blickte nach draußen. Der Regen hatte nachgelassen...Freunde, das hieß ja, klang es in mir nach, sich verpflichten, jemanden, malte ich mir aus, nah an sich herankommen lassen. Ich schüttelte mich bei dem Gedanken, die Nähe, die zu enge Nähe zu anderen Menschen - nicht dass dies Widerwillen in mir auslöst, aber Erfahrungen haben mir gezeigt, dass, sobald die Beziehungen enger wurden, die Scheu, eine mir heilige Rücksichtnahme auf den oder die andere, wich, als ob ein Windhauch die zart flackernde Kerze auslöscht. Ist es ein unaufhaltsamer Drang zur Bevormundung, wenn die Gespräche in monologisierende Vorträge und in Besserwisserei ausarten, oder eine Überheblichkeit, die ihre Finger auf die vermeintlichen Wunden legt und die zarten Bande einer enger zu werdenden Bekanntschaft erdrückt, oder ein natürliches Verantwortungsgefühl für den anderen, dass diesen nicht zu Wort - und zum Luftholen kommen lässt? Ich meide aus diesen Gründen, die sich erweitern ließen, die Gesellschaft naher Bekannter, sobald sie die Grenze einer heilsamen Distanz zu überschreiten drohen; auch dies ist einer der Gründe, warum ich niemanden zu Hause empfange – meine Rezeption ist, so paradox dies klingen mag, der Schutz der Öffentlichkeit – hier kann ich, konnte ich bisher, einigermaßen sicher sein, den Abstand einzuhalten oder auch gewahrt zu wissen, der uns beiden, uns allen guttut. Ich öffnete die Fenster. Kühle Luft drang mit dem verhaltenen Großstadtlärm ins Zimmer – ein Sog, dem ich mich schwerlich, auch wenn die „Umstände" dies nahelegten, entziehen kann. Eine Ausnahme lasse ich gelten bzw. klammere ich aus: meine langjährige Freundschaft mit Jean M. An ihn erinnerte ich mich, als ich bei einem meiner Streifzüge Sacré - Coeur, die magische Grenze zum Norden, überwand und – in eine ausländerfreie Zone eintauchte. Ja ich flanierte durch die Rue Labat, dann, eine Straße weiter, die Rue de Poiteau...

01.09.16

Ich setzte mich dennoch an den Tisch, um den angefangenen Brief an J e a n zu beenden, zunächst allerdings las ich, was ich bisher geschrieben hatte:

Lieber Freund,

manchmal sind es Zufälle, die besonderen Gelegenheiten, die uns veranlassen, einen Moment innezuhalten und die Erinnerung, die uns führt und mit Erfahrung speist – und den Wert unseres Lebens ausmacht. Ich flanierte, ich weiß nicht einmal wie und warum, in der Gegend, in der du dein erstes Quartier bezogen hattest. Du erinnerst Dich? Du hattest die Wohnung von Paul N. abgekauft, kein „feines" Arrondissement´, sicher neben der Größe der Wohnung ein Grund, warum er Haus und Quartier wechseln wollte, eine Schattenwelt, wo der Maghreb langsam die eingesessene europäische Bevölkerung hinausdrängte, anderer-Seitz, „um die Ecke" Sacré-Coeur und die „Geheimnisse" von Montmartre. Was ich aber, weil es mir auffiel, sagen wollte, dass diese Gegend, kaum zu glauben, heute zu den ersten Adressen gehört.

Hier musste ich weiterschreiben und begründen...ich muss, stellte ich fest, weit ausholen. Ich las, fand indes keinen

Anknüpfungspunkt...die Unruhe, die Triebfeder, die mich nie aushalten lässt, länger an einem Ort, zu verweilen, dann der Tod meiner Schwester:

Wo die Säuberung, Du hast davon gehört? stattgefunden hat, ein Prozess im Gange ist, der sich überall wiederholt. Die anrüchigen Gebiete, lange Zeit gemieden, werden nun, gleich, ob London, New York, nach und nach wieder zurückgeholt und...in den Ruf einer „guten Stube" eingemeindet, Die Seele, könnte man argwöhnen, findet Ruhe und, wenn Gott will, Trost! Sicher ist noch der eine oder andere Kolonialfranzose zu sehen, aber...es handelt sich, auf den ersten Blick, um, wie Frédéric, ich hatte dir von ihm geschrieben? es ausdrückte, assimilierte zivilisierte Einwanderer, mit denen man sich notfalls auch „an einen Tisch" setzen kann!

Dies zur „Beruhigung"! Ich weiß noch, wie es war, als du hier, in deiner ersten Wohnung in Paris, eingezogen bist und trotz Concierge und wechselnden Türschlössern und Sicherheitssystemen, keine Ruhe finden konntest. Immer wieder...und die Polizei (unterließ es) traute sich schon längst nicht mehr einzuschreiten...Nordafrikaner, die vor der Haustür lungerten, andere, die, weiß der Himmel wie, sich Zugang verschafft hatten und im Treppenhaus lagerten, beknifft, kaum ein Durchkommen zu Deiner Wohnung - verzeih, zu Eurer, Sophie hat Dich ja begleitet - die sich im obersten Stockwerk befand und von der aus man Sacré - Coeur schimmern sah...

Ich habe mich gefreut, Dich in Paris, in meiner Nähe, ja, ich weiß, aber hin und wieder halte ich mich auch in meiner Stadt auf, zu wissen, auch wenn der Anlass, der Dich hertrieb, kein erfreulicher war. Du bist hergekommen, um zu schreiben – und zu sterben! Tat dies am Anfang weh, ich sprach allzu leichtfertig von einem anlasslosen Todestrieb, gewöhnte man sich daran, wer ein Testament schreibt, lebt länger! Und allmählich vervielfältigten und verdichteten sich die Zeugnisse von Deinem Lebenswillen... Ich hoffe, es bleibt dabei!

Dein N.

Ein Anruf eines „Bekannten", Jean - Pierres, der nach Dringlichkeit schmeckte, war es, der meiner Unentschlossenheit ein Ende setztue und mich wieder veranlasste, mich in Gesellschaft zu begeben. Ich verließ das Haus, in dem ich wohnte und versuchte, unauffällig mein Ziel, ein Café in der Innenstadt, anzusteuern, d.h. ich vermied es, allein zu gehen und mischte mich in Fußgängergruppen, die ebenfalls meine Richtung einschlugen. Unübersehbar die Polizei – und Militärpräsenz, irgendwann zuckten wir, die Passanten, zusammen, wenn ein Schuss den Verkehrslärm übertönte und Polizeisirenen aufheulten, bis auch das in dem sicher wähnenden Gefühl der Gewohnheit „unterging". Erst als die Schüsse sich näherten, schien sich die Gruppe auflösen und ein jeder sich nach einem geschützten Zufluchtsort umschauen zu wollen. Ich war nur wenige Schritte von dem Café, unserem Treffpunkt, entfernt, als ich das Gefühl empfand, verfolgt zu werden, Ich blickte mich um, konnte aber unter den mir folgenden Passanten niemand entdecken, der es, zugegeben, dies klingt naiv, auf mich abgesehen haben könnte. Aber Erinnerungen an Nahost, die mich hin und wieder heimsuchen, bestürmten mich, ich sehe mich noch immer, als sei es gestern geschehen, verfolgt bzw. beobachtet und wartete voller Ungewissheit, nein Angst, auf den Augenblick, wo mich jemand an die Schulter fasste oder mir den Lauf einer Pi-Stole zwischen die Rippen drückte. Erleichtert atmete ich auf, als ich

„unbeanstandet" das Café betrat und an meinem Tisch, mein Bekannter war noch nicht zugegen, Platz nehmen konnte. Doch ein Gefühl der Selbstverständlichkeit, unter das man Gleichgültigkeit, Unangetastetwerden, Ruhe, ja, was sucht man an diesen ausgesuchten Orten? subsumieren könnte, hatte einer fühlbaren Unruhe Platz gemacht. Ich bestellte, eine neue Erfahrung, Auguste, mein Monsieur, hatte heute seinen freien Tag – ungewöhnlich, seitdem ich dieses Caféhaus besuche, bediente mich Auguste, und ich erinnere mich keines Tages, an dem er nicht anwesend war, erst seine Anwesenheit - wie oft brüskierte er mich! wenn ich Ungeduld zeigte, das Gespräch nicht unterbrach, wenn er an unseren Tisch trat, um eine Bestellung entgegenzunehmen, oder: ob meines Zauderns - ja, August war das Café! Der neue Kellner, eine Vertretung? nahm die Bestellung ungerührt entgegen, auf meine Frage nach Auguste gab er aber bereitwillig Auskunft: Ja, er hat eine Vorladung, seine Papiere werden überprüft, seine Berechtigung, in Frankreich zu arbeiten.

Ich hatte nie darüber nachgedacht, welcher Herkunft Auguste war, sind Sie, fuhr Robert fort, nicht auch der Meinung, Frankreich den Franzosen? Ich ertappte mich, dass ich, noch in Gedanken über die Tragweite dieser Meinung, zustimmend genickt hatte, und musste nun beobachten, wie unterschiedlich die Vertretung? von seiner Einschätzung, einer Mehrheitsmeinung, Gebrauch machte. Während ich zügig in den Genuss meiner Bestellung kam, mussten andere Gäste ausharren, kopfschüttelnd die Bestellung wiederholen, ja, an einem Nebentisch ein Pärchen, beide elegant gekleidet, aber...aber? zermarterte ich mir den Kopf, meinem eigenen Vorurteil auf der Spur, sichtbar südfranzösischer, eher nordafrikanischer Herkunft, ja Kolonialfranzosen, ungeduldig bis in die Zehenspitzen ob seiner mehrmals wieder-holten Bestellung, versuchte, ihn, den Kellner, am Rockzipfel fest-zuhalten, was, da Robert sich in diesem Augenblick umdrehte, um dem ungeduldigen Pärchen „beizukommen", misslang. Ich, wir alle, wurden Zeuge, was nun geschah – mit den Augen! ohne indes den Wortwechsel zu verstehen, Robert hatte sich über den Tisch des Pärchens gebeugt und mit nachdrücklich eindringlicher Stimme etwas gesagt, was die beiden anderen veranlasste, wortlos aufzustehen und das Café zu verlassen. Es war ruhiger geworden, nicht dass, glücklicherweise, im Café, der Lärmpegel - weit davon entfernt, sich dem eines überfüllten Bistros oder dem Lärmen des Straßenverkehrs anzupassen – die Schmerzgrenze erreicht hätte; es herrschte eine maßvolle oder gediegene Stille. Auch wenn dies bedeutete, dass ich leider den Gesprächen, nein, Philipp, nicht im Flüsterton jenes Herrn, der mit jedem Satz, dem ich mit gespitzten Ohren, ja, eine Revolution! welche anderen Möglichkeiten bleiben uns? nur mühsam folgen konnte!

Ich versagte es mir, die Vertretung, als sie mir, freundlich lächelnd den Kaffee servierte, auf jenen Zwischenfall, der uns weitgehend sprachlos hatte werden lassen, anzusprechen. War es die Furcht, etwas heraufzubeschwören, das man nicht herbei-wünschen möchte? Oder die feige Haltung, bei der wir uns dann ertappen, wenn wir Konflikten aus dem Weg zu gehen versuchen? Ehe ich die Kaffeetasse an den Mund führen konnte, über-reichte mir Robert, sich noch einmal verbeugend, einen Brief. Ich zögerte, ein Brief von Jean; dann überwand die Neugierde die Furcht.

Lieber N.,

danke für die Nachricht aus der alten Heimat, auch wenn ich die jüngsten Nouveaux, ich meine die gesellschaftspolitische Entwicklung, man hört ja Einiges, vermisse.

Ich habe, ich komme gleich auf die Essenz Deines Briefes zu sprechen, unsere wortreichen Diskussionen, heute würde man sagen Diskurse, noch in Erinnerung. Ich habe mir, und damit habe ich für die Öffentlichkeit kein Neuland betreten, Klarheit verschafft! irgendwann spürt man etwas in seinem Körper, etwas, das die Ordnung und Unbekümmertheit, mit der wir in den Tag hineinleben, hintertreibt, und erlebt, neben den Fragen, die auftauchen, ich will nicht sofort sagen Angst, so doch Ungewissheit! Deshalb meine Beschäftigung mit dem L e b e n und seiner natürlichen Begrenztheit, d.h. mit dem Bewusstsein: Nur wer das Bewusstsein seiner Endlichkeit erlangt und sich damit der Überwindung seiner Todesangst versichert hat, kann bewusst leben.

Ps: Meine Neugier ist ungebrochen. Ich warte auf Neuigkeiten.

Dein *Jean*

Sollten mich die Andeutungen, oder waren diese ernsthaften Signale einer körperlichen Krankeit, die vor einer Ausweitung auf die Psyche, eine Ansteckung! nicht Halt macht? beruhigen, gar Trost bereiten?

Erlösung, dünkte mir, kam in Gestalt Armands, der auf meinen Tisch zusteuerte und wie die Gazette France Soor mit bedeutungsvoll beredtem Gesicht die aktuellen Frontnachrichten zu verkünden willens ist. Ich sah die Überschriften auf der Titelseite vor mir, so, als könnte ich den Text lesen, aber nicht verstehen, ebenso verästelte sich mir das doch offen gezeigte Antlitz. Was ich Ihnen zu sagen habe – warten Sie. Ja, ich nehme, er hatte Robert wie einen alten Bekannten begrüßt, einen Pernod zum Kaffee, viel Zucker, merci. Ja, die Dinge nehmen langsam Gestalt an. Der Ausnahmezustand, sicher haben Sie davon gehört, ist verlängert worden, wir müssen uns auf härtere Zeiten einstellen. Der Front National, er rückte dichter an mich heran, möchte diesen Zustand zur Regel machen, vorläufig. Glauben Sie nicht auch, dass wir, Hand aufs Herz! besser fahren, wenn wir bei vorgezogenen Wahlen die Partei wählen, die eindeutig Stellung bezieht, ja, die längst Volkes Stimme hat?

Für ein sauberes Frankreich, spottete ich.

Wir müssen die Dinge beim Namen nennen dürfen. Ich weiß, die Intellektuellen haben einen Horror vor einfachen Lösungen, noch mehr davor, die Zusammenhänge, die unser Leben verkomplizieren, zu entwirren. Nehmen wir, ich weiß, Sie lieben historische Vergleiche, die athenisch- griechische Gesellschaft. Was zunächst nach Vielfalt, einem bunten Gemisch von Volksgruppen aussah, beruhte auf einem ausgeklügelten wie einfachen System. Hier die eingeborene, originäre athenische Gesellschaft, die Vollbürger, dort die Sklaven, Halb- oder Viertelbürger – ja, das allein schon klingt kompliziert, ist aber bei genauer Betrachtung der Sachlage, danke Robert, vorbildlich, er nippte an dem Kaffee, ähnlich der mittelalterlichen Gesellschaft. Das betrifft weniger die Spaltung der Gesellschaft in die Vielzahl ihrer Glieder als ihre feste Verankerung auf ihre geburtliche Herkunft. In, sagte ich. In, wiederholte er und sah mich an, ohne mich zu verstehen. Das heißt, im übertragenen Sinne…Franzose, nennen wir ihn ruhig Vollbürger, darf nur sein - wer hier geboren ist?!

Nein, wer, nachgewiesen, seine Wurzeln in Frankreich hat.

Und der Sprache mächtig ist.

Das ist selbstverständlich.

Das klingt wie ein arischer Nachweis.

Nein, die Sehnsucht, ihre Erfüllung einer Identität, ohne die kein Mensch leben kann.

Das heißt also: weiße Hautfarbe, christliche Religion. Ich hatte dies in ruhigem Ton gesagt, Armand fühlte sich, weniger durch den Inhalt als durch den Ton, in dem ich seine Aussage bewertete, missverstanden, ja nicht ernst genommen.

Lästern Sie ruhig, Schauen Sie sich um, ein, im Aussehen und Glauben, buntes Volksgemisch, kaum einer weiß mehr, wo er eigentlich zu Hause ist.

Ich kann mir vorstellen, worauf Sie hinauswollen: Das erinnert, sagte ich, an den Cottaschen Pferdekalender.

Wir sind nicht auf dem Pferdemarkt, lachte Armand.

Hippologisches Wissen hilft, um der Rosstäuscherei zu begegnen, spitzte ich den Vergleich zu.

Wir benötigen keine „Amtshilfe", d.h. Anleihen bei der Veterinärmedizin, um festzustellen, darauf wollen Sie doch hinaus, wer oder was ein Vollblütler ist. Er überlegte, die Denkanstrengung zeugte Falten auf seiner Stirn, er nippte an seiner Tasse, dann lächelte er: Gut, wenn wir bei Ihrem Vergleich bleiben wollen, dann ordnen Sie uns doch bitte der Kavallerie zu.

Ohne Arbeitspferde, im Volksmund: Ackergäule, ging früher nichts, verunsicherte ich sein Revirement, d.h. half ich ihm, bei keiner Neutralisierung einmal bezogener Positionen stehenzubleiben; was wir brauchen: Pluralismus. Eine offene Gesell-Schaft…

Ein Kniefall vor…

Nein, Freiheit gegen Unfreiheit! Ich konnte nicht weiterreden, Robert war an unseren Tisch getreten und überreichte uns eine Zeitung. Extrablatt! Soeben erschienen!

Danke, Robert. Noch einen Espresso. Armand las die Überschrift, wiederholte sie laut, „Neue Verordnung zur Reinhaltung unserer Straßen", damit ich „im Bilde" war.

Sie sehen, er legte das Blatt zur Seite, es tut sich was!

Wie soll das gehen? Wollen Sie die Franzosen, die über keinen Stammbaum verfügen, ausweisen?

Das wird in vielen kleinen Schritten geschehen. Zunächst werden die Nichtfranzosen ausgewiesen, dann müssen die vielen arbeitslosen Nordafrikaner …er deutete auf das Titelbild.

Franzosen…

Die sich etwas zuschulden haben kommen lassen oder sich nicht in den Arbeitsmarkt eingliedern lassen, unser Land verlassen – um die Sozialsysteme zu entlasten.

Ja, jetzt wird aufgeräumt, endlich. Robert stellte den Kaffee ab. Sie müssen die Innenseiten lesen. Schluss mit der EU - müssen wir uns bevormunden lassen? Ich denke, Frankreich kann selbst entscheiden.

Ist gut, Robert.

Das ist ein Rückfall in nationalstaatliches Denken, begehrte ich auf.

Nein, eine Erinnerung an Frankreichs Größe! widersprach Armand. Damit Sie sehen, wie ernst es ist, versicherte er sich seiner Überzeugung, ab Mitternacht werden wieder Grenzkontrollen eingeführt – das gleiche geschieht in den Nachbarländern. Europa schützt sich gegen jede Form der Überfremdung...seine Kultur ist in Gefahr. Ab sofort, triumphierte er und wies auf einen Artikel in der Zeitung hin, wird der Bau von Moscheen untersagt, die bestehenden wird, las er...darüber herrscht noch keine Einigung. Was wollen Sie machen mit diesen...architektonischen Fremdkörpern?

Ich dachte immer, wir sind, und das macht unsere Zivilisationsleistung aus, eine offene Gesellschaft, in der jeder, gleich welchen Glaubens, welcher politischen Überzeugung jemand ist...

Ja, lachte mein Nachbar aus, Sie sehen, wohin uns das geführt hat. Liberalismus ist gut, aber...

Kontrolle ist besser!

Ja, das pluralistische Denken hat uns in eine Sackgasse geführt. Wir haben vergessen, wer wir sind! Sie werden sehen, es wird uns bald besser gehen, die Arbeitsplätze, las er, gehen wieder an die Franzosen. Frankreich, er blickte auf, weil Jean – Pierre das Café betreten und sich unserem Tisch genähert hatte, wird sich erholen.

Jean – Pierre F., Armand S. machte ich die beiden miteinander bekannt. Ach, Sie lesen den France Soir – ich hoffe, mit gebührender Vorsicht.

Wie meinen Sie das?

Es hat sich zum Sprachrohr der Regierung entwickelt

Ja – und…?

Damit verstummen alle anderen, möglicherweise kritischen Stimmen.

Meinen Sie nicht auch, dass wir zusammenhalten und – „in diesen kritischen Zeiten", griff er die Schlagzeile auf -mit einer Stimme sprechen müssen, Frankreich…Sie wünschen? Robert stand neben Jean – Pierre und wartete auf die Bestellung.

Wie immer, sagte Jean- Pierre.

Ich weiß nicht, was Sie…ein Blick von Jean -- Pierre brachte ihn zum Schweigen.

Wenn Sie Wein trinken wollen, mischte sich Armand ein, empfehle ich einen…

Ich will einen türkischen Mokka – wie immer.

Monsieur, Robert hatte sich wieder gefangen und stand hoch aufgerichtet neben dem unbequemen Gast; um von oben herab zu verkünden: Diese Sorte von Getränken führen wir nicht.

Einen Moment war es still geworden auch die Gäste an den Tischen neben uns, aufmerksam geworden durch den lautstark geführten Wortwechsel, hatten ihre Gespräche eingestellt und blickten zu uns.

Monsieur Verduc! Ignorierte Jean – Pierre den Ober. Monsieur Verduc, rief Jean-Pierre mit lauter Stimme.

Ja? Monsieur Verduc, ein schwergewichtiger Franzose aus der Gascogne eilte herbei. Monsieur F., er streifte Robert mit einem strafenden Blick, Sie wünschen?

Einen Mokka, wie immer, türkisch, er ließ die Bezeichnung auf der Zunge zergehen... und instruieren Sie Ihre Bedienung...

Ja, der Gast ist König, sehr wohl. Sie haben gehört, wandte er sich an Robert.

Ein Pärchen am Nebentisch klatschte, die anderen Gäste wirkten konsterniert.

Meinen Sie nicht, dass wir uns hüten müssen, in ein provinzielles Nirwana abzugleiten? Die Welt ist immer komplexer geworden – wie reagieren wir? Indem wir immer mehr vereinfachen – ja, die Tendenz, wie wir die Probleme behandeln, wie wir Lösungen finden...Das sollte uns Angst machen.

Armand, der bisher dem Wortwechsel stillschweigend, ja betroffen gefolgt war, atmete, wie es schien, erleichtert auf und lachte: Warum sollte jemand Angst haben, wenn er, lassen Sie mich dies biblisch sagen, reinen Herzens ist?

Sie meinen: Wenn er Originalfranzose ist?! Was sagen Sie den Bretonen, Gascognern, den Elsass – Lothringern...? Meinen Sie nicht, dass uns hin und wieder eine Auffrischung, spitzte er die Meinungsverschiedenheit zu, gut tut, ehe wir an Inzucht zugrundegehen?

Das ist Aberglauben, er richtete sich auf, Ihr Vertrauen an eine nicht artgerechte...Auffrischung - Ja, wollen Sie...befürworten Sie wirklich die Überfremdung? Er richtete sich auf: Wir dürfen uns nicht verlieren! Die Entscheidung des Nationalparlaments für den Ausnahmezustand sorgt vor!

Was sagen Sie? wandte er sich an mich.

Im bürgerlichen Kalender gibt es, zierte ich mich, Prioritäten. Wie wollen sie dem Mythos der Französischen Revolution beggnen, was ihm entgegensetzen?

Worauf wollen Sie hinaus?

Als unantastbar galten die Parolen Freiheit, Gleichheit, Brüderlichkeit.

Parolen! Ein Gemeinschaftsglaube, wir waren eins…

…der bürgerliche Gemeinsinn endete…auf dem Schafott.

Wir, ich holte tief Luft, mir war dies Streitgespräch zuwider, ich wünschte mich fort! nein, ich meine nicht das Blutbad, sondern die Ungleichheit der Gleichheit! argumentierte Jean- Pierre und lehnte sich zurück.

Die Franzosen waren frei und gleich– alle! Wir waren damals, präsisierte Armand, als er wahrnahm, wie unzufrieden ich mit seiner Behauptung war, unter uns. Wir, das Volk, haben uns durchgesetzt mit unseren Zielen…

Und dabei, Jean – Pierre lachte, die eine Hälfte des „Volkes" vergessen.

Wir haben die Standesgrenzen verwischt…aufgehoben

…und die Frauen im Stich gelassen! Die Ständegesellschaft wurde abgelöst durch die Geschlechterherrschaft!

Die Gäste am Nebentisch hatten ihre Rechnung bezahlt, zugleich hatte sich Unruhe ausgebreitet, eine heftige Diskussion war entstanden, in deren Verlauf sich ein Gast erhoben hatte und an unseren Tisch trat und – Jean -Pierre ins Gesicht spuckte und ihm Verräter! zuzischte. Ich war in einer ersten Reaktion aufgesprungen, um den Unruhestifter zur Rechenschaft zu ziehen – nein, nicht dass ich handgreiflich werden wollte, aber…er musste meine Unentschlossenheit bemerkt haben; tatsächlich war ich mir unschlüssig, wie ich diese Beleidigung! ahnden wollte, sollte; der Übeltäter lachte mir ins Gesicht: Feigling! das Opfer blieb merk-würdig gelassen, zu Armand gewandt, sagte er: Das Volk hat gesprochen! Ich setzte mich wieder.

Monsieur Verduc war herbeigeeilt, um zu schlichten - nein, besorgt um den Ruf seines Cafés, den Streit zu verlagern.

Meine Herren, Ihre Auseinandersetzung, er rang die Hände, tragen Sie bitte vor der Tür aus!

Ist gut, Verduc, die Herren ziehen es vor zu gehen. Tatsächlich verließen die vier Männer, ohne uns noch eines Blickes zu würdigen, das Café.

Sie sehen, wohin Volksdemokratie - direkte Demokratie führt. Das Volk, zitierte er, ist gemeingefährlich.

Ich habe nicht behauptet, dass der ewige Frieden einziehen wird

…nein, lachte Jean – Pierre, kaum sind die einen weg, fallen die anderen…

Ein Donnerschlag ließ das Haus in seinen Grundfesten erzittern, ein Kronleuchter löste sich von der Decke und zerklirrte auf dem Boden…

… übereinander her! Sie wollen gehen?

Robert hatte auf Geheiß von Verduc die Eingangstür geöffnet, Polizeisirenen ertönten und Einsatzfahrzeuge fuhren an dem Café vorbei, kurze Zeit später bremsten sie, um, nahm ich an, Jean – Pierre äußerte den Verdacht, wenige Meter weiter vor einem großen Gebäude, in dem das Parteibüro der Sozialisten untergebracht war, anzuhalten.

Seien Sie vorsichtig! Ein beißender Brandgeruch reizte die Schleimhäute, er hustete. An der Tür musste ich mich an Robert vorbeidrängen, der neugierig, den Eingang versperrte.

Ausräuchern soll man die Bande! Ich nickte ihm zu, verstand aber nicht, wen er damit meinte.

Ich musste die Stelle, an der die Bombe hochgegangen war, passieren, war aber angehalten, da Krankenwagen, Feuerwehr und andere Einsatzwagen das Trottoir versperrten, die Straßenseite zu wechseln. Schaulustige erschwerten das ungehinderte Weiter-gehen, so dass ich gezwungen war, mehrmals innezuhalten und dabei das ganze Malheur in Augenschein zu nehmen. Das Ladenbüro war zerstört, aus dem Eingangsbereich quollen Rauchschwaden hervor, Sanitäter trugen Verletzte auf Bahren zu den Krankenwagen. Dass das noch jemand überlebt hat, wunderte sich ein Mann neben mir. Das sind Sozialisten, die sollen alle zum Teufel gehen, schimpfte ein anderer Mann. Aber man kann doch nicht...Wir stehen am Vorabend einer Revolution...Wir befinden uns mittendrin!

Vor einem Gebäude, wenige Häuserzeilen entfernt, parkten mehrere Mannschaftswagen der Polizei – Hilfsschergen, die man in eine Uniform gepresst hat! Und die nun junge Männer und Frauen aus den Häusern zerrten und in die Mannschaftswagen schubsten. Linke, das sind alles Linke! räsonierte eine Frau hinter mir. Ich drehte mich um. Ha, das waren Nordafrikaner, sehen Sie! Eine Gruppe von Afr. – Franzosen stolperten mit erhobenen Händen auf die Straße, unter ihnen auch Frauen. Eine der Frauen, die sich umgeblickt hatte, ich erstarrte, Véronique! wurde mit einem Gewehrkolben gestoßen, dass Sie in die Knie sackte, Handzettel fielen ihr aus den Händen, sie versuchte aufzustehen, drohte aber wieder, auf den Boden zu sinken. Ich war hinzugeeilt, nahm sie in die Arme und war ihr behilflich, sich wieder aufzurichten. Du solltest lieber wieder gehen, flüsterte sie mir zu. In diesem Moment spürte ich den Schlag. Ich torkelte ein paar Schritte, nur nicht hin-fallen...

Den nehmen wir mit! Ich wurde, kaum konnte ich mich auf den Beinen halten, unsanft gegen die Ladefläche des Transporters gestoßen und gezwungen, diese zu besteigen. Du hättest dich nicht einmischen sollen, sagte Véronique, als sich, nachdem die Hecktür zugeschlagen war, der Wagen in Bewegung setzte. Ich werde mich beschweren und Anzeige erstatten! rief ich. Véronique konnte sich trotz des Schmerzes eines Lächelns nicht erwehren. Du kennst den Spruch: Mitgefangen, mitgefangen. Du musst nachweisen, dass du nicht zu uns gehörst.

Ich versteh nicht, was soll das?

Wir haben eine Aktion gegen die willkürliche Abschiebung von… ja, Franzosen, die anderer Hautfarbe sind, einer anderen Glaubensgemeinschaft angehören, sie reichte mir einen Handzettel, den sie retten konnte, deren Vorfahren nicht in Frankreich geboren wurden…Sie wurde ruhiger und blickte mich an. Ich gebe zu, ich konnte mich einer unangenehmen Regung, nicht verschließen, das Wort Aktion löste, nein, keine Panik, aber den Verdacht aus, dass Unruhe gestiftet, es „notfalls" zu ungesetzlichen Handlungen kommen würde – im gleichen Moment ertappte ich mich, dass ich, Vermutungen nachgebend, Verdacht schöpfte – und Vorurteilen in meinem Denken Platz einräumte. Ich schämte mich meiner „bürgerlichen" Denkweise.

Was ist? Zweifelst du an der Berechtigung unserer Aktion?

Nein, keine Sekunde, beeilte ich mich, zu antworten.

Wenn der Staat, versuchte Véronique, die meine Zweifel spürte, seiner eigenen Verfassung untreu wird, dann müssen wir, die Bürger dieses Gemeinwesens, uns wehren.

Wie soll das aussehen, wollte ich sagen, nickte aber stattdessen ergeben. Wir wollen demonstrieren, Handzettel verteilen, um die Bürger aufzuklären und dann...

Dann...?

Ja, dann wollen wir die Redaktion des France Soor besetzen, mit den Redakteuren ins Gespräch kommen...

Wir wollen sie aufklären und überzeugen! fiel ihr ein Nebenmann ins Wort, und zwingt, eine Gegendarstellung zu veröffentlichen

...naiv, entfuhr es mir. Aber das konnte niemand hören, denn plötzlich hatte einer der jungen Leute zu singen begonnen, die anderen stimmten mit Nein, auch Véronique: ein algerisches Widerstandslied gegen die französische Fremdherrschaft. Ich erkannte es sofort. Es erklang, obwohl es auf dem Index stand, „damals", unvermutet im Gedränge der durch die Gassen flanierenden Menge. Ich gebe zu, ein von unbestimmter Furcht und abenteuerlichem Reiz getragenes Gefühl des maghrebinischen Unabhängigkeitskampfes, in der Jugend die Sehnsucht nach et-was Unbekanntem, ein taufrisches Kokettieren mit Gefahr, das in der verführerischen Melodik des Gesangs lauerte.

Zugleich dämpfte der von höchster Stelle und von wie viel mitgetragenen Appellen an den Patriotismus ein Verstehen können des berechtigten Widerstands gegen die koloniale Fremdherrschaft, der heraufbeschworene „nationale Einheitsgedanke" die berechtigte Sehnsucht nach Unabhängigkeit, der Heimat...

Véronique lächelte mich an, während sie sang. Ich zwang mich, ihr Lächeln zu erwidern.

Ruhe! Hören Sie auf! Eine Lautsprecherstimme versuchte durchzudringen und schaltete die französische Nationalhymne ein, die Sänger ihrerseits sich dagegen zu behaupten, mir dröhnten die Ohren, dann wurde der Lautsprecher in der Fahrerkabine auf höchste Lautstärke eigestellt und in das Wageninnere geleitet, so dass die französische Nationalhymne, nur noch als Lärmwaffe entstellt und missbraucht, ich musste mir die Ohren zuhalten, den verzweifelt dagegen aufbegehrenden Gesang der Insassen übertönte. Lärm kann Schmerzen verursachen, die gepeinigten Gefangenen, auch ich schloss mich dem Widerstandskampf an, wir begannen zu randalieren, klopften gegen die Fahrerkabine und die Wagenwände – als der Wagen scharf bremste und plötzlich wieder anfuhr, purzelten wir durcheinander. Wenig später, wir hatten uns kaum aufgerichtet, kam das Fahrzeug zum Stehen, die Tür wurde aufgerissen und ein Offizier einer gefürchteten Sondereinheit forderte uns auf, wobei er seinen Worten Nach-druck verlieh und mit einer Pistole herumfuchtelte, aus dem Wagen zu steigen – wer folgte nicht allzu gerne dieser Aufforderung? endlich den Folterkäfig verlassen zu können, wir stolperten, noch unsicher auf den Beinen durch einen Gang, nein, ein Spalier, das von uniformierten Hilfskräften gebildet wurde, die uns auf ihre Art einen Willkommensgruß angedeihen ließen...Sie haben Recht, es war ein Spießrutenlaufen. Ein jeder der kurzfristig und freiwillig in die Uniform geschlüpften Schergen gab einem inneren– legitimierten – Bedürfnis nach, auf uns, die wir wie der Wahl zwischen Skylla und Charybdis hilflos ausgeliefert waren, einzuprügeln. Sie machten dabei keinen Unterschied zwischen Männern und Frauen: Ich hatte versucht, mein Gesicht zu schützen, unglücklicherweise hatte ich meine Brille, die ich gelegentlich trug, aufbehalten, sie wurde mir vom Gesicht gerissen, bei dem Versuch, sie vom Boden aufzuheben, wurde ich geschubst und getreten, dass ich der Länge nach zu liegen kam und im Gekreisch und Lachen der Schergen zum Fußabtreter der mir nachfolgenden Verhafteten wurde, die geschubst und vorangetrieben nicht anhalten oder ausweichen konnten. Jemand versuchte, mir zu helfen und mich aufzurichten. Ich erkannte Véronique, die jetzt ihrerseits ausgesuchtes Zielobjekt der Schlägerbande wurde. Ein noch sehr jugendlich wirkendes Kerlchen in der Uniform eines Unteroffiziers, ich sah den Schlag kommen, der sie mitten ins Gesicht traf und, schien es mir, einen Blutsturz verursachte, reflexhaft hielt ich dagegen, d.h. mit der letzten mir noch verbliebenen Kraft stoppte ich den nach wie vor auf Véronique ein-schlagenden Büttel, indem ich ihm ein paar Fausthiebe versetzte, die ihn, das konnte ich noch sehen, zurücktaumeln ließen. Dann, ich wurde Freiwild eines fessellos agierenden Mobs, verließe mich meine Sinne.

Ich weiß nicht, waren es Stunden, Tage? wann ich wieder zu mir kam; ich fand mich bei dem Versuch, die Augen zu öffnen, ein Blinzeln, gebettet, nein, eng eingepresst auf einer Pritsche, die ich mit Mohammed, warum Mohammed? teilte, inmitten einer überfüllten Zelle. Ein gleichbleibendes Geräusch miteinander diskutierender Mitinsassen hatte beinah etwas Beruhigendes. Ich fühlte mich, uneinigeren der Schmerzen, über deren Herkunft ich keine Gewissheit hatte, geborgen. Ich schloss die Augen, oh-ne sagen zu können, ob ich sie überhaupt geöffnet hatte, ich sank, hatte ich das Gefühl, ich tauchte tief...

Jemand beugte sich über mich. Ich glaube, er wacht auf, hörte ich noch halb im Unterbewusstsein, Véronique? fragte ich. Véronique! lachte ein Mithäftling. Er denkt, er ist im Hotel. Sei still, hörte ich noch, er ist verletzt, dann drehte sich alles in mir, ich fiel in ein tiefes Loch. Stunden, Tage? später wachte ich auf, fremde Laute umschwirrten mich, mein Bettnachbar hatte gewechselt, ein dunkelhäutiger Franzose, ein Neger, lag, nein, saß auf der Pritsche und erzählte, wie es zu seiner Festnahme kam. Ich hatte das Hammelfleisch, um Couscous…und er predigte sein Couscousrezept herunter, ehe er von einem Mithäftling unterbrochen wurde.

Irgendjemand, ein Kollege? Hatte mich angezeigt, ich weiß nicht, was ich verbrochen habe, ich bin hier geboren…seit der Hetzrede von Chirac ist alles anders geworden. Ich arbeite und falle niemandem zur Last. Ich versuchte mich aufzurichten und dachte an das Ministerium für Identität. Wer entscheidet darüber, wer ein echter Franzose ist?

Ein echter Franzose macht keinen Lärm und er, der Redner hielt sich die Nase zu, stinkt nicht. Ich fiel in das Lachen der anderen ein und bemerkte auf einmal den Schmerz, den diese einfache Lebensäußerung hervorrief. Ha! Dein Nachbar lebt! Mein Versuch, mich aufzurichten, misslang. Ahmed, mein Bettnachbar, stützte mich, so dass ich zum Sitzen kam. Nun erst bemerkte ich, dass die Besetzung gewechselt hatte. Wo sind die…? Warum seid ihr hier? verbesserte ich mich. Ich merkte zu spät, dass ich eine Mine losgetreten hatte. Erst lachten alle, dann redeten alle durcheinander. Ich erinnere mich noch, dass ich heraushören konnte, wie es zu den Verhaftungen kam; grundlos, meist handelte es sich, wenn sie Arbeit hatten, um prekär Beschäftigte, Bagatellfälle, mein Ausweis ist abgelaufen, ich hatte Streit mit meinen Nachbarn, ich, ich hatte mein Fahrzeug falsch geparkt, ich habe die Straße bei Rot überquert, willkürlich, sollte, wollte man den Angaben, nein, den Versicherungen der Häftlinge glauben.

Und du. Warum bist du hier?

Ich gebe zu, die Deuterei störte, widerte mich an…allerdings außerordentliche Umstände erzwingen eine außerordentliche

„Haltung", wer? Ich habe einer Freundin, die von Polizisten geschlagen wurde, helfen wollen.

Er versuchte, eine Gefangene zu befreien. Wie heißt du? Ich nannte meinen Namen. Wie dumm, lachte er und erntete Beifall, muss man sein, sich auf eine Auseinandersetzung mit diesen paramilitärischen Banden einzulassen.

Ihr seid, empörte ich mich, aus nichtigem Anlass verhaftet worden...

Das wird sich aufklären!

...ein Vorwand! Ihr seid hier, weil ihr afrikanischer Herkunft seid.

Ein Rassist! Er packte mich an der Gurgel, ich schnappte nach Luft und wäre wohl erstickt, wenn sich nicht ein Wärter in diesem Moment die Zellentür geöffnet hätte und ein Offizier mit schwerbewaffneter Begleitung, das Gewehr im Anschlag, meinen Namen gerufen hätte. Nun! wiederholte er drohend.

Du bist gemeint, sagte mein Vergewaltiger und versetzte mir einen Stoß, dass ich meinen Rettern entgegentorkelte.

Du heißt? Und er wiederholte meinen Namen, eine Verballhornung von... Ja, stieß ich hervor, so nennen mich meine Freunde.

Wir werden sehen. Führt ihn ab! Und damit schloss der Wärter die Zellentür, gegen die nun meine Mitgefangenen mit ihren Fäusten dagegen trommelten.

Danke, wer könnte nicht verstehen, wie erleichtert, ach, das Leben wurde mir wiedergeschenkt, ich den Offizier anstrahlte, dass Sie mich hier herausholen! Der Offizier starrte mich an, dann lachte er.

Das wird sich zeigen.

Ich meine...

Geh schneller! forderte er mich auf. Ich spürte den Hieb auf meinen Rücken. Ich versuchte, uneins mit meinen Gedanken, was ge-schieht –mit mir hier - meine Schritte zu beschleunigen, soweit die Schmerzen dies zuließen, ich drohte jeden Augenblick zusammenzubrechen, wurde aber unsanft zum Weitergehen – gehen? gedrängt, ich stolperte meiner Freiheit, irgendwann muss sich doch alles aufklären lassen, entgegen. Ich hatte nie gedacht, dass dieses Gebäude so viele Räume beherbergte, wir passierten eine Tür nach der anderen, Uniformierte, die vor dem Offizier Haltung annahmen, andere, ebenfalls Offiziere, grüßten kurz, dann wieder, Zivilisten kamen uns entgegen – ich weiß nicht, wie ich diesen Marsch überstanden habe, die Knie wankten.

Vor einer Tür hieß uns der Oberst anhalten, während er sie öffnete, kurz Meldung machte, nein, er bereitet keinen Ärger, hörte ich ihn sagen, dann wurde ich in den Raum gestoßen, der Offizier mit seinen Begleitern machte kehrt und schloss die Tür. Ich lehnte mich an die Wand und blickte mich um, eine Sitzgelegenheit war nicht zu sehen – nur die beiden Männer, von denen der eine, er lag fast, die Beine auf dem Schreibtisch, in seinem Armlehnestuhl und rauchte, sein Kollege durchstöberte ein Bündel Unterlagen, die auf seinem Schreibtisch lagen, hob dann, das Telefon klingelte, den Hörer ab, Bourdin, ja, der...ist hier, ja, bringen Sie das...Flittchen!

Na, dann können wir ja anfangen, sagte der Raucher und setzte sich aufrecht in seinen Stuhl. Ihr Name, fragte er, ohne mich anzublicken. Ich nannte meinen Namen. Sie wohnen...ich nannte meine Adresse. Geburtsjahr? Ich nannte mein Geburtsjahr. Geburtsort? Braunschweig...er starrte mich an. Brain...Wo liegt das? In Deutschland, Allemagne. Interessant, sagte er zu seinem Kollegen, der lachte und sich Notizen machte. Sie sind Ausländer?

Nein, mein Vater ist, war Franzose, meine Mutter war eine Deutsche...Sie haben die französische Staatsangehörigkeit? Ja, natürlich. Dann zeigen Sie mir Ihre Papiere! Ich habe meine Papiere nicht bei mir. Der Amtsrat starrte mich an, dann, er beugte sich zu mir, du dürftest dich gar nicht auf der Straße bewegen. Weißt du, er duzte mich jetzt, was man in Allemagne mit dir machen würde? Ich schüttelte den Kopf. Ich werde es dir sagen: Sie würden dich in ein Arbeitslager stecken.

Die Polizei hat bei einer Kontrolle meine Papiere einbehalten.

Hast du gehört? sagte er zu seinem Kollegen. Die Polizei hat seine Papiere eingezogen, er ließ das Wort genüsslich auf seiner Zunge zergehen. Ich will gar nicht, sein Kollege hatte ihm Unterlagen herübergeschoben, er studierte sie kurz, nach dem Grund fragen... Und dann wagt er sich ohne Ausweis auf die Straße!

Was bist du von Beruf? Er musste mein Zögern, ich hatte diese Frage befürchtet, bemerkt haben. Hast du überhaupt einen Beruf?

Ich bin Reiseschriftsteller.

Er ist...hörst du? Wandte er sich wieder an seinen Kollegen. Ja, lachte dieser. In diesem Augenblick ging die Tür auf, jemand, eine Frau wurde hereingestoßen: Véronique, wie sah sie aus, ich schrie auf. Das Gesicht war, ich konnte sie kaum erkennen, von Schlägen entstellt.

So, du hast dich, las er, der Festnahme widersetzt?

Ich weiß nicht, warum ich verhaftet und geschlagen worden bin. Ich konnte sehen, welche Mühe jedes einzelne Wort sie kostete.

Sie weiß nicht, wandte er sich an seinen Kollegen, der auflachte, warum sie verhaftet und, wieder zu Véronique, was sagst du? geschlagen worden bist du?

Véronique antwortete nicht.

Sie sehen doch, empörte ich mich, wie man sie zugerichtet hat.

Hast du gehört, was dieser Kretin gesagt hat? Ich erhielt unversehens einen Schlag in die Bauchgegend, dass ich mich krümmte und nach Luft schnappte.

Ja, das ist deine Komplizin. Sie steht schon lange auf unserer Fahndungsliste. Endlich konnten wir sie verhaften, und du, er stand drohend vor mir, hast die Festnahme behindern wollen und versucht, sie zu befreien. Weißt du, was wir mit solchen Widerständlern gegen die Staatsgewalt, er zog die Worte in die Länge, machst?

Ich konnte dem ersten Schlag ausweichen, der zweite, Véronique schrie auf, erwischte mich voll, ich schwankte und musste mich an dem Stuhl festhalten.

Das machen Sie nicht noch einmal! stieß ich, meiner Sinne nicht mächtig, voller Wut heraus.

Was?! mein Peiniger holte zu einem neuen gezielten Schlag aus. Ich reagierte reflexhaft und, es war nicht schwer, mein Gegner vernachlässigte, warum sollte er auch darauf achten? seine Deckung, schlug geradewegs zu, und so war der Hieb, der ihn mit voller Wucht ins Gesicht traf, kein Meisterschlag, aber wirkungsvoll. Er wankte, drehte sich und setzte sich auf den Boden. Véro-Niue erstarrte, ich atmete schwer, ich konnte es nicht fassen, dass ich zum Schlag ausgeholt und zugeschlagen hatte, auch der Kollege blieb einen Moment gebannt auf seinem Stuhl sitzen, ehe er Anstalten traf, sich auf mich zu stürzen. In diesem Moment öffnete sich die Tür.

Halt! gebot eine Stimme, die mir bekannt vorkam, was geht hier vor?

Der Inhaftierte randaliert, er hat meinen Kollegen niedergeschlagen.

Sie haben, was? Armand schaute mich ungläubig an. Auch ich war noch gezeichnet von den Schlägen, die ich in den letzten Tagen erhalten hatte. Und warum ist sie hier, er wies auf Véronique, Hat sie euch auch geschlagen? spottete er.

Sie, Bourdin war inzwischen auf seinen Platz zurückgekehrt, verkehrt mit dem nordafrikanischen Gesindel wir wissen ja, was die vorhaben!

Können Sie mir Ihren Ausweis zeigen? sagte, nein bat er Véronique.

Den hat man mir abgenommen.

Geben Sie mir den Ausweis dieser jungen Frau, forderte er die beiden Beamten auf.

Denn brauchen wir für die Verhandlung, wies er das Ansinnen zurück.

Bitte? sagte Armand. Es klang wie eine Drohung, die beiden Beamten zuckten zusammen. Bourdin reichte ihm den Ausweis, der auf seinem Tisch gelegen hatte. Armand blätterte in dem Ausweis und blickte dann auf Véronique. Sie sind Französin, noch Studen-tin und eine Bekannte von…? Véronique nickte. Er blickte mich an, dann fragte er weiter: Wer hat Sie so zugerichtet? Die… Véronique versagte die Stimme, sie musste sich festhalten. Hier haben Sie Ihren Ausweis wieder.

Und Sie, sein Ton war schärfer geworden, Sie stellen meinem Bekannten und seiner Begleitung, ich habe gesagt, seiner Begleitung auch! einen Passierschein aus.

Damit, zu uns gewandt, kommen Sie unbehelligt nach Hause – und ins Café, lächelte er. Ach nein, sagte er, ich lasse Ihnen ein Taxi rufen.

Haben Sie gehört, forderte er die Beamten auf, wir brauchen ein Taxi.

Die beiden Beamten blickten sich an, wagten aber nicht zu widersprechen. Boarding hob den Hörer des Telefons ab, wählte eine Nummer und bestellte ein Taxi, indes sein Kollege die Passierscheine bearbeitete und ihn uns dann aushändigte.

Kommen Sie. Wir schritten einen weiten Gang entlang, bogen in einen anderen Gang ab, dann in einen weiteren…Gerichtsgebäude haben etwas mit unseren Gesetzen, unserem Recht zu tun, wie leicht verläuft man sich, wenn man in seinem Leben von der gewohnten Bahn abweicht – oder ist es, nein, nicht das Recht, die Rechtsprechung, die sich neuen Verhältnissen anpasst? Müssen wir nicht, das Leben geht weiter, und Stillstand, was bedeutet dies, innehalten, uns besinnen können? alles, d.h. unsere Gewohnheiten, unser Umgang miteinander, opfern für etwas, was die Gesellschaft, wer, stutzte ich, ist die Gesellschaft? Fortschritt nennt.

Es wird sich einiges ändern in diesem Land, sagte er, als hätte er meine Gedanken erraten, aber nicht so.

Wir machten, nachdem wir, ich weiß nicht - Véronique, auch ich, konnten uns kaum mehr auf den Beinen halten - um wie viel Ecken gebogen waren, wieviel Gänge wir passiert hatten, Halt vor einem Lastenaufzug.

Hier geht es schneller, sagte Armand und betätigte den Knopf.

Wenig später öffnete sich die Tür und wir zwängten uns in den beinah voll besetzten Aufzug: meist junge Leute, Uniformierte,

Zivilisten. Dennoch rückten die anderen Fahrgäste zur Seite und musterten uns voller Argwohn. Die laufen ja ohne Handschellen herum, polterte ein Offizier, ich erkannte unseren „Führungsoffizier", los.

Sie sehen richtig, antwortete Armand ruhig.

Was geht hier vor sich, wissen Sie nicht, wer das ist? empörte sich der Offizier und wies, als der Fahrstuhl zum Stehen kam, seine Begleitung an, uns festzuhalten, bis jemand Handschellen besorgt und die Wärter benachrichtigt hätte.

Lassen Sie uns weitergehen, forderte Armand den Offizier und dessen Begleitung auf, die sich uns in den Weg gestellt hatten, und Véroniques und meinen Arm umklammert hielten. Der Offizier lachte.

Wir haben Passierscheine, rief ich, ohne meine Wächter damit zu beeindrucken. Armand hatte sein Handy gezückt, ich beobachtete, wie er, er kehrte uns den Rücken zu, in sein Handy sprach.

Nehmen Sie dem Kerl das Telefon weg, befahl der Offizier seinen Gefolgsleuten.

Das wagen Sie nicht! lachte Armand, erlebte aber im nächsten Augenblick, wie ihm zwei Untergebene versuchten, das Handy abzunehmen.

Monsieur Armand! ein Mann in Zivil hatte das Gerichtsgebäude betreten und staunte, als er unsere – was ist hier los? Gruppe erblickte.

Nichts, wollte der Offizier sagen, verbesserte sich aber, als er den Fragesteller erkannte. Wir vereiteln einen Fluchtversuch, belehrte der Offizier ihn.

Einen, was? fragte er ungläubig. Dann lachte er. Zu Armand: Das hätte ich Ihnen nicht zugetraut. Da kommt ja, ein Herr in Zivil bog in unseren Gang, unser Präsident. Tatsächlich näherte sich der Gerichtspräsident, hinter ihm seine Referenten? unserer Gruppe, der Offizier und seine Adjutanten nahmen Haltung an.

Sind Sie verrückt geworden?! herrschte der Präsident den Offizier an, während er Armand und Monsieur Balfert, was hatte ich nicht alles über ihn gehört und gelesen, Monsieur Ballert, dieser nette Herr also ist der berüchtigte Herr, der die Anliehe mit einem Hochdruckreiniger von den Unruhestiftern befreien wollte, mit einem Handschlag begrüßte. Sie entschuldigen sich.

Der Offizier nickte Armand zu und murmelte eine Entschuldigung, machte dann, nachdem er seine Vorgesetzten militärisch gegrüßt hatte, kehrt und bestieg den Fahrstuhl.

Véronique und ich standen etwas abseits der Gruppe, so dass wir Zeuge des Gesprächs wurden, ohne sagen zu können, worum es dabei ging. Wir konnten einzelne Stichworte heraushören: Ein neuer Gesetzentwurf…Sozialdumping…Demonstration, Polizeieinsatz…, koordinieren…Dann Lachen, die Herren verabschiedeten sich. Monsieur Ballert begleitete uns bis vor die Tür des Gerichtsgebäudes.

Ihr Taxi! zeigte Armand auf das am Fuß der Treppe wartende Fahrzeug. Wir „kletterten" die Treppe hinunter, wobei sich Véronique auf mich stützte. Ich hielt ihr die Tür auf, sie fiel auf den Sitz - ein Weinkrampf schüttelte sie. Ich verabschiedete mich von Armand, der dem Fahrer Anweisungen gegeben hatte, und versuchte, Véronique zu beruhigen. Nach vielleicht zwanzig Minuten hielt das Taxi vor dem Mietshaus, in dem meine Wohnung lag. Ich hielt es für ratsam, Véronique zu „betreuen" – sie folgte, ohne zu widersprechen, meiner Fürsorgeabsicht.

Meine Wohnung ist von bescheidener Größe, ich bettete sie, das heißt, sie sank - die Concierge, danke Madame W.! hatte während meiner Abwesenheit die Wohnung gereinigt und das Bett frisch bezogen - auf mein Lager und fiel sogleich In Schlaf. Auch ich spürte das Verlangen nach Schlaf und legte mich im Wohnzimmer auf einer Couch zur Ruhe. Wie lange ich geschlafen hatte, weiß ich nicht. Munter, d.h. aufgeweckt wurde ich durch ein Stöhnen, das aus dem Nebenzimmer zu mir drang.

Ich vereinbarte telefonisch mit meinen Arzt einen „Erste-Hilfe-Besuch".

Meine Nichte, stellte ich dem Arzt meinen Besuch vor. Sie ist auf dem Weg in die Uni in eine Auseinandersetzung hineingeraten, ich habe sie aufgelesen...Ich wollte das Zimmer verlassen. Bitte bleib!

Der Arzt hatte Prellungen am ganzen Körper festgestellt, die von den Schlägen und Fußtritten, denen sie ausgesetzt war, herrührten; aufgrund eben dieser Misshandlungen vermutete er eine Rippenfraktur, denn als er sie, sie stöhnte, wenn sie sich umdrehen sollte, abtastete und auf die Leistengegend drückte, schrie sie auf. Sie müsste, wenn sie wieder aufstehen kann, er blickte mich skeptisch an, geröntgt werden...Ich schreibe eine Überweisung in die Klinik...Nein, das wird nicht nötig sein, wehrte ich ab, als ich Véronique, sie schüttelte den Kopf, ansah. Es kann sein, mahnte er, dass auch Organe betroffen sind. Es ist Ihre Verantwortung.

Ich weiß nicht, inwieweit er meinen Angaben Glauben schenkte, immerhin schickte er sich an, Medikamente verschreiben zu wollen, steckte aber den Stift wieder ein, als er Véroniques und meinen Gesichtsausdruck wahrnahm. Gut, ich verabreiche Ihnen ein Schmerzmittel und hier, er entnahm seiner Tasche eine Tube, eine Wundsalbe.

Es darf niemand wissen, bat ich ihn, als ich ihn zur Tür hinausgeleitete, dass meine Nichte sich bei mir aufhält – und wurde mir im selben Moment bewusst, wie töricht meine Zumutung war. Unser Aufenthalt war an höchster Stelle bekannt.

Je suis en Terrasse. Meine erste Mahlzeit, einen Café au laut und ein Croissant, nahm ich gewöhnlich bei Marcel, im Frühstückscafé morgens um die Ecke, ein. Mein Morgen beginnt nicht mit dem ersten Sonnenstrahl, sondern erlebt sich als Folge vorausgegangener Ereignisse. So kann es geschehen, dass ich, wenn ich mich nicht von meinen Begegnungen, meistens Gespräche, trennen konnte, erst um 5 Uhr in meine Wohnung zurückgekehrt war. Sie wissen, ich bin kein Mensch, der Abenteuer oder, auch wenn meine Biographie und meine Neugierde dagegen sprechen, Abwechslung sucht, ich ziehe mich, sobald Menschen oder Ereignisse mir zu nahe zu kommen drohen, zurück – ich flüchte. Nur zwei Orte lasse ich gelten, sozusagen Rückzugs - oder Fluchtburgen, mein Straßen – bzw. Frühstückscafé sowie mein, und dies kann wechseln, Caféhaus, meist das Café Flor oder das Café Magot.

Die Nacht war ruhig verlaufen, nach der Spritze, die der Arzt Véronique verabreicht hatte, fiel sie in einen tiefen Schlaf. Auch mich holte die Müdigkeit, mehr noch waren es die Aufregungen der vergangenen Tage, ein, ich sank in einen festen Schlaf, der nichts ungeschehen machen, aber mir wieder einen sicheren

Boden unter den Füßen verleihen konnte.

Ich wurde durch einen Telefonanruf geweckt, Frédéric – woher wusste er, dass seine Tochter...? Frédéric, ein Journalist und Dozent am kommunikationswissenschaftlichen Institut, meldete sich, er hatte mehrmals - vergeblich – versucht, mich zu erreichen: aus dem Krankenhaus, ich erschrak. War er ein Opfer der Anschläge, seitens der, wie man vermutete, noch war keine Bekennernachricht bei den Medien eingegangen, GIA geworden, ich wusste, er benutzte die Metro, und durch Zufall in eine Auseinandersetzung, eine Schlägerei? geraten, oder trug sein Aus-sehen, Frédéric war sephardischer Jude, ohne, säkular bis in die Fingerspitzen, je einen Fuß auf israelischen Boden setzen zu wollen, solange die unseligen Zustände - ich verstehe nicht, wie man mit diesem Regime verkehren, d.h. diplomatische Beziehungen aufnehmen und unterhalten kann – andauerten, zu diesem Aufenthalt bei? Tatsächlich wurde er, ohne sich an Anlass, ich glaube, ich wurde von Anhängern der Novelle droite? angepöbelt oder Ablauf genau erinnern zu können, zusammengeschlagen. Und nun liege ich, anscheinend für längere Zeit ans Bett in der Klinik gefesselt...ich bräuchte Bücher und einige Unterlagen aus meiner Wohnung.

Jacqueline?

Meine Frau ist ausgezogen, sie hat sich von mir getrennt, ich...er bemerkte meine Verlegenheit, erkläre dir alles später. Kannst du kommen?

Ich fühlte mich in die Pflicht genommen, so dass ich ihm die Bitte nicht abschlagen konnte. Ich versprach, ihn am Nachmittag zu besuchen – ohne im Augenblick zu bedenken, wie ich es wagen konnte, mich ohne Pass oder Ausweis auf die Straße zu wagen.

Véronique schlief noch. Es war für mich ein unüblicher Zustand, morgens? nicht allein zu sein. Ich kleidete mich nach dem Duschen leise an und legte ihr dann eine Notiz auf das Bett, dass ich zum Essen - Einkaufen unterwegs sei und bald wiederkommen würde. Wenigstens die Gewohnheit, mein Straßencafé, hier war ich sicher! aufzusuchen, wollte ich auch jetzt beibehalten. Dennoch ertappte ich mich dabei, wie ich, nach dem ich die Haustür geöffnet hatte, mich, ehe ich auf die Straße trat, vorsichtig, nach dem ich die Haustür geöffnet hatte, nach allen Seiten umblickte – und dabei auf die Concierge traf. Suchen Sie jemanden? die mich in ein Gespräch zu verwickeln versuchte. Ich bin, zumal am frühen Morgen, wenig redselig, konnte mich aber dem Ansturm, Gott, was sind das für Zeiten! nicht entziehen. Na, jeden Tag ein neues Kapitel…Haben wir uns das nicht gewünscht? Endlich wird aufgeräumt.

Ich hatte Marcel die Nummer meines Taxis gegeben, woraufhin er das Taxi bestellte. Ins Krankenhaus? Sie sind doch nicht etwa …? Nein, ich besuche einen Freund, Frédéric. Der von Paris Match? Ich nickte. Er hatte Frédéric mehrmals mit mir bewirtet – und er verwechselte immer wieder, oder war es Absicht? das Blatt, für das Frederic schrieb. Das Taxi! Lehrt Ihr Freund nicht auch an der Sorbinnen? Nein, am Institut… das Hupen meines Taxifahrers, ja, Gabriel, ich komme, unterbrach den neugierigen Frager. Grüßen Sie ihn von mir und gute Genesung – was, rief er, am Eingang seines Cafés stehend, fehlt ihm eigentlich? Aber ehe ich ihm antworten konnte, hatte Gabriel schon die Tür zugeschlagen und startete das Taxi.

Im Unfallkrankenhaus angekommen mussten wir zwei Krankenwagen, die uns vor der Einfahrt abfingen, Platz machen. Wir konnten beobachten, wie Sanitäter aus den Wagen sprangen und die auf den Bahren liegenden Schwerverletzten, Oh je! stöhnte Gabriel auf, in die Notaufnahme bzw. in den Operationssaal trugen.

Ich hatte Gabriel gebeten zu warten – mein Krankenbesuch würde nicht lange dauern. Frédéric, ich hatte ein Häufchen Elend erwartet, stattdessen empfing mich Frédéric mit einem Fluch: Ich dachte schon, Du Giaur! kommst gar nicht mehr.

Ich denke, Du Hundesohn bist schwer verletzt! Tatsächlich saß er aufgerichtet in seinem Bett, aber: Wie siehst du denn aus? mit einer Halskrause versehen, dass er den Kopf kaum wenden konnte, ein Bein und ein Arm bandagiert. Ich sehe, es geht dir gut – Du bist bestens versorgt. Du machst Urlaub?

Er antwortete mit einer Latte unflätiger Flüche, dann: Ich kann nicht klagen, aber: Ich habe mich von Jacqueline getrennt, diesmal für endgültig! und das Blatt, für das ich schreibe, hat nur noch eine geringe Auflagenhöhe, es stellt sein Erscheinen bald ein.

Das heißt…? ahnte ich die Folgen seines Gedankenspiels, eine schreckliche Prognose, die sich alle Jahre wiederholte.

Statt einer Antwort bat er mich, aus seiner Wohnung, er reichte mir die Schlüssel, ein paar Bücher und andere Unterlagen, sie lägen alle auf seinem Schreibtisch, zu besorgen, die Redaktion warte auf diesen Beitrag, und, er schaute mich flehentlich an, versuche, Jacqueline zu finden!

Was sollte ich tun? Ich zögerte. Wir fahren wieder zurück? fragte der Taxichauffeur. Nein, wir begeben uns zuerst, und ich diktierte ihm die Anschrift von Frederics Wohnung. Paris ist schmutzig, sagte mein Chauffeur, als er bemerkte, mit welcher Miene ich die überquellenden Papierkörbe, die nicht geleerten Mülleimer betrachtete. Ja, lachte er, wir befinden uns im Ausnahmezustand. Das ist wie in der Anarchie. Niemand trägt mehr für irgendetwas Verantwortung. Aber überall laufen bewaffnete Einheiten herum.

Es dauert nicht lange, sagte ich, als das Taxi vor dem Haus hielt, in dem Frédéric wohnte. Ich kannte sein Zuhause, d.h. ich war ein- oder zweimal Gast bei Dichterlesungen, einmal...ein junger Nachwuchsgelehrter, ein „kommender" Philosoph, hatte er nicht Partei ergriffen und (wie Ernst Jünger und ein berühmter Dichter und Rechtsgelehrter aus dem Nachbarland) die neue Zeit genpredigt?

Nehmen Sie mich mit? fragte ich einen älteren Herrn, der den Fahrstuhl betreten wollte. Ich bemerkte sein Misstrauen, als ich zu ihm stieg. Zweiter Stock, sagte ich. Sein Misstrauen stieg, als er, der Fahrstuhl setzte sich wieder in Bewegung, beobachtete, wie ich die Tür zu Frederics Wohnung aufschloss. Das Arbeitszimmer lag am Ende eines langen Korridors, auf dem Schreibtisch lagen Manuskripte und drei Bücher, die ich eilends zusammen-packte und in einer herumliegenden Plastiktüte verstaute. Ich erschrak, als ich beim Passieren des Korridors aus einer Tür, die nur halb angelehnt war, Geräusche wahrnahm. Ich stieß die Tür ein wenig weiter offen und erblickte zu meiner Überraschung Jacqueline, die mit einem Liebhaber im Bett lag. Sie hatte die Augen geschlossen und rang konzentriert mit ihrem Galan um die Erfüllung ihrer Wünsche. Ich kam nicht dazu, diesen Vorgang in ein, mein, moralisches Schema, einzuordnen, denn, und dies veranlasste mich, schleunigst zurückzutreten und unbemerkt die Wohnung zu verlassen, ich war entsetzt, ich glaubte ihren Partner, von dem ich nur die Rückenpartie und ein Bewegungsdiagramm wahrgenommen (die Grammatik unserer Bewegungen ist verräterisch) gesehen hatte, zu kennen – ohne ihn genau erkannt zu haben.

Ich eilte, noch halb benommen, im Treppenhaus die Stufen hinunter, bestieg, ohne mich um die Polizeisirenen, die von weitem und von allen Seiten auf mich eindrangen, zu sorgen, das vor der Tür wartende Taxi und kam erst wieder zu mir, als mein Chauffeur beim Abfahren mich darauf aufmerksam machte, dass die Ordnungskräfte, er schaute mich dabei misstrauisch an, genau vor diesem Haus Halt machten - und hineinstürmten.

Ich erinnere mich, dass wir durch ein Paris fuhren, das von allen guten Geistern, so mein Chauffeur, verlassen zu sein schien. Entvölkerte Straßen, nicht geleerte, überquellende Mülleimer – und Container vor den Häusern, sehr viel Militärpräsenz im Stadtbild, über uns kreisende Polizeihubschrauber…

Wenn Sie mich fragen, wandte sich unversehens mein Fahrer an mich, hat es was für sich, wenn nur noch Franzosen, ich meine, hier geborene, echte Franzosen, verbesserte er sich, als er meinen Blick wahrnahm, die Fahrerlaubnis erhalten, aber, knickte er vor seiner eigenen Courage ein, Paris ist eine Großstadt, eine

Metropole mit vielen Gesichtern – und was sehen Sie? Tatsächlich waren kaum Taxis zu sehen, und die Fahrer, soweit man sie erkennen konnte, wirkten „mitteleuropäisch". Ich weiß nicht, wohin das führen soll, nahm mein Chauffeur den Gesprächsfaden wieder auf, ich glaube, wir leben in einer Übergangszeit, die Wahlen…glauben Sie, dass Le Pen eine Chance hat? Ich achte sie, setzte er seinen Monolog fort, aber wenn wir uns wirklich von der EU verabschieden, isolieren wir uns – ich, wir Taxifahrer, leben, auch wenn unsere Zahl kleiner wird, vor allem von ausländischen Geschäftsleuten, Touristen…Schon wieder eine Kontrolle! Halten Sie Ihre Papiere bereit!

Diesmal gab es kein Entrinnen, ein jedes Fahrzeug bzw. die Insassen wurden überprüft. Es ist aus, dachte ich. Instinktiv griff ich in die Brusttasche, in der, wusste ich, meine Ausweispapiere nicht stecken konnten. Ich fühlte, dann fasste ich einen Bogen, einen Umschlag – die Entlassungspapiere aus dem Polizeipräsidium! Lächerlich, aber in der Verzweiflung— Ein, nicht Ihrer, der Fahr-gast. Bitte den Ausweis! - reichte ich dem Beamten die Entlassungspapiere. Erregten die Papiere zunächst überheblichen Spott und, er war dabei, sich höhnisch zu mir herunter zu beugen und mich zum Aussteigen aufzufordern, nahm er, er hatte die Papiere gelesen und die Unterschrift gesehen, plötzlich Haltung an und hieß uns weiterzufahren. Haben Sie eine Sondererlaubnis? fragte der Taxifahrer voller Respekt. Ich war noch zu benommen, um eine zufriedenstellende Antwort zu geben. Ich weiß nicht, sagte ich ehrlich.

So, wir sind da. Er hielt vor dem Haus, in dem meine Wohnung lag. Warten Sie hier, ich komme gleich wieder. Monsieur! Die

Concierge suchte das Gespräch. Jetzt nicht, mein Taxi wartet, deutete ich auf das vor der Tür stehende Fahrzeug und betrat den Lift. Die Tür zu meiner Wohnung war nicht abgeschlossen. Véronique!? Sie lag nicht im Bett und war nicht in der Wohnung. Wo...? Ich bedauerte, so kurz angebunden zu der Concierge gewesen zu sein und beschloss, sie zu fragen. Eine Tür, eine Etage über mir wurde plötzlich geöffnet, Lärmen und Lachen drang bis zu mir, dann vermeinte ich, unter maghrebinischen Lauten? Véroniques Stimme herauszuhören. Ich stieg die Treppe hoch, ein junger Mann, nachlässig gekleidet, kam mir auf dem Absatz entgegen, grüßte freundlich, trat zur Seite und betätigte den Aufzugknopf. Ist Véronique...? Der junge Mann zuckte mit den Schultern, wies aber, ehe er den Fahrstuhl betrat, mit einem Kopfnicken auf die offen stehende Tür. Ich klingelte. Niemand reagierte. Unvermindert drang das Lärmen einer heiteren Gesellschaft mir entgegen. Auch als ich das Klingeln wiederholte, er-folgte keine Reaktion. Unschlüssig, was ich tun sollte, vernahm ich deutlich die Stimme Véroniques, ohne zu verstehen, was sie sagte, anschließend ein gemeinschaftliches Lachen. Ich wagte es nun, in die mir fremde Wohnung, eine mir fremde Welt aus orientalischer Verschlagenheit und Heimtücke, wie die Presse schrieb, einzudringen, wobei mich der rücksichtslose Geräuschpegel meiner mir unangenehmen Nachbarschaft führte, bis ich am Eingang zu einem großen Raum stand, in dem vielleicht acht bis zehn Per-sonnen beiderlei Geschlechts saßen, die Tee? sicher mit Ingredienzien Zusatzstoffen schlürften, mitten unter ihnen eine mit Verbänden bandagierte weibliche Person: Véronique! Dachte ich zu-nächst, sie sei „entführt" worden, wäre das nicht naheliegend? schüttelte ich den Verdacht ab, denn Véronique ---Ich verstand nicht sogleich, was sie sagte, da sie, ich war irritiert, sich mit ihren Nachbarn in Spanisch oder portugiesisch unterhielt, führte, hatte es den Anschein, trotz ihrer

Verletzungen das große Wort. Das ist mein Freund, ein alter Freund, stellte sie mich vor, als sie auf mich aufmerksam geworden war, dann, als sie das Schmunzeln ihrer Umgebung wahrnahm, der Vater meiner besten Freundin! Und das sind unsere südamerikanischen Nachbarn, sie haben mir geholfen und mir Schmerzmittel aus der Apotheke besorgt, die Schmerzen sind weg! überraschte sie mich. Die „Nachbarn" forderten mich freundlich auf, Platz zu nehmen und rückten auf der Bank zur Seite und nötigten mich, einen Becher des giftigen Getränkes, eines, wie ich kurz darauf Abbitte leisten musste, bitte-Ren, aber harmlosen Tees, zu schlucken. Stell dir vor, Emanuela und Pablo spielen am Montmartre, und sie wies auf zwei andere Pärchen, sie treten jeden Abend, mit großem Erfolg, im Trocadero auf. Und mein Freund, kokettierte sie, ist Reisender in Sachen…ja, was machst du? sie schwamm…ich glaube, du schreibst für… verschiedene Blätter. Ich, ein wenig beschämt ob meiner Vorurteile, meines Irrtums! der ihr, Véronique, ja nicht verborgen geblieben war, bedankte mich für die Einladung, die Hilfe! Entschuldigte mich aber sogleich, da mein Taxi vor der Tür warte, denn ich müsste noch einen Freund, für den ich, fügte ich als Nachsatz hinzu, da mich Véronique verwundert anblickte, etwas besorgen sollte, im Krankenhaus aufsuchen.

Der Fahrstuhl war besetzt, so dass ich die Treppenstiegen wählte. Im Treppenhaus begegnete mir kein Mensch. Als ich auf die Straße hinaustreten wollte, schlug mir der Regen ins Gesicht. Das Taxi, mein Taxi! war nicht zu sehen. Sicher hatte der Fahrer, mein Aufenthalt dauerte länger, als es geplant war, gedacht, ich würde nicht mehr kommen - aber würde er auf die Gebühren verzichten? Ich beschloss, zu warten und stellte mich unter das Vordach des Hauseingangs, wo ich den Verkehr im Blick hatte, so dass ich bei Gefahr sofort in die Sicherheit des Hausflurs untertauchen konnte. Die Schüsse, die von irgendwo in der Ferne zu hören waren, ignorierte man, ich konnte bei keinem der vorüberhasten-den Passanten eine Reaktion, die auf Beunruhigung schließen ließe, erkennen. Am Kiosk nebenan konnte ich von meinem Platz aus die Überschriften der Zeitungen lesen: Sicherung der Grenzen, Beschränkung der Einwanderung bzw. organisierte Rückführung, Nationalisierung der Banken und der Schlüsselindustrien - die Einführung von Schutzzöllen zum Schutz der einheimischen Industrie und Landwirtschaft. War dies das Wahlprogramm des FN oder kamen ihm die anderen Parteien zuvor? Ich erstand für meinen Bekannten die Le Monde, den Figaro, die Liberation, die fragte, ob Petry mit Le Pen vergleichbar ist, und die L`Humanité. Sie überboten sich in nationalistischen Aufrufen, um bei ihren Zielgruppen zu punkten, hatte Frédéric behauptet. Frédéric, ein Schreck fuhr mir in die Glieder. Ich hatte die Unterlagen im Taxi liegen lassen, da ich gleich wieder zurückkehren wollte - ein Taxi, mein Taxi, ich atmete auf, fuhr dicht an das Trottoir heran. Ich hatte, entschuldigte sich der Taxifahrer, einen Noteinsatz. Ein Offizier, dessen Fahrer nicht erschienen war, forderte mich auf, ihn zu einem Einsatz in der Nähe der Oper zu befördern. Und da dies nicht weit ist, wir hörten die Schüsse, die näher herangerückt waren, ja, es ist was los in der Stadt! dachte ich - ich wusste nicht, wie lange Sie benötigen - ich schiebe diese Fahrt schnell dazwischen, danke, dass Sie wieder gekommen sind. Ich ließ mich in den Fond fallen. Bitte ins Krankenhaus. Ich tastete mit dem Fingern nach den Unterlagen - vergeblich, ich blickte mich um, ich rutschte von meinem Sitz zur Seite. Die Unterlagen...

Ich war, erinnere ich mich, verzweifelt. Was sollte ich Frédéric sagen? Mein Zorn richtete sich zunächst auf meinen Taxifahrer, der sich, wie sollte er dazu Stellung beziehen? herausredete: Ich wusste nicht, dass Sie beim Aussteigen wichtige Unterlagen im

Auto zurückgelassen haben. Wenn Sie nicht mehr da sind, dann muss sie der Offizier - mir schwanden die Sinne, Frédéric hatte auf die Bedeutung dieser Unterlagen für einen Artikel in der Liberation, den er in der Klinik schreiben wollte, hingewiesen - eingesteckt und mitgenommen haben. Das hieß, wurde mir bewusst, dass diese Aufzeichnungen in die falschen Hände geraten waren! Ich mache es kurz: Ich überstand den Wutanfall, ebenso die anschließende Strafpredigt, in der mir Frédéric zu Recht Vorhaltungen über meinen Leichtsinn, meine Bedenkenlosigkeit! machte. Als wäre dies nicht genug, fragte er mich, ob ich, als ich mich in der Wohnung aufhielt, Jacqueline gesehen hätte. Ich reagierte, um meine Bestürzung zu verbergen, auch um ihm, ich ahnte, was sie ihm in Wahrheit bedeutete und um dem einen Schmerz nicht noch einen weiteren hinzuzufügen, mit einer Gegenfrage: Hast du nicht gesagt, sie sei ausgezogen? Ach ja, seufzte er.

Die Verkehrsbetriebe haben den Verkehr nachts eingeschränkt, und viele Fahrgäste, wusste mein Taxifahrer, meidet die Metro, sie haben Angst. Kann man ihnen das verdenken? Ja, kam er meinen Einwänden zuvor, gute Zeiten, schlechte Zeiten! Wir haben viel zu tun, alle wollen nur von einem echten Franzosen, dem Original, brüstete er sich nicht ohne Eitelkeit, gefahren werden. Die Verkehrsbetriebe schränken den Verkehr nachts ein. Hier haben Sie, vertraute er mir, meine persönliche Taxirufnummer, an, wenn Sie mich wieder brauchen...nachdem ich ihn entlohnt hatte.

Ich hatte, nachdem mich die Fahrerei mit dem Taxi, die Furcht, jederzeit wieder angehalten und „ohne Papiere erwischt" zu werden, sowie die Auseinandersetzung mit Frédéric, meine eigene Arglosigkeit: Nachlässigkeit ermüdet, sagen Sie ruhig; erschöpft hatten, die Hoffnung, dass Véronique wieder in die Wohnung zurückgekehrt sei. Ich rief, als ich die Tür hinter mir gen-schlossen hatte, ihren Namen, ein-, zweimal, erhielt aber keine Antwort. Ich wollte mich schon damit abfinden, wieder alleine zu sein, als ich durch einen Türspalt zum Schlafraum ihre über eine Stuhllehne abgelegte Garderobe erblickte. Vorsichtig öffnete ich die Tür, dass ich hindurchtreten konnte; Véronique schlief und atmete gleichmäßig. Den Verband hatte sie abgenommen, ich erkannte, dass die Wunde gut verheilte. Da ihre Bettdecke ver.-rutscht war und die Beine freilagen, hob ich sie sachte hoch und deckte die Beine zu. In diesem Moment schien sie aufzuwachen, Paul, flüsterte sie, Paul? Ich beugte mich zu ihr, um sie besser verstehen zu können, als sie mich umhalste, d.h. sie schlang ihre Arme um mich und zog mich zu sich, so dass ich das Gleichgewicht verlor und beinahe auf sie zu liegen kam. Paul, sie nannte mich, ich weiß nicht warum, seit jeher Paul! und, ehe ich mir versah, küsste sie mich. Mit einer kleinen Drehung konnte ich die verfängliche Position beenden, ich lag jetzt neben ihr. Sie kuschelte sich dicht an mich. Ich gebe zu, ich war angetan, ich war entzückt, und gab in einem Augenblick, in dem ich die Kontrolle über mich verlor, mich meiner Schwäche hin! ich spürte den jungen Körper an meiner Seite, der alle Wünsche und Begierden frei-setzte, die ein Mann in meinem Alter viel zu lange unterdrückt hatte – zugleich erhob sich mahnende Stimmen in meinem Inneren, sie tobte! wie konnte ich die Tochter eines guten Bekannten, die in mir bisher allenfalls ihren Mentor gesehen hatte – ein Misstrauensbruch, ja, ein Missbrauch ihrer Jugend, die infolge ihrer Verletzung unzurechnungsfähig und zu einem Schritt bereit war, den sie, wir beide!! wenig später, dies versicherte ich mir, bereu-en würde...die Stimme in mir, mein Gewissen! gewann die Oberhand, ich drückte sie, ohne sie zu verletzen, sanft zur Seite und benutzte meinen Freund, ich hatte dir von ihm erzählt? als Ausrede. Ich hätte etwas vergessen, das ich ihm vorbeibringen wollte, musste! Ich war aufgesprungen, konnte mich aber dem enttäuschten Gesichtsausdruck meiner mir anvertrauten kleinen Freundin nicht entziehen, ja, ich beeile mich, ich bin bald wieder zurück! Ich floh!

Mein Herz klopfte. Gehen, Flanieren wäre angebracht, indes überall Kontrollen. Auch die Métro zu benutzen, traute ich mich nicht, ich wollte auf ein Taxi warten. Mein Anstand, ja, diesen Begriff gebrauchte ich in meiner Bestürzung, verbot mir, jeden Gedanken an eine enge Beziehung, erst recht, mich physisch, leibhaftig einer solchen Versuchung auszusetzen...ach Véronique, du bist jung, bist die Tochter eines Freundes, ja, ich verstehe, du bist frei und kannst selbst entscheiden, ich bin alt, schwach... nein?

Ach, nichts von dem ist wahr, wenn es sich doch so abgespielt hätte, ich, ein Jünger der Lust, versagte vor der schönsten Aufgabe, die vor mir lag, das Geschenk, das der Himmel für mich aufbewahrt hatte!

In den Abendausgaben der Zeitungen am Kiosk konnte ich die Feststellung des Präsidenten lesen: Der islamistische Terrorismus hat Frankreich, Europa, der ganzen Welt den Krieg erklärt! Dies müsse ganz besondere Gegenmaßnahmen erfordern - er konnte die Nationalversammlung nicht von einer Verfassungsänderung überzeugen: eine nationale Union zur Stärkung des Kampfes gegen den Terrorismus. Wir müssen, redete ich mir ein, Verständnis zeigen für die Entscheidungen: sich absetzen von einer naheliegenden Reaktion würde die Regierung auf eine Stufe mit der Politik des FN stellen...ach ja!

Ein Taxi, das vierte, das ich versuchte, herbeizuwinken (nach der Telefonnummer meines Taxis hatte ich vergeblich gekramt) hielt endlich. Fahren Sie, einfach fahren. Soll ich Sie in die Klinik befördern? Ich erkannte „meinen" Fahrer wieder. Ich glaube nicht an Determinanten wie Schicksal, Vorherbestimmung, auch eine gegenläufige Einstellung, die den Zufall oder den Freien Willen, als Grundkonstituanten einer Philosophie des Lebens, betont, sind mir suspekt. Das Leben bietet immer wieder Gelegenheit, sich mal für das eine, mal für das andere Lager zu engagieren - oder totschlagen zu lassen! Einfach fahren. Fahren Sie, schlug ich vor, zu den Jardin des Plantes, ich hatte nicht die Absicht, dort auszusteigen und...zu lustwandeln, so dass mich die Auskunft meines Fahrers, der Jardin sei geschlossen, nicht erschüttern konnte. Nun fahren Sie! Irgendwohin, kreuz und quer, lachte er. Fahren wir in den Norden, das wollte ich Ihnen zeigen: die Banlieues, waren Sie schon einmal hier? Er wartete meine Antwort nicht ab, sondern fuhr fort. Ich weiß: Hohe Arbeitslosigkeit, vor allem die Jugendlichen sind betroffen, keine Perspektive...wie heißt es? Jeder ist seines Glückes Schmied! Ich kann für mein Schicksal nicht immer die anderen verantwortlich machen. Deshalb wäre die Entscheidung, übrigens eine alte Forderung des FN: Beschränkung der Einwanderung bzw. wenn sie straffällig geworden sind, im Schnellverfahren die Anordnung der Rückführung und Einwandererkindern die Staatsbürgerschaft aberkennen. Der Kampf gegen den Daesh, wenn er erfolgreich sein will, muss im Kindergarten, er lachte, beginnen. Meinen Sie nicht auch? suchte er nach meiner Zustimmung. Ich nickte ergeben, zugleich war ich froh, meinem Gedankenwirrwarr zu entgehen.

Plötzliche Schüsse und ein scharfer Ausweich – und Bremsversuch, das Fluchen meines Fahrers rissen mich aus meiner Lethargie, dann ein scharfes Wiederanfahren, Gasgeben erlaubten mir nur einen kurzen Blick auf den Grund dieses Manövers: Zwei Fahrzeuge waren ineinander verkeilt, die Fahrer und/oder Insassen, hockten mit gezückten Waffen hinter oder neben dem Wagen, ihnen gegenüber, auf der anderen Straßenseite, Militärs, die mit großem Aufgebot sie in Schach zu halten versuchten und mit einer Sprechtüte zur Aufgabe überreden wollten. Weg, nur weg, war mein Gedanke, unwillkürlich duckte ich mich, weg, nur weg, sagte auch mein Fahrer, den ich längst, er erinnerte mich an einen frühen Bekannten, Gabriel nannte...den ich zu meinem Schutzengel erkor, Erzengel Gabriel, als hinter uns Schüsse fielen, Schüsse? Gewehrsalven. Das kann Ihnen heute überall passieren, entschuldigte sich? Gabriel, die Stadt ist im Aufruhr. Und die Schwarzköpfe nutzen das aus.

Wir fuhren jetzt durch ruhigere Zonen. Die Banlieues schienen in Tiefschlaf gesunken zu sein. Täuschen Sie sich nicht, das sieht nur so aus, klärte mich Gabriel, als hätte er meine Gedanken erraten, auf. Hinter den Fenstern, da! deutete er auf ein Fenster, hinter dem ein Gesicht verschwand, weil der Vorhang vorgezogen wurde, lauern die Daeshs. Hier hat die Armut ihr Zuhause, wagte ich zu äußern. Armut! lachte Gabriel, erst Schulabbrecher, dann arbeitsscheues Gesindel, das mit Drogen und Prostitution in das Weichbild der Stadt drängt. Und Schutzgelderpressung. Und, setzte er seine sozial – politische Stadtführung fort, dies alles geschieht im Namen Allahs, um die Ungläubigen zu prüfen, zu strafen. Sehen Sie! Er fuhr jetzt langsamer, vor den Häusern standen junge Burschen. Sehen Sie die Gesichter? Die würden uns am liebsten ein Messer an den Hals setzen. Nein, keine Angst, wir halten nicht an. Da! Das ganze Jahr über Kostümfest. Ich erblickte tiefverschleierte Frauen, nur die Augen waren zu sehen, in langen Gewändern. Ich denke, die Verschleierung ist verboten. Verboten! lachte mein Fahrer. Wer soll sie daran hindern? Solange sie in ihrer Wohnzone bleiben – hier traut sich keine Gendarmerie her. Ein plötzlicher Schlag gegen den Kofferraum, ein weiterer Schlag auf die Motorhaube - sie haben uns unter Beschuss genommen, rief Gabriel, der den Wagen beschleunigte, um dem Steinschusshagel zu entgehen. Die Stimmung ist aufgeheizt, entschuldigte er sich. Wir haben die Einwanderer aus Afrika vernachlässigt, sagte ich. Vernachlässigt? Wir haben Ausbildungsstätten gebaut, Freizeitangebote eingerichtet – sie haben das nicht angenommen, alles haben sie zerstört!

Ein Auto hatte sich an unsere Fersen geheftet, es kam bedrohlich nahe, Gabriel versuchte fluchend in Schlangenlinien fahrend, einer Kollision auszuweichen. Ich konnte, so dicht fuhr der vollbesetzte Wagen auf, in die johlenden Gesichter sehen, es musste ihnen Spaß machen, die Eindringlinge, dabei hatten wir die Grenzen der Banlieues wieder überschritten und hinter uns gelassen, zu bedrohen – und in Lebensgefahr zu bringen. Gabriel fummelte, ich konnte den Sinn nicht erraten, an irgendwelchen Knöpfen am Armaturenbrett herum. Komm, Komm, ja, Standortmeldung: und er meldete die Koordinaten, die er vom Bildschirm des Navigationsgeräts ablas, seiner Zentrale? Konzentrieren Sie sich doch auf die Fahrbahn, entfuhr es mir. Ein plötzlicher – erwarteter – Stoß von hinten brachte unser Fahrzeug ins Schlingern, Gabriel hatte Mühe, den Wagen auf der Straße zu halten, sie versuchten nun, ihre manipulierten, absenkbaren Stoßstangen, Bullenfänger! schimpfte Gabriel, unter die unseren unterzuschieben und hoben uns wie ein Nashorn seinen Gegner mit den stählernen Overridern hoch, dann hingen wir, soz. auf zwei Beinen, die Fahrzeuge hatten sich ineinander verhakt, wie ein Fisch an der Angel und waren nun vollends dem Spiel der freien Kräfte, der Willkür unserer Verfolger ausgesetzt, die nun, es war ihnen, sie schlenkerten ihre Arme, die Freude und Genugtuung anzusehen, alles daran setzten, uns von der Straße zu drängen. Ich hatte kein Empfinden, war es Traum oder Wirklichkeit, ich war wie gelähmt – oder sollte ich sagen, eine Gleichgültigkeit setzte sich fest in mir, ich beobachtete alles wie aus einer sicheren Distanz, ohne mich betroffen zu fühlen. Sie schoben uns langsam an den gegenüberliegenden Straßenrand der zu dieser Zeit wenig befahrenen Straße, d.h. es gab keinen Gegenverkehr, ich sah, wie der Strassengraben immer näherkam, als der Vorgang durch ein blaues, sich rasch näherndes Lichtblinken ins Stocken geriet. Ich erkannte die Überraschung in den jugendlichen Gesichtern, gepaart mit, sollte ich mich täuschen? Furcht, sie „klinkten sich aus", so dass Gabriel das Abrutschen in den Straßengraben abfangen und den Wagen wieder sicher auf die Fahrbahn lenken konnte. Ich konnte beobachten, wie die Jugendlichen ihr Fahrzeug wendeten, beschleunigten und mit hoher Geschwindigkeit dem Blaulicht zu entkommen versuchten. Zwei Polizeifahrzeuge nahmen die Verfolgung auf, ein drittes hielt, zwei Offiziere sprangen aus dem Einsatzfahrzeug, auch Gabriel, noch schwer atmend, hatte das Taxi zum Stehen gebracht, öffnete die Wagentür, trat auf die Straße und schüttelte den Offizieren die Hände. Ich konnte von der Unterhaltung nichts verstehen, fühlte mich aber erleichtert, als Gabriel wieder den Wagen bestieg und ich meinen Wachtraum in ruhigere Bahnen lenken konnte. Ausräuchern sollte man die Bande! erregte sich Gabriel, und, ich sah, wie er mich im Rückspiegel beobachtete, konnte ich Ihnen ein wenig Wasser in den Wein schenken? Ich verstand ihn nicht. Wir haben diese Fahrt unternommen, damit Sie Ihre Illusionen, Sie denken doch noch immer, wir, die Franzosen, kommen aus mit dem...Gesochse! Nun, was denken Sie?

Ich denke, es machte mir Mühe zu sprechen, dass wir uns etwas herangezüchtet haben...wir haben die Kontrolle verloren.

Wir haben sie, die angeblich, weiß der Henker, was bei ihnen zu Hause los war, Hilfe brauchten, aufgenommen, sie waren in Sicherheit; es gibt auch, meinen Sie nicht? eine Bringschuld! Ich muss auch etwas zurückgeben können – und wenn es das ist, die Gesetze und Bräuche meines Gastgeberlandes achten.

Ich dachte an Frédérics Artikel, in dem er von einer Konjunktur der Ausgrenzung sprach. Dabei sollte die Exklusion, als Signatur der Moderne, meinte er, überlegte ich, damit die grande pouvertät, den naturwüchsigen Mangel an einer Beteiligungsmöglichkeit, und die straffälligen…Folgen nicht auswegslos sein? diese Abweichung vom Kodex des Normalen, die Exklusion, er spielte auf die beschönigende Semantik Foucaults an, eine Therapie, d.h. die Resozialisierung – und welche? in den Brutkästen der Banlieues? die Inklusion einschließen. Ich maße mir nicht an, „den Freigelassenen der Schöpfung" eine Integrationsabsicht abzusprechen; zunächst misstraut die eigene Erfahrung den Annäherungsversuchen, ohne ihre Zueignung für irreversibel zu halten.

Die Realität unterbrach meine Überlegungen, Checkpoints der Polizei zwangen die Fahrzeuge, ihre Geschwindigkeit zu drosseln, sich einzuordnen und, einige, darunter uns, winkten sie heraus, um sie kontrollieren zu können. Automatisch griff ich in meine Brusttasche, ehe mir bewusst wurde, dass ich meiner Identität verlustig geworden war. Gabriel hatte das Seitenfenster heruntergedreht und wechselte mit dem Flic ein paar Worte, ich rechnete schon mit dem Schlimmsten, ehe ich mitbekam, dass die Blechschäden unseres Autos die Aufmerksamkeit der Polizeistreife gefunden hatten. Nervös wurde ich, als Gabriel die Tür des Autos öffnete, ausstieg und mit den Flics die Blechschäden begutachtete. Ich konnte hören, wie Gabriel schimpfte und fluchte, als er das Ausmaß der Schäden besichtigte. Ein Beamter versuchte, ihn zu beschwichtigen. Andere Polizisten waren hinzugetreten und nahmen die Schäden in Augenschein. Scheißpack! Es wurde, das empfand ich, brenzlig. Eigentlich müsste ich den Wagen abstellen und von einer Reparaturwerkstatt abholen lassen, klagte mein Fahrer. Zurück nach Afrika! Das wäre, ich hielt den Atem an, das Beste, sagte der Polizist. Ich wusste nicht, auf wen er sich mit seiner Antwort bezog. Ich habe noch einen Fahrgast, danach vielleicht. Er bestieg wieder das Taxi. Na da, der Flic beugte sich zu mir herunter und grüßte freundlich und wünschte gute Fahrt!

Gabriel hatte, als er, immer noch vor sich herfluchend, anfuhr, das Radio eingeschaltet; die Musik, Chansons und klassische Musik drehte er ab, bei den Nachrichten hielt er an: ...Zielgruppe v.a. kleine Selbständige und Mittelständler, heute vermehrt Arbeitslose und Arbeiter, organisierte Bevorzugung der Franzosen auf dem Arbeitsmarkt...Das ist doch selbstverständlich, kommentierte Gabriel die Durchsage, eine weitere Forderung, und hier sind sich die Republikaner mit den Sozialisten einig, dem Vorschlag des FN zu folgen: Nationalisierung der Banken und der Schlüsselindustrien, u.a. Industriezweige, die Einführung von Schutzzöllen zum Schutz der einheimischen Industrie und Landwirtschaft. Nicht zuletzt aufgrund dieser Entwicklung ist das jährliche Treffen der Staatsoberhäupter, auch auf Druck der Opposition, abgesagt worden.

Die Franzosen zeigen doch noch ihren Stolz! Wir besinnen uns wieder, wer wir sind! Finden Sie nicht auch? Ich wurde einer Antwort entbunden, denn eine Meldung schlug uns beide in Bann:

Ein Auto mit Jugendlichen Franzosen nordafrikanischer Herkunft, das zuvor in den Banlieues ein Taxi bedrängt und mehrmals gerammt hatte, ist bei der Verfolgungsjagd von der Polizei in hoher

Geschwindigkeit von der Straße abgekommen und verunglückt. Von den Jugendlichen heißt es in einer ersten Stellungnahme, habe niemand diesen Unfall überlebt.

Unfall! Es gibt doch noch eine Gerechtigkeit, entfuhr es meinem Chauffeur.

Dennoch fühlte ich mich bemüßigt, an unsere Betroffenheit? wollte sich ein Gefühl einstellen, zu appellieren. Ich bemerkte selbst, wie unglaubwürdig sich dieser Versuch ausnahm: Ich hätte ihnen alles gewünscht, aber dass sie sich gleich zu Tode...

Nur kein Mitleid! Da, sehen Sie! Gabriel hatte seine Fahrt verlangsamt. Razzia! Vor einem Gebäude, das eine stadtbekannte Disco beherbergte, waren Polizeiautos vorgefahren. Polizeikräfte stürmten in den Eingang, eine andere Einheit blieb vor dem Gebäude stehen und hatte ihre Gewehre entsichert. Wenig später stolperten junge Männer und Frauen, unsanft von den ihnen folgenden Polizisten gestoßen, mit erhobenen Händen auf die Straße. Véronique! entfuhr es mir, als eine junge Frau mit langen Haaren einen Polizisten, der sie geschubst hatte, so dass sie beinahe hingefallen wäre, anspuckte. Nein! schrie ich, als dieser mit dem Gewehrkolben auf das Mädchen eindrosch, ohne dass einer seiner Kameraden einschritt. Die Frau stürzte blutüberströmt zu Boden.

Sagen Sie bloß, Sie kennen diese Anarchistin! Nein, ich habe sie mit einer Bekannten verwechselt. In diesem Moment kam alles wieder in mir hoch, meine Erinnerung, wie konnte ich dies vergessen! auch, es durchfuhr mich, warum ich in diesem Taxi sitze, meine Flucht! „vor der Zudringlichkeit" meiner jugendlichen Freundin. Und, wir näherten uns meinem Wohngebiet, die bevorstehende Unausweichlichkeit unserer Wiederbegegnung. Wie sollte ich ihren Wünschen, die zugleich die meinen waren, entgehen können, wollte ich dies wirklich? Sollte ich mich nicht geschmeichelt fühlen? Andererseits: War ich nicht, wenn ich ehrlich mir gegenüber war, eine Laune, das gedankenverlorene Spiel eines Augenblicks? meiner Bekannten, das sie im nächsten Augenblick wieder mit einem Lachen abbrechen würde und ich mich, beschämt, vor mir selbst erniedrigt! entschuldigen ob meines Irrtums, meiner Selbstvergessenheit, meiner unentschuldbaren Verfehlung, zurückziehen würde.

Das waren z.T. Nachfahren von Einwanderern. Man sollte ihnen die französische Staatsbürgerschaft entziehen!

Das Fehlen „nichtreinrassiger" französischer Arbeitskräfte machte sich bemerkbar, Métro, Taxis verkehrten unregelmäßig, vieles, auch im Warenverkehr, blieb liegen, öffentliche Gebäude verschmutzten…

Es wird nicht das letzte Mal gewesen sein, dass wir zusammen fahren. Hier, er zog eine Karte aus dem Handschuhfach. Danke, ich tastete in meinem Jackett, ich habe bereits Ihre Nummer.

 Rufen Sie mich an, wenn Sie mich brauchen!

Ich stand vor dem Haus, in dem ich wohnte. Hätte ich einen Wunsch frei, ich wünschte mir, Véronique wäre bei unseren exotischen Nachbarn, wie unbefangen könnte ich ihr gegenübertreten! War da nicht? Ich hatte, als ich das Haus betrat, ein Geräusch gehört, war das nicht die Concierge? Normalerweise versuchte ich ihr aus dem Weg zu gehen, nicht Opfer ihrer mitteilsamen Geschwätzigkeit zu werden. Heute sehnte ich es herbei, ihr über den Weg zu laufen…Ach, ich möchte Ihnen sagen, ich,

Sie, wir haben uns getäuscht in unserem voreiligen Urteil den jungen Mietern gegenüber. Sicher, sie sind auffällig, laut, bunt, anders, aber sie sind ehrlich, hilfsbereit. Aber die Concierge, meine Hoffnung auf Aufschub, meine Rettung, war nicht zu erblicken. Der Fahrstuhlkäfig stand bereit, mich aufzunehmen, mich schnell, viel zu schnell in mein Verderben, in mein Himmelreich, ach! zu befördern. Ich wählte, nein, ich bin kein Kostgänger, die langsamere gnadenreiche Variante und stieg Stufe für Stufe meiner Bestimmung, meinem Schicksal, entgegen. Vor der Tür zu meiner Wohnung überlegte ich, soll ich den Schlüssel nehmen oder sollte ich klingeln? Vielleicht, ein letzter Hoffnungsfunke, war Véronique, meine Verführerin, mein Engel! ausgeflogen? Ich schloss die Tür auf...

ich lauschte, alles war ruhig. Véronique? Ich hatte halblaut ihren Namen gerufen, nichts rührte sich. Sollte sie, in ihrem Zustand, noch immer trug sie die Spuren ihrer Misshandlung, nicht zu übersehen, auch in ihrem Gesicht...die Wohnung verlassen haben? Hoffnung schlug mir entgegen, die gestört oder überdeckt wurde durch ein mir unerklärliches Gefühl...

Wenn es denn so gewesen wäre – vielleicht hätte das Schicksal einen anderen Verlauf genommen, so aber...Mein Herz klopfte. Gehen, flanieren wäre angebracht, indes überall Kontrollen. Auch die Métro zu benutzen, traute ich mich nicht, ich wollte wieder auf ein Taxi warten. Mein Anstand, ja, diesen Begriff gebrauchte ich in meiner Bestürzung, verbot mir, jeden Gedanken an eine enge Beziehung, erst recht, mich physisch, leibhaftig einer solchen Versuchung auszusetzen. Ach Véronique, du bist jung, bist die Tochter eines Freundes, ja, ich verstehe, du bist frei und kannst selbst entscheiden, ich bin alt, schwach - nein? Ich öffnete die Tür zu meinem Schlafzimmer- da lag sie. Gott weiß, dass ich von keinem Gedanken beseelt war, als dem, sie möge in Frieden schlafen und gesund werden. Dennoch, ich weiß nicht, aus welchem unerklärlichen Grunde beugte ich mich über sie, ich hörte den gleichmäßigen Atem, schob die Haare, die ihr in den Mund zu hängen, drohten zur Seite, als die soeben noch tief und fest, so schien es, Schlafende mich mit ihren Armen umschlang und Cheri, ich habe auf dich gewartet, endlich bist du da, flüsterte.

Ich habe mich gewehrt, ich wollte ihr nicht, mir nicht…es sind all die Torheiten, die Ausflüchte, die berechtigten Ausreden! die diese unmögliche Situation beschwören. Ich bin zu alt, ich könnte dein Vater sein, unser Vertrauensverhältnis

…war nie fester als jetzt! Und sie legte ihren Finger auf meine Lippen. Kein Wort mehr! und ich wollte ihr sagen, dass ich noch, die Angelegenheit sei dringend! Frédéric, er liegt im Krankenhaus, aufsuchen müsse, übrigens, ich war in den Banlieues! ich weiß, was dort….pssst!

Ich wachte auf – ohne schon wach zu sein, und befand mich in jenem Zustand, einer durch kein Missverständnis der Realität getrübten Traumlaune, wo sich die Gleichgewichte verschieben und die Erdanziehungskraft einer seelischen Unbekümmertheit weicht. Ich breitete meine Flügel aus, ich schwebte, die Augen noch geschlossen und tastete nach meiner Begleiterin, da, da… wo Himmel und Erde in der kosmischen Erfahrung zusammenstürzen, wo die augenblickliche Erfahrung der Ewigkeit sich an der Leere des Raumes, der Unendlichkeit der Freiheit bricht, ich, ja IKARUS!

Ich war alleine. Auf dem Tisch fand ich die Nachricht: Ich muss... ich konnte nicht entziffern, was sie geschrieben hatte. Dann: Danke, dass du mir geholfen hast. Es war schön...Küsschen Véronique. Ich schaute aus dem Fenster. Draußen schien die Sonne. Der Verkehr hatte wieder zugenommen, fast schien es, als sei alles vergessen! Wir sterben, und das Leben geht weiter.

Ich suchte mein Frühstückscafé auf. Die Bedienung von Marcel brachte mir unaufgefordert einen café au lait, nein danke, wer soll das trinken, bitte einen Espresso. Marcel eilte herbei, Sie ist neu – hast du schon gehört? Er reichte mir die neue Ausgabe von Le Monde und Figaro. Die Grenzen zu den Nachbarländern sollen dicht gemacht werden, schimpfte er. Ist die Welt verrückt geworden? Die demokratischen Parteien müssen zusammenhalten, die üblichen Verschwörungstheorien! Das Projekt Europa, las ich im Figaro, ist gescheitert. Die Nationen müssen wieder zu sich finden. Eine neue, europaweite Rechte kann vielleicht einen neuen Anlauf wagen.

Ich wählte ihre Telefonnummer, nach kurzer Wartezeit eine Stimme, der Teilnehmer ist nicht erreichbar. Bitte hinterlassen Sie eine Nachricht. Ihre Handynummer war besetzt. Endlich, eine fremde Stimme: Ja, bitte? Ich möchte Véronique sprechen. Eine kurze Pause, dann wurde aufgelegt. Ich wiederholte meinen Anruf und vergewisserte mich, die richtige Nummer gewählt zu haben. Ohne Erfolg. Das lautstarke Gebaren neuer Gäste, drei kaum aus dem Ei geschlüpfte junge Männer, hielt mich von weiteren Versuchen ab und lenkte meine Aufmerksamkeit auf ihre Unterhaltung. Sie schimpften auf die zurückhaltenden Maßnahmen der Regierung, endlich aufzuräumen und das Land, so der wörtliche Tenor, wieder den Franzosen zurückzugeben. Und die Meinungsmache der Presse, hier könnt ihr es lesen, einer von den dreien war aufgesprungen und hatte, ohne mich zu fragen, nach der neben mir liegenden Le Monde gegriffen, zitierte die Überschrift und mit den Worten Lügenpresse, verdammte, zerfetzte er das Blatt. Ja, man sollte die Journalisten einsperren! sekundierten die beiden anderen sein Verhalten. Meine Herren, ich muss Sie bitten...Marcel unternahm den Versuch, Herr im eigenen Haus zu bleiben, scheiterte aber an der Front der jugendlichen Übermacht. Sein Blick glitt über die Tische, zwei andere Gäste hatten das Café fluchtartig verlassen, eine ältere Dame, ganz bei sich, puderte sich...und blieb bei mir hängen. Nein, bitte nicht! Mir sind Auseinandersetzungen, die nur mit Gewalt, redete ich mir ein, gelöst werden können, wer wollte die drei mit Argumenten überzeugen? zuwider, zudem, überzeugte ich mich selbst, bin ich in einem Alter, in dem sich Handgreiflichkeiten von selbst verbieten. Ich war aufgestanden, in Marcels Augen entdeckte ich einen Hoffnungsschimmer, die drei Burschen schauten mich überrascht, dann provozierend an. Sie haben meine Zeitung, in der ich gerade lesen wollte, mir, ohne mich zu fragen, weggenommen und zerrissen! In diesem Land gilt noch immer die Meinungsfreiheit! Ich weiß nicht, was mich zu diesen unsinnigen, spontanen Vorhaltungen veranlasst hatte, Marcel blickte zustimmend, wenn auch ungläubig, auf seinen Stammgast, die drei Burschen, hatte ich es anders erwartet? brachen in Lachen aus, einer von ihnen war aufgesprungen, packte mich am Kragen und wollte mich wie einen räudigen Hund, ja so beschimpfte er mich, schütteln und, Volksverräter! schrie er, zur Rechenschaft ziehen, als, die Tür war aufgegangen, neue Gäste, meine südamerikanischen Freunde! bewillkommnete ich sie in diesem Augenblick, den Raum betraten. Mein Folterer fühlte sich seinerseits am Schlawittchen gepackt, und drehte sich, das Unmögliche noch nicht wahrhaben wollend, um und blickte auf eine Gestalt, die einen Kopf größer war als er und ihn zwang, mich loszulassen. Die beiden anderen Burschen waren aufgesprungen, sahen sich aber einer Übermacht gegenüber, und in solchen Augenblicken siegt auch bei dem Verstocktesten die Vernunft, sie bliesen zum Rückzug, nicht ohne, ein letztes Aufbegehren, dies in einen Sieg umzudeuten und die Marseillaise anzustimmen.

Danke, sagte ich. Danke, sagte Marcel. Einen Espresso für die Herren – und die Damen, fügte er hinzu. Auch ich nahm erst jetzt die Begleiterinnen wahr - ja, wir haben Besuch erhalten, stellte Pablo seine neuen Mitbewohner vor, neben Emanuela, die sich soeben an den großen runden Tisch in der Mitte des Raumes setzte, Victoria, die ich schon kannte, L. und B., ich begrüßte sie, mit ihren Freunden Manuel, ich nickte ihm, meinem Retter zu, und Sancho.

Sie kommen zu einem ungünstigen Zeitpunkt nach Paris, sagte ich und ward mir sogleich, Pablo hatte zu lachen begonnen, meines Widerspruchs gewahr. Was mich betrifft, ergänzte, verbesserte ich mich, natürlich im rechten Augenblick!

Ja, wir stehen kurz vor einer Revolution! spottete Carlo. Überall nationale Kundgebungen! und Emanuela wird demnächst, fahneschwenkend, als Marianne auftreten…ah ja? Sie nahm die Haltung à la Delacroix an, und ich, sprang ihm Pablo bei, als Robespierre…nein, wenn schon, rief Emanuela dazwischen, als Napoleon! Pablo wechselte die Stellung. Manuel hatte sein Handy gezückt und machte mehrere Aufnahmen von den beiden. Und du, wandte sich Emanuela an Manuel, wirst uns dann malen – Manuel, musst du wissen, ist zu Hause, in ganz Lateinamerika, ein bekannter Künstler – das schreiben die Zeitungen. Ach, wehrte sich der angesprochene, der die Ironie wohl verstanden hatte, du musst nicht übertreiben! Nun, stellte Victoria klar, du bist nicht ohne Grund eingeladen worden, bei

Robert auszustellen. Ach, warf Marcel, der die Getränke brachte, ein, hier hängt doch ein Plakat, und er wies mit der Hand auf die Schaufensterscheibe, wo man gegen das Licht neben den von hinten unleserlichen Schriftzügen die Umrisse einer der gegenständlichen, wenn auch ins Expressionistische abgleitenden Malerei erkennen konnte.

Ich hatte auch in einer Vorankündigung von der Ausstellung gelesen – sie reichte, ohne dass bisher einer der Kritiker ein Bild hatte sehen können, je nach weltanschaulichem Standort der Gazette, von einer Empfehlung bis zur Ablehnung. In einer angespannten Situation lief die Ausstellung Gefahr, beim Wort genommen zu werden! D.h. bei der politischen Gemengelage, verallgemeinerte ich mir: so oder so,

Hier kollidiert der Istzustand mit einer Wahrscheinlichkeit, die einem naheliegenden Wunschdenken geschuldet ist oder einem gefälligen Optativ, ja, vielleicht einer Alternative, ohne einer der beiden Formen eine Referenz für einen Ausgang auszustellen. Ist nicht unser ganzes Leben, wie Paul Valéry bekannte, darauf gegründet, Ereignissen zuvorzukommen? Wann, fragte ich, wird die Ausstellung eröffnet?

Die Vernissage ist am nächsten Wochenende.

Unter starken Sicherheitsvorkehrungen, lachte Manuel und, darf ich? schaltete das Radio ein. Musik von Jara erklang.

Wenn Sie nichts dagegen haben, komme ich.

Bringen Sie Ihre Freundin mit, lud mich Manuel ein. Wo ist sie überhaupt?

Ich habe versucht, sie zu erreichen. Marcel, darf ich telefonieren?

Bitte. Er wies auf den Vorhang, hinter dem, wie ich wusste, das Telefon stand, und wo man halbwegs ungestört vom Lärm der Gaststube, nein, ich höre diese Lieder gerne, telefonieren konnte, noch! aber die Handys, klagte Marcel, machen das Festnetz langsam überflüssig. Ich hatte die Nummer von Véroniques Handy gewählt, als ich auf die lauten Stimmen, die durch den Vorhang drangen, aufmerksam wurde. Die Fremdenpolizei! Eine neue Einrichtung, von der FN gegen den Widerstand der etablierten bürgerlichen Parteien, nein, den gab es nicht, hatte sich durchgesetzt, die Bürger sollen merken, dass wir nicht untätig sind – nein, die neuen Ordnungskräfte, meist junge Burschen vom Land, wurden rekrutiert und in Schnellkursen auf die „neuen" Aufgaben vorbereitet.

Ihre Passports, forderten sie die Gäste des Cafés auf. Es war ungewöhnlich, dass sie in Wohnungen oder Geschäfte eindrangen. Ein Verdacht keimte auf: Die drei jungen Männer hatten die Polizei alarmiert. Der Lärmpegel stieg. Sie haben Ihren Pass vergessen? Machen Sie diese Musik aus!

Ein Geräusch, als ob jemand sich des Gerätes angenommen hätte, dann ein Knacksen, ein Fußtritt und die Stimme des Sängers erstarb. Sind Sie verrückt? Nun sprachen, nein schimpften alle durcheinander. Es schien, als sei ein Gerangel entstanden, die Fäuste flogen, stellte ich mir vor.

Rühren Sie mich nicht an, fauchte Emanuela, gleich darauf ein Schrei. Bleiben Sie sitzen! Haben Sie eine Aufenthaltserlaubnis? Geschweige denn einen Arbeitsvertrag? Die Auseinandersetzung nahm weiter an Heftigkeit zu. Lassen Sie mich los, nein, in der Tasche ist nichts, nur mein Musikinstrument. Ein Stuhl flog um, und Tische wurden verrückt.

Ich hörte von meinem Versteck aus das Klatschen von Schlägen. Nein, nicht schlagen, nicht auf die Finger. Nun gab es für mich kein Halten mehr. Ich stürzte, um Schadensbegrenzung bemüht, hinter dem Vorhang vor und schrie: Was geht hier vor? Das sind meine Freunde, ich hoffe, Sie begegnen Ihnen mit Respekt! Lassen Sie das Mädchen, ich meine die Dame, los! Wird's bald?! Und nun, die Polizisten wirkten wie erstarrt, entschuldigen Sie sich bei meinen Freunden – und wir vergessen die Sache!

Nein, wir vergessen sie nicht. Und ich stürzte nicht hinter dem Vorhang vor, ich blieb feige und atemlos neben dem Telefon stehen, in solchen Momenten, wann haben wir Gelegenheit, uns zu bewähren, zeigt sich der souveräne Bürger. Nein, keine Mutprobe, aber Haltung beweisen. ich hoffte, der Spuk werde ein Ende nehmen, ich wagte nicht, mir auszumalen, wenn ich, ohne Papiere, den Schlägertrupps der selbsternannten „Retter des Vaterlands" ausgeliefert wäre.

Sie sagen, Sie wohnen hier um die Ecke? Na, dann wollen wir mal sehen. Sie kommen mit, und Sie können sitzen bleiben. Beim nächsten Mal zeigen Sie gleich die Papiere. Und Sie, sagte er zu Marcel, es klang wie eine Drohung, sollten sich mehr darum kümmern, wer bei Ihnen verkehrt!

Ich wartete einige Sekunden, nachdem die Tür zugeschlagen war, ehe ich mich zeigte. Pablo saß auf seinem Stuhl und rührte sich nicht, Victoria hielt ihr Gesicht hinter einem Tuch verborgen und schluchzte, Sancho kniete am Boden und sammelte die Scherben ein: die Einzelteile und Splitter eines zertrümmerten Musikinstrumentes.

Marcel blickte mich mit einem leichten Vorwurf an, ich fühlte mich schuldig, ohne genau sagen zu können, warum? Die neue

Bedienung, ich muss ihr Abbitte tun, hatte, als die Fremdenpolizei kam, übereifrig oder verlegen? mein Gedeck abgeräumt, mein Glück! Ja, noch einen Espresso. Ich bückte mich und half Sancho, die Reste einer Gitarre aufzulesen, Zarge, Bund, Bogen, Saiten …Mit dem Ellbogen stieß ich an einen Gegenstand, der auf einmal zum Leben erwachte:…..Jara…, dann erstarb…Als ich mich wieder aufrichtete, sah ich, dass Victoria das Tuch abgelegt hatte, noch immer zuckte sie zusammen und versuchte, während Pablo auf sie einredete, ihr Schluchzen zu unterdrücken. Ihr solltet euch um Rechtsbeistand kümmern, sagte ich, war mir aber, als ich die versteinerten Mienen wahrnahm, der Wirkung meines gutgemeinten Rates nicht mehr sicher. Wenigstens die Botschaft solltet ihr aufsuchen, lautete mein Verbesserungsvorschlag - ohne dieser meiner Empfehlung selbst zu trauen. Niemand antwortete.

Ich schlürfte den Espresso, danke, a bientot!

Ja, soweit erinnere ich mich! Ich begab mich, nicht ohne Vorsicht walten zu lassen, zurück in meine Wohnung. Ich begegnete zunächst niemandem und stieg langsam die Stufen zu meiner Wohnung hoch. Auf dem letzten Treppenabsatz vor meiner Tür stieß ich, Psst! auf die Concierge. Die Geheimpolizei, und sie deutete mit dem Kopf nach oben. Ich, wir lauschten auf irgendwelche Geräusche, es hörte sich an, als ob sich ein Rudel ausgehungerter Wölfe auf ein Rudel anderer Wölfe stürzt, das ihnen ihr Revier streitig machen will, Klopfen und Schlagen, dann nur ein dumpfes Stimmengewirr. Na, endlich! Ich habe es immer vermutet! Wissen Sie Bescheid?

Sicher wollen sie nur die Papiere kontrollieren, sagte ich.

Still, sie kommen. Wir hörten, wie sich oben die Tür öffnete. Ja, Sie kommen mit. Ein lateinamerikanischer Fluch begleitete die

Festnahme. Wir müssen Sie verhören, Ja, die Gegenstände nehmen wir mit.

Ich habe Ihnen gleich gesagt, man kann diesen Leuten nicht trauen!

Ich hatte die Tür zu meiner Wohnung aufgeschlossen, schlüpfte hinein und schloss sie sogleich wieder. Ich konnte hören, dass „sie" aus zunächst unerfindlichen Gründen nicht den Fahrstuhl benutzten, sondern an meiner Tür vorbei den Weg über die Treppe nahmen. Die Nagelschuhe hämmerten...

Ihr könnt Eure Instrumente wieder auslösen, sobald...die weiteren Worte gingen im Schnaufen und Stöhnen unter. Im Duzen, dachte ich und ward meiner eigenen Erfahrung inne, drückt sich die Macht aus. Und wehe, wenn umgekehrt der Delinquent seinen Häscher, das Opfer seinen Peiniger duzt...! dann wird er die ganze Härte, die das Gesetz dem Stärkeren verleiht, zu spüren bekommen.

Na, da haben Sie die Richtigen erwischt, hörte ich die Concierge kommentieren. Dem Volk aufs Maul schauen, wer hatte das gesagt? und man weiß, wo man ist...? Nein, wie es bestellt ist in einem Land. Der in uns oder bei den meisten verinnerlichte und wieder ins Bewusstsein gerufene Ordnungsparagraph wird und muss, koste es, was es wolle, wie einem höheren Vernunftprinzip folgend, durchgesetzt werden. Die Gesellschaft, hatte Frédéric geschrieben, gerät aus dem Häuschen, wenn die gewohnten Verhältnisse sich aufzulösen drohen, sammeln sich andererseits sofort unter der neuen Fahne, die Sicherheit und Bestand, d.h. Kontinuität verheißt: die Treue der Untreue.

Ich konnte nicht verstehen, was die Fremdenpolizei, ihr dumpfes, dunkles Grunzen machten mir die Worte unhörbar, bin ich parteiisch? der Concierge antwortete. Nur ihr Einverständnis mit dem Vorgehen in unserem Haus, ihre helle laute Stimme drang durch alle Poren, jagte mir Schauer über den Rücken. Ja, ich melde sofort...wir wollen doch alle, dass wieder Ruhe einkehrt.

Automatisch schaltete sich das Rundfunkgerät ein, weil die Rede des Staatspräsidenten zur Arbeitsmarktreform übertragen wurde. Er ging auf die Demonstration gegen soziale Ungerechtigkeit ein...Ja, auch wir wollen Verbesserungen, die Arbeitslosigkeit in den Griff bekommen, deshalb die Arbeitsmarktreformen und es folgten weitere Begründungsversuche für die beabsichtigten Reformen, und er rechtfertigte, hörte ich richtig? die Diskussionsrunden der Nuits debouts auf dem Place de la République. Aber diese, er wandte sich gegen die Ausuferung der Proteste, wurden von Demonstrationen gewaltbereiter randalierender Jugendlicher unterlaufen, die anschließend im Norden und Nordosten von Paris Schaufensterscheiben, Autos und Bushaltestellen demolierten. Dies, fügte anschließend der Kommentator hinzu, ist ein Geschenk für Marie Le Pen. Die, wie wir wissen, gegen Multikulturismus („ein Mythos") wettert, und den Islam als einen Feind ansieht...natürlich, so der Kommentator weiter, fürchten wir, ja, wissen wir, dass Frankreich und Europa durch illegale Immigration der Verlust der nationalen Identität droht, und wer wollte, ich ahne, das wollen viele nicht hören, Einwände gegen die Prinzipien der préférence nationale auf dem Arbeitsmarkt erheben? Aber die antieuropäische Haltung, die sich Bahn bricht, die Kontaktpflege und Kooperation mit Russland, der Ausstieg Frankreichs aus dem Verband der Nato! diese Urgewalt der Forderungen, lassen uns – vorerst – zurückschrecken. Aber gegen einen Schlachtruf, ein Bekenntnis! Vive le peurle francaise! Vive la Republique! Vive la France! hat niemand etwas.

Seien wir ehrlich, übernahm ein Politiker, ich hatte den Namen nicht verstanden, das Wort, wir haben die Migrationsbewegungen nicht in den Griff bekommen; der Versuch der Linken, der Internationalisten, das Staatsangehörigkeitsrecht für die arabisch-muslimische Einwanderung zu erwirken, wird damit belohnt, empörte sich der Innenminister, nein, nicht Jean-Pierre Chevènement, dass viele der jungen „Beurs" keinen Stolz empfinden, Franzose zu sein.

Das ius soli, meldete sich ein Kommentator, bleibt trotz des neuen in Kraft getretenen Nationalitätengesetzes (loi Pasqua) erhalten. Wen erinnert das nicht an Marie-France Garault (auf Seiten der Rechten), die ultragaullistische Präsidentschaftskandidatin 1981, eine Vorläuferin von Marie Le Pen; sie pflegte übrigens, wussten Sie das? enge Bekanntschaft mit Foucault. Ja, unsere Vordenker, sarkastisch…ich schaltete das Gerät ab.

Armand hatte das Stichwort geliefert: Wir sind geneigt, dies als Wankelmütigkeit einer schwachen Seele zu werten – es sind, in dem Moment, wo sie sich nicht mehr als Einzelfall manifestieren, als Verirrungen, werden Sie sagen, sondern als ein weitverbreitetes Phänomen, das wie ein Virus alle Teile der Bevölkerung erfasst hat - das befürchten die bürgerlichen Parteien: als Verfestigungen.

Ja, wir sind geneigt, lachte Philippe, dies nicht als ein singulär auftretendes Ereignis zu betrachten, sondern als eine uns immanente Veranlagung, die uns zu bestimmten Zeiten und in „wankelmütigen" Situationen berührt, und, die zuvor wie in einem Gatter übersichtlich durch den unausgesprochenen Willen der Gemeinschaft zusammengehalten, domestiziert! nun aus ihrer Einzäunung hervorbricht: Sie zeigt auf einmal, welcher Affekte sie fähig ist, wie die schwach glimmende Glut unserer Habitude auflodert und in die Feuerbrunst, er atmete tief durch, einer entfesselten Leidenschaft umschlägt: in die Verführungskraft, sie können auch sagen: befreit! als sei durch diesen Prozess, und vielleicht ist es so, die wahre Natur des Menschen, unsere, er fixierte mich, hervorgekehrt.

Das eben, wagte ich einzuwenden, trifft auf die gleichen Charaktere, denen wir unser Leben, unsere Gesellschaftsordnung! anvertrauen, zu - die sich aus eben diesen Gründen oder kalkulierter Absicht? wie verwandelt, zu diesen Handlungen …oder Überlegungen? - oder nichts als nur ihrer Natur gehorchend, hinreissen lassen.

Kommen Sie mir nicht mit der Freisprechung, brauste Philippe auf: einer zwanghaften Natureigenschaft, wo die Einsicht in die Notwendigkeit der Freiheit oder der freie Wille desavouiert wird!

Damit können wir dienen! reagierte Armand merkwürdig gelassen. Die Verweser der Demokratie propagieren „Eine Botschaft der Freiheit und Selbstverwirklichung jedes Volkes und jeder Kultur." Eine alte, Sie können auch sagen, konservative Botschaft! Er beugte sich zu Philippe und sah ihm in die Augen: Ich darf zitieren: K o n s e r v a t i v ist, Dinge zu schaffen, die zu erhalten sich lohnen.

Ich schaute auf meine beiden engagierten Bekannten, wie sie sich ereiferten. Ich mache mir nichts aus Politik, nein, ich halte mich ungeachtet des Vorwurfs, feige zu sein, keine Stellung beziehen zu wollen, dem Gerangel des politischen Alltags fern. Schlachtenlärm und Grabenkämpfe sind mir ein Greuel. Auch Wahlen habe ich seit Jahr und Tag gemieden...Die Nebelwand, die zwischen Hoffnung und Enttäuschung liegt, zu durchdringen, fühle ich mich, von meiner Standortwahl, exponiert oder in sicherer Entfernung, wie die Figuren eines deutschen romantischen Malers, zu schwach.

War das gestern, war das...? Die neuen Kräfte, die sogenannten Identitären, begannen in einer Art Vergangenheitsbewältigung historische Standesamtsunterlagen – und Register sowie Lexika zu durchforsten und „aufzuräumen", wobei ihnen die Regierung und andere im Parlament vertretene Parteien freie Hand ließen, aus Furcht, einer Zeitstimmung und - strömung im Weg zu stehen. „Säuberung" nannten die neuen Verweser diese Aktion, wobei ihnen Namen wie Stendhal, Lang, ihrer vermeintlichen nicht französischen „Provenienz" wegen, auffielen, und sie ihrer Bedeutung wegen auf dem Index standen. Die Bevölkerung, in weiten Teilen längst affiziert, beteiligte sich an der „Entsorgung nicht artgerechten", d.h. nicht genuin französischen Kulturguts. Die identitäre Bewegung, die mouvance identitaire, bewegte sich mit ihrer Zielvorgabe nationaler Identität, die gegen Überfremdung, gegen Multikulturalismus und angebliche Islamisierung Europas! ankämpft, im Spannungsfeld zwischen dem FN und der Nouvelle Droite. Dies Phänomen, ein Europa der nationalen Rückbesinnung, stellte, diagnostizierte Jean-Pierre und sah sich vielen kritischen Stimmen aus der neuen Bewegung ausgesetzt, nach der Überforderung abstrakter Wertvorgaben, ja, so spitzte er seine Behauptung, und wer konnte entscheiden, wie ernst sie gemeint war, zu, eine das Vorrecht des Gefühls betonendes, den Verstand „besänftigendes Urteil"...im Wertekanon dar. Wer nun gedacht hatte, dies würde sich im Alltag sichtlich bemerkbar machen, musste oder durfte erleben, dass diese Phänomene tagsüber im Alltag, „das ist nur die Außenhaut des Lebens" eine untergeordnete Rolle zu spielen schienen, der Verkehr rollt wieder, soweit ich das von meinem Krankenbett aus beurteilen kann, lachte Frédéric.

Sicher, ein wesentlicher Konzeptpunkt, die préférence nationale, die nationalistische, organisierte Bevorzugung der Franzosen schritt zügig voran, wobei man der unumgänglichen Besetzung niederer Berufsgruppen Rechnung trug. So durften im Dienstgewerbe bestimmte Camion – und Métrofahrer, Postzustelldienste, Straßenkehrer, überhaupt im Reinigungswesen Beschäftigte vorerst ihre Tätigkeit weiter ausüben – denn es fand sich kein „echter" Franzose bereit für derartige Dienste. Einzig die im Straßenbild überquellende Präsenz der Polizei –und Streitkräfte war ein Hinweis auf außergewöhnliche Vorkehrungen im öffentlichen Raum. Erst am Abend formierten sich die Jugendgruppen, die ihrem Unmut Luft verschaffen wollten, die nuits debouts, die „Afrikaner" aus den Randbezirken und die Identitären, um ihre Kräfte mit denen der Polizei zu messen. Dann wagt sich kein normaler Mensch auf die Straße, versicherte mir die Concierge. Aber vielleicht unsere Exoten von oben, wisperte sie mir zu, ich weiß nicht, warum die Polizei die Leute hat laufen lassen. Ein jeder sieht doch, dass mit denen was nicht stimmt. Tatsächlich waren sie wieder vollständig, ihre Musik dröhnte durchs Haus, und die Concierge zuckte ein jedes Mal zusammen, wenn Jara seine Stimme zur Freiheit erklingen ließ.

Unsere Botschaft hat sich eingeschaltet, dann ging alles sehr schnell. Die Ausstellung findet wie vorgesehen am nächsten

Wochenende statt. Sie kommen? Ich fühlte mich verpflichtet zuzusagen, obwohl tausend Einwände, die mir durch den Kopf schossen, dagegen sprachen. Und immer wieder drängte, allen voran, die Frage nach meiner Identität nach vorne. Ich rief, zum wievielten Male? die für die Überprüfung und Ausstellung zuständige Behörde an. Sie nerven, sagte eine weibliche Stimme am anderen Ende des Hörers. Wir sind beim Buchstaben F. Jeden Tag müssen wir wieder von vorne anfangen, weil neue Identitäten hinzugekommen sind, und wir die Identitäten der alphabetischen Reihenfolge nach überprüfen müssen. Also, ihre Stimme wurde freundlicher und voller Verständnis für meine Situation, wappnen Sie sich noch ein wenig mit Geduld.

Was sollte ich tun? Die Entfernung von meiner Wohnung zu den Ausstellungsräumen war groß. Die öffentlichen Verkehrsmittel zu benutzen, ich müsste ein – oder zweimal umsteigen, wäre zu riskant, die Fahrt mit dem Taxi wäre ratsam, aber…Sicher würden Polizisten am Eingang der Ausstellung, wenn auch nur stichprobenartig, Kontrollen durchführen, und ich, ich zweifelte keine Sekunde an meinem „Glück", wäre der Auserwählte, der in die Fänge der Gendarmerie geriete. In meiner Verzweiflung wählte ich eine Nummer, die ich unter keinen Umständen…ach, wie so schnell wird man seinen Vorsätzen untreu! Ja, Armand? Ja? ich nannte meinen Namen. Entschuldigen Sie, dass ich sie wieder belästige und Ihre Hilfe in Anspruch nehmen muss – wenn Sie mir in dieser Angelegenheit überhaupt helfen können…Einen, Ihren Ausweis? Wie kommen Sie darauf, dass, er stockte, dann: Ich habe Ihnen doch einen Passierschein gegeben…damit hätten Sie Ihren Ausweis einlösen können. Warten Sie, er überlegte, Kommen Sie morgen, und er nannte die Uhrzeit, ins Café, ich werde Ihnen bis dahin Ihren Ausweis besorgen, er legte auf, bevor ich mich bedanken konnte.

Am nächsten Tag wartete ich, nachdem ich ein Taxi bestiegen hatte, nein, es war diesmal ein anderer Fahrer, pünktlich im Café, ich hatte, hatten die Gäste gewechselt? meine Bekannten, den Informatiker, die ältere Dame, es freut mich, dass es Ihnen besser geht, begrüßt, der Kellner, Auguste wurde wieder von Robert vertreten, auf Armand. Ja, einen cafè exprès. Ich wartete. Sie werden bemerkt haben, dass wir stolz auf ein neues Publikum sind, sagte Robert. Irgendwann, und er strafte meine ältere Bekannte mit seinem Blick, werden auch die letzten bemerkt haben, wo ihr Platz ist. Darf ich, und er rückte einen Stuhl zurück, Sie bitten, hier Platz nehmen? Ihr deutscher, er ließ das Wort auf der Zunge zergehen, Bekannter hatte schon nach Ihnen gefragt. Ich grüßte Lederer, der den Wahlkampf in Frankreich, „vor Ort" „heißt das heute", beobachten wollte. Ach, ich hatte Armand nicht kommen sehen, darf ich Sie miteinander bekannt machen? Lederer, ein Fotojournalist aus Frankfurt, danke Robert. Sie nehmen wieder...? Ja, wie immer. Zu Diensten.

Speichellecker! Ich musterte Armand erstaunt. Ja, er wandte sich an meinen Bekannten, wer alles aus den Erdlöchern gekrochen kommt...! Und sich einen Platz an der Sonne erhofft! Sie sind zum ersten Mal in Paris?

Zum ersten Mal als Journalist! Ich will, soll mir ein Bild von der Stimmung in Frankreich, d.h. vor allem von Paris machen – in der Vorwahlzeit.

Nun, lachte Armand, wir haben immer Wahlkampf. Ich bitte, er sprach mich an, um Entschuldigung. Sie haben, er lehnte sich zurück, doch etwas vor, wenn Sie so dringend...nicht dass ich Verständnis habe, dass Sie wieder in den Besitz Ihres Ausweises kommen wollen - Sie wollen eine Ausstellung besuchen?

Ich sah keinen Grund, meinen Besucherwunsch im „Trocadero"

Trocadero?

...im Foundation Cartier pour l`Art Contempotain zu verschweigen.

Ich dachte....ich war verunsichert, im Palais de Tokyo.

Sie haben recht verbesserte ich mich. Auch hatten einige Gazetten, nicht die France soir, in Anzeigen diese Ausstellung angekündigt, um so mehr überraschte mich seine Reaktion. Ich bin doch nicht, verstehen Sie mich nicht falsch, und es rang, hatte ich den Eindruck, der alte Armand mit dem neuen, der Feuer gefangen hatte für...die „Revolution", nicht dass ich Sie davon abhalten möchte. Es ist nichts, sagte ich, jedenfalls nichts von Bedeutung, abgesehen davon, dass jeder Mensch sich hier und überall seiner Identität sicher sein kann. Und dies auch belegen kann. Armand sah mich prüfend an. Aktuell, versuchte ich meinen Worten mehr Gewicht zu verleihen, möchte ich die Ausstellung im „Trocadero" .besuchen können, umso mehr als es sich um eine Einladung des Künstlers handelt.

Im „neuen!" Trocadero? hörte ich die Ironie heraus. Sie meinen die Vernissage des südamerikanischen Künstlers? Ich will Sie, sagte er, als ich nickte, nicht davon abhalten, aber nach allem, was ich in Erfahrung gebracht habe, wird dieser Künstler in seinem Heimatland sehr, er wog die Worte, kritisch gesehen.

Ich habe ihn als netten jungen Mann kennengelernt, der...

Der mit seinen Bildern, wie Diderot weiß, die Möglichkeiten der Kunst missbraucht.

Hier erntete er kräftigen, ich will nicht übertreiben, lautstarken Widerspruch von der Seite unseres deutschen Besuchers. Sie tun ganz so, lachte dieser auf, als sei der Mensch, als seien wir machtlos, müssten uns widerstandslos den Verführungskünsten der Populisten ergeben.

Wir sind aufgeklärt...er konnte nicht weitersprechen, das verhaltene Lachen meines Bekannten unterbrach ihn. Armand, mehr ein Spötter oder Zyniker, lästerte, nicht ohne zugleich mit seinen Bedenken zurückzuhalten, das ist die Haltung der westlichen Großwesire. Was haben wir zu bieten – außer den Werten der Aufklärung? Wer kann davon leben, sich daran festhalten? Diese Bewegung, ja dies ist eine Bewegung, geht über die Ländergrenzen, überall das gleiche Unbehagen, das Gefühl, die Gewissheit, zu kurz zu kommen, gekommen zu sein.

Der Aufstand der Unzufriedenen. Hier, lesen Sie, Philip hob eine „überparteiliche" deutsche Zeitung hoch: Die Schere zwischen arm und reich, konnten wir in dem Blatt, das er uns hinhielt, lesen, geht immer weiter auseinander. Und die Politik, die Verantwortung trägt, auch für ein Auskommen... und für sozialen Frieden, gefährdet durch ihr Nichtstun, das ja nichts mehr ist...

Was für ein Blatt zitieren Sie?

Die, er nannte einen Namen, den ich nicht kannte, sicher eine linke Untergrundzeitung...als eine, las er weiter, Unterstützung der Besitzenden...und das, obwohl unsere Staatsführung, die Spitzen der verschiedenen Parteien, eine sozialistische Vergangenheit haben...

Eben um den sozialen Frieden zu wahren.

Das Volk braucht neue, seine! Götter – und hin und wieder eine kleine Revolution.

Damit können wir dienen! Die Verweser unserer Demokratien propagieren „Eine Botschaft der Freiheit und die Selbstverwirklichung jedes Volkes und jeder Kultur."

Der Maler, hörte ich Armand sagen, gehört in seiner Heimat der Opposition an, d.h. nicht der parlamentarischen - wenn Sie verstehen, was ich meine. Er schürt in seinen Bildern, und er klopfte mit den Fäusten auf den Tisch, um seinen Worten mehr Nachdruck zu verleihen, das Feuer der Revolution.

Armand, diesmal lachte ich auf, Sie enttäuschen mich. Sie, ein Mann des Wortes, mehr noch: der Tat, lassen sich auf derlei „Kinderspiele" ein!? Sie glauben doch so wenig wie ich, dass man mit einer Aussage, ich meine einer politischen, in Kunst, mit Bildern, etwas erreichen? geschweige denn, spottete ich, die Besucher einer Ausstellung gegen irgendjemand aufwiegeln kann?

… in Angst und Schrecken versetzen kann, in bestimmten Zeiten belehrte er mich, verwandelt sich ein Wort in ein Messer, ein Bild…

Ja?

Sie wissen, was Agitpropkunst ist?

Ja – und Sie glauben, dass ich…ich musste wieder lachen – und Armand fiel in das Lachen ein.

Ihr Ausweis, sagte er, und er reichte mir meinen Ausweis und Pass. Ich blätterte in dem Passport. Ja, Herr Braunschweig, Sie sollten sich einen neuen Pass ausstellen lassen, in Ihrem alten Dokument wimmelt es von alten Eintragungen. Man kann, spöttelte er, Ihren Lebenslauf, er machte eine Pause, bis in alle Einzelheiten verfolgen.

Ich dankte ihm. Sie kennen mich. Ich habe nichts zu verbergen.

Allem Anschein nach, so hieß es, war der Palais de Tokyo, das Trocadero, restauriert und, zum Treffpunkt der modernen Kunst geworden. Mit welchen Erwartungen ich den Musentempel, so nannte ein Journalist spöttisch die durch Hetzschriften innerhalb kurzer Zeit in Verruf gekommene Galerie, aufsuchte, kann ich nicht mehr ermessen. Im Gedächtnis geblieben ist mir ein großes Polizeiaufgebot, das den Bereich um den Veranstaltungsort großräumig und hermetisch abschirmte. Ein buntes, vorwiegend junges Völkergemisch, würdig einer Metropole wie Paris , das ins Auge stach, weil es sich unbefangen gebärdete, stürmte auf die Eingänge, wo der Ansturm plötzlich ins Stocken kam, weil Kontrollen die Besucher nur einzeln nacheinander einließen. Schwarzgelb gekleidet die génération identitaire, die zunächst nur in „Likes" auf Facebook in Erscheinung getreten, gegen die Dekadenz des Liberalismus (Nouvelle Droite) wetterte, dann unverkennbar die Schwarzköpfe ins Visier nahm, beobachtete die Ausstellungsbesucher.

Als Journalisten getarnte Geheimdienstler fotografierten eifrig jeden Besucher, Polizisten nahmen Einzelkontrollen vor bei Personen, die ihnen auffällig erschienen, ein subjektiv willkürlicher Akt, dem sich auch unbescholtene Bürger, und ich rechne mich dazu, unterziehen mussten. Auch ich, wahrlich die unscheinbarste Person, musste meinen Ausweis vorzeigen, der erst, nachdem ein übereifriger Kontrollbeamter die Seiten durchblätterte - die letzten Seiten waren, gelobt sei die EU, frei von Eintragungen, die ein Stirnrunzeln, dann, ein heiteres Lächeln, das die Mundwinkel umspielte, als habe er verstanden, was dies bedeutete, hervorgerufen hatten. Ein Aufschrei neben mir, dann ein Gezeter, ein...Pärchen wurde „in Leibesvisitation" kontrolliert, erinnerte mich daran, dass im Ausnahmezustand alle Regeln des zivilen Umgangs aufgehoben waren.

Ich bin ein Liebhaber der Künste, erhebe aber keinen Anspruch auf Kennerschaft, nein, ich kann nicht mitreden und halte mit meinem Urteil, wenn ich denn eines habe, zurück. Es ist wie eine unerklärliche Verlockung. Jede Kunst birgt für mich ein Geheimnis. Ich besuche gerne Ausstellungen, ebenso Konzerte, und Theater, hier bin ich nicht wählerisch, ob Oper oder Schauspiel, und Regisseure wie früher, früher? Barault, Besson, Brook, Strehler, Chereau, Felsenstein deren Inszenierungen für mich Offenbarungen waren! in der Musik Karajan, Böhm, Szell u.a., die an der Längsseite einer Sonate in eine Welt vorstießen, d. h. den Taktvorgaben einer deutlich akzentuierten Verheißung folgten und das goldene Zeitalter der Sicherheit, wie Stefan Zweig die Zeit vor dem ersten Weltkrieg charakterisiert hatte, in einem übetragenen Sinn als verwunschene Epoche der Überraschungen – stattfinden ließen.

Aber, missverstehen Sie mich nicht, vor die Wahl gestellt, zu entscheiden, ob diese Malerprodukte, Skulpturen gut oder die Musik richtig interpretiert sei, eines solchen Werturteils enthalte ich mich, ich bin dazu nicht befähigt. Zwar spiele ich, ich dilettiere, einige Musikstücke, nach langer Einstudierzeit! mehr oder weniger gekonnt auf dem Klavier, würde mich aber hüten zu sagen, dieser Pianist ist einzigartig und vollkommen. Ich könnte mir vorstellen, in meinem Klavier – oder Violinspiel ansatzweise dies und das auszudrücken, dann steht mir aber meine technische Unzulänglichkeit im Wege. Und habe ich nach mühsamer Kleinarbeit, endlosen Wiederholungen, einen Weg gefunden, dies und das technisch zu bewältigen, ist das Geheimnis entschwunden. Umso mehr aber fasziniert mich seine handwerkliche Geschicklichkeit, diese Leichtigkeit, mit der ein Virtuose die Tasten zum Klingen bringt – und, so scheint es, dabei in jenes Geheimnis einzudringen vermag, das mir so anziehend wie unerklärlich ist. Beim Besuch einer Ausstellung sehe und bewundere ich dazu im Unterschied die Originalität; der Maler hat, uneingedenk oder unabhängig von allem, was wir tun, von allen auf uns einströmenden oder in uns ruhenden Einflüssen, eine neue Welt erschaffen. Bewundere ich im ersten Beispiel, ich rede nicht vom Komponisten, die kunstvoll nachahmende Kraft des Instrumentalisten, Pianisten, Violinisten u.a., so erliege ich hier dem Schöpfermythos. Aus eigener Kraft und Vorstellung hat der Künstler eine neue Welt erschaffen, die nun in einer Vernissage dem Publikum vorgestellt wird. Ich schließe mich, und hier waltet die Vorsicht als verlässlicher Ratgeber, wie auch der Künstler! dem Urteil der Mehrheit an, denn wie soll ich gutheißen oder verurteilen, wenn ein berufener Kunstkritiker die großartige Pinselführung, mal einen dicken quer über das Gemälde laufenden Pinselstrich, dann einen kleinen, wie verirrten Strich, der zart und schüchtern alleingelassen, als einzigartig, das Werk als prädestinierte Schöpfung rühmt? Ich weiß, wie oft der Zufall die Hand führt oder eine göttliche Eingebung den entscheidenden Impuls für die geniale Bildkommposition stiftet; darf ich bei der unterschiedlichen Darstellung bei vielen dieser Bildwerke noch von Darstellung sprechen, wenn sich die Linien und Farben die Farblinien verselbständigt haben und, uns irritierend, ein von uns ganz unabhängiges Leben führen wollen? Gebändigt allein von der Magie eines großen Namen?

Und so erregen heute weniger die französischen als die englischen, deutschen oder amerikanischen Künstler unsere Aufmerksamkeit und Bewunderung – nicht zuletzt deshalb, weil sie Rekordsummen für ihre Werke erzielen.

In der großen Eingangshalle hinter den Kontrollen standen Wandtafeln mit Hinweisen auf andere künstlerische Ereignisse in der Stadt, auf Tischen Bildbände, die alle uns magisch bestimmenden Einflüsse wiederholten, jederorts und jedermanns Reminiszenz, dann Paravents mit Passpartouts und Drucken bestückt, weiter ein Bildband, der sofort alle Blicke auf sich zog. Ich wollte, nachdem ich einen Platz ergattern konnte, soeben diesen Band mit Beispielen lateinamerikanischer Kunst im 20. und 21. Jahrhundert in die Hand nehmen, als mir jemand sanft auf die Schultern klopfte: Elitekunst für alle, zitierte sie Jean Vilar: Jacqueline. Sie sah hinreißend aus – und sie kokettierte mit mir? Man könnte, dachte ich, Mutter und Tochter nebeneinander stellen – und sie für Geschwister halten. Wenig später schämte ich mich dieses Vergleiches wegen.

Du bist allein?

Nein. Véronique...In diesem Moment erblickte ich ihre Tochter zusammen mit einem jungen Mann.

...mit Albert, einem Kommilitonen. Sie begleiten mich. Wo ist sie? Ach, sie hat Bekannte getroffen...

Das ist Manuel, dessen Bilder hier ausgestellt werden. Hat dir Véronique erzählt, wer die...

Ich weiß Bescheid, lachte sie, Sie waren ihr nach ihrem „Unfall" behilflich.

Ich schluckte, hütete mich aber, die wahren Ereignisse „beim Namen" zu nennen.

Dann lass uns die Bilder betrachten.

Ja. Véronique hat mich vorgewarnt! Ich meine: positiv eingestimmt, als sie meinen erstaunten Blick wahrnahm.

Wir passierten ein weiteres kunstvoll aufgebautes Eingangstor, durch das wir eine andere Welt betraten: Waren wir voreingenommen durch die im Eingangsbereich aufgehängten Plakate, deren gestalterische Prinzipien, die Verwendung reiner Spektralfarben, die Anwendung des Komplementärkontrastes, die Vermischung des kalten und warmen Farbprogramms: eine neue Sicht auf die Wirklichkeit, gesteigert zu einer neuen Wirklichkeit, ja, Véronique, badeten wir im Licht einer Zeitenwende...traf das Auge nun, ich gestehe, unerwartet und mit unverminderter Wucht die geballte Kraft einer reinen Farboffensive, von der die Dominanz der Farbvalenzen offen zu Tage traten - wo die universale Struktur mit der augenblicklichen Dynamik dialektisch korrespondiert, wie ich vorab gelesen hatte. Das ist ja, amüsierte sich Jacqueline, eine Stadtdschungellandschaft...Tatsächlich, hinter kubisch aufgestellten, nein, kreuz und quer über das Bild verteilten Quadern, Häusern, verbesserte mich Jacqueline, tritt, nach dem Vorbild des Fauvismus, die reine Farbe Gaugins und Edv. Munchs, nun wilder und gewaltsamer, das Bildnerische hinter dem Expressiv - Malerischen zurück. Die gegenständliche und figurative Malerei, belehrte mich Jacqueline, wird von dem neo – expressionistischen Ausdrucksstil eines Kandinsky überrollt - als ob der Dschungel seine Arme ausbreitet und die Stadt verschlingt: Die kubistische Form, die für sich auch in der disparaten Aufteilung noch ein Ordnungselement für unser gewohntes Sehen darstellt, weicht der Kraft der sich auflösenden Form: wie in einem konzentrischen Wirbelsturm scheint sich, von den Bildrändern her alles, bildlich betont, in dicken, sich immer mehr verfeinernden Pinselstrichen auf die Bildmitte, in die Tiefe hin zu bewegen, nein unwiderstehlich hineingezogen, - gesogen! als ob geheimnisvolle Kräfte, die Götter des Dschungels: die Natur oder..? an den Fundamenten der Zivilisation zerrten.

Farben und Linien sind Kräfte, und im Spiel dieser Kräfte, in ihrer Ausgewogenheit, liegt das Geheimnis ihrer Schöpfung, zitierte Véroniques Begleiter, André, ein Student an der Akademie Matisse. Das ist es doch, was wir sehen wollen...

Aber nicht sehen können, spottete Jacqueline-

Sie sehen, André ließ sich nicht beirren in seinem „Vortrag", die offenen Gestaltungsmittel, die Vermischung der Farben oder die Nutzung des Komplementärkontrastes, haben ihr Berechtigung verloren, stattdessen Primärfarben, die unverbrauchte Kraft ausdrücken. Werkschöpfung ist Weltschöpfung. Ich denke dabei auch an die phantastische Malerei des frühen Moreau oder Odilon Redon. Natürlich wartet im Hintergrund, er lachte, der allmächtige Delacroix!

Die Besserwisserei dieses Bürschchens ärgerte mich, zumal Véronique an seinen Lippen zu hängen schien, wobei, gebe ich zu, Eifersucht, welches Recht habe ich? meine Freundin, nein gute Bekannte, die Frau von Frédéric, die Mutter Véroniques! zugegen ist.

Eine Stimme hinter mir, Armand! Ich erinnere mich, gehört zu haben, dass diese Kunst begleitet ist von politischen Manifesten bzw. auf sie gründet: Weltverbesserung!

…dagegen ist nichts zu sagen: Prévot. Die beiden standen sich Auge in Auge gegenüber, der, ich weiß nicht, ob Armand, ein Sympathisant der extremen Rechten, vielleicht Parteimitglied ist, vielleicht sogar ein, welches Amt, wenn überhaupt, bekleidet? ich nenne ihn den Funktionär, und Prévot, ein Berufskollege von Jacqueline, der berühmte Autor, der, ja, wir Franzosen vergeben gerne Titel und Orden, Präsident des Clubs der Getreuen ist – und die beiden schienen sich, gewiss, ich übertreibe, zu messen.

Wir bewegen uns hier von den erreichten Stufen der Zivilisation…

Hin oder zurück zu, lachte Prévot…

In eine organisch – naturwüchsige, eine magische Welt, einen, er blickte sich um, auch die anderen Bilder versprachen dies, Kosmos der Gefühle, der eine Welt der Ordnung durch eine der Träume und Visionen ablöst.

Sie können auch sagen, die Aera der Berechnung – die den einzelnen auf sich selbst zurückwirft, ihn isoliert, weicht dem vielverheißenden Gemeinschaftsgefühl.

Kein Wunder, dass er in seiner Heimat geliebt…

Und, oder gescholten wird!

Solange es bei den Träumen bleibt, spitzte Armand das Urteil zu; nein er provozierte.

Immer wieder, Prévot sprang darauf an und schien sich in Rage zu reden, wird seitens der Medien oder des Künstlers, der Versuch unternommen, die Bilder, den Bildwert in die eine oder andere Richtung zu überhöhen.

Ist Provokation, das sollten Sie wissen! stemmte sich Véronique gegen diese Behauptung, nicht die Münze, die ein Künstler gegen die Miss-, schlimmstenfalls Nichtbeachtung, gar Toleranz, das ärgste Verdikt! seiner Kunst in den Ring wirft?

Was meinen Sie, nahm Armand, indem er sich an uns wandte, diesen Einwurf auf, würde geschehen, wenn diese Ausstellung in den Banlieues, inmitten des muslimischen Milieus gezeigt wird?

Der Ikonoklasmus, mischte sich Albert ein, ist wie Idolatrie allgegenwärtig. Ich kann mir vorstellen, dass...

So weit wollen wir nicht gehen, versuchte Jacqueline die Gemüter zu beruhigen. Ja, Manuel, lobte sie ihn, er hatte sich von einer Besuchergruppe freimachen können und war in Begleitung des Professors zu uns gekommen, Ihre Bilder werden heiß diskutiert.

Das Beste, was einem Künstler passieren kann, freute sich Manuel – nichts ist schlimmer, bestätigte der Professor Véronique, als eine Reaktion der Gleichgültigkeit.

Barocke Urgewalt, drücke ich mich richtig aus? gegen dekadente Zivilisation. Könnte man das behaupten? fragte vorsichtig Armand.

Gargantua und Pantagruel... Allegorisch bemäntelt, spannte der Professor den Bogen: Wer dagegen ist, drückt auch aus, dass er für etwas ist...wofür! Was ist das?

Sie sehen, er wich einem Wurfgeschoss aus und musste sich gegen den entstehenden Lärm behaupten, Ihre Bilder nehmen die Entwicklung voraus.

Die Moslems! fauchte Prèvot. Im Nu hatte sich der Eingangsbereich mit schwarzmaskierten Menschen gefüllt, die in die Ausstellungsräume stürmten und drängten.

Eher die Nuits debouts!

Nein! Manuel stellte sich vor seine Gemälde, wurde aber beiseitegeschubst, ein breitschultriger Mann versuchte mit einem vorbereiteten Quast über das Bild zu fahren und unter dem Gejohle seiner Kumpane, die Frauen hatten sich dicht an uns gedrängt, löschte er den Dschungel...

Nun tut doch was! schrie Jacqueline. Véronique drückte sich schutzsuchend an Albert, der mit offenem Mund diesem Treiben zusah.

Armand schien überrascht, bei Prévot glaubte ich ein überhebliches Lächeln zu entdecken, als die Horde sich nun den, ungestört von den Ordnungskräften, anderen Bildwerken zuwandte.

Sie sollten sich schämen! Ich verstand nicht, Armand hatte das, bevor er den Ikonoklasten folgte, Prévot zugerufen, der mit den Schultern zuckte. Aus den anderen Räumen drang das Geschrei, dann, unter dem Gejohle der Eindringlinge, ein hin und wieder aufflackerndes Wimmern der Ausstellungsbesucher, das plötzlich verstummte. Eine beklemmende Stille, die sich niemand von uns erklären konnte, eine verhaltene Ansprache, die Stimme Armands, die im Schluchzen von Véronique - ich war wie auch Jacqueline, gelähmt und dann, nach dem ersten Schrecken, an ihre Seite geeilt, da Albert überfordert schien - unterging bzw. nicht zu verstehen war.. Dann, wir trauten unseren Augen nicht, tauchten, wie ein geschlagenes Heer, die Bilderstürmer, vielleicht zwanzig, dreißig, die alle Ordnungskräfte im Eingangsbereich überrollt hatten, auf und verließen das Trocadero. Manuel, der Armand gefolgt war, kam mit ihm zusammen aus den anderen Ausstellungsräumen, ich konnte die Anspannung, die Angst! die noch nicht aus seinen Zügen verschwunden war, erkennen, aber auch die Erleichterung und die Dankbarkeit wahrnehmen, die ihn nun, er wankte ein wenig, ergriffen hatte; er drückte Armand, dem das sichtlich peinlich war und der einem, ich, wir alle verstanden nicht, untätig gebliebenen Prévot vowurfsvolle Blicke zusandte, die Hand.

Die Identitären! das war ihre Handschrift! Véronique hatte das ausgerufen. Wie, warum, Wut über ihre Ängstlichkeit schüttelte sie.

Wir, Jacqueline nahm die Tochter in die Arme und tröstete sie, wollen Monsieur Armand danken.

Ein Anruf Frédérics erinnerte mich an mein Versäumnis. Hatte ich noch, als ich Jacqueline traf, daran gedacht, ihn umgehend zu besuchen, schob ich eine Begegnung immer wieder hinaus, d.h. ich verdrängte sie. Nun aber, zumal er von einer Angelegenheit von höchster Dringlichkeit sprach, ich stutzte, er scherte sich nicht um die Mithörer, nein, scherzte er, als spüre er meine Bedenken, es ist keine Verschwörung, dennoch, denke an meine Glutenunverträglichkeit, fühlte ich mich verpflichtet, nein ich lasse keinen Freund im Stich, ihn im Krankenhaus aufzusuchen. Ich traf auf einen aufgeräumten Patienten, der, so schien es mir, „allen Widrigkeiten und Widerwärtigkeiten, die uns das Leben schwer machen", ja, meine Zöliakie, ich hatte schon gedacht, ich gehe nicht an meinen Verletzungen, sondern an der mir hier verabreichten Kost zugrunde, nein, es schien, als hätten sie noch nie etwas von Fibrose oder Zöliakie gehört! voller Tatendrang seiner Entlassung, das kann morgen sein, aber vielleicht auch erst in einer Woche, entgegenfieberte. Stell dir vor, Jacqueline hat angerufen, nicht nur das, sie war gestern hier! Ihr habt euch, erzählte sie mir, bei einer, der Ausstellung, von der alle Welt redet, getroffen, er schaute mich dabei nachdenklich, nein, misstrauisch an, einen Augenblick nur, dann gewann Erleichterung, nein, wir haben uns - es war mehr! wieder Oberhand. Und Véronique, berichtete sie mir, geht es gut...Lass uns, schlug er vor, wobei er mit dem Kopf nach oben deutete, ein wenig spazierengehen, der Park ist wunderschön.

Wir mussten, seine Verletzungen machten ihm noch zu schaffen, langsam gehen; ich stützte ihn. Er grüßte im Vorbeigehen jede Krankenschwester, jeden Pfleger, und auch andere Kranke, die uns auf den Gängen der Anstalt im Rollstuhl oder an der Hand einer helfenden Person entgegenkamen. Aber mit jedem Schritt fühlte er sich sicherer; als wir die Tür zum Park öffneten und hinaustraten, löste er sich von meinem Arm und unternahm selbständig die ersten Gehversuche. Schau, es geht! Was ich dir sagen wollte, warum ich dich hergebeten habe, ich weiß, du kannst verschwiegen sein, ist, er rückte dicht an mich heran und flüsterte, als ob uns jemand belauschen könnte, es beginnt sich Widerstand zu regen, er musterte mich, um festzustellen, welche Wirkung seine Worte auf mich hinterlassen hatten, er bildet sich, organisiert...

Hat dir das, ich lachte auf, Jacqueline erzählt?

Nicht so laut! Der Premierminister hat alle Teile der Gesellschaft zu einer Generalmobilmachung aufgerufen, an erster Stelle stehe der Dschihadimus...

Zuerst Ausnahmezustand, dann Generalmobilmachung...

Um Industrie -, Atomanlagen zu schützen...

Die sozialistische Regierung und die Opposition arbeiten Hand in Hand.

Um die Liste gefährdeter Objekte – auch Personen sind betroffen – zu erweitern – und, er blickte sich um, niemand war in der Nähe, das Feld nicht dem FN zu überlassen....Verstehst du? Die eigentliche Gefahr ist der Rechtspopulismus.

Wir setzten uns auf eine Bank, da ihm zusehends das Gehen schwerer fiel. Wir müssen, wir wollen etwas dagegen unternehmen...

Wir?

Das sind Jacqueline und ich, ja, ich werde nächste Woche entlassen, und, er nannte ein paar Namen, die mir vom Hörensagen bekannt waren, und Jean – Pierre F., Lapin. Und, er blickte mich an, wir haben auch an dich gedacht!

An mich...? Ich...?

Du verfügst mehr als jeder andere über Auslandskontakte...

Das ist nicht dein Ernst, empörte ich mich. Weder empfand ich ein Bedürfnis, mich auf eine Verschwörung einzulassen, noch mich als Held aufzuspielen. Meine Beziehungen...

Ich weiß, mit wem du im Ausland verkehrst.

Dir ist doch bekannt, wie viele Rechtsregierungen es gibt, dass die EU, ihre Satzung, nur noch auf dem Papier besteht...

Wir müssen ein internationales Netz von gleichgesinnten Verbindungsleuten aufziehen, die Vereinigten Staaten von Europa, er wurde pathetisch, leben weiter. Ich lade dich ein, nein, du gehst keine Verpflichtung ein, unverbindlich an einem Treffen teilzunehmen.

Ich war zu überrascht, und, sollte ich das als Andeutung für eine neue Partei verstehen? ich gebe es zu, ein wenig Neugierde spielte auch mit, um Widerstand leisten zu können.

Wir treffen uns bei...er nannte den Namen eines bekannten französischen Philosophen.

Der wohnt doch in Bordeaux! rief ich aus.

Du kannst bei Jean – Pierre mitfahren.

Ich weiß noch, dass ich nach Hause stürzte – ich, Teilnehmer eines Verschwörerkreises - die Fensterläden verriegelte und mich einsperrte: nichts hören, nichts sehen! War es, ich bemühte die Mythologie, Achill, der sich taub stellte, weil er nicht nach Troja mitfahren wollte? Der dann doch, überlistet von Odysseus, sich dieser Exkursion nicht verweigern konnte? In mir regte sich, ich gebe es zu, das schlechte Gewissen, in mir kämpften Feigheit, hatte ich mich nicht schon exponiert und mein Lehrgeld bezahlt? und Pflicht: Sollte ich meine Freunde, im Stich lassen?

Ausgerechnet die Autofahrt! immer befällt mich die Furcht, der Versuchung nachzugeben und den Wagen, wäre ich der Fahrer! in

Kurven geradeaus fahren zu lassen, ebenso wie am Rande eines Bergsturzes zu stehen, mich die Verlockung reizt, den entscheidenden Schritt weiter zu gehen. Ich weiß nicht, warum ich in diesem Moment an Jean, dann an Sartre dachte, mir fiel ein, wie er den Tod als absurd, sinnlos beschrieb, es gibt ihm gegenüber weder eine eigentliche noch eine uneigentliche Haltung, elle (la mort) vient `a nous du dehors et elle nous transforme en dehors.

Ich hatte das Bedürfnis, meinem Freund Mut zuzusprechen, ihn – wie auch mich - wieder aufzurichten.

Lieber Jean,

jetzt erst komme ich, es ist viel geschehen und ich, unfreiwillig: Zeuge, nein Betroffener, Opfer! willkürlicher „Sicherheitsmaßnahmen" (aber alles ist gut ausgegangen) dazu, Dir, wenn auch nur in Kürze, auf Deinen Brief zu antworten. Mit Genugtuung nehme ich zur Kenntnis, dass Du Dir alle jenseitigen Gedanken, verstehe mich richtig, aus dem Kopf geschlagen hast. Man muss, zumal wenn die körperliche Verfassung nachlässt, gegen das Alter, ich glaube Cicero hat das geschrieben, wie gegen eine Krankheit kämpfen. Man muss sich der Vergreisung und ihren Begleiterscheinungen widersetzen, die schwindenden körperlichen Kräfte durch Umsicht, Einsatz der Geistesgaben ausgleichen – ich weiß, was zählen die Ratschläge eines 25 Jahre jüngeren Freundes, der von diesen Befindlichkeiten, der Last des Alters, nur vom Hörensagen weiß.

Ich melde mich, sobald ich mehr weiß!

Grüße, auch an Sophie, Dein N.

Jean – Pierre holte mich von Zuhause ab. An seiner Seite saß ein Kollege, ja, das ist Monsieur L, Ich erschrak. Monsieur L., Lapin war bis zu seinem spektakulären Rücktritt einer der engsten Berater des Präsidenten gewesen. Monsieur, ursprünglich konservativer Republikaner, dann einer der „Frondeure" der PS; Jean – Pierre nannte meinen Namen, und, fügte er lachend hinzu: überall und nirgends zu Hause. Sie erreichen ihn, wenn Sie Glück haben, im Café. Ein Weltenbummler, ein Flaneur? Ich bin, wenn Sie wollen, Opportunist – aber ist das nicht besser, als ewig auf seinem Stuhl festzukleben? Mit einem kleinen Lächeln, Ich nehme an: liberal bis in die Fingerspitzen? Wie sagte, wandte er sich an Jean – Pierre, sicher ein Bonmot, zu Ihren Diensten, mon General, aber...

Wir begegneten zu dieser frühen Morgenstunde einem Heer von LKWs, ja, die Stadt will versorgt sein, die meisten Fahrer sind übrigens nordafrikanischer Herkunft! und vereinzelten Militärfahrzeugen. Mir fielen die Augen zu. Ich war vielleicht zehn, fünfzehn Minuten in einen tiefen Schlaf gefallen, wo mich die Ereignisse der letzten Tage und Wochen, seltsam überdreht und beängstigend, einholten, sie verwandelten sich in Phantasietiere und... Gargantua und Pantagrel, verfolgten mich, schlossen dicht auf, aber im letzten Augenblick entwischte ich meinen Peinigern. Ich wurde wach, als wir uns der Stadtgrenze näherten. Hier wurden wir an sogenannten Checkpoints von Kontrollen der Ordnungskräfte, aufgehalten. Links und rechts von uns standen Fahrzeuge, die von Sicherheitskräften mit Maschinengewehren im Anschlag durchsucht wurden: Ihre Papiere! Jean – Pierre reichte unsere Ausweise, die er nach kurzer Zeit zurückbekam. Öffnen Sie den Kofferraum. Er inspizierte unser Gepäck, unverdächtige private Habseligkeiten. Sie fahren wohin? Nach Bordeaux, ein Familienfest. Ich schluckte, der Beamte schien sich mit der Antwort zufriedenzugeben. Dann gute Fahrt, und er winkte uns durch die Schranken. Jetzt erst, als kein anderes Fahrzeug uns die Sicht versperrte, konnten wir sehen, dass es von Gendarmerie und Nationalpolizei wimmelte.

In Zukunft werden wir die Stadt nur noch mit einer Sondererlaubnis verlassen dürfen, ulkte Lapin. Um dann nicht wieder zurückkehren zu dürfen, spitzte Jean – Pierre zu. Registriert sind wir jetzt schon, warf Lapin lachend ein. Und wer wissen will, wohin wir fahren…

Natürlich, sie hatten, ich ließ mich zurücksinken, das Thema gewechselt, ist die neoliberale Politik der Sündenbock…im mediterranen Raum keine Ansprechpartner. Diese nachdenklichen Schilfrohre (un roseau pensant), ich verstand nicht recht, Jean – Pierre lachte…das jährliche Treffen der Staatsoberhäupter, ja Merkel und Hollande, unsere Jungfrau muss noch warten, und ihrer Minister, um dann, mir klingelten bei dieser „tour d`horizon" die Ohren, in die Innenpolitik zu wechseln, nach der Schlüsselreform, der Liberalisierung der 35 – Stunden – Woche, die Haltung der Nuit debout und des FN, M. Le Pen reibt sich die Hände.

Es hatte zu regnen begonnen. Jean – Pierre fluchte, weil die Scheibenwischer die herabstürzende Wasserflut kaum bewältigen konnten. Die Sichtverhältnisse ließen zu wünschen übrig. Er verringerte die Geschwindigkeit des Fahrzeugs, so dass die Umrisse der Bäume und Büsche am Straßenrand zu sehen waren. Deutlich konnten wir zwischen den Bäumen die Wracks einiger Autos erkennen, die verkohlten Gerippe hatten sich tief in die Erde gebohrt oder lagen rücklings neben - oder übereinander. Entweder haben sich die Fahrer ein Wettrennen geliefert oder…? mutmaßte Jean – Pierre, ohne seine Gedanken weiter auszuführen.

Lapin meinte, Einschusslöcher an den Flanken, er sprach das Wort genüsslich aus, meist an der Fahrerseite, er blinzelte zu unserem Chauffeur, gesehen zu haben. Du musst dich getäuscht haben, unterdrückte Jean – Pierre den eigenen Verdacht.

Der Regen trommelte gegen die Frontschutzscheibe und das Dach unseres Wagens, so dass die Verständigung, unterhielten sie sich über Gott und die Welt? erschwert wurde. Jedenfalls konnte ich nur bruchstückhaft dem Gespräch der beiden folgen. Irgendwann meinte ich, das Wort Assemblage, dann Glaubwürdigkeit vernommen zu haben, ohne einen Zusammenhang innerhalb der Gesprächsfetzen herstellen zu können. Bei mir aber löste das Wort eine Assoziationskette aus, die mich die nächsten Minuten oder Stunden beschäftigte, auch wenn mir das Gefühl für die Zeit und ihre Dauer abhanden gekommen zu sein schienen. Glaubwürdigkeit und Vertrauen, legte ich mir zurecht, sind Geschwister, zumindest, wenn nicht verwandt, aber: ergibt sich nicht das eine aus dem anderen? nahe nebeneinander. Und doch, wie weit entfernt sind sie, die wir zuerst in einem politischen Zusammenhang ansiedeln wollen, affine Kategorien, die wir unbedenklich unserem Solipsismus, unserem Ehrgeiz zu opfern bereit sind, wenn die Situation die Wahl einer solchen Entscheidung gutheißt. Das bedeutet, wir werden zu Verrätern an der Haltung, wenn wir diese als von einem human bestimmten festgezurrten Ausgangs – und Endpunkt unseres Moralverständnisses aufs Spiel setzen. Allerdings gilt der Kanon der Glaubwürdigkeit als ein, das ergibt die Provenienzrecherche – vielerorts und vielerdings - verwandtes Einsatzmittel, das mitunter missbraucht wird: sowohl als ethische wie als ästhetische Kategorie (R. Willemsen). Meine Begleiter kamen auf die Kunst - Ausstellung zu sprechen. Wieviel Ehrlichkeit, verwechseln sie die Begriffe? oder gilt es als ein Synonym für Glaubwürdigkeit…und wieder tauchte, war es Jean –

Pierre? das Wort oder der Begriff Assemblage auf. Assemblage sagte mir: das Arrangieren von verschiedenen Elementen zu einem ästhetischen Gesamtbild, es meint, wusste Jean – Pierre, wie beim Wein: das Zusammenstellen, die Komposition verschiedenster Elemente (Collagen mit plastischen Objekten auf einer Grundplatte, Kunstwerke mit reliefartiger Oberfläche, dreidimensionale Objekte). Bemüht sich nicht jeder Künstler, Maler oder Bildhauer, ein Zeichen zu setzen, das seinem Werk und seiner Vision Ausdruck verleiht? Seine Mittel: Handwerk und Einfallsreichtum (die innovatorische Kraft) und zeitgemäße Akzentuierung wie neue Wege einschlagen – mithilfe des Farb – und Formspektrums. Was bedeutet Glaubwürdigkeit, wenn das Objekt mehrere und ganz unterschiedliche Eigentümer passiert hat (Händler, Sammler, Kurator, Museumsdirektoren)? Denn Glaubwürdigkeit geht über den Geltungsbereich des Künstlers hinaus, in dem Moment wo es das Atelier verlässt, in die Schacher treibenden Hände (und Absichten) von Akteuren: Händlern, Sammlern, Kuratoren gelangt, erschüttert unser Vertrauen in unser Dasein und unsere Daseinsvorsorge...der Begriff Assemblage, unterbrach ihn lachend Lapin, wird auch in der postmodernen Philosophie eingesetzt. Und ihr Diskurs...widmete sich Deleuze, ohne dass ich nach wie vor Einzelheiten verstehen konnte, wahrscheinlich hätte ich den Ausführungen auch nicht folgen können.

Träumte ich das? Ich musste eingeschlafen sein...und wachte auf, als der Wagen plötzlich? hatte mich ein Schuss geweckt? zum Stehen gekommen war...ein heftiger Wortwechsel zwischen Jean – Pierre und schwerbewaffneten Milizen endete damit, dass ein Motorradfahrer, tief gebückt gegen die Regenflut, uns vorausfuhr und wir ihm folgten. Unser Begleitschutz! versuchte Lapin die Situation zu entschärfen. Der IS hätte damit gedroht, erklärte er, ein für alle Male den sündhaften Genuss von alkoholischen Getränken zu unterbinden und zugleich Frankreich an seiner empfindlichsten Stelle, seiner Seele! zu treffen.

Lapin hatte darauf bestanden, trotz des unfreundlichen Wetters, der kleinen Kapelle einen Besuch abzustatten, Jean - Pierre versuchte, als er mit dem Wagen auf gleicher Höhe mit dem Motorradfahrer war, ihm unsere Absicht deutlich zu machen. Dieser lachte, dann nickte er. Ein Geheimtip, ein Mönch, erzählte man sich, der nie eine Malschule besucht, war der Gestalter der Deckenmalerei, Fresken im Stil eines Grünewalds, zudem stand auf einer Konsole eine berühmte Plastik, die niemand anderes als ein Meister aus der Werkstatt...ich konnte den Namen nicht verstehen...? Michel Colombe? Nantes, im 15. Jahrhundert angefertigt haben soll, und von der niemand sagen konnte, wie sie ausgerechnet in diese kleine Kapelle gelangte.

Wir waren dem Motorradfahrer gefolgt und rumpelten nun, anders kann man dies nicht bezeichnen, über einen kleinen Feldweg, tauchten in den Schatten eines dichten Pinienwaldes ein und machten hinter unserem Begleiter Halt, als der Wald plötzlich eine Lichtung freigab.

Ein Bekannter von mir, berichtete Lapin, hatte liebevoll und uneigennützig die alten Fresken restauriert...ja, wir sind da! Der Motorradfahrer hatte angehalten und wies mit der Hand auf eine Ruine. Wir waren aus dem Wagen ausgestiegen. Zwar standen noch die Außenmauern, der angedeutete Turm war wie in friesischen Kirchen abgerückt vom Kirchenschiff, aber hier hatte Zerstörungswut die Trennung bewirkt...ich konnte mir gut vorstellen, welchen unerwarteten Zauber die ursprüngliche Einheit bei den Besuchern hervorrief.

Unser Begleitschutz hatte die Maske hochgeschoben und gab ein Bauerngesicht frei. Das ließ, sagte er, auf mutwillige Zerstörung schließen, nachdem zuvor eine Moschee zerstört worden war. Ich hatte davon gehört, auch dass sich dies später als Gerücht herausstellte. Wir standen betroffen vor den Trümmern. Sie berufen sich, Lapin deutete auf die kritzlige Schrift auf den Außenmauern, auf Daesh, den sog. islamischen Staat und Allahu Akbar, Allah ist groß, Allah ist am größten, so wie nach dem Anschlag auf Villeneuf.. .

Die Lücke zum Kirchenschiff war ebenso wie der zertrümmerte Eingang provisorisch und lächerlich mit einem Bretterverschlag, der bei jedem Windhauch quietschte und stöhnte, abgedichtet. Er ließ sich mühelos beiseiteschieben. Lapin ging voraus und musste über Steinbrocken steigen, das ganze Dach war eingestürzt, damit war die Deckenmalerei, die ein Bekannter von ihm langwierig restauriert hatte, unwiederbringlich verloren. Von der Plastik fehlte jede Spur. Ich glaube, Tränen der Wut in den Augen von Lapin gesehen zu haben.

Ich stolperte beinahe über eine am Boden liegende Kartusche – für ein Heiligenbild? - und sah mich dem missblligenden Blick Lapins ausgesetzt. Bei früheren Besuchen, erzählte er und hob die Kartusche auf, saß ich oft in der Kirche und studierte die Fresken; und genoss die Abgeschiedenheit, die Ruhe…ich glaube, dass an solchen Orten der Einkehr der Geist zu sich kommt und Kontemplation und, Glaube hin oder her, Andacht sich einstellt.

Wir waren wieder ins Auto gestiegen, unser „Geleitschutz" fuhr wieder voraus, nach ca. zehnminütiger Fahrt auf der Landstraße bogen wir in die von Ulmen gesäumte Zufahrt zu einem hochherrschaftlichen Sitz ein. „Weingut Léclerc/Margaux" konnte ich auf einer Tafel lesen. Der Regen prasselte mit unverminderter Wucht auf unser Fahrzeug. Aussteigen! ordnete Jean-Pierre an. Ich musste ein ratloses Gesicht gemacht haben, denn beide lachten. Jean-Pierre hatte den Wagen dicht an das Vordach des Hauses herangefahren, so dass wir vom Auto aus mit ein, zwei Schritten darunter Schutz suchen konnten. Wir wollen Wein kaufen, klärte mich Jean-Pierre auf. Léclerc, der Besitzer dieses Weinguts, ist ein alter Bekannter von mir. Er begrüßte einen beinahe städtisch aussehenden Mann, als ob sie sich gestern das letzte Mal begegnet seien. Mir und Lapin nickte Léclerc kurz zu. Er schickte den Motorradfahrer wieder zu seiner „Einheit", nein, warte, du geleitest sie wieder zurück auf die Route nach Bordeaux.

ja, wir müssen uns heutzutage schützen. Seit kurzem...ihr habt ja gesehen, wozu das Gesindel fähig ist. Ich glaube, wandte er sich an Jean – Pierre, du willst dich nicht lange aufhalten – ich habe alles vorbereitet. Folgt ihr mir?! Hatte ich mir einen Winzer noch mit Schürze und Stiefeln vorgestellt mit einem zerbeulten Hut auf dem Kopf, und mit der Schere in der Hand, wirkte Paul Léclerc eher wie ein Geschäftsmann, der soeben seinen Sitz am Schreibtisch verlassen hatte, um uns in seinen Büroräumen herumzuführen. Er öffnete eine Tür – Vorsicht, die Treppe – ging voraus und stieg die Stufen herab. Automatisch ging das Licht an und erhellte ein geräumiges vestibülartiges Gewölbe, von dem aus ein breiter Gang, in dem auf beiden Seiten Weinfässer lagerten, in die Tiefe führte. Léclerc deutete auf den Tisch, Bitte, bedient euch, Lapin und Jean-Pierre griffen nach einem Glas, ich zögerte. Wollen wir...? Die beiden lachten. Das ist eine Verkostung, wir trinken den Wein nicht, sondern lassen ihn nur im Mund hin – und herrollen...

Es sind Cuvéeweine. Léclerc klärte uns auf: Bei der Assemblage-Verkostung werden Proben der Rebsorten aus verschiedenen Fässern, Cabernet Sauvignon, Merlot, Cabernet Franc und Petit

Verdot getestet und dann zum Verschnitt bestimmt und freigegeben. Je nach Anteil der einzelnen Reben…

Léclerc war an ein Gestell herangetreten, in dem unterschiedlich große Saugnäpfe steckten, nahm einen heraus, steckte ihn in ein Weinfass, saugte kurz an dem Napf und ließ dann den ungemischten Wein, danach den je anders zusammengesetzten Verschnltt, eine Premiere! in unsere Gläser tropfen. Ich beobachtete meine Gefährten, die den Duft, ein Universum der Gerüche, sagte Lapin, einatmeten, nachdem der erste Sinnenreiz, das Auge einen ersten Eindruck gewonnen hatte…und nun geschwätzig und selbstgefällig das Einmaleins der Weinverkostung: Degustation, Beurteilung von Aussehen, Bouquet, Geschmack herunterbeteten: jeder Tropfen Wein enthält ein Meer von Aromen und Geruchsmolekülen… Sie wollen den Geschmack voll auskosten? dann lassen Sie den Schluck Wein, den Sie genommen habe, langsam von den Lippen über die Zunge laufen, der Wein wird auf der Zunge gewogen, dann wieder zurück zu den Lippen - und ausgespuckt.

Unsere Nase, hatte ich gelesen, und hielt mit meiner Fachkenntnis nicht zurück, weckt unsere Erinnerung…

wie bei der Wahrnehmung eines Parfüms die Erinnerung an eine Frau, unterbrach mich lachend Lapin.

Wer genießen kann, zitierte Jean – Pierre Salvatore Dali, trinkt keinen Wein mehr, sondern kostet Geheimnisse."

Wir kosteten mehrere „reine", dann unterschiedlich zusammengesetzte Weine und trafen danach unsere Auswahl.

Léclerc hatte mit seinem Handy Anweisung gegeben, das Weinsortiment, ja, drei Kisten, in unser Auto zu verfrachten.

Die Weiterfahrt, wir hatten uns von unserem Begleitschutz „verabschiedet" und waren wieder auf der route nationale, gestaltete sich kurzweilig. Uns beschäftigte noch die Verkostung, Lapin und Jean – Pierre stritten sich, ob wir nicht doch lieber…und einigten sich darauf, wenn es die Zeit erlaubt, auf der Rückfahrt den Tropfen, den „einen mit dem majestätischen Geschmack"! einzuladen.

Wir näherten uns unserem Fahrtziel. An den Straßenrändern stehende ausgebrannte Autos erinnerten uns daran, dass auch in der Provinz, Provinz? - das kann nur, er wog die Worte, ein Ignorant, sagen, wir leben nicht mehr im ancien regime, Bordeaux ist die dritt – oder viertgrößte Stadt von Frankreich! - der Terror nicht haltgemacht hatte. Links und rechts der Einfahrtstraße zeugten in Schutt und in Asche gelegte Wohnhäuser von den Auseinandersetzungen der Religionen.

Jean – Pierre lenkte das Fahrzeug, nachdem wir die Innenstadt, auch hier stach die Polizeipräsenz ins Auge, erreicht hatten, in eine freigegebene, viele Straßen waren gesperrt, Seitenstraße und bog dann in eine Sackgasse ein, um vor der Einfahrt zu einem alten Fachwerkgebäude, einer ehemaligen Schule, anzuhalten. Wie von Geisterhand ging das Tor, ha, mein Auto ist dechiffriert, auf und schloss sich auch wieder, kaum hatten wir die Einfahrt passiert. Wir stiegen aus. Jean – Pierre dirigierte uns: Den Wein holen wir später, jetzt müssen wir hier hinauf, und er erklomm einige Stufen, wir folgten, eine durch den Bewegungsmelder alarmierte Tür öffnete sich und wir betraten die Wirtschaftsräume. Ein Küchenmädchen, eine Köchin? eine Magd, war ich versucht zu sagen, hantierte am Herd, ein zweites „Mädchen" reichte ihr hin und wieder irgendwelche Zutaten - ein Anachronismus! beide nahmen keine Notiz von uns. Leclerc und ich blickten uns an.

Nicht stehen bleiben! Wir traten in einen weiten Gang und bestiegen eine breite Treppe, die uns ins Obergeschoss führte. Wir hörten von weitem ein Gemurmel, dann ein Lachen und beim Näherkommen konnten wir Stimmen unterscheiden. Durch die offenstehende Tür konnte ich sehen, dass in dem großen Raum, der ehemaligen Aula, vielleicht ein Dutzend, nein bis achtzehn Personen, die im Zigarettenrauch, nein, Paul raucht wieder seine Zigarren, verbesserte mich Lapin, ohne dass ich etwas geäußert hatte, sich um einen Tisch gruppierten. Paul, unser Hausherr, ein hochgewachsener Mann mittleren Alters, ich kannte ihn nur vom Bildschirm, einige seiner Schriften, ich gestehe, hatte ich in der Librairie in der Hand gehalten, gewogen und für ein kurzes Lesevergnügen zu schwer befunden, war aufgestanden, kam uns entgegen und begrüßte uns. Das ist Lapin, ist jemand unter euch, der ihn nicht kennt? Mit Lachen reagierte die Versammlung auf die rhetorische Frage, Jean – Pierre von der Universität Paris. Vincenne, und das ist, er wandte sich an Jean – Pierre, der ihm meinen Namen ins Ohr flüsterte, Nicephore, ein Unruhegeist und immer unterwegs! ich nickte ergeben, setzte Paul die Bekanntmachung fort, und das sind...was solls, beendete er seine Vorstellung, ihr werdet euch in den drei Tagen kennenlernen. Ich schlage vor, dass wir Sitzreihen bilden, ich organisiere noch einige Stühle, denn wir sind, er hatte sich prüfend umgeschaut, viele, mehr als ich zu hoffen gewagt hatte, und doch nicht vollzählig, und er nannte einige Namen, die ihr Kommen zugesagt hatten, bisher aber noch nicht aufgetaucht waren. Wir wissen, dass mit Behinderungen auf den Straßen zu rechnen ist.

Wir hatten auf den noch freien Stühlen Platz genommen. Ich kam neben einer resolut wirkenden Dame zu sitzen, die ich von irgendwoher kannte. Mir gegenüber, er streifte mich mit einem beinah mitleidig wirkenden Blick, saß ein Mann, den ich zu kennen glaubte, dann wieder irritierte mich sein ein wenig maskenhaftes Gesicht, das war, ja, kein Zweifel, Prévot, der sein Lidzucken, eine Frage hinter jeder Argumentation, in den Griff bekommen zu haben schien, auch das von Runzeln und Falten zernarbte Gesicht war glatt und - ein Philosophenkopf: Prevót, der, wenn auch nicht widerspruchsfrei, das Erbe J. P. Sartres verwaltete. Wir waren, erinnere ich mich, wie lange ist das her? anlässlich einer Diskussionsveranstaltung über den wahren Existenzialismus aneinandergeraten. Er hatte A. Camus als abtrünnigen Jünger dieser philosophischen Richtung bezeichnet, während ich mich, jung und ungestüm, in einer nichakademischen Wortwahl, wie lange ist das her! zum Verteidiger dieses Schriftstellerphilosophen aufschwang.

An seiner Seite saß die zweite weibliche Teilnehmerin, eine, wie mir Lapin zuflüsterte, hochdekorierte Wissenschaftlerin. Dann, ich kürze die Vorstellung, Paul hatte zu sprechen begonnen, ab, einige Persönlichkeiten, die ich vom Bildschirm her kannte, Politiker verschiedener Lager...

Paul konzentrierte unsere Aufmerksamkeit zunächst auf eine Einführung, die ich knapp, auch nach bestem Wissen und Gewissen (wenn auch nicht mit meiner vollen Übereinstimmug) hier wiedergebe – und damit den Beweis antrete bzw. den Verdacht bestätigt sehe: die Einführung ist bereits das Programm, dem nichts hinzuzufügen wäre, wenn nicht...aber hören Sie selbst.

Seit 30 Jahren gewinnt der Neoliberalismus an Boden, jetzt nach den Demonstrationen gegen die „Loi El Khomri", findet in allen EU-Ländern eine zunehmende Prekarisierung statt, das betrifft zunächst die Arbeitnehmerschaft und vor allem die, nennen wir es so, kolonialfranzösische Bevölkerung aus Nordafrika, hier erhob sich Widerspruch, den Paul mit einem Lächeln quittierte, die vor allem in den neuen Ghettos der Banlieues zu Hause sind; auch der Mittelstand ist betroffen. Was aber macht diese Sache so spannend – oder ausweglos? Der Neoliberalismus hat es innerhalb einer Generation geschafft, die Arbeitnehmerschaft zu spalten (hier erntete er Einwände, denken Sie an die Arbeitslosen! zu euphemistisch) besser: alle! empfänglich zu machen, den Weg zu nehmen von einem trockenen Kommunismus zu einem gauche du caviar - Sozialismus, dann auf den Lockruf der Rechten zu hören, die einzulösen scheint, was die Frage von Schuld, Versäumnis und Wiedergutmachung, das meint Erklärung und Ausweg, betrifft: mit dem Programm eines radikalen Nationalismus, des Hasses auf den Islam und das Fremde, so ist ihr die EU in ihrer alten Gestalt – wir brauchen einen Neuanfang, eine EU mit einem neuen Gesicht! - suspekt, sowie eines autokratischen Verständnisses von Wirtschaft und „Wohlfahrtsstaat". Der Front National verspricht, dies einzulösen. Statt Vernunft nun Emotion.

Er machte eine Pause und ließ den Blick umherschweifen, er traf, wie mir schien, auf fragende Gesichter...Scheint es so, als besorge die herrschende Klasse, die sich an die etablierten Parteien gebunden hat, selbst ihren Untergang, fühlt sie sich in Wahrheit besser aufgehoben bei den Rechten, die sich nicht scheuen, sich einerseits als Vertreter der Armen aufzuspielen, sich andererseits den Wirtschaftseliten anzudienen.

Wie reagieren die bürgerlichen Parteien auf diese durch die Terroranschläge und eine - nicht zuletzt von Deutschland betriebene - Flüchtlingspolitik in Gang gekommene Entwicklung? –eine Herausforderung, die sie nicht wirklich annehmen, im Gegenteil, sie spielen mit: so verlangen die Republikaner eine Volksabstimmung über ein neues Europa. Wir brauchen ein Frankreich, das – wenn nötig – nein zu sagen weiß.

Lapin mischte sich ein, er wiederholte: Wir haben die Migrationsbewegungen nicht in den Griff bekommen, der Versuch der Linken, auf dem Staatsangehörigkeitsrecht der Internationalisten für die arabisch - muslimische Einwanderung zu bestehen, scheitert an der Tatsache, dass viele der jungen „Beurs" keinen Stolz empfinden, Franzose zu sein.

Was bedeutet das – in der Konsequenz?

Frankreich, Lapin hatte sich umgeblickt, da niemand Bereitschaft erkennen ließ, das Wort zu ergreifen und, ich dachte, deshalb sind wir hier, ich schaute auf Prévot, der beharrlich schwieg, so fuhr er fort, hat sich nach den Terroranschlägen, einer fundamentalen islamischen Bedrohung, verändert. Unsere Aufgabe wäre es, uns dieser Veränderung in den Weg zu stellen. Indem wir, er blickte sich um, natürlich die sozialpolitischen Maßnahmen in diesen Vierteln verstärken, für Ausbildung und Arbeitsplätze sorgen…Lachen quittierte diese hilflosen, wie oft schon gehörten Vorschläge.

Wir müssen uns der Muslimischen Bruderschaft wie dem FN in den Weg stellen, wenn wir die Entwicklung in den Ghettos, er sprach nicht weiter, aufhalten wollen.

Die Analyse enthält bereits, sagte ich, das Programm – na und?

Ich blickte mich um, enttäuscht. Diese wenigen Hochschullehrer, Wissenschaftler, Künstler und Literaten, alle wohlversorgt, wollen die Entwicklung aufhalten? Sie zimmern an einem Prokrustesbett, in das sie ihre Vorurteile und …hineinzwängen, kürzen, amputieren, ergänzen – bis sie ein passgenaues Bild einer wünschenswerten Zukunft, das „vernunftgeprägt" ausgehellt wurde, erhielten.

Die sich auf diese Ausführungen anschließende Diskussion offenbarte, bis auf wenige kleinliche Änderungswünsche, das Einverständnis---das sich in Appellen erschöpfte.

Lapin stieß mich an, sagen Sie endlich...

Ich fühlte mich in einer Gastrolle, in der es mir freistand, mich einzumischen. Nun, da alle Augen auf mich gerichtet waren, es ist mir, ich gebe dies unumwunden zu, peinlich, mich vor vielen Leuten, dazu vor einem solchen Auditorium, fürchtete ich mich, mich bloßzustellen, etwas von mir preiszugeben? musste ich mich äußern, vielleicht sogar, was mir ferne lag, Stellung beziehen.

Ich bin sicher, raffte ich mich auf, dass Sie mit Ihren Vorschlägen, Prévot blickte mich feindselig an, das Wohlwollen bestimmter Kreise, ihrer Clientel, gewinnen – ist das nicht zu wenig? Ich bin kein Politiker, glaube aber, dass, so komplex der Sachverhalt ist, die Leute geführt werden wollen...Nationalismus, Rechtspopulismus und – europaweit - eine ihrer Ursachen, eine immer dreister sich gerierende Umverteilung des gesellschaftlichen Reichtums, der sichtbar auftretende Lobbyismus, der Einfluss auf Gesetzgebung und...

Das hatten wir schon, lästerte Prévot und tauschte mit seiner Nachbarin höhnische Blicke. Auch Lapin schaute mich belustigt an. Ich musterte Prévot und malte sein Porträt, das menschliche Züge annahm, einen Bart, der die wächserne Blässe überdeckte...

Sie müssen, fiel mir ein, kein Ornithologe sein, um zu wissen, was Schwarmintelligenz ist.

Sollen wir jetzt in die Luft gehen – fliegen?

Nein, überstimmte ich das Lachen, vom Gegner lernen, seine emotionalen Appelle, seine Berufung auf „Grundwerte", mit denen er auf Stimmenfang geht und auf die seine Anhänger so viel Wert legen, ernst, beim Wort nehmen...

...den Gegner mit seinen eigenen Waffen schlagen? Erneutes Lachen quittierte meine Überlegungen.

Niemand verlangt, wehrte ich mich, dass sich jemand, nur weil seine Umgebung anderen Idolen folgt, von seiner Mutter, seinem Vater trennt, d.h. sie verleugnet, andererseits, ich schaute in die mir misstrauisch begegnenden Gesichter, wir frönen, ich gebrauchte mit Absicht einen anderweitig verwandten und in Misskredit geratenen Begriff, einem Internationalismus, einer Weltgemeinschaft, die, mit dem Blick auf das Ganze, das Kleine aus den Augen verloren hat.

Sie meinen Globalisierung? Ja, und, was bedeutet das für uns? Paul hatte die sich breit machende Unlust mit zurückhaltender Geduld begleitet, gab mir aber, ohne dass ich Gefahr lief, im Gelächter oder Spott der anderen unterzugehen, noch einmal, nachsichtig, Gelegenheit, den Kopf aus der Schlinge meiner selbstverschuldeten Argumentationsführung zu ziehen.

Unsere Aufgabe: Im Großen das Kleine bewahren. Noch gilt das Subsidaritätsprinzip, d.h. gewachsene Eigenheiten und Gewohnheiten, nationaler Herkunft, beibehalten, ohne sich dabei schämen oder verstecken zu müssen. Nennen Sie das ruhig, kam ich meinen Kontrahenten entgegen, populistisch, nationalistisch... weiter kam ich nicht, das Stirnrunzeln, dann ungeduldiges Räuspern, der Unmut der anderen, entzog mir das Wort.

Lapin versuchte, auf Kosten der eigenen Seriosität oder Integrität, danke, mir beizustehen und den Gedankengang, so unausgegoren er sich ausnahm, zu meiner Ehrenrettung in das Kalkül berechtigter Vorgehensweisen einzubeziehen....

Erlöst aber wurde er, wurde ich, als die Tür aufging und Frédéric und – Jacqueline! erschienen, Wir haben, entschuldigte sich Frédéric, verspätet, weil die Straßen gesperrt waren, wir große Umwege in Kauf nehmen mussten, wir an vielen Tankstellen kein Benzin auffüllen konnten...Beifall unterbrach ihn.

Es bewegt sich was! rief Prévot begeistert.

Die Treibstoffblockade sei unverantwortlich, seitens der Gewerkschaften, ergänzte Jacqueline die Ausführungen ihres Lebensgefährten und provozierte die Runde der erbitterten Befürworter solcher Schritte.

Jacqueline...ein Duft von Apfelpfirsich ging von ihr aus, umschwebte sie. Ich bin ein Nasen-, ein Augen – und Ohrmensch... ich nähere mich, ich stelle mich gerne diesem Vorwurf, einem ersten Urteil, nennen Sie es Vorurteil, einem mit meinen Sinnen erfassten Eindruckserlebnis.

Das Gesicht Prévots spannte sich, um dann scharf, der Vorwurf zielte auch an Paul (Du hättest Dir überlegen sollen, welche Gäste du einlädst), zu züngeln: Wo sind wir? Wir geben einer Diskursethik Raum, die...Er konnte nicht aussprechen denn Frédéric konterte, er „fuhr ihm über den Mund", die Probleme seien zu ernst, um lediglich Kanten eines formal korrekten philosophischen Diskurses zu schärfen.

Wir haben es, versuchte Paul die Wogen zu glätten, auf Kosten der Arbeitnehmer und benachteiligter Bevölkerungsteile...

Sagen Sie ruhig Prekariat...Jacqueline schob sich an Prévot vorbei durch die Stuhlreihen zu einem freien Platz, dabei drehte sie sich demonstrativ und gegen alle Damlichkeit um und wandte ihm die Rückseite zu...

...mit einem systematisch betriebenen Abbau sozialer Errungenschaften zu tun...

Dem wir uns nicht mit einem Colloqium, spottete Frédéric in Richtung Prévot, sondern mit allen verfügbaren, auch materiellen Mitteln entgegensetzen müssen.

Nach diesen Ausführungen, schlug Paul vor, sollten wir Arbeitsgruppen bilden und morgen in die Überlegungsphase gehen.

Zwei Richtungen einer Diskurspolitik bahnten sich den Weg: die Präsenz und ihre Bedeutung des Fremden (die Heterogenität, d.i. Muslim und Scharia (Jacquelines Argument) und, hier setzte sich mit Jacquelines Fürsprache eine dritte Arbeitsgruppe durch, die das diffuse Gefühl eines Verlustes, der Identität, und, die, die ihre Herkunft im linken Spektrum nicht leugnen konnten, Jünger, und die Verfechter einer Expertise zur Prekariatsentwicklung - hier meldete sich Anatol F. zu Wort, der auf sein Buch dazu aufmerksam machte, ein, wie die Presse in ihrer Besprechung geurteilt hatte, widersprüchliches Buch, das sich vieler, von seinem Autor heftig bestrittener, ich zählte in Gedanken nur die gesellschaftlichen Ressentiments auf, Vorurteile bediente.

Damit, erinnere ich mich, vertagte sich das Plenum und wandte sich den kulinarischen Ergüssen der Region zu, wobei unser mitgebrachter Cuvée großen Anklang fand. Rückblickend, auf die Streitgespräche, erhob Prévot, wollte er die Hand zur Versöhnung reichen? die unterschiedlichen Ansichten, sind wir nicht hier, um

Frieden zu stiften? zu einer „Streitkultur", die doch eigentlich erst der Bodensatz ist, auf dem Erkenntnisse gedeihen können. Die Künstler, ja, es waren zwei Maler, ein Grafiker von einer Satirezeitschrift, ein Bildhauer, dessen Plastik „Der erhobene Zeigefinger" nicht nur Missverständnissen, auch Angriffspunkt vieler Messerattacken geworden war, und zwei Musiker zugegen; letztere, entgegen einer ersten Einschätzung, nicht um uns die „Freizeit" mit „culture" zu vertreiben, sondern den grenzüberschreitenden, völkerverbindenden Charakter ihrer Kunst zu betonen. Was M. nicht hinderte, sich an den Flügel zu setzen und uns mit „Tafelmusik" zu unterhalten…Auch zwei Schauspieler, A. von der Cómedie Francaise, und L., Star vieler soap operas. Mein Misstrauen gegen die (Wiederkäuer, Marcel) Reproduzenten des gesprochenen Wortes schwand, als ich miterleben durfte, wie überzeugend und mit eigenen Worten sie Juppé in einer TV – show nach seiner Rolle in der Auseinandersetzung mit „Jugoslawien" und Libyen befragten, um dann die weitreichenden Folgen dieses Schrittes zu brandmarken.

Es war kurz vor Mitternacht, einige der Gäste hatten sich schon zurückgezogen, als noch weitere Teilnehmer unseres Verschwörerkreises (Prévot) erschienen. Ich hatte die Unruhe bemerkt, die Paul den ganzen Abend begleitet hatte, nun schloss er beglückt seinen Lebensgefährten, einen Lektor eines wissenschaftlichen Verlages, ich musste, zugegeben nicht sehr einfallsreich, an Cocteau und Jean Marais denken, aber wie in jener Liaison heiligt der Zweck die Mittel, pfui Teufel, ich schämte mich meiner stiefmütterlichen Voreingenommenheit, in die Arme; Jean Marais berichtete von schikanösen Kontrollen seitens der Polizei, willkürlichen Zugausfällen, dreimal mussten wir uns um einen neuen Anschluss bemühen! und Charles, meinte er den berühmten Zauberkünstler? der Paris in Atem gehalten und bei einer seiner

Trickvorführungen einen „vielversprechenden Nachwuchspolitiker der Regierungspartei "vorgeführt" hatte? er schluchzte, wurde aus uns unerklärlichen Gründen festgehalten.

Am späten Vormittag des folgenden Tages trafen die verschiedenen Arbeitsgruppen im Plenum zusammen, fielen sich teils um den Hals, schlossen sich in die Arme, küssten und herzten sich: abstoßend diese gekünstelte Vertraulichkeit! Dann hatten sich die Neu- oder Spätankömmlinge, unterrichtet von Paul, den verschiedenen Gruppen angeschlossen und referierten ihre Ergebnisse, wobei sich zwei Gruppen unter dem neuen Titel homogene, heterogene Gesellschaftsglieder vorab mit der übergreifenden Entwicklung des Prekariats zusammengeschlossen hatten.

Sie prangerten, erinnere ich mich, pragmatisch die Spaltung der Gesellschaft in arm und reich an, die hohe Arbeitslosigkeit vor allem muslimischer Jugendlicher; die Ausgrenzung, sagen Sie ruhig die Abschiebung, nicht reinrassiger Franzosen müsse man in zwei Schritten bekämpfen: einer Stellungnahme gegen das ius soli und zugleich, und hier sind alle gesellschaftlich maßgeblichen Kräfte—Prévot musste sich gegen den Einspruch von Jacqueline zur Wehr setzen—aufgerufen, Soziologen, Städteplaner, Architekten, den gesellschaftlichen Raum mit Leben zu füllen, d.h. die Errichtung von Ausbildungsstätten, Theatern, Museen, Geschäften, Bibliotheken, Krankenhäusern...

---dann vergessen Sie nicht Gericht und Gefängnis, spottete Jacqueline. Das erzeugte den Beifall einiger, auch Lachen unterbrach die ernste Sammlung, selbst dass vereinzelt gezischt wurde, soll nicht verschwiegen werden, was Prévot, er hatte wieder das Wort ergriffen, veranlasste, seinen Ausführungen noch einmal den Nachdruck des Besonderen verleihen zu wollen.

...einer Urbanisierung der Randzonen, die Peripherien mit lebenswertem Leben füllen, neuen Kommunikationszentren, die Siedlungsdichte, ich rede von Paris, ausdünnen, das Zentrum verlagern bzw., korrigierte er sich, neue Zentren schaffen, wo Zentrum und Banlieue, die ethnischen Ghettos – kulturell - verschmelzen, und etwas Neues – das Großprojekt „Métropole du Grand Paris" entsteht.

Eine Ausweitung attraktiver Lebensräume, stellte Lapin lakonisch fest:

...ja, Prévot lächelte: Ein Bäumchen pflanzen...

Wieder war es Jacqueline, die genüsslich ein Einverständnis trübte bzw. Steinchen ins Wasser warf, so dass der unbewegt glänzende Wasserspiegel in Schwingungen geriet und Wellen bildete, und was und wie immer wieder diskutiert wurde, mit ihrem Einwand - wollte sie Prévot, oder wurden hier häuslich – familiäre Konflikte (auf Kosten der „Sache") ausgetragen? - die Runde konfrontierte: In Brüssel leben die „Fremden" im urbanen Raum, z.T. auch in Szenevierteln, wissen Sie, wie Moulenbek aussieht? Hier ist infrastrukturell das verwirklicht, was in Paris entstehen soll...

Natürlich, sie blickte mich an, müssen wir, wenn wir von Identität- Identität meint hier, vereinfacht ausgedrückt, das Bewusstwerden und Bewusstwerdenkönnen der eigenen Kräfte und ihre Verwirklichung in ihrer Umgebung - sprechen, dafür sein, dass wir für alle Teile der Bevölkerung gleiche Ausgangsbedingungen haben, Prévot lächelte: Haben wir nicht! können wir auch nicht erreichen, und das gilt insbesondere für den französischen Bevölkerungsanteil muslimischer Herkunft. Wir können ein zunehmendes Auseinanderbrechen der Gesellschaft beobachten, der

Reichtum konzentriert sich in immer weniger Hände – und die Regierung tut nichts, um diese Entwicklung aufzuhalten, im Gegenteil.

Ich hatte begonnen, mir für die einzelnen Teilnehmer Spitznamen auszudenken bzw. sie verschiedenen lebenden oder verstorbenen Dichtern, Denkern usw. zuzuordnen.

Prévot, Sartre in seinen Anfangsjahren! lachte; Anatol F., der unruhig dieser Darstellung gefolgt war, winkte mit seinem Buch in der Hand. Das können Sie alles hier nachlesen! und, er blätterte in dem Buch, ich habe, er schaute wieder auf, auch Ursachenforschung betrieben – Sie kommen nicht darum herum, die Dinge beim Namen zu nennen! Der Glaube, der Aberglaube! Nicht umsonst ist Religion in Frankreich Privatangelegenheit, sind Kopftuch, Kreuz und Kippa im öffentlichen Raum verboten – der französische Staat betrachtet die Religionszugehörigkeit als Privatsache.

Das ist doch, Lapin- Lévy Camus mischte sich ein, eine Sache, sagen Sie auch das Recht! eines jeden einzelnen, zu glauben oder nicht! Wir sind ein ursprünglich christliches Land...das seine Religion, nicht aber, pars pro toto, seinen Glauben an sich selbst! verloren hat.

Wenn es denn so wäre! Jacqueline richtete sich auf, die Religion spielt für die Muslime in diesem Land eine so große Rolle, weil sie ausgeschlossen sind von: unserer Art zu leben. Sie wissen selbst! Sie bauen Kathedralen, weil sie nirgends sonst die Chance haben, zu sich zu finden, eine Identität aufzubauen---ein Versäumnis, ein Versagen unserer Gesellschaft.

Es gibt Teile der Bevölkerung, sie meinen zu wissen, wer sie finanziert! warf Prévot ein.

Das hieße, Paul Cocteau in seiner Rolle als Koordinator-oder Mediator um Annäherung, mehr noch, um Ausgleich bemüht, versuchte, das Ergebnis zusammenzufassen und zugleich mit dem ersten „Befund" eine Synopse herzustellen, hier berühren sich die Arbeitskreise...

Anatol F., Baudrillard? Ich schwankte, unterbrach die voreilige Annäherung: Sie müssen sich anpassen, Unruhe entstand, wir kommen ihnen, weiß Gott (das, der geborene Antichrist! aus seinem Munde) entgegen: mit Reformen, die auch uns einiges abverlangen, nicht zuletzt die Aufgabe vieler uns selbstverständlich gewordener Gewohnheiten, und er zählte auf, was an Verzicht bzw. zusätzlicher Inkaufnahme uns künftig noch erwartet.

Und Sie behaupten, es fände keine keine Islamisierung statt? empörte sich Jean -Julien Sorel. Ich sehe doch, es gibt Immer mehr Zugeständnisse an den Islam, man nennt das Slipery Slope.

Das hieße doch, rief Marais dupiert aus, man sollte, man dürfte! erst eine zweite Aufklärung, wer wir? oder sie? durchlaufen, um ein friedliches Miteinander zu ermöglichen...

Das könnte nicht schaden! frotzelte Jacqueline. Und, zur Überraschung vieler Teilnehmer, gestand sie, Moscheen, Minaretts und Muezzims, halte ich, sie sind, bekräftigte oder verdeutlichte sie ihre „Analyse", Ausdruck fehlender Alternativen, sie sind, wie jede Religion, die sich als Staatsdoktrin versteht, Herrschaftsinstrumente einer in/mit vielen Gesichtern auftretenden, feudalistisch geprägten, sie zauderte, Clique. Ihnen verständlich machen, was Laizismus bedeutet, d.h. sie befähigen...Lachen unterbrach sie.

Wir sind uns doch einig, versuchte Paul, nein Genet, die Gemüter zu beruhigen, die fehlende Partizipation an unserer Lebenswirklichkeit...

Das ist es, wusste die Begleiterin von Prévot zu berichten, sie richtete sich auf, erst jetzt bemerkte ich, dass sie wenigstens einen Kopf größer war als Prévot, auch unter Muslimen herrscht eine kontroverse Debatte über muslimische Identität in säkularer Umgebung. Sollen wir den Laizismus übernehmen, kommt es zu einer Neuinterpretation des islamischen Rechts?

Die Mehrheit erlaubt und verbietet, somit ist die Mehrheit der Gott und der Herr in der Demokratie.

Wenn es denn so einfach wäre, lachte Lapin. Sicher gibt es aufgeklärte oder um Aufklärung bemühte, verbesserte er sich, Muslime. So meint S. Benkcheikh, Ziel ist die harmonische Integration des Islam in die französische Laicité: die freie Glaubensentfaltung, das sei die europäische Identität des Islam. Dies stammt, fügte er hinzu, aus der Feder eines Muftis.

Damit haben wir doch einen wesentlichen Gesichtspunkt, übrigens einen wichtigen Teilaspekt unserer Prekariatsdebatte, Sie sehen, das eine hängt mit dem anderen...

Sagen Sie doch gleich, lästerte Prévot: Alles hängt mit allem zusammen!

...darf ich bitten! versuchte Paul, der den Einwand geflissentlich überhörte, die Debatte zu beenden.

Jacqueline hakte nach, um zu ihrem eigentlichen Anliegen zu kommen. Es gibt, sagt Asma Lanrabet, einen dritten Weg, eine Reformation des Islam nur mithilfe starker feministischer Ideen.

Die Resonanz, erinnere ich mich, war „chauvinistisch" – die vielbeschworene Diskurskultur, resignierte sie? zunächst gescheitert.

Ich ergriff, meiner selbst nicht mehr mächtig, oder was um Himmels Willen drängte mich, hier ein Engagement zu zeigen, gar Partei zu ergreifen? das Wort, um Jacqueline beizustehen oder um dem Phänomen Mannsbild beizukommen? Hier ist etwas Grundsätzliches angesprochen: Von Identität ist die Rede, ein durch Erziehung und Glauben unterdrücktes Selbstbild. Wir tun immer so, ich ließ mich durch anzügliche Bemerkungen Prévots nicht beirren, als sei dies eine Angelegenheit allein der Frauen. Nein, auch...

Wir wissen, wie die Dinge im islamischen Gesellschaftsgefüge aussehen, unterbrach mich lachend Anatol. Sie haben der Versammlung, wie hatte ich das verdient? ihre heitere Stimmung gerettet! Der Mann, betonte er ernst, um wieder glaubhaft zu wirken, trifft die Entscheidung, er geht voran...

Dann geben Sie Jacqueline Recht? Aber ich, holte ich aus, möchte auf etwas hinweisen, was in unserem Diskurs evident wie selbstverständlich erscheint.

Ja?

Ich möchte – als Mann - nur fragen, wie sieht es in unserer aufgeklärten Gesellschaft mit unserem eigenen Identitätsproblem aus? Ja, ich hätte dies nicht fragen dürfen, denn nun fielen alle über mich her — die Identitären, ja ihrer Mitgliedschaft wurden wir bezichtigt! nur Jacqueline, erinnere ich mich, sagte: Das ist es...

Sie sprach nicht weiter, denn plötzlich wurde es dunkel, der Strom fiel aus. Ach ja, die Atomkraftwerke werden betreikt, kein Grund zur Unruhe, Paul hatte vorgesorgt und für den Notfall Kerzen zurechtgelegt, die ein schummriges Licht spendeten und wie ein Weichzeichner die harten Konturen verschwimmen ließen und, Jacqueline konnte sich die Bemerkung nicht verkneifen, wie die gute alte Zeit aus harten Männern sanfte Wesen macht! ehe dann das Notstromaggregat in Betrieb genommen werden konnte und uns der Wirklichkeit wieder nahe brachte, schade! Sie fixierte mich, blinzelte sie mir zu? Frédéric, der sich bisher kaum an der Diskussion beteiligt hatte, warf mir, täuschte ich mich? einen bösen Blick zu. In den Nachrichten, Paul hatte ein Rundfunkgerät eingeschaltet, wurde die Warnung vor neuen Anschlägen ausgesprochen...

Ich will es kurz machen. Wir waren, ohne dass wir etwas erreicht hatten, nein, ein jeder hatte seine Vorurteile bestärken können, ohne etwas von den anderen anzunehmen, voller Zuversicht. Nichtsdestotrotz oder gerade deswegen traf der Vorschlag eines der Teilnehmer, wir sollten uns, als eine oder die? Widerstandsgruppe einen Namen geben...und es kamen viele Beiträge, von denen einer, es war Frédérics Vorschlag, hatte er es, ich konnte mich dieses Verdachts nicht erwehren, als zynische Anspielung auf Jacqueline und mich, gemeint? die Zustimmung aller erhielt: C l u b d e r   G e t r e u e n. Die Gründungsakte bestand in der einhelligen — mündlichen - Übereinkunft, was und wie, ich konnte mir darunter nicht viel vorstellen: Ein jeder von uns hat seinen Kreis: Hochschule, Presse...Wir sind Multiplikatoren.

Die Antwort auf die Reformpolitik der Regierung, vor allem das von ihr verabschiedete Arbeitsgesetz (Liberalisierung des Arbeitsmarktes), ließ nicht lange auf sich warten, im ganzen Land wurde eine Protestbewegung in Gang gesetzt. Die Streiks lähmten den öffentlichen Verkehr, die Bahn verkehrte unregelmäßig, und die Erdölraffinerien wurden bestreikt. Auch wir erlebten uns als Opfer der Treibstoffengpässe. Unser Versuch, auf die Bahn auszuweichen, schlug fehl, sie verkehrte „vorübergehend" nicht, so „hamsterten" wir bei verschiedenen Landwirten gegen ein sündhaft teures Entgelt ein paar Tropfen Benzin, die unser Weiterkommen bis zu einer der nächsten Tankstellen, immer in der Hoffnung, hier wieder Stoff für den Tank zu ergattern, ermöglichte. Ich musste mir den Spott meiner Gefährten gefallen lassen, weil ich Partei ergriffen hatte für die Durchsetzung der Rechte der Frauen, wahrlich nicht unser vorrangiges Problem (Lapin). Wir müssen grundsätzlicher vorgehen, das berührt uns alle, eine, ich weiß, was das heute bedeutet, offene Gesellschaft, die ohne Scheu - hat nicht Dein aufgeklärter Souverän, wandte er sich an mich, die Grenzen aufgemacht und mit der Werbeidee, ein jeder soll nach seiner Fasson selig werden, Leute entlegenster Herkunft, ach, ich hasse diese Selbstironie, und Besserwisserei ist mir zuwider, und unterschiedlichster Glaubenszugehörigkeit ins Land gerufen? - das suum cuique respektiert. Das heißt aber nicht, relativierte Lapin diesen Freibrief, dass jetzt jeder tun und lassen kann, was er will. Es gibt einen Augenblick, zitierte Lapin, als wir wieder vergeblich bei einer Tankstelle vorgefahren waren, in dem man fähig sein muss, einen Streik wieder zu beenden, unser Staatsoberhaupt, das sich seinerseits auf einen Kommunistenführer der dreißiger Jahre berief. Ja, nehmen Sie das Reformpaket zurück, signalisierte Le Pen aus Moskau – haben wir nicht dafür Verständnis? ulkte Lapin, und machen Sie endlich ernst mit dem Austritt aus der EU, Frankreich ist eine stolze

Nation: Wir wollen wieder unseren Franc zurück! titelte der Figaro.

Wir hatten das Tor, das in das alte Provinzstädtchen führte, durchfahren und hielten Ausschau nach einer Tankstelle, na endlich, murmelte Lapin, als er das Hinweisschild auf eine Treibstoffstation in 400m erblickte, er drosselte die Geschwindigkeit. Abwarten, dämpfte ich die Vorfreude. Unser Berufspessimist! spottete Lapin. Sag ichs doch. Er fuhr langsam heran und reihte sich ein in die Schlange der Wartenden. Von den drei Tanksäulen war nur eine geöffnet.

Wir sollten auch den Reservetank füllen, empfahl er. Gute Idee. Wir waren inzwischen zwei, drei Autolängen vorangekommen. Lapin war ausgestiegen und holte den Reservetank aus dem Kofferraum. Hinter uns wildes Gehupe, ein Autofahrer schimpfte: Lesen Sie das Schild. Ich gebe zu, wir hatten das Schild nicht beachtet: Nehmen Sie Rücksicht auf Ihre Mitmenschen. Jeder sollte nur 20 Liter tanken, solange der Vorrat reicht.

Vor uns warteten noch drei Autos, ich konnte beobachten, wie der Kunde, der gerade sein Auto tankte, entgeistert auf die Benzinsäule starrte, den Tankstutzen aus dem Tank zog und dann wütend in Richtung Kasse winkte. Der Tankwart, der dem Winken Folge geleistet hatte und herauskam, zuckte mit den Schultern und drehte das Schild um: Unser Benzin ist alle. Ein wildes Hupkonzert, das ebenso plötzlich erstarb wie es begonnen hatte, unterstrich die Situation. Ich muss dringend nach Nantes. Ich habe einen Termin in Paris! hörten wir die Autofahrer meckern.

Na, danke! fluchte Lapin. Mein Seminar...klagte Jean-Pierre.

Und ich hätte heute Nachmittag Prüfungen, übertrumpfte Lapin den Freund.

Das ist höhere Gewalt, versuchte ich die beiden zu trösten. Ein böser Blick strafte mich für meine Bemerkung. Wir hatten, nachdem wir weitergefahren waren, die Stadtmitte erreicht, als ein großes fremdartig wirkendes Gebäude unseren Blick gefangennahm. Zwei hohe Minaretttürme flankierten die Moschee.

Stadtprägend, lästerte Jean - Pierre.

Immerhin wird sie, lenkte ich ein, im Unterschied zu unseren Kirchen besucht…

… gut besucht, fügte er hinzu.

Wollen wir wirklich, wagte ich unüberlegt bedenken zu geben, jenseits aller parteipolitischen Divergenzen…

… hört, hört, lachte Lapin,

… unser Land mit Moscheen bestücken, statt qualmender Schornsteine die Türme von Minaretts?

Wir müssen uns, spottete Jean – Pierre, die Option freihalten. Der Umwelt bekommt das besser.

Nicht nur das. Wir müssen, steigerte sich Lapin, unser Seelenheil im Auge behalten. Eine Rückversicherung ist eine gute Anlage.

Ich ertappte mich, dass ich mir meiner leichtfertigen Bemerkung wegen Vorwürfe machte. Ich habe ein ungutes Gefühl…mein Verhältnis mit dem „da oben", oder nennen wir es Glauben oder….? war von Unsicherheit wie, ja ich nenne es Willfährigkeit, geprägt, einer dumpfen Gewissheit oder Hoffnung, der nie nachdrücklich nachgegeben oder entsprochen wurde, die Gedanken „daran" verloren sich wie heißes Wasser im Schnee...Aber der Spott meiner beiden Gefährten: mitgefangen, mitgehangen...nein, er verletzte mich nicht, aber mir war unbehaglich zumute. Ich wusste oder vermutete es, dass sowohl Lapin wie Jean – Pierre Freigeister waren, die ihr Himmelreich schon auf Erden, was sprach dagegen? verwirklichen wollten.

Wir waren weitergefahren, immer gemächlich voran, ja, wir müssen Benzin sparen, kam Lapin unseren bissigen Bemerkungen zuvor. Wir sollten unseren Fachbereich anrufen und sagen, dass wir unsere Seminare bzw. Vorlesungen nicht abhalten können, riet er. Sie versuchten vergeblich, mit ihren Handys den Dekan bzw. ihre Fachbereiche zu erreichen und gaben schließlich entnervt auf. Ich weiß nicht, wie lange wir weitergefahren waren. Als ich die Augen wieder aufschlug, umhüllte uns die Dunkelheit der hereingebrochenen Nacht. Meine beiden Frontleute hatten die Plätze getauscht, Jean – Pierre saß jetzt am Steuer, Du musst verhalten fahren, „das eine Auge auf die Straße, das andere auf die Benzinuhr gerichtet", empfahl Lapin, um danach wieder in Schweigen zu versinken, ich wusste nicht, ob er als Beifahrer die Straße im Blick hielt oder ob er schlief. Ich beobachtete von meinem Sitz aus die vorbeifliegende Landschaft, ohne trotz eines von vielen Himmelskörpern bestirnten Himmels viel erkennen zu können, ein milchigweißer Bodennebelschleier behinderte die Sicht.

Ich hatte von vornherein abgelehnt, das Steuer zu übernehmen, ich habe keinen Führerschein. La Rochelle, las Jean - Pierre den Namen des Ortes, den wir jetzt auf unserer Route durchqueren mussten, nein, ich hatte ein paar Minuten die Augen geschlossen und nicht bemerkt, dass er die Nationalstraße verlassen hatte und abgebogen war. In den Straßen stapelte sich der Müll, in den

Nachrichten, Lapin hatte das Autoradio eingeschaltet, warnte ein Minister vor Anschlägen.

Besser, wir warten, hier, als dass wir in freier Wildbahn stehenbleiben, erklärte Lapin diesen Schritt. Hier können wir zur Not übernachten. Bei einer langen, bis auf die Straße reichenden Autoschlange verlangsamte Jean - Pierre seine Fahrt. Warum, wunderte er sich, da niemand an der Tanksäule Anstalten traf, zu tanken, er hatte das Autofenster heruntergekurbelt und fragte den hintersten Autofahrer, neben dem wir angehalten waren, stehen Sie hier an, wo es doch offensichtlich kein Benzin gibt?

Es heißt, dass Tanklastzüge unterwegs sind…er schien diesem Gerücht selbst nicht viel Glauben zu schenken, denn er lachte.

Und wann…glauben Sie, werden sie hier sein?

Vielleicht in der nächsten Stunde, vielleicht auch erst morgen…er gähnte und räkelte sich, ich bemerkte, dass er im Morgenmantel im Auto saß, die Aussicht über eine Benzinlieferung musste ihn überrascht bzw. veranlasst haben, sich notdürftig zu bekleiden und in Eile die Tankstelle aufzusuchen.

Und wie lange, fragte ich, warten Sie schon?

Seit zwei Tagen.

Seit…?

Jean - Pierre, der nicht zugehört hatte, schaltete den Rückwärtsgang ein und lenkte das Fahrzeug so, dass wir jetzt das Ende der Schlange bildeten. Ich hatte den in der Nähe aufblinkenden Schriftzug eines Hotels entdeckt. Sollten wir uns nicht um einen

Schlafplatz für die Nacht kümmern? Dann könnt ihr versuchen, übers Festnetz Euern Fachbereich zu erreichen.

Die Erdölraffinerien werden nicht mehr bestreikt. Uns bleibt nichts übrig, als hier zu warten und zu hoffen, dass ein Tanklastzug kommt. Ich richtete mich innerlich ein, die Nacht im Auto zu verbringen. Lapin hatte sich, nachdem sie beide die Liberalisierung des Arbeitsrechts zum gegenwärtigen Zeitpunkt verurteilt hatten, über die Politik der Gewerkschaften, vor allem der CGT, aufgeregt, na, der halbherzige Kurs der CFDT ist auch nicht besser – und sofort entspann sich ein Streit der beiden Lagervertreter. Was meinen Sie? fragte mich Lapin.

Ich hasse es, in einem Streit Partei ergreifen und mich entscheiden zu müssen – zumal ich einen der beiden, was ich nicht wollte, brüskieren müsste. Protestdemonstrationen sind gut, wenn das Ziel, die Verhandlungspartner an einen Tisch zu bringen, greifbar ist, aber, ich stockte und überlegte, wenn es immer wieder zu Ausschreitungen kommt, es geht, glaube ich, um die Wettbewerbsfähigkeit französischer Firmen...

Ach! und da soll nun eine „Kultur des Kompromisses" Abhilfe schaffen? Weißt du, was das heißt? Ich wusste nicht, dass ich mit meiner Äußerung in ein Wespennest gestochen hatte, Lapin lachte, und einen Dialog entfachte, der sich auf einen seiner Beiträge in der *Revue du droit public,* der gerade erschienen und in der Fachwelt umstritten war, bezog. Des Erzählers voreilige Bemerkung, die einen Bezug zu seinem Aufsatz herstellte, rief diesen auf den Plan, und strafte mich, einen Vortrag über „Irrweg und Integration", eine von Pessimismus gefärbte „rechtsphilosophische" Bestandsaufnahme, anzuhören. Symptomatisch, erinnere ich mich, die Behandlung von amerikanischen Ureinwohnern, den Indianern, hier haben Sie alles, was Sie wollen, Rassismus, Völkermord, das Wie offenbart die ganze Einfallskraft menschlicher Phantasie – und keine Spur, kein Einsehen einer Wiedergutmachung. Dann folgte, auf der Grundlage seiner Rechtsphilosophie eine Abhandlung, eine *recherche,* die eine Wiederkehr verbürgt- ja, wir brauchen uns nur umzusehen, was hier in Nahost, ein Dauerbrenner! geschieht, die Gesellschaften werden sich verändern: und wer die Verantwortung dafür trägt! das Böse in uns, ein genetischer Defekt?!

Ich unterließ es, meinen anfänglichen Fehler zu wiederholen und ihn mit Fragen zu unterbrechen, obwohl es, wie mir schien, einige Behauptungen gab, die ich auf ihren Wahrheitskern hätte untersuchen wollen; ich verließ mich auf das Guthaben seiner, in Kreisen der Geistes- und Sozialwissenschaften hoch geschätzten ethisch-moralischen Autorität, aus Angst, er würde seinen Vortrag nicht mehr beenden. Dies bedeutete im Umkehrschluss, wir werden überrannt, unserer Kultur entmächtigt. Ich wagte nicht, wieter zu denken…wie war dies gemeint? Ich dachte an Hobbes Leviathan. Ist das Böse in der Welt, oder denken und handeln, urteilen wir, auf der Grundlage unseres freien Willens, entwickeln Werte, Normen, gesellschaftliche Richtlinien, die ganze Nomenklatura unseres ungelenken Verhaltens, spottete er…

…Ihre Unterscheidung in Antipole, führte Lapin aus, ist eine menschlich - ontologische Kategorie, sie können sagen: eine Erfindung! gut als zweckmäßig richtiges Tun- oder Erkenntnisschwäche? Schuld- Unschuld, wenn es nicht Vorteilsdenken entspringt, eine dualistische Konzeption, um der Zerstörung der Ordnung Einhalt zu gebieten… Wir alle kennen den Mythos vom Sündenfall, das Böse kommt durch den Menschen in die Welt.

Ich gebe zu, seine Erkenntnisse ermüden mich, und nur mit Mühe unterdrückte ich das Zeugnis meines Befindens – erst als ich feststellen musste, dass Lapin Feuer gefangen hatte und einem Fachsimpeln nicht abgeneigt schien, entbrannte, wie Jean – Pierre belustigt ausrief, ein Kampf zwischen Licht und Finsternis...im Sinne einer Erleuchtung, Yin und Yang: ein Manichäismus...

ich fürchtete...sah mich aber erlöst, als sich nun zwischen meinen beiden Mitinsassen ein ernsthafter nicht enden wollender methodich geordneter Disput auf höchstem wissenschaftlichen, nein, rechts - philosophischen Niveau entwickelte, da mitzuhalten, ich verstand nur wenig, ich mich außerstande sah –die Gelegenheit, mich soz. auf leisen Sohlen davonzuschleichen und im Schlaf mein Asyl zu finden, ich trachtete...

Hatte ich gehofft, davon geträumt! sie hätten eine aus den Fugen geratene Welt - wenigstens in ihrem Denkprozess - wieder „gerade" gerückt, sah ich mich, die Wirklichkeit meldete sich zurück, getäuscht. Ein dumpfer Aufprall, ein Rums, erschütterte unser Fahrzeug, unsere Herberge! ein Hupkonzert, dann schlugen Fäuste gegen Windschutzscheibe und Seitenfenster, dass wir erschrocken hochfuhren: Sie stehen im Weg! Ein böses, dahinter ein fratzenhaft lachendes Gesicht bestätigte oder relativierte das philosophische gutgläubige Konto, auch im Ausnahmezustand, am Rande eines Bürgerkriegs, Anarchie. Jeder denkt nur an sich! Du bleibst sitzen, herrschte Lapin seinen Freund an, die zerreißen dich!

Tatsächlich war eine Benzinlieferung eingetroffen, unser alter Vordermann – der liegt längst im Bett, führte Lapin meinen Gedanken zu Ende; die Zufahrt zu unserer Tanksäule war schmal, dennoch drängten sich kleine Fahrzeuge und Mittelklassewagen, ohne Rücksicht auf die Blumenrabatte zu nehmen, an uns vorbei, größere Fahrzeuge und SUWs konnten uns nicht überholen, sie stauten sich hinter uns und machten ihrem Unmut, das sind ungebremste Wutausbrüche! Luft. Los, nun fahr endlich! Auch uns steckte die durch die Engpässe angestaute Übellaune an, die sich nicht besserte, als wir an der Zapfsäule standen und, von dem Tankwart beobachtet, ja, die Menge ist kontingentiert, nicht mehr als zwanzig Liter tanken durften.

Das sollte reichen – wenn wir Glück haben! versuchte uns Lapin zu beruhigen. Jean-Pierre und ich blieben skeptisch. Meine Seminare, jammerte er. Meine Prüfungen übertrumpfte ihn erneut Lapin. Das Schicksal spielt uns böse mit, knüpfte ich unbedacht an die gestrige Diskussion an. So geht man mit den Kategorien nicht um, fuhr mir Lapin über den Mund. Das sind Eigenschaften, ergriff Jean - Pierre meine Partei. Die du zu Kategorien erhoben hast. Und nun entspann sich ein kleinlicher Streit, ich war aus der Schusslinie, um den rechten Begriff. Denken erfordert Präzision – richtig und bleibt nicht bei der falschen Wortwahl – die Begriffe, mein Lieber, stehen.

Ich empfand Sehnsucht nach Veronique, verstehen Sie mich nicht falsch. Uns trennen Jahre und...ich ließ die Zweifel im Ungefähren stehen. Können wir sicher sein, legte ich mir zurecht, dass eine Beziehung, die den Grad einer Neigung angenommen hat, vom Neigungswinkel der Jahre abhängig ist? und ertappte mich, das Wort Kinderschänder holte mich ein, Wenn er, wenn sie – in beiderseitigem Einverständnis, beseelt von dem Wunsch, den geheimen Erwartungen Erfüllung zuzugestehen, nein, das Thema ist delikat und meine beiden Kontrahenten, befangen in ihren stereotypen, Gott bewahre, offenen Denkprozessen, ade, Systemphilosophie, so nenne ich, wenn ein Gelehrter sein Wissen, diese Organisation der Gelehrsamkeit in ein Schema, das System, einsperrt, und sich selbst die Offenheit verbaut. Nein, spätestens seit Nietzsche, Bataille, Foucault sind Denkprozesse Schöpfungen, die allenfalls marginal einem Ordnungsschema verhaftet sind und, glücklicherweise, einem jeden zur Handhabung zur Verfügung stehen. Wie sollten sie dann einer so profanen Beziehung ihre Aufmerksamkeit „widmen" wollen, es sei denn – nun ja, beide, legte ich mir zurecht, bewiesen ihre Erdgebundenheit, da sie Genüssen, ich dachte an unsere Weinverkostung, an ihren Appetit, als die Speisen der Region aufgetischt wurden, mehr als zugänglich waren. Wie aber um alles in der Welt, sollte ich auf Verständnis pochen, wenn der Vater einer gerade flügge gewordenen Tochter erfahren muss, dass diese ihr Herz, ich bebte, einem Liebhaber schenkt, der - ich wand mich, um in dieser vertracktsten Geschichte die richtigen Worte, ich merke, ich verwickele mich auch in Widersprüche, zu finden - gleichaltrig mit ihrem Erzeuger ist? Ja, Frédéric, sagte ich das schon? Ist ihr Vater, Jacqueline ihre Mutter, und ich bin mir nicht sicher, ob sie eine solche Beziehung gutheißen würden? Und Véronique? bestimmt hatte sie ihre Beziehung zu dem alten Bekannten ihres Vaters verschwiegen, auch Lapin hatte mit keinem Wort eine Andeutung verraten. Ich malte mir aus, wie Frédéric seiner Empörung Raum gegeben hätte, nein, mir ist nichts Menschliches fremd, aber muss es ausgerechnet meine Tochter sein, die du für deine Gelüste missbrauchst? Aller Scham zum Trotz, die ein schlechtes Gewissen hervorrufen kann, überließ ich mich meinen Gefühlen, und bettete, ohne Widerstand zu erfahren, meine Empfindungen, die ich für seine Tochter hegte, auf das weiche Wolkenkissen, ja, Véronique, das Schicksal. Schicksal? lachte sie, du machst aus der natürlichen Begegnung zweier Menschen, die sich mögen – eine übernatürliche Gemeinschaft; sie blickte mir in die Augen warum gehst du dem Wort Liebe aus dem Weg? Ich weiß nicht, wie ernst sie es meinte, ob sie meine Gedanken, ein Geständnis, das mich der Lächerlichkeit preisgeben (und mich in einen Abgrund stürzen) könnte, wie mich mit Flügeln ausstatten, die mich in höchste Sphären des

Glücksgefühls tragen würden, erraten hatte, sie brachte das zuwege, was meine Aufgabe gewesen sein sollte, sie umarmte mich, zog, ich wusste nicht, wie mir geschah, mich, ich war einen Kopf größer als sie, zu sich herunter: Sei ein Mann, sagte sie. In diesem Moment wünschte ich, dass ein Ozean zwischen uns läge, der mich meiner Verantwortung entheben würde, zugleich ahnte, fühlte, begehrte ich die unmittelbare Berührung ihrer Haut auf meiner, das Pochen ihrer Schläfen auf meinen, nein, nichts trennt uns, zwei Seelen, die sich in der Form eines Körpers zusammenfinden, ja, ein Körper, eine Vereinigung, eine Einheit, die sich...Sei, bleib bei dir, an nichts denken, flüsterte sie, und eine Kraft, der ich, wie hasse ich es, nicht bei mir zu sein! machtlos ausgeliefert war, gegen die ich mich nicht wehren konnte, raubte mir die Sinne.

Ein unsanfter Ruck, ich wurde auf meinen Sitz gepresst, schleuderte dann nach vorne, riss mich aus aus meinen Träumen, trennte mich von meiner Liebsten, Veronique... Lapin hatte scharf gebremst, der Wagen war zum Stehen gekommen. Habe ich richtig gehört? Was hast du gesagt? Ich kam nicht dazu, ihm zu antworten...Paris, er hatte das Seitenfenster heruntergedrückt, Paris, ja wir kommen von Bordeaux...Sie wissen, dass nur außerordentliche Gründe erlauben, in die Stadt zu fahren. Wie bitte? wir wohnen in Paris, wir arbeiten da, ein Flic hatte sich zu ihm heruntergebeugt und verlangte nach den Pässen. Jetzt sah ich, dass Sondereinheiten der nationalen Polizei die Straße abgesperrt hatten und wir in eine Vorkontrolle geraten waren.

Wir hätten doch die Route über Limoges nehmen sollen.

Es ist egal, welche Straße Sie wählen, der Polizist hatte ihn gehört, es kommt niemand in die Stadt, der sich nicht ausweisen und feste Gründe angeben kann, warum…Ja, sie können weiterfahren. Er hatte die Papier zurückgegeben und grüßte. Lapin rollte ein Stückchen weiter, dann behinderten Wagenkolonnen ein zügiges Weiterfahren, zuerst bewegten wir uns in Schrittgeschwindigkeit, dann, wir hatten die Vororte der Stadt erreicht, verteilten sich die Fahrzeuge, wir fuhren vorbei an ausgebrannten Bussen, mussten den bis auf die Straße ausladenden Müllbergen ausweichen, bitte, ein beißender Geruch drang ins Auto, schließ das Fenster! Immer tout droit!

Multiplikatoren wollten, sollten wir sein! Wo ist das Feld, das wir bestellen sollen? Lapin, Jean-Pierre, dessen war ich mir sicher, konnten in ihrer Lehrtätigkeit, ich will nicht übertreiben, ein wenig Einfluss nehmen; sicher stießen sie bei ihren Studenten auf offene Ohren, wenn nicht, ich dachte an früher, die Seminare sich in unergiebigen Diskussionsrunden erschöpfen würden und – einer neuen Clientel sich öffnen. Frédéric und Jacqueline könnten in ihren Blättern ihre Berichterstattung…nein, ihr Augenmerk auf die Banlieues richten und die Probleme, wir kennen sie ja! nein, nicht nur benennen, auch Lösungen, und das hieß, ausgerechnet jetzt! bei den Behörden, ich rede von den zuständigen Stellen, Dampf machen…ach, Traumtänzer du! Was unternimmst du, um dem Fahneneid die Treue zu halten? In den Nachrichten, ich wurde aufmerksam, beschwor Le Pen ihre Anhänger, das französische Volk! dem Beispiel Großbritanniens zu folgen und endlich aus der EU, der Gemeinschaft der Verrückten, so ähnlich drückte sie sich aus, auszutreten, das französische Volk sei stark genug und sollte sich auf seine Werte besinnen; zugleich appellierte sie an den Gemeinsinn, d.h. in ihren Worten: Wir sind eine homogene Nation, die sich gegen Fremdeinflüsse (Beifall, der Saal dröhnte), gegen die Überfremdung schützen muss! Wenn unser Land sich nicht wehrt, wird eines Tages die Scharia unsere Verfassung ersetzen. Das heißt doch, dachte ich, greift zu den Waffen! Valls, konnte ich in der Le Monde, lesen, hatte sie eine Brandstifterin genannt.

Die sind weg, schimpfte die Concierge, auf die ich traf, als ich mein petit déjeuner einnehmen wollte, einfach weg! Ich musste nachfragen, wen, was sie meinte, eh es mir, bevor sie antworten konnte, dämmerte: Unsere Exoten, und fürchtete ich, die Concierge beim Wort nehmend: Sie haben einen Saustall hinterlassen, die Miete nicht bezahlt und und, ja, sie haben noch gefeiert, das ganze Haus war eingeladen. Sie auch, sie stutzte einen Moment, dann wallte Empörung über ihr Gesicht: Ich werde doch nicht…um gleich darauf einzugestehen, na ja, ich wollte mich umgucken, das gehört zu meinen Aufgaben, entschuldigte sie ihren „Ausrutscher",. Dann haben Sie die…Wohnung, den „Urwald", fuhr ich ihr in den Satz, den sie hinterlassen haben, schon gesehen? Nein, ja, stellen Sie sich vor, aufgeräumt und sauber, sie, ich traute meinen Augen nicht, sie bekreuzigte sich, sie wollten, bevor sie nach Hause fahren, noch Rom einen Besuch abstatten, zum Heiligen Vater, hätten Sie das für möglich gehalten? sozusagen eine Wallfahrt! In ihr kämpfte Ergriffenheit mit Empörung. Wissen Sie, dass die Wohnung jetzt freigegeben ist? Na, dann wird sie verkauft, eine schöne Wohnung. Freigegeben für Afrikaner! Muslime! Wissen Sie, was das bedeutet? Die Banlieues kommen zu uns!

Ich war – ein Jahr? Zwei Jahre? Vier Tage! nicht in der Stadt gewesen – und schon, kam es mir vor oder bildete ich mir das ein? wird man, das geschieht unbewusst, Opfer, Beute eines Blickwechsels, die Dinge, Personen, nehmen eine andere Gestalt an – niemals und nirgends, und wie oft, ist mir das so aufgefallen wie jetzt, oder ist, wird der Blick geschärft: zu einem höheren Grad an Sensibilität?- Du musst genau hinschauen, dann wirst du sehen (Jean – Pierre) – beschert uns dies den Einblick in „die wahren gesellschaftlichen Verhältnisse", als ob man ein Paket öffnet, man knüpft die Schnur auf, wickelt den Karton aus dem Packpapier, hebt den Deckel ab und nimmt voller Staunen wahr, was uns der oder die hat zukommen lassen. Das hieße doch, versuchte ich Klarheit zu gewinnen, dass die Tagung, die Diskussion und der ins Leben gerufene Club der Getreuen das Auge sehend oder neuen Einflüssen zugänglich gemacht hatte – oder, stellte sich der treue Gefährte als ein pessimistischer Weltbürger vor, der uns, indem er bewusst den Blick nur auf die Schattenseiten lenkte, beeinflusst hat? Salut, begrüßte mich Marcel, ich blickte erstaunt auf, es war früher Vormittag, drei, vier Gäste hatten jeweils zu Seiten einer ominösen Mitte an den Tischen Platz genommen, Bon jour, erwiderte ich und begab mich an „meinen" Platz, der noch frei war. Was darf ich dir bringen? fragte Marcel, der mir gefolgt war. Na, wie immer, sagte ich. Wie immer, wiederholte er, was willst du wirklich? Ich blickte ihn an – wann sehen wir, und der Garcon gehört zu den Geschöpfen, denen, berufsbedingt, nicht ins Gesicht, selten in die Augen geschaut wird, der Gast sitzt und, wenn von gleicher Augenhöhe, wenigstens hier, die Rede ist, der Blick auf den Garcon erreicht ihn nicht, er bleibt auf der Höhe, die dem sitzenden Gast vorbehalten ist, ruhen, und Marcel, ich kenne ihn seit Jahren – aber wann, wenn ich ehrlich bin, habe ich, voller Aufmerksamkeit, in sein Gesicht, wann in seine Augen geblickt? Sicher hat er, der jeden Gast betrachtet und, das gehört zu seinem Geschäft, zu seinem Leben, längst eine Einschätzung vorgenommen – ja, ich kann Auskunft geben über die Schürze, die unverändert die Jahre meines regelmäßigen Besuchs, ein wenig verwittert oder verwaschen – dabei denke ich, dass er, das gehört zu seiner kleidermäßigen Grundausstattung, mindestens zwei, drei gleichfarbene sein eigen nennt - überdauert hat, indes Augenfarbe, die Fom des Mundes, den er beim Sprechen, ja, die Unterlippe, hochschürzt, verzieht. Man weiß nie, woran man ist, ob man wieder das Opfer seiner Ironie, einer immerwährenden Spottlust wird oder schon wieder geworden ist, und der die Fragen Womit kann ich dienen oder Was darf es sein? und das Sehr wohl Madame, Monsieur beinah - er muss in seinem früheren Leben ein Musiker mit einem eigenen Orchester, er war das Orchester, gewesen sein - mal im staccato hinausstößt, dann zart, wir hören die Violinklänge, und die Oboe pfeifen, sein Mund ein polyphones Orchester – wie aber, das bleibt uns verborgen, um alles in der Welt sieht der Mund in der Ruhelage aus? Wir sind von der Banalität des Augenblicks oder eines Einfalls ebenso überrascht, dass die Neugierde sich verschämt in der Mitte der vor uns stehenden Fläche, einer verschnörkelt gemusterten Schürze, stehenbleibt, um einer neuen Spur, dickbäuchigen Versalien, zu folgen. Im Widerspruch dazu die zierlichen und langatmigen - wie die ausgerupften Schwanzfedern eines Pfaus - Serifen, auf denen sich das Auge in einer Art Seelenwanderung, wenn man die Landkarte unseres Bewusstseins, verglichen mit den abenteuerlichen Fahrten der Argonauten, verliert, um, nachdem wir allen Hindernissen, ausgewichen, alle Klippen und Untiefen umschifft haben, die Nähe, die Verwandtschaft zu entdecken, und in einer endlosen Schleife Platz nimmt, um in unserer Phantasie, und nur dort, Geheimnisse preiszugeben, die vom Tageslicht verschluckt, auf ihre feierliche Erweckung hoffen, siehe, ich bin da...

Heute aber, den Ausschlag gab die Frage, hebe ich den Blick, ohne mich erneut in der Maserung des blickfangenden Kleidungsstücks zu verirren, und erstarre: Zu den Fehleinschätzungen einer gewohnheitsmäßig erlebten Wahrnehmung gehört das festsitzende Vorurteil, das den Nachbarn, den Nächsten in diesem Gefängnis schmachten lässt, alterslos, wo der Augenblick und das war gestern, heute, morgen, das Sehen bestimmt: Es ist nicht nur das Aussehen, das auf einmal sichtbare Alter, der körperliche Verfall, der mich erschrickt, die Metamorphose, in der ich mich, für einen Augenblick, wiederfinde - und plötzlich, in der bewussten Wahrnehmung des anderen, wird mir klar, was das Indiz ist, wie, worin Zeit sich in der Persönlichkeit ausdrückt: es sind die Augen. Als bäume sich das Leben noch einmal auf verstrahlen sie, wie um meine Vorurteile Lügen zu strafen, Glanz, das wässrige Auge leuchtet. Was, wiederholt er seine Frage, willst du wirklich? Nun ja, sage ich und spiegle mich in meinem Wissen in seinen Augen, in meiner Erkenntnis, Du kennst mich doch: einen doppelten Espresso und ein Croissant. Dazu ein Glas Wasser.

Wird gemacht. Und während er, ohne besondere Eile an den Tag zu legen, sich an die Arbeit macht, er der Bedienung, die mir auf einem Tablett die Bestellung servieren wird, ein Zeichen gibt, sage ich mir, dass auch Zeit, plötzlich im Spiegel der Gegenwart wahrgenommen, sich unvermittelt darstellt, als eine Abfolge erlebter Niederlagen und Wiederaufrichtungen, aus der unser Geist immer neue Hoffnung schöpft, die den angenommenen Bedeutungsverlust unseres Selbst wettmacht, ein Trost, der uns die Würde zurückgibt; ich denke an Seneca, Marc Aurel...

Ich kenne ihn, und ich kenne ihn nicht. Wie oft habe ich mich gefragt, was...? und es unterlassen, dieser Fährte nachzugehen, diese Freiheit oder ist es Feigheit, hinter der die Angst, in der Frage des besorgten Mitleidens, auf welche verborgenen Schätze wir, wenn wir die Geheimnisse lüften, stoßen, lauert? Ist es die eigene Befindlichkeit, die wir ans Tageslicht holen? - was unerachtet der Überraschungen, des im Schatten des Vergessenwollens, oder unter dem Zwang von nicht erahnten Wirklichkeiten, die unser Leben regeln wollen...ihr eigenes Blütenmeer entfaltet hat? Gehört hatte ich es – und konnte es nicht glauben, obwohl er Kostproben seiner Gesanges – und Textkunst, von der ich nicht wusste, dass es die seine war, zum Ergötzen seiner Zuhörer, hin und wieder ablegte: In seinen jungen Jahren, so das Gerücht, war er ein Verseschmied, der nebenbei noch kleine Erzählungen, Liebes – und Gartenromantik, existentialistisch unterfüttert, verfasste, und mit seiner Musik, er spielte meisterhaft das Akkordeon, seine Zuhörer bezaubert haben soll.

Was aber wusste er, was war das für eine Welt, in die er hineingeboren wurde!? Dien Bien Phu, Algerienkrieg, das Ende des Kolonialzeitalters, ein Verhängnis! Seitdem die Götter gestorben sind, ist die Welt abhanden gekommen - so müssen wir das Ende des Kolonialzeitalters empfunden haben. Während der leuchtende Schweif des Drachens am Horizont erlischt und unsere Sehnsucht ohne Ziel ans Ende gekommen ist--- die Seele, die von der Wirklichkeit Abschied nimmt und sich allenfalls im Traum erfüllt, war es das? frage ich mich, was ist das, wagen zu schreiben und zu singen, ohne Kenntnis der Welt, von der man nur vom Hörensagen weiß! Der rotbäckige Apfel, die Versuchung, Verführung... hoffen und immer wieder hoffen, Lyrik anstelle der angemessenen Prosa, hinhalten---war es das? Jugend lebt von der Vorstellungskraft und ihrer universalen Begabung – wohin mit dem Füllsack? - und muss, so sehr das schmerzt, lernen, sich zu begrenzen, ehe sie der Gefahr erliegt, ein Außenseiterdasein zu führen. Ich weiß, dachte ich, wovon ich spreche.

Das Fehlen einer wirklichen Tätigkeit, von Eltern und Partei - mehr Gesinnungsgenossen – angemahnt, die Illusion als Leben aufzugeben, um dem Leben als Illusion zu beggnen – im Beruf...immer wieder das vergebliche Wagnis in der Verblendung, und das Gefühl des Überdrusses: Der Welt etwas schenken, die mir nichts geschenkt hat, oder soll ich das Leben, nach dem ich mich nicht gedrängt habe, als ein Geschenk empfinden? den Kampf, den ich nicht führen will, um zu leben, führen muss? D.h. endlich, auch, der Vergangenheit den Schneid abkaufen, sich von der Last befreien...das eigene Zutun als die Summe dessen, was geschehen ist, begreifen, ohne zu versuchen, was denn sonst, die nicht verschuldete Schuld abzuwälzen: Ja, das Geständnis, die Einsicht, ich habe vor dem Anspruch, den die Welt an mich stellt, Schiffbruch erlitten...des Lebens Ungewisssein, wo die Gewissheit so stark ist, dass sie die Unmöglichkeit in Kauf nimmt. Glück ist das, was wir dafür halten; aber das Leben auskosten, dabei aber auch Gewissheit durch den Zweifel ersetzen, erleben, wo Vorteilnahme durch Interesse abgelöst wurde, ohne zu erkennen, was Schönfärberei ist...

Diese Illusion, diesen Transzendenzverlust! verschmerzen – müssen, Verantwortung, für wen? für mich? für...? übernehmen – welchen Prüfungen muss sich der Heranwachsende unterziehen, ehe die Hefe gärt und der Teig aufgeht?, um dann den Lauf der Dinge aufhalten, ändern!

Ein neues Kapitel aufschlagen. Analogien. Das Augenmerk richten auf die Anthropologie, das Einzelwesen geht in der Summe der Vielen unter, der Instinkt beherrscht den Mythos wie dieser ihn, und erschließt sich in der Frage, was gut, was böse ist – sophistisch wie die Frage, was Vollkommenheit, was Unvollkommenheit ist, die uns in Wallung bringt...so erhalten wir, ich denke an Armand, das Mandat, unserer Unkenntnis wie in einem Kosmos, der die Zeit verschlingt, innezuwerden - sie zu beheben, so aussichtslos, als wolle man sich der Vergreisung widersetzen, gegen das Alter wie gegen eine Krankheit ankämpfen. Hat nicht Flusser gesagt: Der historische Wahnsinn besteht darin, das Sein dem Werden geopfert zu haben? Denn Sein ist Vergangenheit und das

Versprechen der Zukunft, vor allem aber Sein. Und dennoch seinen Wunsch zu bekunden, sich zu äußern, widerstrebt die Scham, sich eingestehen zu müssen, dass es immer eine Minderheit gibt, oder ist es die Mehrheit? die Anstoß nimmt an dem, was ist, was war oder sein wird: das Kainszeichen als das Bewusstsein, sich selbst hintergangen, die eigenen Wünsche meuchlings abgewürgt zu haben.

Die Geräusche des Lebens hallen als ein Echo in uns, dann die Stille, und das Empfinden der Leere. Dann wieder Glauben an Wunder, sich erneuern, vervielfachen, Leben als Teilhabe am kosmischen Geschehen, ein arkadisch freies Glück - ich war immer der, der ich nicht war, immer aber war das Nahe fern und das Ferne nah, d.h. die Biografie um – oder neuschreiben und buchhalterisch der Zeit oder einer Figurine Kleider anziehen - sie zum Sprechen bringen, ihnen einen Geschmack verleihen - in denen sich, wie ihrem Kostümbildner, ohne Worte zu verlieren, subjektiv wie objektiv die Gegenwart ausdrückt. Nach all den „verlorenen" Jahren wurde Marcel ein, so nannte er sich, Caféhausbetreiber. D.h. er servierte oder ließ, den Wünschen der Gäste gehorchend, servieren, er unterhielt, wenn ihm oder den Gästen danach war, diese mit Kanzonen und Ständchen, die bei ihm, neben der Beschwörung von Liebe und Treue immer mehr einen Beiklang, hier eine mehrdeutige Anspielung, da eine unüberhörbare Stellungnahme zu dem Taggeschehen „drinnen wie draußen", eine politische Nuance erfuhren.

- ich weiß, auch wenn Traumgestalten immer noch unser Leben bevölkern...sollen wir sie in die Arme schließen, die Leichname unserer Erinnerung? Das Leben als Traum und der Traum als Leben? Ich weiß, dass ich anfangs herhalten musste für einen Vergleich mit seinen Figuren, und ich glaube zu wissen, dass ich dem Vergleich mit seiner Lyrik oder war es Prosa? nicht standhalten konnte wie der Frage nach einem Sinn...das hieße, in der Wegschere die richtige oder falsche Entscheidung zu treffen, was ist richtig, was falsch und wenn ich daran denke, welchen Weg ich eingeschlagen hätte, wenn ich in der Gabelung die andere Richtung genommen hätte? Aber das Schicksal, was sonst hat mich, Marcel, verleitet, diese Richtung zu wählen und nicht den Weg, der Freiheit verheißt? im Innenhof des Lebens bleiben und nicht mehr wagen, diesen Platz zu verlassen. Was wäre, Leben zu borgen, in die Haut eines anderen zu schlüpfen, immer ein anderer zu sein als der, der ich bin, für einen Augenblick und warum nicht für immer, was wäre gewonnen, und unsere Phantasie flüstert uns ein, was ist denn Wirklichkeit anderes als ein Mythos - aber müssen wir nicht, eines Tages, unseren Platz räumen ohne ihn zu verlassen, die Dinge, Gedanken in ihrem Wechsel lieben lernen, denn Leben heißt Veränderung und unsere liebgewonnenen Gewohnheiten, in die wir uns eingerichtet haben, die Hügel, alle Gipfel, die wir in Gedanken erklommen haben, hinuntersteigen und einer Wirklichkeit, die nicht die unsere ist, nie sein sollte, begegnen müssen. Allem haftet Belanglosigkeit an, wie das Wissen um unsere Vergänglichkeit...und nichts, was ich hätte tun wollen, sollen, das Schiff der Argonauten, sagte, fragte Marcel, besteigen? und an die Bedeutung unseres Phantasiewollens anknüpfen? Ja, wir denunzieren die Phantasie, die Möglichkeit als Alternative einer Wirklichkeit, die Müdigkeit, die uns abhält, uns den drohenden Veränderungen in den Weg zu stellen...

Wie oft haben wir, ich kenne ihn, kenne ich mich? Und ich weiß nicht, wer von uns beiden die Wirklichkeit, die wir durchdringen wollen, wenn wir sie denn als unser Leben erkennen...als das, was sie ist, mehr oder tiefer, wie es möglich ist, erkannt hat: Biografien neigen dazu, die wahre Natur eines Menschen, unsere Lebenswelt zu verfälschen, es sind Momentaufnahmen - blind, nicht als schicksalhafte Zukehrung , als Grundausstattung, und wir, weit entfernt, ja? Lichtwesen?

Den einen galt Marcel als links, den anderen galt er als rechts, so dass er sich im Niemandsland der Mitte eingerichtet hat, wo das Schicksal den Lauf der Dinge bestimmt, ohne zu verhindern oder aufhalten zu können, nicht im Mittel – aber immer im Brennpunkt eines zeitaktuellen politischen Geschehens zu stehen. Ich glaube, er wusste wie Augustinus, was die Zeit ist, aber auch ihm verwirrte sich, wie jenem, wenn er darüber nachdachte, der Sinn – ohne vermeiden zu können, dass er in seiner Unbekümmertheit, die sich nicht um die Meinung der anderen scherte, die Aufmerksamkeit extremer Kreise auf sich zog: Sein Caféhaus wurde zum wiederholten Male Ziel wütender Angriffe und verwüstet.

Seine Ehen, danke Catherine, ich habe nie einen Ring an seinem Finger gesehen, daher besser: seine Beziehungen, waren, ich habe dies spät mitbekommen, saisonaler Natur. Sie dauerten oder überdauerten einen Frühling und Sommer, quälten sich hin, bis in den Herbst; das aus mancherlei, nie ganz eindeutigen Gründen unabwendbare Zerwürfnis beendete die Beziehung. Schien sein strenger, bisweilen rüder Umgangston der Grund für eine Trennung, musste ich später Abbitte leisten. Die jungen Frauen, denen Marcel sein Herz geschenkt hatte, entsprachen dem Typ nach einer französischen Schauspielerin, die er verehrte, er beschäftigte sie, gleich, was sie bisher getan hatten, auch als Serviererin oder Kellnerin - sie arbeiteten sich schnell in ihren neuen Beruf ein. Und für uns, die wir sein Café besuchten, schien alles beim Alten. Der Wirt, wieder alleine, bediente lustlos und fast übelgelaunt seine Gäste, und wenn er einmal zu seinem Akkordeon griff, erfüllten aggressive Kampflieder den Raum des Cafés, drangen bis auf die Straße und riefen das eine oder andere Mal eine Reaktion, ein solidarisches Winken oder eine geballte Faust, von der man nicht wusste, galt sie als Beifall oder war sie als Drohung gedacht, hervor. Und dann, eines Tages, zum Frühjahr, tauchte Madeleine auf, wieder auf und bediente, als sei nichts geschehen, zuvorkommend die Gäste, ein sichtlich zufriedener Marcel beobachtete vom Tresen aus, wie die Gäste, die seinem Café die Treue gehalten hatten, aufatmeten, die neue alte Bedienung freundlich begrüßten und wieder ins Herz schlossen. Und wenn er nun sein Akkordeon in die Arme nahm und seine selbst angefertigten Lieder vortrug, Frühlingslieder, in denen das Herz aufsprang und mancher wehmütige Seufzer die Chansons begleitete, war ich mir sicher, ich war nicht der einzige der Stammgäste, die seiner Inszenierungskunst erlagen und den Trug um die neue Bedienung, die wir für die alte gehalten hatten, dank unserer Gutgläubigkeit oder Unaufmerksamkeit, mitverantworteten. Ist es nicht so, dass wir, im privaten wie im öffentlichen Leben, die Augen geschlossen halten, um unsere Gewohnheiten beizubehalten? Und wer weiß, was nicht alles in Kauf nehmen, um ungestört den Seelenfrieden weiterleben dürfen? Es dauerte und war mehr einem Zufall geschuldet, dass wir das falsche Spiel das er mit uns, nein, mit sich selbst, gespielt hatte, durchschauten. War es nicht Platon, der die Lust als den Köder des Bösen bezeichnet hat? Wir wurden, unfreiwillig, Zeuge, wie er uns zum Narren gehalten hatte. Ein nichtiger Anlass, daraus entstehen mitunter lange Kriege! hatte zu einer unbeherrschten Auseinandersetzung in der Küche geführt, die, so sehr Marcel sich bemühte, die Flamme klein zu halten oder zu ersticken, ihre Fortsetzung im Gästeraum des Cafés fand und ihren Höhepunkt erreichte, als Madeleine – Catherine sich ihrer toupierten Haarpracht entledigte: sie befreite sich von der „mir hier zugefügten Erniedrigung" und schleuderte die Perücke, das Zeugnis ihrer Identität! auf einen Sitz. Ich heiße nicht Sophie oder Madeleine, mein Name ist Louise! Waren die Caféhausbesucher, meist Stammgäste, zunächst überrascht, ergriffen sie fast einhellig Partei für die mutige Rebellion des schwächeren Partners, wobei sich der Protest auch gegen das mit ihnen veranstaltete Täuschungsmanöver richtete: an der Nase herumgeführt, für dumm verkauft zu werden, sich in diesem Betrugsspiel aber auch ihrer eigenen Unzulänglichkeit bewusst geworden zu sein: nicht sehen wollen, was nahe lag, aber trotz der perfekten Haartracht einem geschärften Blick nicht entgehen konnte. Ich gebe zu, auch manches Mal, fast immer Partei für die sozial schwächer stehende Catherine, Louise oder wie sie alle hießen, ergriffen zu haben, denn mit dem Ende der Liebe löste sich beinah automatisch der Arbeitsvertrag. Und er wurde wieder unleidlich, weil er am meisten darunter litt. Diese unausgesprochene Schuldzuweisung, der eine oder andere Gast mied eine Zeitlang das Café, traf das eine oder andere Mal zu, ohne Anspruch auf Alleingültigkeit erheben zu können. Unser Leben ist zu komplex, so wie es heute nicht mehr nur eine Wahrheit, sondern viele Wahrheiten gibt, als dass wir noch Herr unserer Sinne sein, alle Zusammenhänge durchschauen können. Und ist es nicht so, dass wir lieber, auch gedankenlos, voreilig ein Urteil fällen, um einer mühevollen Durchdringung des „Falls", einer „Recherche" – was soll uns das überhaupt interessieren? - aus dem Weg zu gehen? Marcel, das wurde mir – in seiner Tragweite - erst später bewusst, schwärmte für Sophie, eine französische Schauspielerin, die, ohne dass er sie näher kannte, für ihn das Frauenbild verkörperte, das ihn in Bann schlug und nach dem sein Herz sich sehnte. Die Auswahl, die er traf, wurde „annähernd" diesem Bild gerecht, das er, um den Eindruck zu vervollkommnen, auf seine Weise retuschierte bzw. ergänzte. Das betraf die Haarfarbe. Und so gestaltete er eine jede nach diesem Vorbild, dass ein jeder Gast der Meinung aufsaß, eine Bekannte zu treffen bzw. viele die Neue nicht erkannten und für die Alte nahmen. Dabei liebte er die eine wie die andere, alle, und den Schmerz, den eine Trennung verursachte, begegnete er mit seiner „Trixerei" wobei ich mir nicht sicher war, ob das Schmerzgefühl echt war, und er nicht in jedem Ersatz die Idee von Sophie liebte.

Die Straße, in der das Café lag, glich lange Zeit, einer baumlosen Wüste, einzig die rotleuchtende Markise, die Tischen und Stühlen vor den Unbilden des Wetters Schutz bot, verwöhnte das Auge und: von Marcel eigenhändig ausgehobene drei bis vier gehwegplattenbreite Rabatte rechts und links neben der Markise, die, unter dem Himmel einer Magnolie, ihre Sonderstellung, ein Jahr für Jahr bescheidenes Wachstum, entfalteten und diesen Platz behaupteten. Daneben, sozusagen als die Grenzwächter, Blumenkübel mit Oleander, Hanfpalme und Polygala, für die Marcel nur die lateinischen Namen fürnerium oleander, trachycarpus fortunei und polygala myrtifolia verwendete.

Nun aber war die von Marcel vorbildlich in Schuss gehaltene Lebensader, die eine Schneise zwischen Straße und der Hauswand schlug, sichtbar vernachlässigt. Sie hatte die Demonstrationszüge der Linken überstanden, war von tausend Splittern und Scherben zersprungener Bier – oder Weinflaschen übersät, die im Sonnenlicht funkelten; Marcel hatte eigenhändig Splitter für Splitter, Scherbe für Scherbe aufgelesen, die ausgedrückten und zertrampelten Zigaretten entfernt, die tiefen Fußtritte, Spuren rücksichtsloser wie naturfeindlicher Hinterlassenschaft wieder mit frischer Erde aufgefüllt---dann, seitdem der Ausnahmezustand herrschte und die Rechten wüteten, die Blumenkübel zerborsten, der angeschossene Wachmann, der, bevor Hilfe kam, zwischen den Rabatten verblutete, trat die Wandlung ein: Marcel wie über Nacht gealtert, die Gartenwerkzeuge, die Handschaufel, die kleine Harke, das Gießkännchen, mit dem er den Boden nässte, die Heckenschere, mit der er verwelkte Blüten - und andere Schnittarbeiten verrichtete, so dass die Fußgänger auf dem Trottoir, stehenblieben, kopfschüttelnd dem Treiben zusahen, blieben liegen; auch diese grüne Oase befand sich wie ein vernachlässigtes Gräberfeld im Ausnahmezustand und musste zweckentfremdet Urinieren, Hundekot und chemische Ablagerungen erdulden.

Alles, was uns widerfährt, gilt uns als Prüfstein einer Wahrheit, die ungezügelt ans Licht drängt: wir ahnen hinter der Oberfläche die Tiefe, und die metaphysische Spekulation als Hoffnung, ehe wir von der Wirklichkeit eines Besseren belehrt werden. Wie nicht jeder Wein, zitierte Marcel hoffnungsfroh, durch das Alter sauer wird, so auch nicht jeder Charakter. Wenn er sich über den Tresen beugte, in der Gewissheit der Schirmherrschaft einer jahrelang eingeübten Tätigkeit, die längst zur Gewohnheit geworden war, ein Besitz, dieser Ort der täglichen Wiederholung, den ihm niemand streitig macht, das Einerlei, die Eintönigkeit...die kleinen Geschehnisse gewinnen vor diesem Hintergrund an Leben, das ihnen nicht zusteht! Und woher wissen wir, wollen wir wissen, dass dies das Ende sein soll? die Geschichte lebt in ihnen: Ergebenheit und revolutionäre Umtriebigkeit, die sich erschöpft in der Freiheit, den Anläufen, Boden unter den Füßen zu spüren und: der Anfang vom Ende – oder das Ende vom Anfang?

Hatte er anfangs die Flugschriften, Werbebroschüren, die Werbeträger extremer Parteien ins Haus lieferten, vernichtet, ließ er sie jetzt demonstrativ liegen, um, was blieb ihm übrig? Opportunistisch nach rechts wie nach links zu liebdienern: ich bin einer von Euch. Und so konnten die Gäste sich entscheiden, rechts oder links, je nach politischer Sympathie, Platz zu nehmen, so dass sich wie auf dem Fußballfeld oder dem Boxring die Gegner gegenübersaßen. Heute aber, ich habe den einzigen Platz zwischen den Fronten gewählt, den Ausschlag gab die Frage, hebe ich den Blick, ohne mich in der Maserung des blickfangenden Kleidungsstücks zu verirren, und erstarre: Was, wiederholt er seine Frage, willst du wirklich? Nun ja, sage ich und wiege mich in den Launen meiner Unsicherheit, Du weißt doch und bestelle erneut: einen doppelten Espresso und ein Croissant. Dazu ein Glas Wasser.

Wird gemacht. Und während er, ohne besondere Eile an den Tag zu legen, sich an die Arbeit macht, er der Bedienung, die mir auf einem Tablett die Bestellung servieren wird, ein Zeichen gibt, sage ich mir, dass auch Zeit, plötzlich im Spiegel der Gegenwart wahrgenommen, sich unvermittelt darstellt, als eine Abfolge erlebter Niederlagen und Wiederaufrichtungen, aus der der einzelne Hoffnung, immer von neuem, ja Leben, d.h. immer wieder von vorne anfangen, schöpft, die den Bedeutungsverlust wettmacht.

Was auch geschieht, sagte er, er war wieder an meinen Tisch herangetreten, wir können den Lauf der Dinge nicht aufhalten, ohne uns zu ändern.

Wie meinst du das? wollte ich fragen, nickte aber nur, nicht, dass ich ihm zustimmen wollte, aber eine Diskussion, ich blickte mich um, die Grundsätzliches zur Sprache bringt, erschien mir zu riskant, zudem wusste ich nicht, konnte man nie wissen, wie ernst er das meinte, was er sagte – ihm war, wie Jean – Pierre, als er ihn kennenlernte sagte, ein heiliger Unernst eigen, der bisweilen - das Gegenteil von dem, was er von sich gab, intendierte.

Er setzte sich auf den freien Stuhl an meinem Tisch. „ich habe mein Leben verfehlt, noch ehe es begann," sang er mit halblauter Stimme. Ich kannte diesen Text, eine Verszeile aus einem seiner Lieder, eine wehmütige Reminiszenz verpasster Gelegenheiten – oder der Spott über vermeintliche…Niederlagen, Selbstironie? Aber ist es nicht so, dass wir, eingewickelt in einem Gefühl unbestimmter Regungen, den poetischen Text mitsummen, ohne uns der Bedeutung, geschweige der Tragweite bewusst werden? Er lehnte sich zurück auf seinem Stuhl und fixierte mich. Ich weiß nicht, klärte er mich auf, wer das gesagt hat: Foucault? Wir sollten nicht zu entdecken versuchen, wer wir sind, sondern was wir uns weigern zu sein.

Ich musste ein blödes, verständnisloses Gesicht gemacht haben, denn er lachte plötzlich auf. Ich kann dich nicht einordnen, bist du, wenn du dich für eine Sache entscheiden müsstest, für oder gegen etwas – ich weiß, du kennst Hinz und Kunz, bist mit, und er nannte Namen, deren gesellschaftliche Reputation außer Frage stand, bekannt und verkehrst mit…prominenten gesellschaftlichen Größen, Politikern, Wissenschaftlern, Künstlern – das sind Leute, die unterschiedlichen politischen Lagern angehören und sich auch dazu bekennen - aber was vertrittst du?

Ich hatte ein ungutes Gefühl, Marcels lautes Organ machte nicht an unserem Tisch halt, und meine Empfindung trog mich nicht, ich bemerkte, oder bildete ich mir das nur ein? dass einige Gäste die Ohren spitzten und hinter ihrer hochgehaltenen Zeitung aufmerksam unserem Gespräch lauschten.

Natürlich versuchen wir, ich fühlte mich ertappt, unsere Mitmenschen, Marcel lachte auf, ich wurde unsicher, einzuordnen, aber ich hüte mich, sie fest in ein Raster zu sortieren, aus dem sie nicht mehr herauskommen können.

Ich beurteile einen Menschen, er hatte die Stimme wieder gesenkt, ich versuche Rückschlüsse zu ziehen, aus dem, was er bestellt, wie er die Speisen zu sich nimmt. Tischmanieren sind, zugegeben, nicht mehr als erste Eindrücke, aber sie verdichten sich zu einem abgerundeten Bild, wenn ich sehe, nach welcher Zeitung er greift, er blickte auf die Flugblätter, die in der Mehrzahl unberührt auf der Stelle lagen, auf die sie der Verteilerdienst niedergelegt hatte – das Herz blieb mir stehen, ich entdeckte ein Blatt „meines" Clubs der Getreuen…welches Flugblatt er wählt und mit welcher Hingabe, ja es gibt mitunter leidenschaftliche, parteiische Leser, die andere Gäste in eine laute Diskussion verwickeln, was oft in ein endloses Streitgespräch mündet, das andere Gäste wiederum schlichten wollen, oder sie ergreifen Partei und, auch das hat es gegeben, er lachte, liefern sich eine „Saalschlacht".

Armand versuchte mich mehrmals zu erreichen, er will von mir Auskunft über den CdG, der wiederum will, dass „ich" über Armand etwas von den Absichten des FN erfahre.

Ich bin ein Fußgänger – aus Leidenschaft. Und seitdem ich meine Ausweise zurückbekommen habe, fühle ich mich wieder sicher auf den Straßen von Paris. Freunde, die mich warnten, sind allesamt Verkehrsteilnehmer der anderen Art. Sie benutzen das Auto oder besteigen die öffentlichen Verkehrsmittel – unter dem Gesichtspunkt der Sicherheit, bilde ich mir ein, ist meine Fortbewegungsart die natürlichste wie die am wenigsten riskante. Ich kann einer Menschenansammlung aus dem Weg gehen, den unmittelbaren Körperkontakt vermeiden, während ich, Nutzer der öffentlichen Verkehrsbetriebe, immer in enger Tuchfühlung mit mir fremden Menschen bin. Und im Unterschied zu dem Autofahrer, der im täglichen Stau der Großstadt steckenbleibt und sich nur auf den vorgeschriebenen Routen vorwärtsbewegt, kann ich, ich rede vom innerstädtischen, dem Citybereich, mein Schritte lenken, wohin mich der Augenblickseinfall lenkt – dachte ich.

Dennoch hat sich auf meinen täglichen Spaziergängen mit immer dem gleichen Ziel eine gewisse Routine eingeschlichen, d.h. ich wähle wie selbstverständlich immer den gleichen Weg – und strafe damit meiner eigenen Behauptung bzw. Verteidigung Lügen – vorbei an den Zeugnissen unserer Geschichte, florierenden Geschäften wie kleinen Boutiquen, die mein Blick, ich gestehe, mit einem, die Gewohnheit ist mein Alibi, interesselosen Wohlgefallen streift. Ich will nicht verschweigen, dass das Aufheulen der Sirenen, die vorbeirasenden, dann plötzlich anhaltenden Mannschaftswagen mit den schwerbewaffneten Streitkräften, an was gewöhnt sich der Mensch nicht alles! immer noch ein flaues Gefühl hinterlässt.

Ich weiß, die Ausnahmesituation stellt unsere Gewohnheiten auf den Prüfstand – mit Blaulicht vorbeifahrende Polizeiautos, auf den Straßen patrouillierende schwerbewaffnete Einsatzkräfte sollten nicht die Regel sein, dennoch erhöht sich, unbeeindruckt von der Gefahr einer totalen Machtergreifung des Staates, bei dem, der den Schrecken der Krawallnächte miterlebt hat, auch das Sicherheitsgefühl. Zudem vermitteln mir, dem Fußgänger, die vielen kleinen Läden und Boutiquen, in die ich mitunter flüchte, wenn ich der Situation auf der Straße nicht mehr gewachsen bin, das Empfinden, noch einmal in die Jahre meiner Jugend zurückzukehren, als ich, neugierig, die Nase an die Schaufensterscheiben drückte, dann, mutig geworden, die Läden betrat und mich in einer Welt von ungeahnten Überraschungen wiederfand. Nein, ich möchte nichts kaufen, ich möchte nur…Warte, du Schlingel, dennoch regten diese Ausflüge in die Kolonialwarenzeit die Phantasie an, waren wie ein Schlüssel in die Welt, die Kaufhäuser mit den Unter – und Oberdecks, den Rolltreppen und dazwischen, non, Madame, sil vous plait, unhöflich, einer Einladung nicht Folge zu leisten, zwischen der Erwartung eine Verheißung und der

Furcht, einen Schritt zu weit zu gehen, der das Reich der Jugend mit der Ungewissheit des mündigen Erwachsenwerdens eintauscht. Und, so kommt es mir vor, dabei ist es geblieben, immer auf etwas warten, das Eintreffen eines – künftigen - Istzustands, das uns, das, ich will Sie, verehrter Herr, nicht in meine Probleme miteinbeziehen, Sie sind inkompetent! mich in dieser Lage belässt: neugierig, der Neugierde nachgeben, ohne, wie es zu erwarten wäre, Sie haben Recht! der Sache auf den Grund gehen, halbe Geschäfte!

Heute war es merkwürdig ruhig, der Himmel in Grau verhüllt, es kann regnen oder die Wolkendecke bricht auf, und die Sonne dringt durch. Vor mir laufen drei, vier Leute, die hier, in diesem Quartier zu Hause sind. Sie tragen ihre Einkaufstaschen, eine ältere Dame zieht einen Koffer hinter sich her, eine andere verschwindet in einer kleinen Boutique, ein älterer Herr, ja Monsieur? ist stehengeblieben und hat einen entgegenkommenden Passanten um eine Auskunft gebeten, jetzt drehen sich beide um und der eine erklärt dem anderen den Weg, auf dem er sein Ziel erreichen kann. Die ältere Dame, ich nehme dies im Vorbeigehen wahr, bleibt am Eingang eines Supermarktes stehen und studiert die Sonderangebote. Beinahe wäre ich, Pardon, Monsieur, mit einem fremden Passanten zusammengestoßen, ich hatte einen Augenblick zu lange die Dame beobachtet, die unschlüssig zögert, ob sie den Supermarkt betreten soll oder nicht, ich weiß, Madame, der Markt ist in der Nähe und die Angebote, mon Dieu, sind nicht unbedingt preiswerter, aber frischer – obwohl der Discountladen mit täglich wechselndem Obst und Gemüse wirbt. Ich folge mit einem Blick dem Fremden, der, ohne meine Entschuldigung zu beachten, hastenden Schrittes davoneilt. Irgendwie, kenne ich ihn? kam es mir, obwohl ich sein Gesicht kaum wahrgenommen habe, vor, als wäre ich einem Bekannten begegnet, die

Haltung, die Gangart...während ich mich umdrehe und noch grüble, werde ich von zwei Kindern, die einer Frau mit Kinderwagen ausweichen, angerempelt und die meinen Fluch Passt doch auf! mit einem Lachen quittieren und davonstürmen. Ich bin stehengeblieben, nichts, will es mir scheinen, deutet auf eine ungewöhnliche Situation, und der Ausnahmezustand ist eine solche, hin. Der Verkehr fließt wie gewohnt dahin, die Polizeiautos fallen kaum auf, hinter mir, auf dem Trottoir, flaniert ein Herr mit Hut! in meinem Alter; wer von uns Mitteleuropäern, denke ich, trägt noch eine Kopfbedeckung, abgesehen von jenem Herrn, der ihm folgt und seinen Glauben mit einer Kippa Ausdruck verleiht, jetzt kauft jener Herr am Kiosk, ist es die Schlagzeile, die ihn lockt? ja, der Ausnahmezustand, las ich, wird um drei Monate verlängert, eine Zeitung. Ich werde abgelenkt, eine Dame auf hohen Stöckelschuhen bemüht sich, nein sie hat nicht getrunken, das Gleichgewicht zu halten, danke, Monsieur, ich hatte ihr meinen Arm entgegengehalten, um sie zu stützen, sie lässt mich aber gleich wieder los und balanciert, etwas unbeholfenen Schrittes, danke Monsieur, es geht schon, weiter. Ich ließ sie, ohne meine Schritte beschleunigt zu haben, hinter mir und näherte mich der Kreuzung Boulevard St. Michel, B. Germain de Pres, als mich das Gefühl beschlich, beobachtet zu werden. Vor einem Geschäft, dessen Auslagen, alles andere als verführerisch, keine Kundenwünsche auf sich ziehen, blieb ich stehen, es hatte zu nieseln begonnen, und studierte die unattraktiven Waren, wobei meine Aufmerksamkeit mehr meiner Umgebung, d.h. meinen Verfolgern, die sich im Schaufensterglas spiegelten, galt, als den ausgestellten Angeboten - jener Herr mit Hut, der sich auffällig unauffällig eine Zigaretten anzünden will, stehenbleibt und einen anderen Passanten um Feuer bittet, blickt er dabei nicht, ohne sein Zielobjekt aus den Augen zu lassen, in meine Richtung? Jene Dame, die auf ihren Stöckelschuhen keine ernsthafte Verfolgung durchhalten kann? Die jetzt, ja, sie holt aus ihrer Handtasche einen winzigen Gegenstand, eine Waffe? einen Regenschirm und spannt ihn auf. Oder ist es vielleicht etwa jener Nordafrikaner, ja, es gibt sie noch, die frei herumlaufen, ja, ich habe bemerkt, es gibt niemanden, der nicht Abstand von ihm hält, und der mir, seitdem ich mein Haus verließ, gefolgt war und jetzt ausgerechnet neben mir unter der Markise des Geschäftes Schutz vor dem Regen sucht? Innerlich musste ich lachen, ohne die Entschuldigung gelten zulassen, dass in diesen Zeiten Verschwörungstheorien wie Pilze aus dem Boden schießen. Meine Einbildung ist eher vagabundierender Natur, der Geist ist ruhelos unterwegs, ohne den Personen, die mein Auge erfasst hatte, zu nahe treten oder sie einem Verdacht aussetzen zu wollen. Den touristischen Blick, und ich scheue mich nicht, obwohl ich hier zu Hause bin, diese Zuschreibung auch auf mich zu beziehen, der ja immer etwas Neues entdecken will; auch in dem, was seiner eigenen Erfahrung bis aufs Haar genau gleicht, erfüllt Befriedigung, sich in München, Wien, überall! seiner, dieser Welt bestätigt zu sehen. Er entgeht auf diese Weise einem an ihn herantretenden Anspruch, sich mit den Belangen einer fremden Kultur auseinandersetzen zu müssen, was –im schlimmsten Fall, denn meine Neugierde ist nach wie vor ungebrochen - u.U. den „Betriebs- oder Hausfrieden" stören könnte.

Es hat aufgehört zu regnen, ich verließ meinen Unterstand und bog in den Boulevard St. Germain de Pres ein. Ein Auto, ich beachtete es nicht, obwohl es langsam, in Schrittgeschwindigkeit, neben mir herfuhr, erst als es, ich hatte meine Schritte beschleunigt, sich meinem Tempo anpasste und Lachen aus dem Wageninneren nach draußen schallte und jemand mich bei meinem Namen rief, wandte ich mich meiner aufdringlichen Begleitung zu: Jean-Pierre und Lapin.

Einsteigen!

Der Wagen hatte angehalten. Wollt Ihr mich...?

Entführen, ja! Steig ein!

Meinen Einwand, ich sei verabredet, ließen sie nicht gelten. Lass dich überraschen!

Ich gab es auf zu widersprechen, ich fühlte mich überrumpelt – und folgte der Aufforderung.

Hatte Normalität wieder Einzug gehalten? Die Wahlen standen vor der Tür. Dennoch, der Verkehr floss „wie in alten Zeiten", nichts oder wenig erinnerte an die überstürzte Abriegelung der Ausfallstraßen, die permanenten Kontrollen und das martialische Auftreten der Sondereinheiten – oder haben wir uns an den Ausnahmezustand gewöhnt und nehmen ihn als Dauereinrichtung an? Meine beiden Entführer unterhielten sich, Lapin, nein, ich fahre nächsten Monat erst nach Afrika, lachte, ich konnte leider nichts von dem verstehen, das Fahrgeräusch, ein Hupen von draußen, ein Winken der uns begleitenden Autofahrer, dann, Jean – Pierre hatte das Radio eingeschaltet, eine Sondermeldung, er regelte die Lautstärke, dass auch ich mithören konnte, am Eingang zum Louvre, in Gedanken sahen wir die langen Schlangen der Besucher vor unseren Augen, hat ein Selbstmordattentäter eine Bombe gezündet – es gab Tote und Verletzte...Ein Hupkonzert unterbrach unseren Film, neben oder vor uns fahrende Autofahrer reckten die Fäuste, wir mussten vor einer Ampel anhalten, einige entrollten Transparente mit der Aufschrift, unser Land den Franzosen, die Nationalfahne wurde auf der Kühlerhaube befestigt, die Ampel sprang auf grün und „die Nationalgarde" fuhr, in Schritttempo, weiter. Irgendwann löste sich der Autokorso auf, wir bewegten, wie mein innerer Kompass mir zuraunte, in Richtung Südosten, durch mir unbekannte Stadtviertel und machten dann in einem Vorort, in einer beinah ländlich anmutenden Gegend vor einem langgestreckten Gebäude, einem ehemaligen Klostergebäude, das von vielen parkenden Autos flankiert wurde, halt, d.h. Jean – Pierre suchte nach einer Parkmöglichkeit. Ganz am Ende der schier endlosen Reihe, fernab der Zivilisation, lästerte Lapin, vor uns die sich in der Weite verlierenden Ackerflächen, konnten wir das Auto abstellen, außerhalb der gekennzeichneten Parkplätze.

Früher eine Klosteranlage, neuerdings? ein Pavillon, von der psychiatrischen Klinik von Evrard (Vorort) zur Verfügung gestellt, erzählte Lapin. Unsere Gruppe, die Periferix, hat das Projekt Les Etats du Devenir ins Leben gerufen (Zustände des Werdens wie Generalstände für die Zukunft) wie auch Philosophes Debout, das Ziel der Widerstand gegen Einheitsdenken und Projizierung eines aktiven Weltbürgers der Zukunft. Hier arbeiten mittlerweile über 100 Vereine und Gruppierungen und zahlreiche Persönlichkeiten zusammen.

Die Veranstaltung scheint gut besucht zu sein, mutmaßte ich. Veranstaltung? Meine beiden Begleiter lachten. Der Club der Getreuen expandiert! Ich konnte mir nichts darunter vorstellen. Am Eingang Schilder von Rechtsanwälten, Vermögensberatung usw. In der Eingangshalle befand sich die Pförtnerloge, die von zwei kräftig wirkenden Pförtnern besetzt war; hier mussten wir uns, da es sich um eine Geschlossene Veranstaltung handelte, ausweisen, anschließend klärten uns die Pförtner auf, wie wir das Refektorium, den vorgesehenen Veranstaltungsort, erreichen könnten, im übrigen ist der Weg markiert, Sie folgen dann den ausgeschilderten Hinweisen. Wir waren nicht alleine, ich glaubte, in der einen Frau eine bekannte Schauspielerin und in ihrem

Begleiter einen Politiker der Sozialistischen Partei zu erkennen, der uns über einen großen Hof in den Innenbereich der Klosteranlage führte.

Wir schließen uns dem Einzug der Zisterzienser an, wir sind die Zisterzienser über den Klosterhof mit dem Brunnen, vorbei am Klostergarten, der auch, wie das ganze Kloster in Kreuzform angelegt ist, betreten den Kreuzgang, gelangen in die Verbindung mit der spätromanischen einschiffigen Gewölbebasilika – dann in den Kapitelsaal, wir legen unser feierliches Gelübde ab...Warum halten wir nicht inne? Hier stießen wir auf weitere Besucher? oder Mitglieder? die mir z.T. bekannt aus der Bilderwelt der Medien vorkamen und deren Anwesenheit mich in ein zurückhaltendes Staunen versetzte, d.h. ich hielt dem Blick stand, mit dem mich Lapin herausfordernd musterte. Meine beiden Begleiter begrüßten Bekannte, als wir den großen Speisesaal, der in einen rein bestuhlten Versammlungsraum umgewandelt worden war, mit Podium, vielen Stuhlreihen und seitlich an den Wänden abgestellten zusätzlichen Sitzgelegenheiten, betraten. Hier wimmelte es von „Interessenten" – ich konnte mir nicht vorstellen, dass diese von Haus aus unterschiedlichen Geister, was will der Innenminister mit dem Kandidaten für eine Reform der Wirtschaftsbeziehungen von der oppositionellen Partei, die sich im Parlament soeben noch hitzige Redegefechte geliefert hatten, was der konservative ehemalige Sozialminister mit dem Schauspieler einer soap opera, der offen für die Linken, d.h Kommunisten sympathisiert? in Eintracht zusammenfinden. Ich grüße Euch, ja, ich kenne zur Verblüffung Lapins die meisten; ich, und doch, das Herz blieb mir stehen, sah mich plötzlich – wieder - Jeanne Moreau gegenüber, der grande dame des französischen Films, die, nachdem Frédéric sie begrüßt hatte, mir die Hand reichte. Ich stotterte überrascht...ehe mir, habe ich unsere „Begegnungen" verdrängt? eine der gängigen Floskeln, mit denen man die Verlegenheit überbrückt, über die Lippen sprang, was sie, ich bewunderte sie dafür, mit einem großzügigen Lächeln quittierte. Ja, das ist unser Mann, was soll das? biederte sich Lapin an, nein, „verkaufte" er mich. So, Sie wagen sich in die Höhle des Löwen? Respekt! Du hast dich kaum verändert - Ihr Blick, sie vereinnahmte mich erneut, glitt von oben nach unten über den Körper...Nein, wehrte ich ab, Heldenposen sind mir zuwider, wie kam ich zu dem Ruf, ich habe nichts dagegen, einer von mir geschätzten, nein, bewunderten weiblichen Person, ihr so nahe empfohlen, ans Herz gelegt zu werden, aber zugleich überwog die Furcht, all den Erwartungen, welcher Art sie auch sein würden, heute nicht mehr gewachsen zu sein. Nennen Sie es Bescheidenheit! - Ich hätte Lapin erwürgen können, unser Freund drängt sich nicht in den Vordergrund, aber er, ja, wusste sie, stille Wasser gründen tief, meine Hochachtung! Ah, sie ließ sich von einem Kretin, nein, das ist der Premierminister, die Hand küssen, mir schwanden die Sinne. Was war dies für eine Versammlung? Hinter ihr ein jugendlicher, nein, der Eindruck täuscht, auch schon von den Jahren gezeichneter Verehrer, ein frankophoner deutschsprachiger Schriftsteller, der sein erstes Werk in französischer Sprache abgeliefert hatte.

Ich entdeckte, nein unübersehbar, auch einige Franzosen nordafrikanischer Herkunft, was suchten die Moslems, ausnahmslos männlichen Geschlechts in einer „konspirativen" Zusammenkunft, in der wehrhafte Schritte, besser Vorgehensweisen, gegen die immer mehr auftrumpfende Rechte diskutiert und beschlossen werden sollten? Unweit von uns erblickte ich Jacqueline, die sich angeregt, war sie, kaum vorstellbar, aus beruflichem Interesse hier bzw. verband sie Arbeit und private Neigung mit diesem Zusammentreffen?

Inzwischen hatten mehrere Personen auf dem Podium Platz genommen, ich erkannte Prévot, es wäre ein Wunder gewesen, wenn er, der das Licht suchte, nicht mit präsidiert hätte, neben ihm, Lapin hatte mich angestoßen und grinste, Frédéric, zwei Plätze weiter jetzt Jacqueline! die, von der Deckenbeleuchtung grell angestrahlt, in ihrem schwarzen Pullover wie Juliette Greco wirkte. Der Saal war gerammelt voll. Irgendjemand schob Prévot ein Mikrofon zu, er pustete hinein, die Leute vor ihm stoben auseinander, und regulierte dann, nachdem er sich entschuldigt hatte, die Lautstärke. Immerhin hatten die meisten der Anwesenden die Inbetriebnahme des Mikros als Signal verstanden, sich zu platzieren. Wir, Jean – Pierre, Lapin und ich, hatten einen Platz auf den Stuhlreihen an der Wand gewählt, von dem aus wir das Podium und das Auditorium überblicken konnten. Nach einer offiziellen Begrüßung sammelte Prévot in einer Bestandsaufnahme Eindrücke der letzten Wochen. Verzweiflung, Attentate, Extremisten auf beiden Seiten, und, ein Teilnehmer warf dies in die Runde, er sprach die von der Rechten, Fillon und Le Pen, hochgespielte Furcht aus: Wir dürfen die Augen nicht davor verschließen, dass die Fertilitätsrate in unser Gesellschaft ungleich verteilt ist: Unter Verschluss gehaltene Daten sprechen davon, dass in wenigen Jahrzehnten die Gesellschaft zur Hälfte aus Moslems besteht – und wir kennen ihr Repräsentationsbedürfnis in der Öffentlichkeit…

…und die Gefahr des Dschihadismus, der Scharia! In unserem Land, ergänzte ein Herr mit Schal, ich glaubte, in ihm einen bekannten Fernsehmoderator zu erkennen.

Zischen und Buhrufe belohnten diese unwillkommene Analyse; niemand, insgeheim bewunderte ich Prévots Mut, im Land bzw. in Paris kam ungeschoren davon, die Wut nach den Anschlägen verteilte sich auf die Moslems wie auf die „Rechten", um dann, es fiel ihm sichtlich schwer, nach erregten Zwischenrufen, die vor Drohungen nicht halt machten, das Feindbild einseitig zu veranschlagen: Der Feind steht rechts! Vergessen wir nicht, wieviele Moslems unter den Opfern der Attentate waren! Beifall für die Richtigstellung unterbrach den Redner. Er übergab das Mikrofon seinem Nachbarn, Philippe: Die rechtsextreme Bewegung erhält Zulauf von Nationalisten der Identitären: „Nissa Rebela" (Nizza) und „Bloc identitaire", eine neue Croix - de - feu: Wir wissen, was sie auf ihre Fahnen geschrieben haben: sofortige Abschiebung von Kriminellen, sie meinen natürlich die Moslems, Kontrolle der Gebetsräume, Festnahme bzw. Abschiebung von Hasspredigern, Aufrüstung der Polizei mit großkalibrigen Waffen: Wir befinden uns im Krieg (Le Pen); es kommt zu willkürlichen Verhaftungen, Hausdurchsuchungen und Beschlagnahmungen, Kontrolle der Handys und Computer – Forderungen, denen wir uns nur partiell anschließen können. Wir ahnen, dass dies ein erster Schritt ist, dem ein zweiter folgt: Überwachung aller Bürger, vor allem derjenigen, die sich verdächtig machen oder gemacht haben, dem Abbau des Rechtsstaates entgegenzuwirken.

Prévot ließ seinen Blick über das Auditorium, das, obwohl ihm keine neuen Tatsachen oder Zusammenhänge mitgeteilt worden waren, verstört den Ausführungen gefolgt war, schweifen, ehe er das Mikrofon an seine Nachbarin Jacqueline weiterreichte.

Alle Blicke waren auf Jacqueline gerichtet. Ich bewunderte sie ob ihres Mutes, in einer so zugespitzten Situation, vor großem Publikum das Wort zu ergreifen Ja, was können, wollen wir unternehmen? Die Angst, sagte ein Philosoph, ist der Schwindel der Freiheit (sich von der Klippe zu stürzen) Auch die bürgerlichen Parteien rutschen immer mehr nach rechts, aus Angst, die Wählerstimmen an die Ultras zu verlieren. Der Ausnahmezustand, der schon wieder verlängert wurde, macht aus freien Bürgern: Freiwild! Wie lange sollen wir uns das gefallen lassen? Ich verstehe die Verzweiflung, die Wut der Politiker nach den Anschlägen, auch, dass Vorsorgemaßnahmen betrieben werden müssen – aber sollen wir tolerieren, dass Hausdurchsuchungen, Aufhebung des Postgeheimnisses, Handyüberprüfungen, das Schnüffeln in unseren privatesten Angelegenheiten zur Regel werden? Hier wird die Sorgfaltspflicht des Staates durch willkürliche Eingriffe in unsere persönlichsten Rechte aus den Angeln gehoben. Lautstarker Beifall belohnte sie.

Monsieur Fernand, sie schaute Jean – Pierre, der an ihrer Seite Platz genommen hatte, an, wird nun Vorschläge unterbreiten, was seiner, unserer Ansicht nach zu tun ist, wie wir uns weiterhin verhalten sollen.

Ja, nahm er das Mikro in die Hand, ich begrüße Sie und danke meinen Vorrednern; was ich sagen will, das sind Empfehlungen, besser Anregungen, die Sie, bitteschön, nachher in Arbeitsgruppen diskutieren und - ich weiß, die Situation ist nicht einfach, aber es geht um die Zukunft Frankreichs, um die eines jeden einzelnen von uns - mit eigenen Vorschlägen zu ergänzen sollen. Er blickte über die Zuschauer hinweg, atmete tief durch und beschwor den Zusammenhalt aller, die dieses Land lieben. Die Einheit, in Frieden, liebe Freunde, ist unser Gradmesser und unser Leitstern. Es ist jetzt keine Zeit mehr für Spielchen...Jacqueline hat es vorhin angesprochen, wir alle kennen den Reiz der Gefahr, wie schnell werden wir, wenn wir nicht aufpassen, bei einer Autofahrt aus der Kurve herausgetragen, oder wir verlieren den Boden unter den Füßen - und in dieser Tonart ging es weiter, die Zuhörer waren zu aufgebracht, um an den langwierigen bzw. allen geläufigen Ausführungen Anstoß zu nehmen. Zum Schluss seiner Wahlkampfrede forderte er die Anwesenden, die in ihrer Entschlossenheit unterschiedlichen Parteien angehörten, zum nationalen Schulterschluss auf.

Prévot ergriff, nachdem der Beifall sich gelegt hatte, wieder das Wort. Ich schlage vor, dass wir jetzt in Klausur gehen, Lachen, ich meine, wir teilen uns in je nach Themenschwerpunkten geordneten Arbeitsgruppen auf und treffen uns in ca 45 Minuten wieder hier im Plenum.

Es entstand eine „produktive Unruhe" (Lapin), als sich das Auditorium erhob und in Bewegung setzte – Lapin lachte, als er mein etwas ratloses Gesicht wahrnahm. Ja, es ist alles vorbereitet, am besten, Sie folgen mir.

Wie nach einer geheimen Absprache leerte sich der Versammlungssaal, und die Zuhörer verschwanden einer nach dem anderen in den ehemaligen Zwangs – bzw. Mönchszellen. Über dem Eingang der Zellen war das jeweilige Thema, ich las:

Kirche und Staat, Säkularisierung, Erziehungsinstanzen, Unterwanderung in den maßgeblichen Institutionen, Geschlechterrollen, Frankreich und die Nachbarn, Frankreich und Europa, Rettung der Freiheit, angeschrieben. D.h., ich fixierte Lapin, dass alles schon vorher abgesprochen war. Ja, lachte Lapin, der Club der Getreuen, Sie haben es sicher bemerkt, ist, was seine Mitglieder betrifft, „gewachsen", immer mehr Teile der Bevölkerung...er machte eine kleine Pause, Sie haben ja bemerkt, aus allen Bevölkerungsschichten, schließen sich uns an. Eine Versammlung muss, programmatisch und verständlich für alle, vorbereitet werden. Vor einer Zellentür, die offen stand, machte er halt. Ich konnte lesen: Rettung der Freiheit und zugleich feststellen, dass sich bereits mehrere Zuhörer in dem engen, schwach beleuchteten Raum aufhielten. Treten Sie ein! forderte er mich auf. Er ließ mich vorausgehen, im Halbkreis saßen Männer und Frauen; ich nahm Platz neben einem Mann, der mich skeptisch musterte und etwas beiseite rückte, er flüsterte seiner Nachbarin etwas ins Ohr, was ich nicht verstand. Lapin, der die Tür hinter sich geschlossen hatte, setzte sich auf den noch einzig freien Stuhl an meine Seite. Eine Frau, ich vermutete eine Hochschullehrerin, übernahm den Vorsitz, d.h. sie begann zu reden, ich muss zugeben, ich war abgelenkt durch eine weibliche Person an ihrer Seite, in der ich Véronique zu erkennen glaubte. Ich starrte sie an, ich konnte mir ihre Anwesenheit, sie, ein Feind aller etablierten, „vom Alter beherrschten Organisationen", nicht erklären. Ich wurde aus meinen Gedanken gerissen, als die Leute zu lachen begannen und klatschten, auch Véronique beteiligte sich, verhalten, wie ich zu erkennen glaubte, an der Zustimmung. Lapin stieß mich an. Hat sie nicht Recht? Freiheit geht immer mit der Abwehr von Bevormundung einher. Das Individuum ist Teil einer Gesellschaft, immer aber auch Einzelwesen, und wenn wir von Verantwortung reden, dann zielt die erste Frage danach, was kann ich mir zumuten, in einem zweiten Schritt, einem Transfer persönlicher Entscheidung, komme ich zu dem Schluss, dass dieser Schritt nicht nur gesellschaftliche Relevanz hat, sondern dass Gesellschaft in einer Art Reflektion meine Entscheidung bestimmt und getragen hat. Wieder, ich blickte auf Lapin, der kritisch neben mir saß und sich nicht rührte, auch Véronique saß, ohne eine Miene, zu verziehen, auf ihrem Platz, ich glaubte jetzt ein verächtliches Zucken in ihren Mundwinkeln zu entdecken, unterbrach Klatschen, oder hatte die Referentin ihre Lehrstunde beendet? den Vortrag. Diese war aufgestanden, wartete den Beifall ab, um dann sich selbst Lügen zu strafen – Haben Sie, fragte sie die überraschten Zuhörer, so wenig Selbstvertrauen?

Frei sein für was? ich blickte überrascht auf meinen Nebenmann, Lapin hatte das Wort ergriffen. Denken Sie daran, was ein Philosoph sagte, Bewusstsein ist immer Bewusstsein von etwas. Wir wollen frei und selbstbestimmt unser Schicksal in die Hand nehmen.

Wir müssen etwas tun, erhielt er Unterstützung von einem betagten Herrn, Philip.

Es gibt immer wieder Initiativen. Chirac hat anfangs Stimmung gegen die Moslems gemacht. Dann hat er versucht, sie als Teil unserer Gesellschaft zu verstehen.

Unruhe machte sich breit.

Kultur wurde als das Bindemittel einer auseinanderfallenden Gesellschaft begriffen, eine Idee in den neunziger Jahren: Ich meine seinen Kulturminister Phil. Douste – Blazy, der die Kultur politisierte. So rief er die projets culturels de quartier ins Leben, wo bekannte Künstler mit Jugendlichen aus den Vorstädten kulturelle Projekte in Angriff nahmen, Denken Sie auch an die Preferix, um den „kulturellen Bruch", den Chirac dann bekämpfen wollte, zu überwinden.

Richtig, darum müssen wir wissen, was die anderen

…die anderen?

der Gegner - vorhat. Die Absichten kennenlernen. Sie werden sagen, na, das wissen wir doch, beide wollen ein großes starkes Frankreich, die einen wollen ein der Religion gegenüber noch mehr offenes Land, noch mehr Moscheen bauen, die anderen sagen, sie wollen Frankreich stärken, indem wir unsere volle Souveränität wieder gewinnen…

Die einen, fiel ihr die Referentin ungeduldig ins Wort, wollen einen islamischen Staat errichten, die anderen einen faschistischen Staat.

Wir müssen den Glauben...

Das ist doch, preschte der Begleiter von Véronique vor, Privatangelegenheit...wir haben die Trennung von Staat und Kirche in unserer Verfassung verankert.

Ich wollte ja auch nichts anderes sagen, als dass wir, entschuldigte sich Philippe, die Zivilgesellschaft nicht verlieren...

Die Frage ist doch, der Begleiter von Véronique hatte erneut das Wort ergriffen, was wir konkret unternehmen können. Eine neue Partei gründen, er holte tief Luft, ist das eine, aber was schreiben wir in unserem Programm, wie erreichen wir die Leute, die jetzt einer der beiden Parteien hinterherlaufen? Die Gruppe der Periferix hat das Projekt Les Etats du Devenir ins Leben gerufen (Zustände des Werdens wie Generalstände für die Zukunft) - setzen wir das Projekt fort! Er blickte auf Véronique. Unsere Organisatio Entr´Autres kümmert sich um muslimische Jugendliche, ja, wir gehen in die Banlieues, machen Angebote, d.h. wir vermitteln – wir wollen Jugendliche vom Islamismus abhalten.

Es gab den einen oder anderen Zweifler, die meisten allerdings applaudierten den Projekten. Nachdem der Beifall abgeklungen war, meldete sich wieder die Hochschullehrerin zu Wort, ich nahm an, sie führte in unserer Gruppe den Vorsitz. Ich schätze, sie war etwa vierzig Jahre alt und verströmte Selbstvertrauen. Das Haar hatte sie nach hinten zusammengebunden. Ich war vertieft in ihren Anblick, dass ihre ersten Sätze an mir vorbeirauschten. Ja, in Gedanken verliebte ich mich, ja Véronique, ich strafe dich, weil du mich verleugnest – in ihre Art zu sprechen, ihre Haltung, wenn sie ihren Worten Nachdruck verleihen wollte und der Oberkörper ein wenig nach vorne „fiel" und ihr Busen... Lapin musste meine Abwesenheit bemerkt haben, denn er stieß mich an und „nötigte" mich, ja Sie haben Recht! zum Zuhören.

„...in einer Zeit, in der Tugend durch Turnübungen ersetzt wird... Lachen...Sie können auch von einem, nein, Wehrersatzdienst ist das nicht mehr, die Schulung von islamischen Kämpfern in versteckten Lagern oder, von Staatsseite aus, der Aufbau einer schlagstarken Nationalgarde...ich weiß nicht, ob wir eine neue Partei gründen sollen, oder ob wir nicht den Druck von der Straße aus üben und erhöhen sollen. Viele von uns sitzen doch in den Institutionen und führen jetzt verstärkt ihren Kampf gegen den Trend. Es ist schwierig, in einer immer komplexer werdenden Welt die richtigen Antworten und (Lösungen auf die Probleme) zu finden, da müssen wir ansetzen und helfen. Der Staat hat bisher versagt, weil er – moralisch gesehen - zu schwach ist, daher die Sehnsucht nach einem starken Staat. Wir müssen die existenziellen Fragen, die Ängste und die Unzufriedenheit der Bürger ernst nehmen. Sie blickte auf ihre Uhr. Die Zeit ist viel zu schnell vergangen, wir müssen unsere Sitzung schließen. Die Anwesenden, wir einbeschlossen, erhoben sich und strömten ins Plenum zurück. Ich beobachtete Véronique, sie musste mich gesehen haben, ließ sich aber nichts anmerken. Sie nahm zwei Reihen vor mir mit ihrem Begleiter Platz. Ihr Haar, in Gedanken streichelte ich ihr Haar, war zur Seite gekämmt. Neben ihr saß, ich traute meinen Augen nicht, ein hochrangiger Politiker, dem sie, ich erinnere mich, vor vier Wochen noch ein Messer in den Leib rammen wollte, weil sie ihn für die Verschärfung des Anti-Terror-Plans, die *Missions interieurs,* verantwortlich machte. Inzwischen, Lapin forderte meine Aufmerksamkeit für den Fortgang, hatte sich das Plenum wieder gefüllt, der „Vorstand" hatte seinen Platz eingenommen und Prévot bat um die „Ergebnisse" der einzelnen „Arbeitsgruppen". Ich erinnere mich nur noch schwach an die einzelnen Berichte, die das wiedergaben, was wir Tag für Tag am eigenen Leib, sozusagen in eigener Erfahrung, spüren konnten, nur noch, dass sie im Grunde alle auf das eine Ziel hinausliefen, wie man dieser Entwicklung und ihren drohenden Folgen Einhalt gebieten könnte. Dazu müssen wir konkret wissen, was der Gegner vorhat, d.h. die nächsten Schritte kennenlernen, um entsprechende Gegenmaßnahmen einzuleiten. Was planen die Islamisten, neben den spontanen Attentaten, denen wir rechtzeitig begegnen wollen? langfristiger, wie können wir ihrer Strategie zuvorkommen? Helfen dabei wird uns Jacqueline…sie war aufgestanden und verbeugte sich - wie sie das anstellen wird, das will, das darf sie uns nicht verraten…Beifall brandete auf, auch ich, überrascht von ihrem Mut, klatschte.

Ebenso wollen wir natürlich erfahren, was die Rechte – kurz- und langfristig – plant. Dazu hat sich jemand, der mit einer der in der Rechten führenden Persönlichkeiten gelegentlich zusammentrifft, ich will nicht sagen, er lächelte, vertraut verkehrt, bereit erklärt, wo ist er, ich sehe ihn nicht? Jacqueline beugte sich zu ihm und flüstere ihm etwas ins Ohr, ja, er blickte in unsere Richtung, ich ahnte, Lapin? Eine Seite, die mir noch nicht bekannt war? Einen Applaus und ein Dankeschön für…mein Name fiel.

Hatte ich gedacht, ungeschoren davonzukommen, sah ich mich getäuscht. Der Club der Getreuen nahm jeden in die Pflicht. Ich merkte, wie mir das Blut in den Kopf schoss, E. Lévinas „il y a" traf auf mich zu, ich fühlte mich wie angekettet, inmitten einer Meute wie eine Statue, die sich nicht vom Platz regen kann, wenn hundert Augenpaare auf dich gerichtet sind und du Neugierde befriedigen und Erwartungen erfüllen sollst – spätestens dann fragst du dich und wünschst du dich fort. Was habe ich mit euch, mit Armand, mit diesem Land zu tun? Ich bin überall in der Welt zu Hause, nirgendwo, heimatlos...

Wir wissen, dass Sie mit Armand, Sie wissen, wer er ist? verkehren. Unruhe machte sich breit.

Ich wünschte mich in ein anderes Haus, eine andere Welt, ich habe seinen Namen schon gehört, genauer, ja, ich kenne ihn. Innerlich schalt ich mich dieser mauvaise foi, Sartre...Was wollt ihr von mir? ich treffe ihn gelegentlich im Café.

Prévot nagelte mich fest. Jacqueline, du kennst mich doch. Worüber reden Sie, was genau besprechen Sie mit ihm? Jacqueline! Auch sie hatte diesen Richterblick, der gnadenlos Unerbittlichkeit verhieß.

Armand ist eine Schlüsselfigur, beharrte Prévot. ich schaute zu Veronique, wir haben uns geliebt, wir standen uns nackt gegenüber, ja, wir haben uns entblößt, unsere Seele...alle Geheimnisse, die ein Mensch aussprechen, verraten kann...warum sagst du nichts, du kannst für mich bürgen.

Armand, sagte ich, hat uns, war mir in einer schwierigen Situation behilflich.

Dann herrscht zwischen Ihnen ein – Vertrauensverhältnis? bohrte Prévot weiter.

Ich sah mich in eine Situation genötigt, wo ich mich rechtfertigen sollte; ich merkte an den Blicken, die auf mich gerichtet waren, dass man von mir eine Erklärung, eine Entschuldigung – oder die aufrichtige Mitarbeit erhoffte, die mich entlasten würde. Leben, entwarf Sartre in seinem Konzept, heißt Freiheit, sich entscheiden zu müssen.

So weit dies, gab ich zu, bei den wenigen Gelegenheiten, bei denen wir uns treffen und in den belanglosen Gesprächen, die wir führen, behaupten lässt.

Sie haben doch, woher wusste Prévot dies? erlebt, wie Ihr Bekannter, er sprach dies genüsslich aus, in dem Café, in dem Sie mit ihm verkehren, öffentlich Agitpropaganda betreibt…er hat doch, Sie waren dabei, insistierte er, als er mein ratloses Gesicht wahrnahm, wie er diese Propaganda betrieb und die Caféhausbesucher zum Absingen faschistischer Lieder nötigte?!

Wenn Sie die Marseillaise als faschistisches Liedgut begreifen… Lachen, über das sich Prévot hinwegsetzte.

Was war der Grund…?

Was wollen Sie von mir?

Nun, er blickte selbstsicher in die Runde, wir wünschen uns von Ihnen eine verlässliche Zusammenarbeit, Sie allein, köderte er mich, können uns helfen, die Absichten, d.h. die kurzfristigen Schritte und dann die langfristigen Vorhaben der gegnerischen Seite zu erfahren.

Das können Sie, das können wir doch jeden Tag in der Zeitung lesen.

Wir wollen wissen, wie sie ihre Absichten verwirklichen wollen, eine langsame systematische Unterwanderung, hielt er mich hin, ein Staatsstreich…Wie Sie das bewerkstelligen, schob er mir den Schwarzen Peter zu, ist allein Ihre Aufgabe.

Ich fühlte mich in eine Ecke gedrängt...um mich, ich hatte die beinah feindseligen Blicke meiner Umgebung registriert, wieder rehabilitiert sehen zu wollen...ich sollte, legte ich mir zurecht, jemanden, der mir vielleicht etwas anvertraut, mir traut! mit List und Tücke Geheimnisse entlocken, entreißen, d e n u n z i e r e n? Véronique, warum hilfst du mir nicht, du kannst doch bestätigen, dass uns Armand uneigennützig geholfen hat.

Wir haben doch gesehen und sind Zeuge geworden, wie Sie bei der Ausstellung auf ihn, Armand, eingewirkt haben...Ihnen war es zu verdanken, dass es nicht zu einem Abbruch der Vernissage gekommen ist – wer weiß, holte er aus, wieviele Opfer wir hätten beklagen müssen.

Ich konnte mich nicht erinnern, dies als mein Verdienst zu beanspruchen. Ich fühlte mich unter Druck gesetzt, genötigt! wo ich - die Blicke meiner Nachbarn, auch Véroniques, die sich umgedreht hatte und mir in die Augen blickte - ein Kollaborateur, auf jeden Fall jemand, der ein Verräter zu sein scheint, der mit dem Gegner gemeinsame Sache macht, aus der ich nur herauskommen konnte, wenn ich in diesen Teufelspakt – ist es nicht genau so schlimm, jemanden, der einem vertraut, zu verraten? – einwilligte. Ich werde mein Glück versuchen, sagte ich und wunderte mich über mich selber, dass mir nicht die Worte im Halse stecken blieben, in Gedanken würgte ich – aus Ekel vor mir selber.

Das war vor – wie schnell die Zeit vergeht.

Ich sah ab von meinem täglichen Weg ins Café, traf keine Freunde – hatte ich so nahe Beziehungen zu jemandem entwickelt, oder war das Zusammentreffen mit Leuten, die ich irgendwann einmal kennengelernt hatte, und das zu einer liebgewonnenen Gewohnheit geworden war, aus der keine Rechte oder Pflichten entstanden waren, eine billige Allianz eigennütziger Interessen? Ein Grund, den ich vermied, mir einzugestehen, war die Furcht, Armand zu begegnen und, eingedenk meiner Inpflichtnahme, ihm gespielt unbefangen gegenüberzutreten. Sich „einfach so" auf die Straße zu begeben, hüteten sich die meisten, auch ich wagte nicht, die Grenzen von meinem Revier zu übertreten, die Anwesenheit der Soldaten der Operation Santinelle, die uns Bürgern ein Gefühl der Sicherheit vermitteln sollten, bestärkte mich im Gegenteil in diesem Vorhaben. Ein Anruf, ich traute meinen Ohren nicht, es war Armand, stellte die Weichen meiner nächsten Schritte – und beließ mich in dem Glauben, dass das Schicksal längst die Regie über unser Handeln übernommen hat – wir also, das empfand ich in diesem Moment als das Tröstliche, für das, was auch geschehen mag, nicht verantwortlich sind. Er vermisse mich! - da er wisse, dass ich mich in Paris aufhalte, wundere er sich, warum ich meine geliebten Caféhausbesuche...nein, er hoffe nicht, aufgegeben habe...

Ich gebe zu, nach dem ersten Schreck, nein ich war verblüfft, durchströmte mich ein Gefühl der Befreiung, als sei ein Ring, der sich fest um meinen Körper gelegt hatte und mich umschlungen hielt, aufgebrochen worden, und ich könne wieder aus dem Bewusstsein meiner „selbstverschuldeten Unmündigkeit" hinaustreten...

Er wünsche mich auch in einer Angelegenheit, es sei dringlich zu sprechen und würde sich freuen, wenn wir, er schlug einen Tag und die Uhrzeit vor, uns treffen könnten, kurz und gut, er erwarte mich. Ich schob alle Ängste und Einwände, die mir Steine in den Weg gelegt hatten zur Seite und machte mich, ich hatte ihn benachrichtigt, am nächsten Tag auf den Weg ins Café. Ich war ein einsamer Flaneur, ich kam an einigen geschlossenen Geschäften vorbei, andere waren ausgebrannt, nur wenige Leute hielten sich in den Läden bzw. Supermärkten auf.

Ich hatte mir einen Plan zurechtgelegt, den ich in Gedanken mir wiederholen wollte, aber immer wieder durchkreuzte der Gedanke an Véronique diese Absicht. Was waren das für Leute, mit denen sie sich umgab? Warum stand sie mir nicht bei? Dann holte mich die Erinnerung an die vergangenen Tage ein, zugleich marterte mich mein schlechtes Gewissen, mich vergessen zu haben und diese Situation, in der sie, ihrer Sinne nicht mächtig, wehrlos vor mir lag, schamlos ausgenutzt zu haben. Ein Schlag auf die Schulter und eine Stimme; Schön, dass Sie kommen konnten, rissen mich aus meinen selbstverliebten Träumen. Armand, einen halben Kopf größer als ich, begrüßte mich und hieß mich vorangehen durch die geöffnete Tür. Das Café war gut besucht, halblautes Stimmengewirr empfing uns...Amerikaner, Deutsche, Touristen, die es trotz der angespannten Lage wagten, die Stadt und dieses Café, ein Pflichtprogramm! mit ihrer Anwesenheit heimzusuchen. Ich hegte kaum Hoffnung, in diesem überfüllten Café einen, meinen Platz zu ergattern, an dem wir, zurückgezogen, unser Gespräch, ein Verhör? führen könnten. Umso mehr sah ich mich überrascht, als der Tisch, auf den ich wie gewohnt zusteuerte, unbesetzt war. Er ist für uns reserviert, ja, klärte Armand mich auf, hier können wir einigermaßen ungestört plaudern. Danke, Robert, wie immer. Sie auch? Ja, danke. Sie wollten mich sprechen, begann ich, erleichtert, dass mir der Gesprächsanfang aus der Hand – und Verantwortung genommen wurde. Ich sollte ihn aushorchen, mon Dieu, das sollte sich aus der belanglosen Unterhaltung von selbst ergeben, nun, das registrierte ich, war es Armand, der, wie er ja auch am Telefon angekündigt hatte, etwas von mir, ich hatte keine Ahnung, was! erfahren wollte. Es gibt eine Gruppe, sagte er und ließ mich nicht aus den Augen, die uns Sorgen bereitet. Wir dürfen sie, ich rührte ausversehen Zucker in den exprès, den uns Robert, danke, serviert hatte, nicht unterschätzen. Wir wissen, dass Sie, begann Armand, er hatte mich durchdringend angeblickt, Kontakt zu einer Gruppe haben, die sich der Club der Getreuen nennt - Sie sind doch neulich bei diesem Treffen, und er erwies sich, ich schluckte, als gut informiert, er nannte Ort und Datum, dabei gewesen. Ich will Ihnen nicht unterstellen, entschuldigte er sich, dass Sie etwas mit dieser konspirativen Vereinigung zu tun haben …Sie müssen wissen, er fixierte mich, diese Gruppe plant – langfristig – den Staatsstreich. Damit wollen Sie doch nicht in Verbindung gebracht werden?! Trotz des Ernstes der Situation, dessen ich mir bewusst war, konnte ich ein Lächeln nicht unterdrücken. Staatsstreich ist ein großes Wort dafür, dass sich, plauderte ich arglos aus, einige Leute Sorgen um die Zukunft des Landes machen.

Sie haben recht, gestand er mir zu, vielleicht sind wir etwas zu dünnhäutig. Aber die politische Konstellation, Parteien ringen um die Macht, hier die Muslime und ihre Partei, dort die, Sie nennen sie die Rechten, FN und einige Splittergruppen – dazwischen, er lächelte, die bürgerlichen Parteien, die den Anschluss suchen. In dieser, Sie gestatten mir ein großes Wort, historischen Auseinandersetzung, muss ein jeder wissen, wo er steht – für wen er Partei ergreift.

Ich stimme Ihnen zu, wand ich mich, wir müssen die Dinge Im großen Zusammenhang sehen. Die größte Gefahr sind die extremen Kräfte, die Rechten und die muslimischen Verbände und ihre Partei.

Die größte Gefahr, verbesserte er mich, sind wir, die originären Franzosen, selbst – wenn wir den Gegner in der falschen Richtung suchen. Haben nicht die Moslems...? und er zählte ihre Schandtaten der letzten Monate auf, ein Bruchteil von dem, was wir wissen –und wie reagieren die bürgerlichen Parteien? Sie nehmen die Täter in Schutz, verhaften einige, die sich zu weit vorgedrängt haben, ein symbolischer Akt, und: es geht weiter, Wissen Sie, bohrte er weiter, dass die moslemischen Straftäter, kaum verhaftet, schon wieder freigelassen werden? Der Staat zeigt sich von seiner schwachen Seite.

Der Staat lässt Truppen aufmarschieren, überall patrouillieren Sicherheitskräfte, an den Ausfallstraßen werden Kontrollen durchgeführt.

Damit erreichen Sie nichts. Ich will nicht bestreiten, dass der Staat Präsenz zeigt – ja, allgegenwärtig zu sein scheint, was den Ausnahmezustand anbetrifft- wie aber, er sah mich durchdringend an, wollen Sie ein im Innern durch und durch faules, morbides Gebilde aufrechterhalten? Der Staat, stimmen Sie mir zu? muss sich erneuern, das kann er nur, wenn er wieder auf eigenen Füßen steht, sich nach außen, von der Vormundschaft, die seine Souveränität lähmt, befreit und sich im Innern, ich hörte aufmerksam zu, von schädlichen Elementen befreit. Ich befürchte, er sah mich dabei durchdringend an, dass unsere Kräfte, um uns gegen den Zerfall zu wehren, nicht ausreichen, wir, die wir uns um das Wohl unseres Landes sorgen, haben das gleiche Ziel, ich nickte, als er mich fixierte, – aber wie wir das erreichen können...ja, aufmerksam Robert! Danke. Die Unterschiede liegen in den Methoden, wie wir dieses Ziel ansteuern. Wie stellen sich denn Ihre Illuminaten den Weg vor?

Illuminaten? Ich wurde stutzig. Er bestellt für mich und sich einen Cognac Bisquit.

Ich weiß nicht, ob der Club der Getreuen eine Strategie verfolgt.

Armand lachte. Nun sagen Sie mir schon, wer sich auch immer hinter diesem Geheimbund verbirgt? Ich weiß ja aus der Geschichte…China…

Geheimbund, ich konnte mir ein Lachen nicht verkneifen, die „Illuminaten"! Ehrenwerte Bürger, Politiker, Künstler…ich biss mir auf die Zunge, hatte ich mich verraten? die auch keine Lösung haben, Ihnen liegt wie allen anderen Demokraten das Wohl des Landes am Herzen.

Ich sehe, wir kommen uns näher. Die Nationalisten, er beobachtete mich scharf, man mag zu ihnen stehen, wie man will, fordern eins: Kante zeigen! D. h. ein Bekenntnis, für ein künftiges Frankreich, das zusammenhält, das für die Idee lebt, für die wir zu sterben bereit sind, das wieder Gemeinschaft ist, eine Selbstverständlichkeit, zu unserem Staat, seine uneingeschränkte Souveränität - und wer nicht Farbe bekennen kann – von dem müssen wir uns trennen. Verstehen Sie, die Nationalisten wollen – wenigstens – Herr im eigenen Hause sein!

Dann stimmt es, wagte ich - in Gedanken sah ich mich, bei meinem Wunsch, andere Länder zu besuchen, zurückgewiesen, auch wenn ich mir das nicht vorstellen konnte, dass die Grenzen geschlossen werden - einzuwenden, dass, um das zu erreichen, auch die Grenzen geschlossen werden?

Das gehört zu dem Maßnahmenpaket, das wir schnüren wollen. Ich gebe ihnen ein Beispiel: Wie anders können wir die Flüchtlingsströme in unser Land aufhalten? Sicher gibt es –hatte er bemerkt, worauf ich hinauswollte, köderte er mich? Ausnahmen... ja, ich kann dafür sorgen, dass, er sprach mich jetzt direkt an, so dass ich mich schämte, Sie einen Sonderausweis mit einem Dauerpassierschein erhalten und nach wie vor in den Genuss der Reisefreiheit kommen...

Ich gebe zu fühlte mich aber geschmeichelt für die Sonderbehandlung - einen Augenblick lang, dann bemächtigte sich meiner das Empfinden, Zuschauer in einem Drama zu werden, dessen Verlauf gerade begonnen und dessen Ende nicht abzusehen war – und der Wunsch, in diesem Entwicklungsvorgang wie in seine Begleiterscheinungen nicht mit hineingezogen zu werden. D.h. in meiner Rolle als Außenstehender soz. unbeteiligter Beobachter eines Geschehens zu werden, dessen Durchsetzung bzw. Ausgang ich notfalls bedauern, auch mit erleiden würde, aber für die Folgen ich nicht verantwortlich gemacht werden könnte.

Wir, er sprach jetzt offen von wir, erweisen uns dankbar für Gefälligkeiten. Er beugte sich über den Tisch, dass ich seinen Atem spüren, riechen, d.h. nicht riechen konnte, der Ausweis, die Identität, Ich musste lachen bei dem Gedanken, ja, jeder Mensch, hatte ich gelesen, trägt seinen Geruch mit sich oder vor sich her, ja man kann, vertiefte ich meine Überlegungen, einen Menschen an seinen Ausdünstungen erkennen...farblos wie Wasser. Meine Mutter, erinnerte ich mich, hatte mir in den Gute - Nacht – Geschichten, das gruselige, ein deutsches? Märchen von Peter Schlehmil erzählt, der seinen Schatten verloren hatte...

Nennen Sie uns Namen, und was geplant ist, wenn wir mit der Säuberung, er hielt inne, als ob er zuviel verraten hätte, um dann fortzufahren, beginnen, wir wollen nicht ausversehen ehrenwerte Bürger in den Strudel von Verdächtigungen und ...er sprach nicht weiter.

Verrat, dachte ich, das wäre Verrat – heiße ich, bin ich Judas?

Ist nicht Denunziation, überlegte ich, auch ein Mittel? unschuldige Leben zu retten? Ich wollte mich erheben und ebenfalls das Caféhaus verlassen, als mir der Brief, hatte ich ihn bisher übersehen? in die Hände fiel. Ein, mein Freund Jean! Sollte ich ihn öffnen? Rat, das war nicht zu erwarten, konnte ich mir nicht erhoffen, vielleicht aber Trost. Ich öffnete den Brief und musste mir eine Lektion über Leben und Tod, was sollte ich dem entgegensetzen? Anhören:

Der Tod gehört, auch wenn wir versuchen, ihn auszutrixen, zum Leben! Das vorweg! Ich habe, Du erinnerst Dich, in einem meiner Bücher, es war der letzte Roman (Der leere Sockel) von dem Scheitern des Protagonisten, das einherging mit den Begleiterscheinungen einer unwiderlegbaren Erkrankung, geschrieben. Und Du weißt, dass ich mich seit langem mit dem Leben wie mit dem Tod beschäftige und in einem Essay über das Bewusstwerden unserer Sterblichkeit diesen Gedanken, denen wir in unserem täglichen Leben keinen Raum geben, Ausdruck verliehen habe. In einem zweiten Band, soz. der Fortsetzung, weise ich, wenn wir es ehrlich meinen! auf die Konsequenzen, die sich daraus ergeben, hin.

Ich ließ meine Hand mit dem Brief auf den Tisch sinken und holte tief Luft. Der zweite Band, Evolution und Sterblichkeit, wo er die Ansicht vertrat, der Sinn des Alterns ist die Sterbevorbereitung; er enthielt, dieser Ansicht war ich und hatte es ihm voller Empörung mitgeteilt, die Empfehlung, was sag ich, die Anleitung zum Suizid!

Wollte mein Freund, und aller Anschein sprach dafür, diesen Schritt unternehmen? Das Papier, sagte ich mir, ist geduldig, das heißt noch nicht, dass...tröstete ich mich, um sogleich, ich hatte wieder zu lesen begonnen, meines Irrtums gewahr zu werden. Lass uns - ich habe diese Entscheidung, das Buch spricht dafür, reiflich bedacht, denke daran, unser Leben ist endlich und wir haben es in der Hand, zu wählen, wann die Zeit gekommen ist - Abschied nehmen. Also, lieber Freund, ich denke, ich sollte gehen – ich gehe voraus!

Jean.

Ich beschloss, erschrocken, wie ich war, ihm umgehend zu antworten.

Lieber Jean,

Du findest mich in einer Stimmung, ich weiß, die Zeiten sind nicht danach, die ich mir selbst nicht erklären kann. Die aber, wie ich hoffe, ansteckend ist und bis nach Lausanne hinüberschwappen kann.

Deine Bereitwilligkeit zu sterben, nach Paris ziehen und sterben! hätte mich, hätte uns vor zehn Jahren nicht verwundert, heute, nachdem du ins Leben zurückgekehrt bist – hatten nicht wir alle, die Dich kennen, den zurückgewonnenen Lebensmut bejubelt? Epikur, der das Leben bejaht! auch Baudrillard - haben wir allen Grund, anzunehmen, eine Laune, vielleicht auch Resignation schulden diesen Lebensüberdruss? Ich weiß, mit der Kunst ist es wie in einem Roulettespiel, das Glück, dieser unzuverlässige Bundesgenosse mischt die Karten, und Presse, Kuratoren, Verlage, wer alles bei diesem Händel seine Hände mit im Spiel hat, nennen wir es, wir machen eine Anleihe, die Intelligenz des Bösen, treffen Entscheidungen, die nicht das Geschick begünstigt hat, sondern der Zufall hat, lass mich dies sagen, dabei oftmals sein launisches Spiel getrieben...

Bei der Todessehnsucht ist der Inhalt des Lebens nicht das Leben, sondern das Sterben – ich glaube nicht, dass dies ein Beweggrund ist, der Dich ermutigt hat, diesen Schritt gehen zu wollen. Ich erinnere mich Eures oberdeutschen dance macabre, Totentanz nennt ihr diesen Zug der Sterblichen, wo deutlich gemacht wird, wie wahllos, das betrifft Stand und Alter, Gevatter Tod zuschlägt. Und für uns, die Zuschauer, eine Mahnung, des Todes gegenwärtig zu sein! - aber ihm nicht die Arbeit abnehmen!?

Du hast dir, lieber Freund, wie ich glaube, eine Philosophie des Sterbens zurechtgelegt, die versucht, die Vernunft bei dieser Entscheidung auf ihrer Seite zu haben. Es ist eine eigenwillige, ja, ich empöre mich, egomanische Entscheidung, die Du für Dich getroffen hast und mit der Du das Leben bestrafst. Verhöhnst! müsste ich sagen. Daher bitte ich Dich, Dir diesen Entschluss zu überdenken, und es den Gespielen Leben und Tod zu überlassen...

Ich weiß, dass Camus und Sartre, mit denen wir groß geworden sind, das Leben absurd fanden; die Krönung an Einfallslosigkeit aber ist der Tod, weil: sinnlos, es gibt ihm gegenüber weder eine eigentliche noch eine uneigentliche Haltung, elle (la mort) vient `a nous du dehors d´elle nous   transforme en delors.

Lass uns gemeinsam darüber plaudern, oder in einen Diskurs treten! Ich werde, sobald ich meine Aufgabe erfüllt habe, den nächsten Zug nehmen und mit Dir über den Sinn des Lebens, wir müssen beide lachen bei dieser hohlen Phrase, „räsonieren".

Bis bald also, Dein N.

Wenige Tage waren vergangen, in denen ich versuchte, meinem Schicksal ein Schnippchen zu schlagen – d.h. Zeit zu gewinnen, um der Unausweichlichkeit den Aufschub, jede Stunde, jede Minute ein Gewinn an Glückseligkeit, abzuringen…Zeit ist, ungeachtet der Unerbittlichkeit ihres Vorwärtsdranges, ein Faktor, ein Vademecum – für den Augenblick, so dass ich beschloss, das mir selbst gemachte Geschenk…auch wenn man zusehen kann, wie Größe und Gewicht schwinden, zu nutzen.

Ich war eingeschlafen, irgendwelche Personen bevölkerten ein märchenhaft friedliches Arkadien, in das ich eintauchte, glücklich, einem mir nicht gegenwärtigen Ansinnen entronnen zu sein, als plötzlich, nach Tagen, nach Stunden? Alarmsirenen, Prévot, Armand? in meinem Traum ertönten und mich, so sehr ich mich sträubte, vom Festland der unbewussten Seligkeit trennten, wegrissen! kein abklingendes Geräusch, sondern ein Dauerton, der sich, in einem Halbschlaf zwischen Sphären, in denen Traum und Wirklichkeit verschmolzen, einnistete und nicht abstellen ließ. Schlaftrunken, aber hellwach in meiner Wirklichkeit drehte ich mich auf die andere Seite, dann wieder zurück, irgendwann, das Da-, das Dabeisein, setzte sich, obwohl es stockdunkel war, nein aufblitzende Lichter durchstießen die Finsternis, dann erhellte ein Feuerschein den Himmel…ich wankte ans Fenster –und war hellwach. Die Feuerwehr war mit einer Vielzahl von Löschzügen angerückt, eine große Moschee, unweit von meiner Wohnung, ich konnte die Flammen sehen, brannte. Ordnungskräfte evakuierten viele Häuser, die im Schlagschatten der Moschee standen und nun, hellerleuchtet, vom Übergreifen der Feuersbrunst bedroht waren - wer kann sich dieser Ästhetik, in der sich cohabitativ ein urwüchsiger Schauer mit der Attraktion des Augenblicks spiegelt, entziehen? Wer ist, wenn er ehrlich zu sich selbst und in Sicherheit ist, nicht fasziniert von einem solchen Spektakel? Ließen nicht die Amerikaner bewusst immer wieder die Bilder abspielen, die zeigten, wie Terroristen ihre Flugzeuge in die Tower lenkten und wie, welch magischer Moment, in Zeitlupe die Türme einstürzten, um daraus Kapital zu schlagen? Und hat uns nicht, bevor das Entsetzen und die Empörung sich durchsetzen und Oberhand gewinnen konnten, der Anblick einer uns innewohnenden Zerstörungslust, die Faszination des Unglaublichen gefesselt? Ich weiß nicht, warum, wahrscheinlich, um Neuigkeiten zu dem Brand oder Hintergrundinformationen zu erhalten, schaltete ich das Fernsehgerät an: Und tatsächlich berichteten die Anstalten bereits ausführlich und lieferten Bildmaterial, der Muslimische Sender, auf den ich umschaltete, live. Der Zuschauer konnte sich ein Bild machen, weil der Sender die Moschee von allen Seiten zeigte und er, wir Zeuge wurden, wie zuerst das Minarett, dann das Dach der Moschee einstürzten; in ersten Stellungnahmen der muslimischen Bruderschaften wurden die Identitären beschuldigt, den Brand gelegt zu haben. Schaulustige, die sich angesammelt hatten, machten als Brandstifter die Nachbarn der Moschee aus. Opfer waren glücklicherweise nicht zu beklagen, zu dem Zeitpunkt, in dem das Feuer ausbrach, war die Moschee leer. In den Gerüchten, die gezielt gestreut wurden, verdichteten sich die ersten Stellungnahmen zu Gewissheiten: der FN mit seinen Sympathisanten musste für diesen Brandanschlag verantwortlich sein. Mutmaßungen, dass diese Partei in dieser angespannten politischen Situation sich selbst am meisten schaden würde, sie würde noch mehr an Glaubwürdigkeit, kein Vorzeigeprivileg der Partei, einbüßen, richtete sich das Augenmerk zuerst naturwüchsig! auf die Frage, wer von dieser Brandstiftung den meisten politischen Nutzen ziehen würde. Indes, da dies zum Sprengstoff geraten könnte, wurde sogleich alles unternommen, Bemühungen in dieser Richtung unter den Tisch zu kehren. Aber versuchen sie einmal, einen Verdacht, der, nicht verstummt, zäh und langlebig, aus der Welt zu schaffen – wer Gutes will und dabei Böses schafft! Bald kursierte das Gerücht, die Moslems hätten die Moschee selbst angezündet, um daraus politisches Kapital zu schlagen.

Ich flanierte in den frühen Morgenstunden, es war vielleicht gegen drei Uhr, menschenleer noch die Boulevards, nur wenige Autos waren unterwegs, die Insassen, in ihr Käfigdasein zurückgezogen, einige gepanzerte Fahrzeuge, die vor öffentlichen Gebäuden Wache schoben. Um so mehr wunderte mich über das grande magasin, nicht nur, dass es geöffnet war? sondern dass, ich konnte von außen, von der gegenüberliegenden Seite die am Eingang und vor den Fenstern vorbeihuschenden Schatten wahrnehmen, die den Eindruck einer regen Geschäftigkeit zu dieser Zeit? vermittelten, diese Angestellten, die in lange Gewänder gehüllt waren. Ich blieb stehen. Es war weniger Neugierde, als die Sehnsucht, in dieser Welt, ja, dieser sonderbare Gedanke befiel mich, nicht alleine zu sein. Sicher, erklärte ich mir das zu dieser Zeit rege Treiben, sie sortierten und prüften die Bestände, dekorierten Tische und Auslagen neu, um unser Kaufinteresse zu wecken – haben wir nicht alles, sind wir nicht gesättigt? Es sind ja weniger neue Artikel, die uns das Leben erleichtern helfen, als anders, modisch verpackte oder in ihrem Aussehen anziehend gestaltete Versprechen! Ein, ungewöhnlich zu dieser Zeit! wunderte ich mich, Spaziergänger war vor dem Eingang stehengeblieben, jetzt pochte und klopfte er an die Tür. Als er mit diesen zaghaften Versuchen erfolglos blieb, rüttelte er die Türflügel und drückte sich mit all seiner Kraft, seinem ganzen Gewicht gegen die Eingangstür. Er musste nun doch die Aufmerksamkeit der Mitarbeiter geweckt haben, denn einige eilten zur Tür, um sie zu öffnen und den, dachte ich, Einlass heischenden Mitarbeiter, Kunden – zu dieser Zeit? hereinbeten oder auf einen späteren Zeitpunkt vertrösten. Wie erstaunt war ich, als sich diese sackartig verpuppten Wesen als in Burkas gehüllte Moslemfrauen zu erkennen gaben. Ich beobachtete das pantomimisch stumme Spiel, sie versuchten ihn abzuwimmeln, gaben ihm zu bedeuten, er solle verschwinden und, ich traute meinen Augen nicht, wie sie nach einem lauten Wortwechsel, ich nehme an, auf arabisch, ich verstand kein Wort, und heftigem Gestikulieren, handgreiflich wurden – ich wurde Zeuge, wie sie ihn zusammenschlugen, ohne ihm zu Hilfe zu eilen und dachte. So ist das Leben.

Ich flanierte weiter, wobei mir auffiel, dass die Schlafplätze der Clochards leer waren, auch nichts deutete darauf hin, dass dort, an dem überdachten und vor Wind und Regen geschützten Hausvorsprung, einer bevorzugte Sammelstelle der Gestrandeten, der, ja, den in Not geratenen Menschen, neuerdings auch Migranten sans – papers, als Herberge diente. Ich erinnerte mich, dass es in den späten achtziger oder frühen neunziger Jahren eine mit viel Aufwand betriebene Initiative gab, um das Straßenbild zu säubern – ich erschrak über meine Wortwahl, die automatisch das rekapitulierte, was, ein „wichtiger" Programmpunkt der Rechten, den sich, ich musste lachen, auch die Konservativen und Teile der UMP zu eigen gemacht hatten. Tag für Tag wurde Quartier für Quartier den Bürgern „zurückgegeben"; ebenso verschwanden die Bouquinisten an den Seineufern, ohne dass dies auf Resonanz stieß, wie sollte dies auch, in einer Kultur, die dem Lesen den Kampf angesagt hatte, die das Lesen von seitenstarken Büchern, verbesserte ich mich, durch den neuen Mediengebrauch überflüssig, d.h. zu einer Angelegenheit von gestern machte. Einzig Touristen, die sich in ein romantisches Paris ihrer Erinnerung flüchten, trauern den verlorenen Ständen nach, wo sie stöbern und vielleicht den einen oder anderen Schatz als Souvenir mit nach Hause brachten. Hier erstand ich, wie lange ist das her? eine alte Ausgabe, einen Band von Maupassant – Geschichten.

Ich wurde in meinen Gedanken aufgeschreckt, als plötzlich ein Trupp von Feldjägern vor mir auftauchte und mir den Weg versperrte; mit meiner ungeschickten Reaktion auszuweichen, ich rempelte dabei ausversehen einen Offizier an und stammelte eine Entschuldigung, erntete ich Lachen. Ich versuchte, indem ich auf die Straße trat, die Gruppe von außen zu umgehen, sah mich aber, wohin ich mich auch wandte, umzingelt von der Gruppe, die sich einen Spaß daraus machte, ihrem Opfer Angst einzujagen. Sie wissen, dass Ausgangssperre ist - warum laufen Sie nachts hier herum? Ich konnte nicht schlafen. Er konnte nicht schlafen, höhnte der Offizier. Er konnte nicht schlafen, wiederholten die Armisten, die ich in Gedanken zu Freischärlern ernannte, und lachten.

Können Sie sich ausweisen? Ja, natürlich, sagte ich, und war mir aber nicht klar, ob die Soldateska Polizeibefugnisse hatte. Dann lassen Sie mal sehen. Ich fingerte nach meinen Identitätspapieren und reichte sie ihm.

Was treibt Sie, fragte er noch einmal, wobei er in meinem Reisepass blätterte, in diesen frühen Morgenstunden, nein, es ist noch Nacht, verbesserte er sich, auf die Straße? Sie haben hier, triumphierte er, einen Stempel aus dem Libanon...er wedelte mit dem

Pass, dann hielt er ihn hoch, dass ihn jeder seiner Mannschaft sehen konnte – sind Sie ein verkappter Moslem? Lachen, das einen drohenden Unterton annahm, kommentierte sein Vorgehen. Hier…er hatte weitergeblättert und wollte seinen Verdacht bestärkt sehen, und war dabei auf einen Vermerk gestoßen, der ihn innehalten ließ und bei ihm, ich war auf das Schlimmste gefasst, zu meiner Verwunderung eine Verhaltensänderung bewirkte.

Nehmen Sie, er reichte mir meinen Ausweis wieder zurück, und entschuldigen Sie unser Vorgehen, aber wir müssen jeden, der uns zu dieser Zeit begegnet, kontrollieren. Die Pariser sollen sich wieder sicher fühlen. Lassen Sie den Herrn passieren! Noch etwas widerwillig machte die Truppe den Trottoir frei, und ich, noch etwas benommen, zugleich erstaunt, wie ich dieser Soldateska entkommen konnte - was hatte ich nicht gehört von den „Scherzen", die sie mit Ihnen wehrlos ausgelieferten „Verdächtigen", ein Status, der jeden Bürger treffen kann, trieben, versuchte mich „in die Büsche zu schlagen", wobei ich so unauffällig wie möglich weiterging. Im Bewusstsein, noch unter Beobachtung des Detachements zu stehen, wechselte ich die Straßenseite, bog dann in eine Nebenstraße ein, dann in eine Passage, am Ausgang, längst hatte ich die Orientierung verloren, in eine Seitenstraße ein, wo ich meine Schritte beschleunigte und dann, ein wenig außer Atem, an einer Kreuzung in eine Gasse, an deren Ende, ich war in eine Sackgasse geraten (gefangen wie ein Fuchs in der Falle), wo ich vor einem hellerleuchteten Haus, in allen Stockwerken brannte Licht, stand, aus dem Lärm, ich korrigiere mich, Musik der neuen Jugendkultur drang – durchmischt, nein abgelöst, ich traute meinen Ohren nicht, von orientalisch anmutenden Klängen. Meine Neugierde verführte mich, alle Vorsicht fallen lassend, dazu näherzutreten, als ich mich plötzlich von einer Horde wilder Gestalten umringt sah, deren größtes Vergnügen darin zu bestehen schien, unschuldigen Bürgern Angst und Schrecken einzujagen. Wie überrascht war ich, als sie unter Lachen und Johlen mich – im Polizeigriff - unter die Schultern griffen und mich, der sein anfängliches Widersträuben angesichts der Übermacht, aufgab und mich, zumal ich bemerkte, dass meine grande civil es freundlich mit mir meinte, in mein Schicksal fügte. Erst jetzt bemerkte ich, dass ein Großteil meiner „Gastgeber" junge Leute mit südländisch – nordafrikanischen Wurzeln waren. In einem großen Salon, eine hochtrabende Bezeichnung für ein großgeschnittenes Durchgangszimmer, das seine besten Tage hinter sich hatte - im Funzellicht von drei nackten Birnen, die in der Fassung von der Decke hingen und bei jedem Luftzug hin –und her-schwankten, erkannte ich, dass die Wände nackt bzw. mit Tapetenresten beklebt waren und als „Leinwand" für künstlerisch gestaltete Graffitis und politische Botschaften herhalten mussten. Die Musik dröhnte aus riesigen Lautsprechern, die sich gegenüber in der Zimmerecke standen. Meine Ordonanzen hatten mich mit einem freundlichen Lächeln freigegeben und mich meinem Schicksal in dieser Multi – Kulti - Welt überlassen. Ich kann mich für diese neue „Musik", die jetzt ertönte und sich Rap nennt, ein schlecht gemachter Sprechgesang, vorgetragen von männlich - aggressiven Stimmen, nicht begeistern. Ich zog es vor, mich umzusehen und gelangte, ohne von irgendjemand aufgehalten zu werden, in einen kleineren Raum, an den sich - wie ich, sobald die Pärchen, die sich zu einer verhalteneren Musik im Tanz bewegten, den Blick freigaben, erspähen konnte - ein Vestibül anschloss. Ich zwängte mich vorsichtig an den Tanzenden vorbei, schwankten sie, schwankte der Raum oder bildete ich mir das nur ein, als sich das Pärchen vor mir voneinander löste und sie die Arme um mich schlang und mich in ihren Bewegungsrhythmus zwang. Wie schön, dass Sie sich nicht scheuen, zu uns zu kommen. Erst jetzt konnte ich ihr ins Gesicht sehen, d.h. sie erkennen – ein hübsches jugendliches Gesicht, das mir bekannt vorkam, ohne sie in dem Fotoalbum meiner Erinnerung einordnen zu können. Ich bitte sie, als sie Anstalten traf, sich wieder von mir zu lösen, helfen Sie mir...Sie müssen schon von selbst darauf kommen, lachte sie. Wenn sie nach oben gehen, sie deutete mit dem Kopf auf die Treppe, die ebenfalls vom Vestibül nach „oben" führte, werden Sie weitere Ihnen bekannte Gesichter sehen. Ein junger Mann algerischer Herkunft schob sich zwischen uns und „entführte" sie, so dass mir nichts übrig blieb, als dieser Empfehlung Folge zu leisten. Im Vestibül hielten sich nur wenige Leute auf, zwei Pärchen, die die Treppe herunterkamen, auf den ersten Blick, wie mein inzwischen geschultes Auge feststellen konnte, alle eingeborene Franzosen – und, wie ich, der die Treppe hinaufsteigen wollte, an der überraschten Reaktion des einen männlichen Begleiters erkennen konnte, kannten sie mich. Sie grüßten freundlich, einen Moment hatte es den Anschein, als wollte sie innehalten und mich ansprechen, auch ich war auf den Stufen stehengeblieben, zogen es aber vor, weiterzugehen. Ich musste, mir schwindelte, mich an dem Treppengeländer festhalten.

Darf ich Ihnen behilflich sein? Ein junger Mann, David aus meiner Nachbarschaft, bot mir seinen Arm an. Danke, es geht schon. Ich hangelte mich von Treppenstufe zu Treppenstufe, auf dem Treppenabsatz blieb ich einen Augenblick stehen, ich erinnerte mich meiner Träume in meiner Kindheit, als ich verfolgt von einem gesichtslosen Mörder die Kellertreppe hinaufstürmen wollte – und die Beine immer schwerer wurden, bis ich wie festgewachsen auf den Stufen mich nicht mehr rühren konnte und, auf, ja was? wartete? die Unendlichkeit der Zeit die Entscheidung hinauszögerte - und ich aufwachte. Der Geräuschpegel der Musik war verebbt oder in ein gleichklingendes Summen übergegangen. Zwei jugendlich wirkende Frauen, verkleidet als Schmetterlinge, „flatterten" an mir vorbei, ein älterer Herr, der sich mit der einen Hand auf seinen Stock stützte, mit der anderen sich am Treppengeländer absicherte, und ebenfalls auf dem Absatz innehielt, grüßte freundlich und sprach mich an. Wie schön, dass es solche Refugien gibt. Ja, hier hält die Welt den Atem an – wenn Sie verstehen, was ich meine – Sie müssen nur daran glauben. Er nickte mir zu und hakte sich bei einer jungen Frau, die ihm den Stock abgenommen hatte, unter. Ich war ein paar Stufen weiter nach oben gestiegen, als plötzlich ein Gong ertönte – eine Sekunde lang hatte ich das Gefühl, das Haus zitterte und drohte, ich umklammerte das Geländer, in sich zusammenzustürzen – dann befreite mich ein Lärmen, ich meinte Jubelschreie und Lachen zu hören, junge Männer und Frauen eilten, nein hasteten an mir, in ihrer Mitte eine heilandähnliche Figur, hochgewachsen, die anderen überragend, an mir vorbei, rissen mich mit ihrem Schwung mit; ich gelangte, Teil dieser Entourage, in den Raum des ersten Stockwerks, der als Mehrzweckraum, sowohl als Tanzsaal wie als Bühne oder Tribüne mit Podest, dienen konnte. Eine kleine, vom Aussehen her und dem Geschlecht nach gemischte Gruppe, Südfranzosen und Franzosen? nordafrikanischer Herkunft, in ihrer Mitte die hochgewachsene Figur, um die sich wie um einen Kreisel die aufgescheuchten, vorwiegend jungen Männer und Frauen gedreht hatten, besetzte das Podest. Hatte ich erwartet, dies wäre die Einleitung für eine Rede oder Ansprache, die mich binnen kurzer Zeit ermüdet hätte, sah ich mich auf angenehme Weise getäuscht, denn plötzlich, ich hatte weder Musikinstrumente noch Lautsprechester wahrgenommen, ertönte leise Musik aus den Wänden, in deren zurückhaltendem Rhythmus unsere Oberkörper mitschwammen. Auch die Gruppe auf dem Podest beteiligte sich an dieser gymnastischen Übung, die immer mehr ins Tänzerische hinüberglitt. Ich, kein Held auf dem Tanzboden wie meines Schwindels noch gewahr, sträubte mich innerlich gegen diese

Vereinnahmung, die ich als Auftakt einer uns, was weiß ich! zu was verpflichtenden Teilnahme begriff. Ich hatte den blonden Riesen in seiner morgenländisch anklingenden weißen Judokleidung keinen Augenblick aus den Augen gelassen, mein Verdacht, er sei der Initiator oder Stichwortgeber dieses Bewegungsorchesters schien sich zu bewahrheiten, denn immer mehr, verdichtete sich mein Eindruck, lenkte er, während sein Blick über uns glitt, wobei er, hatte ich den Eindruck, jeden einzelnen von uns erfasste, wie ein Schlangenbeschwörer sein „Gegenüber". Ich weiß nicht mehr, warum, wie ich dieser gymnastischen Übung folgte, die ein Gefühl, das sich in die Gewissheit verkehrte, mich wehren, Widerstand leisten zu müssen, ehe ich, mir selbst entfremdet, Dinge tue, mich Personen öffne, mich wie eine Muschel aufschließe und mein Geheimnis, ein jeder Mensch trägt in sich ein Geheimnis, das ist es, was ihn einzigartig erscheinen lässt, ich sage bewusst nicht: macht, für mich behalten kann - es gehört sozusagen, ich sage dies selten, zu meinen Prinzipien. Sie haben Recht, wenn Sie, der Sie mich immer in Gesellschaft oder „nahe dran" erleben, diese Selbstauskunft bezweifeln, für mich zu sein, zu bleiben.

Die Tanzschritte, begleitet von in die Luft gereckten, im Rhythmus hin – und herwedelnden Armen, waren schneller geworden, ich, schon wieder oder immer noch? wie festgebannt auf dem Treppenabsatz stehend, längst, mit dem Kainsmal des Auserwählten gebrandmarkt, im Visier des Schlangenbeschwörers, wurde nun von den Pfeilen seiner Augenblicke getroffen: und, indem er auf mich deutete, rief er, die Musik übertönend: Einer von Euch wird mich verraten! War dies, in der kruden Morphologie dieses Gesamtkunstwerks, ein inszenatorischer Höhepunkt, wurde dies dadurch übertroffen, dass er, ich traute meinen Augen nicht - die Musik hatte wieder eingesetzt, im Tanzschritt, auch die anderen hatten wieder zu tanzen begonnen, sie bildeten einen Kreis - in seinen Armen eine Partnerin, das Podium verlassen hatte und sich mir näherte. Auch ich war, nun im Saal, auf ihn zugegangen. Jetzt erst konnte ich erkennen, wen er, mich triumphierend musternd, beinah gleichgroß wie er, in den Armen hielt, die mich kaltlächelnd ansah, ich wollte aufschreien – Véronique!

Deine kleine Freundin –

Ja?

Ist sie nicht die Tochter von Frédéric? Seine Augen suchten meine Augen. Ich witterte wie jemand, der einer Straftat wegen überführt wird, hinter der Neugier den Vorwurf.

Uns verbindet...

Wir können nicht weiterfahren. Eine angemeldete Demonstration von nordafrikanischen Muslimen, die gegen das Gerücht, die Moscheen selbst angezündet zu haben, gegen die wahren Brandstifter demonstrierte, verhinderte die Weiterfahrt...

Wir können, er wendete sein Fahrzeug, die Rue...ach, du lieber Gott! Aus den Seitenstraßen quollen die gepanzerten Einsatzwagen der Ordnungsmacht. Wir sitzen fest.

Lautes Hupen, begleitet von Rufen und Schimpfen, forderte uns auf, den Weg frei zu machen. Idioten, wo soll ich denn...? Fäuste schwer bewaffneter Polizisten schlugen gegen die Fahrertür, auf den Kommandoruf eines Einsatzleiters ließen die Gesetzeshüter von uns ab, Jean-Pierre bog in eine Parkbucht, wir suchten Zuflucht in einem Café im ersten Stock, von wo aus wir das Geschehen überblicken konnten. Die Polizisten stürmten auf die Mitte des Platzes und sammelten sich zusammen mit den Kollegen aus den Fahrzeugen in den anderen Seitenstraßen, ausgerüstet mit Schild und Schlagstock.

Die Spitze des Demonstrationszuges hatte, Fahnen schwingend und Transparente tragend, den Platz erreicht. Hier stoppte der Zug angesichts der von Polizeikräften abgesperrten weiterführenden Straßen. Jean – Pierre hatte das Fenster im Café geöffnet, wir konnten die in französisch vorgetragenen Parolen, durchmischt mit arabischen Lauten und orientalischer Musik, hören: Wir wollen gleiche Rechte für alle und, las Jean – Pierre, Aufklärung des Brandanschlags auf unsere Moschee: Tariq Ramadan, er lachte, als er mein fragendes Gesicht Wer ist das? sah. Die einen sagen, ein Hassprediger, ich kenne keinen diesbezüglichen Text von ihm, fügte er hinzu; die anderen nennen ihn einen Heilsbringer…viel-leicht jemand, der die Spaltung der Gesellschaft aufhalten bzw., Hör mal! Die Staatsmacht forderte die Demonstrationsteilnehmer auf, ihre „genehmigte" Demonstration zu beenden und sich hier aufzulösen.

Sieh mal! Zwei oder drei Demonstrationsführer waren ein paar Schritte auf die Polizeieinheiten zugegangen und versuchten mit dem Einsatzleiter ins Gespräch zu kommen. Ich bewunderte die „wissenschaftliche Neugier" meines Begleiters, mir war, ich gebe dies gerne zu, mulmig zumute. Wir waren in „sicherer Entfernung", vor uns die gebündelte Streitmacht des Staates, aber… Jean-Pierre konnte ein Lachen nicht unterdrücken, als er von meinem Gesichtsausdruck die Bedenken ablas. Ich konnte der Reaktion der Wortführer des Demonstrationszuges ein resignierendes Schulterzucken erkennen, als sie sich wieder ihrem Zug zuwandten. Schimpfworte fielen, dann setzte sich der Zug wieder in Bewegung, wir hielten den Atem an. Der Druck von hinten war so stark, dass der Spitze nichts anderes übrig blieb, als dem Druck nachzugeben und die Lautsprecherdurchsagen, die zur Umkehr bzw. zum Abbruch der Demonstration aufforderten, zu ignorieren. Wir konnten von unserem Platz aus beobachten, wie die Polizeieinheiten von allen Seiten gegen die Demonstranten vorrückten und dann, der ungleiche Kampf schien ein rasches Ende zu nehmen, die mit ihrer Ausrüstung überlegenen „Streitkräfte" machten von ihren Schlagstöcken ausgiebig Gebrauch. Ja, sagte Jean - Pierre, sie sind auf diesen Tag oder Einsatz gut vorbereitet, der Feind heißt Afrika oder Moslem. Was ist das? Immer mehr Demonstranten hatten sich auf den Platz gedrängt und liefen nun durcheinander, einige blieben blutüberströmt auf dem Boden liegen, als plötzlich Schüsse zu vernehmen waren. Es war wie eine Treibjagd, selbst die Polizisten hielten inne, um herauszufinden, von wo aus die Schüsse herkamen. Die Demonstranten schrieen, einige waren getroffen und zu Boden gesunken. Nein, ein Zielschießen, stellte mein Freund fest, die Polizisten zogen sich zurück, jetzt konnten wir, wir hatten die Fenster geöffnet, hören, dass die Schüsse aus verschiedenen Richtungen kamen, begleitet von Jubelschreien, wenn ein Demonstrant getroffen war – das ist nicht die Polizei.

Am nächsten Tag konnten wir in der Presse lesen, dass die Polizei eine Demonstration gewaltbereiter muslimische „Afrikaner" auflösen musste, wobei ihnen die Identitären zu Hilfe geeilt kamen. Bilanz der schrecklichen Auseinandersetzung: zwölf Tote, und zahlreiche Verletzte; wie durch ein Wunder blieben die Polizisten und die Identitären unverletzt.

15. 08. 16

Ich wachte auf: die Knochen steif, hatte ich mich zu viel oder zu wenig bewegt? Die Geschichte der Zukunft beginnt jetzt – mit einem Verrat! Und ich sollte das Werkzeug sein, war ich nicht in Wirklichkeit, meinem Gewissen folgend, der am wenigsten geeignete Kandidat für derlei - Ansinnen? Sehen Sie es positiv: ein Vertrauensbeweis! Der, Ironie der Geschichte, in die Zwickmühle geraten war? Der wieder, oder seinerseits Verrat, der guten Sache zuliebe, an seinen Auftraggebern, die seine Freunde geworden waren, übte? Ich richtete mich auf. Prévot, Club der Getreuen... ich hatte kaum ein Wort mit ihm gewechselt. Und Armand? Dem ich, wo es sich einrichten ließ, aus dem Weg ging, der mir immer undurchsichtig erschien – der andererseits mir und Véronique behilflich gewesen war – hatte ich nicht gerade deswegen den Auftrag, und das galt für beide Auftraggeber, bekommen? Und einen von beiden, die mir ihr Vertrauen geschenkt hatten, musste ich nun enttäuschen. Aber ging es nicht „um die Sache", um Frankreich, auch um meine wahren Freunde, ich dachte an Philippe, Jean – Pierre, Veronique...und wünschte mich fort. Die Grenzen waren geschlossen, aber hatte ich nicht...? Ich durchwühlte die Taschen meiner Jacketts, hier, der Freibrief von Armand, mit dem ich jederzeit die französische Grenze, in beiden Richtungen, passieren konnte. Innerlich jubelte ich auf und beschloss, noch am gleichen Tag, nach dem petit déjeuner, abzureisen, fort, nur fort...

Es war mild, einige, mittlerweile gesäuberte Plätz vor dem Frühstücks - Café waren besetzt. Ich zog es vor, „innen" zu frühstücken. Hier dämpften die Wände und Glasscheiben den Lärm der mit Tatü und Tata vorbeifahrenden Einsatzfahrzeuge. Die meisten Leute haben sich an die Sirenen gewöhnt und überhören die Geräusche. Marcel schaute kaum auf, als ich das Café betrat. Bisweilen, und diese Minuten sind kostbar, greift er zur Laute!

Und singt eigene oder, wie heute, bekannte Chansons anderer Sänger:

Qu`est- ce qu`on va donc chercher

Dans la lune

Dans la lune

Je parie qu`la haut

Y a pas un bistrot.

Er ließ sich durch den Applaus seiner Gäste nicht beirren und sang weiter. Die Bedienung brachte mir mit dem Café au lait und den beiden Croissants die Morgenpresse: Le Pen hat im Falle ihres Wahsieges den Austritt aus der EU angekündigt. Der mögliche Koalitionspartner, der Vorsitzende der rechtskonservativen UMP, nein, las ich, er hat seine Partei UMP in Les Républicains umgetauft, er verspricht ebenfalls ein Gefühl der Sicherheit, grenzt sich aber gegenüber den Rechtsradikalen ab: Niemals werden wir für die Teilung Europas arbeiten, niemals ein egoistisches Frankreich führen, das sich von Europa abwendet.

Marcel hatte das Akkordeon zur Seite gelegt und war an meinen Tisch getreten, er deutet auf das Bild des Vorsitzenden: Wenn er die Vorwahlen gewinnt, wird er Präsident, wenn, er dehnte die Wörter, Madame Le Pen, das zulässt, dann will er, die Parteien überbieten sich, die Einwanderung stoppen, Kopftücher und salafistische Gewänder verbieten: Die Franzosen leiden unter der Tyrannei einer Minderheit, er will Marie - Le Pen-Anhänger zurückgewinnen.

Ich lasse mich in der Öffentlichkeit, auch wenn ich Marcel schon lange kenne, ungerne auf politische Diskussionen ein, zumal, ich blickte mich um, an den Nebentischen Gäste sitzen, die ich nicht kenne, dennoch sagte ich, es soll doch eine neue Partei... Partei? Du meinst den Club der Getreuen? Er lachte, das ist keine neue Partei, das sind, er formulierte vorsichtig, die einen nennen sie Vaterlandsverräter, die anderen, sie selbst nennen sich auch so, Retter des Vaterlands.

Mir war nicht wohl. So, dachte ich, verkehrt sich die Ordnung der Dinge, die im Strom der Zeit Gestalt annehmen oder schon angenommen haben? in ihr Gegenteil. Marcel blickte mich herausfordernd an. Ahnte, wusste er, dass ich Teil dieser Bewegung bin – wie auch ihr unzuverlässigstes Mitglied, das nicht bestimmen kann, in welche Richtung der Strom fließen soll?

Weißt du, fragte ich unbesonnen, wer hinter dieser Partei steckt?

Das sind die Schlimmsten, er beugte sich zu mir herunter, Idealisten!

Marcel, den ich schätzte, weil er geradeaus dachte: ein Mann des offenen Wortes! hatte dies in einem Ton gesagt, der alles und nichts bedeuten konnte. Ehe ich ihm antworten, d.h. fragen konnte, was er damit meinte, wurde er ans Telefon gerufen. Ich überlegte noch, ob er dies zustimmend, kritisch oder abschätzig gemeint hatte, als er mich zu sich rief. Das ist für dich, sagte er. Wer will mich sprechen? Er zuckte mit den Schultern. Aber es sei wichtig! Ich wusste nicht, wie ich das deuten sollte. Er reichte mir den Hörer.

Sie sind schwer zu erreichen, beschwerte sich Prévot. Sie sollten sich unbedingt ein Handy anschaffen. Ich muss Sie sprechen. Ja? mir war nicht wohl. In welcher Sache? stellte ich mich dumm.

Sie haben einen Auftrag. Es nutzte nichts, mich in Unwissenheit zu flüchten.

Ich möchte, seine Stimme war schärfer geworden, erfahren, was Sie herausgefunden haben. Ich erwarte Sie…und er nannte mir seine Adresse, ohne auf meine – berechtigten - Bedenken, er hatte aufgelegt, die ich keine Zeit fand, diese vorzutragen, einzugehen. In Gedanken schalt ich meine Freunde, Jean – Pierre, Frédéric, Jacqueline, die mich überredet hatten, diese Veranstaltung, in der sich mein Schicksal, ich will nicht vorgreifen, entscheidend verändert hat: in der ich verpflichtet wurde, ich mich, allen Einwänden zum Trotz, hatte verpflichten lassen, schalt ich mich selber, zu besuchen.

Prévot, Schriftsteller und Professor für Jura, wohnte früher im Quartier Latin, heute? Adresse unbekannt, nach seiner Emeritierung, das stand fest, und er hatte vorgesorgt, wollte er sich aufs Land zurückziehen, und im Augenblick weilte er dort – ich hatte Mühe, den Ort auf der Landkarte zu finden. Hatte ich anfangs gedacht, er hätte sich seinen Alterssitz unweit Paris eingerichtet, in einem, Frédéric hatte davon gesprochen, Landhaus im Tudorstil - warum, stellte ich mir die Frage, müssen einige Franzosen englische Wohnkultur und englische Lebensart nachahmen? - musste ich zur Kenntnis nehmen, dass er sich, nach dem Verkauf dieser Liegenschaft, begütert wie er ohnehin schon war, in eine Residenz eingekauft hatte: mit dem TGV immer noch eine halbe Tagesreise von Paris entfernt.

Ich rief Jean – Pierre an, um ihn für einen Ausflug nach Banyuls sur mer zu begeistern; ich konnte nur das Dekanat, dann seine Sekretärin erreichen. Frédéric, den ich kurz sprechen konnte, bereitete sich auf einen Kongress vor. Und Jacqueline, er lachte, es klang bitter, macht mit Ihrem Filou Agitationsurlaub in…ich hatte den Namen des Ortes nicht verstanden, ehe ich nachfragen konnte, verabschiedete er sich: Ich wünsche dir viel Erfolg – und grüße Prévot von mir…Véronique! Sie war, für mich völlig überraschend, in Bordeaux dabei gewesen…ich sah sie vor mir, wie sie mit ihrem Begleiter, ich gebe zu, auch wenn mich ein Gefühl, ja, es war Eifersucht gestand ich mir ein, heimsuchte, das mir von Haus aus fremd war. Nein, widerrief ich meine Aussage, es kann doch niemand behaupten, dass ihn der Kitzel der Leidenschaften nicht irgendwann einmal erfasst und durcheinander gewirbelt hätte.

Schlechte Nachrichten? empfing mich Marcel, als ich an meinen Platz zurückkehren wollte. Ja. Nein, danke, wehrte ich sein Mitgefühl ab. Er musste mir angesehen haben, welchen Eindruck das Telefongespräch hinterlassen hatte, war aber rücksichtsvoll genug, nicht weiter nachzufragen. Ich verzehrte die Croissants, schlürfte den doppelten Espresso, zahlte und winkte ab, als er mir das Wechselgeld zurückgeben wollte und hinterließ beim Hinausgehen einen nachdenklich wirkenden Marcel. Ich war, ohne weiter zu überlegen, an meiner Haustür vorbei, weitergelaufen, achtete nicht auf die plötzlich geleerten Straßen und kam wieder zu mir, als schwelender Brandgeruch mir in die Nase stieg. Die Trümmer der beim Brand eingestürzten Moschee, Steine und Betonsplitter sowie verkohlte Balken, die niemand bisher sich die Mühe gemacht hatte, zu beseitigen, versperrten mir den Weg, so dass ich ausweichen musste. Ich war einen Moment stehengeblieben und mir fiel ein, dass ich merkwürdigerweise nichts von einem

Brand in meiner Nähe gelesen hatte. Die Tatsache dieses Ereignisses, die Frage nach den Brandstiftern, eventuellen Hintermännern wurde totgeschwiegen. Ich wollte mich zum Weitergehen wenden, als zwei uniformierte Securitépersonen, ein Mann und eine Frau, auftauchten, sich mir in den Weg stellten und nach meinem Ausweis verlangten. Ich kam dieser Aufforderung umgehend nach, da, oder ehe langes Diskutieren als Weigerung, gegebenenfalls als Widerstand, wie weit kann man einer Uniform trauen? ausgelegt werden könnte. Haben wir nicht davon gehört, dass Sicherheitsbeamte, als Vertreter von Recht und Gesetz, in dieser aufgeheizten Stimmung, sich dieser Aufgabe nur ungenügend gewachsen fühlen bzw. sie nach eigenem Gustus auslegen? Der Mann, ein Jüngling von vielleicht 25 Jahren, der noch in seine Uniform hineinwachsen musste, drehte den Ausweis hin und her und fragte: Haben Sie keinen elektronisch lesbaren Ausweis? Nein, meiner ist noch zwei Jahre lang gültig. Er blätterte in dem Dokument, dann hielt er das Heft hoch und deutete auf die vielen Stempel und rief er triumphierend: Da haben wir ja einen Fang gemacht! Lass sehen, forderte die Kollegin, etwa gleichaltrig – oder jünger? ihren Kameraden auf. Bitte, er reichte ihr den Ausweis. Sie sind ein Agent, stellte sie fest, als sie die Stempel entzifferte: Italien, Großbritannien, Portugal...für wen arbeiten Sie? Soll ich die Zentrale benachrichtigen? Nein, warte...! Sie las angestrengt, ja, der Analphabetismus nimmt auch bei uns zu, einen Text, den Armand meinem Ausweis beigefügt hatte. Hier steht ...Ist in Ordnung, beruhigte sie ihren Mannschaftskameraden... Bitte, nehmen Sie ihren Ausweis und entschuldigen Sie unsere Eifrigkeit. Sie reichte mir den Ausweis. Wir müssen leider Kontrollen durchführen. Einen schönen guten Abend, wünschte sie mir und entfernte sich mit ihrem Begleiter. Ich konnte noch beobachten, wie sie ihn aufklärte, und wie er zusammenzuckte...

Ich verpürte nur noch den Wunsch, umzukehren, mich, gegen meine Gewohnheit und meinen Ruf! in meine Wohnung zurückzuziehen und…

20.8.16

Ich sollte mit den Reisevorbereitungen beginnen – ich musste selbst lachen bei dem Gedanken: Reisevorbereitungen! Ich war es gewohnt, bei meiner Ankunft bereits das in den meisten Fällen handliche Gepäck für meine nächste Reise bereitzustellen. Und der Ausflug zu Prévot, eine interne Angelegenheit! würde allenfalls zwei Tage dauern. Ich wollte meine Brieftasche mit meinen Papieren und der Scheckkarte in die Brusttasche des Jacketts stecken, als mir der Gedanke kam, was es wohl damit auf sich hatte, dass Behördenvertreter, die meinen Pass kontrollierten, zusammenfuhren, wenn sie ihn nach anfänglicher Überheblichkeit, genauer studiert hatten. Ich blätterte in den Seiten, verweilte in Gedanken in Italien, Portugal, lange ist das her, niemand hinterlässt heute noch sein Hoheitszeichen…das könnte sich ändern, wenn sich der Nationalstaatsgedanke durchsetzt und wieder Grenz – d.h. Personenkontrollen durchgeführt werden. Ich schüttelte den Gedanken ab und wollte den Pass zusammen mit der Brieftasche in der Jacke verstauen, als mein Blick auf die letzte Seite fiel. Hier hatte jemand, Armand? ja, entzifferte ich die Unterschrift, deutlich der Stempel Zentralbüro FN, meines Bekannten, eingetragen, dass der Inhaber dieses Identifikationspapiers, eine *important person*, jederzeit das Land verlassen und wieder einreisen dürfe. Zunächst war ich überrascht, dann erschien mir das Verhalten der Kontrolleure plausibel, andererseits, ich musste mich setzen, wer war dieser Armand – den ich seit langer Zeit, seit Jahren! zu kennen glaubte? Ohne Zweifel hatte er mir damit zweimal aus einer brenzligen Situation geholfen. D.h. der Eintrag mit seiner Unterschrift wirkte wie ein Türschlüssel. Wer war dieser Armand?

Mir kamen, nicht zum ersten Mal, Zweifel an meiner Funktionstätigkeit. Ausspionieren, denunzieren...zum Wohle Frankreichs! Ich stand, daran ließ sich nicht rütteln, auf der richtigen Seite, der Seite der Guten! So, mit dieser naiven Pille beruhigt man, ging es mir im nächsten Moment durch den Kopf, das eigene schlechte Gewissen. In Wahrheit, setzte ich mich mit meiner verfahrenen Situation auseinander, war ich Doppelagent. Und Armand, der für all das stand, was wir, die Guten, bekämpften, verpflichtete mich durch seine vorsorgliche Hilfsbereitschaft zur Dankbarkeit. Ja, eine Karte, mein Misstrauen gegenüber den Fahrscheinautomaten lenkte meine Schritte automatisch an den Schalter - wo umsteigen? Perpignan. Danke...Ja, eine Milchmädchenrechnung, die Moral taugt als Bettvorleger; was sagte ein Philosoph? Das Leben ist nun einmal nicht von der Moral ausgedacht: es will Täuschung, es lebt von der Täuschung – ihre Motive sind Furcht und Hoffnung - die wirklichen Probleme löst man, bestätigte ich, mit klarem Kopf! Und man muss, rechtfertigte ich meine Tätigkeit, berücksichtigen, was veranlasst den jeweiligen Auftraggeber für dies Vorgehen? Seine Absicht, seine Hintergedanken, legte ich mir zurecht, sind der Schlüssel, und auch sie sind getragen von dem Wunsch nach Durchsetzung, der Erfüllung seiner Absichten, die in einem unmittelbaren Zusammenhang mit dem Wohl seiner Doktrin stehen, d.h. aus dem in Aussicht stehenden Vorteil den erdenklich besten Profit herausschlagen – damit ließe sich alles rechtfertigen und entschuldigen.

Wenn nun jeder das Recht auf seiner Seite sieht und daraus die Pflicht, sich „entsprechend" zu verhalten, ableitet und Verständnis und: Gefolgschaft einfordert…Ich habe stets diese festen Naturen bewundert, die sagen, die Sachlage verhält sich so und nicht anders, und ihre Entscheidung mit nichts als ihrer unerschütterlichen Seelenstärke begünden - mit diesem überpersönlichen, dem in Anspruch genommenen, dem Wohle der Gesamtheit dienenden Recht…

Ich zählte mich zu den Especes - wer kann wider seine Natur leben? zum Prokurator seiner eigenen Unausgeglichenheit, seiner Überforderung…ne fait mon role.

Auf den Bahnsteigen warteten Trauben von Menschen auf die Ankunft ihrer Züge. Hatte ich bisher gedacht, das Gefühl der Sicherheit sei nirgends so stark ausgeprägt wie in der Stadt Paris, glaubte ich nun zu erleben, dass die Menschen, wenn es sich einrichten ließ, ihre Zuflucht auf dem Lande suchten. Ich stand vorne an der Bahnsteigkante, als der Zug einfuhr. Die Stimme des Aufsichtsbeamten, zurückzutreten, fand kein Gehör, weil die von hinten drängende Menschenmenge dies nicht erlaubte.

Das Heulen und Quengeln zweier Kinder in meinem Rücken übertönte den allgemeinen Lärm und das Bremsen des einfahrenden TGVs. Ich stemmte mich mit aller Kraft gegen den von hinten ausgeübten Druck der Menschenmenge, unweit von mir stürzten zwei Personen, die dem Druck nicht standhalten konnten, zu Boden und rutschten, geschoben von den nachdrängenden Bahngästen, vor den Zug auf die Bahngleise. Ihr Schreien ging in dem allgemeinen Lärm unter, ihr Schicksal, gewann ich den Eindruck, berührte niemanden, auch ich, gedrängt und geschubst, war mehr um meine eigene Sicherheit bemüht, als dass ich Augen und Ohren für die Betroffenheit anderer hatte. Ich ergatterte, obwohl der Zug überfüllt war, einen Fensterplatz, trat ihn aber wenig später, die Familie mit den beiden Kindern nahm ausgerechnet bei mir Platz, freiwillig, der Junge hatte längst den mir gegenüber liegenden Fensterplatz erobert, an das Mädchen ab, in der Hoffnung, dass das Lärmen und Quengeln der beiden Kinder nun ein Ende finden würde. Ich musste mich zurücknehmen, die motorische Unruhe, die von den Kindern ausging, machte auch vor den Erwachsenen nicht halt, auch sie waren erregt, kämpften noch um die Sitzplätze und die Sorge, wohin sie ihr Gepäck, die Netze bzw. Abstellgitter waren hoffnungslos vollgestopft, verstauen könnten. Manchen diente der Koffer auch als Sitzgelegenheit; sie mussten sich wieder aufrichten, als die schwer bewafffnete Bahnpolizei, die jeden der Passagiere observierte, den Durchgang für sich beanspruchte. Das währte nur kurze Zeit, wenig später waren die Gänge wieder besetzt. Lautsprecherdurchsagen, die sich überschlugen, forderten die Reisenden auf, den Bahnsteig frei zu halten, um den Rettungsdienst nicht zu behindern. Sanitäter waren zwischen die Wagen geklettert und versuchten, die verunglückten Reisenden, einen Mann und eine Frau, aus ihrer misslichen Lage zu befreien. Es hat wie ich schaudernd beobachten konnte, etwas Faszinierendes, eine Betroffenheit zwischen Sensationslust und Schaudern, die Zuginsassen drängten sich an die Fenster des Abteils, um der Rettungsaktion möglichst nahe beizuwohnen. Ein Stöhnen, das den Verletzten, den, wie ich heraushörte, Verstümmelten und zusammengetragenen einzelnen Gliedmaßen galt, dann Unmutsäußerungen einer Enttäuschung, weil, wie ich den Ausrufen der Schaulustigen entnehmen konnte, die Sanitäter einen Ring um die Opfer gebildet hatten und sie, oder was von ihnen übrig blieb, abschirmten. Zugleich mischte sich in die allgemeine Erregung eine Besorgnis, weil der Zwischenfall die Abfahrt des Zuges verzögerte, und der eine oder andere, der, ungeachtet der Schwere des Unglücks, seinem Unmut freien Lauf ließ, befürchtete, da er umsteigen wollte, wegen der Verspätung die Anschlusszüge nicht zu erreichen. Wie ein Lauffeuer verbreitete sich durch das Auftauchen einer Einheit von Brigadisten, die im Marschschritt an den Wagons vorbeimarschierten, dann wieder den Eindruck erweckten, als wollten sie den Zug stürmen, die mutmaßliche Nachricht, dass an eine Abfahrt in nächster Zeit nicht zu denken sei. Ein Aufatmen ging durch die Abteile, als die Bahnpolizei den Zug verließ, sich über Funk mit dem Brigadistenanführer verständigte, und der Fahrdienstleiter mit der Kelle dem Zugführer das Signal zur Abfahrt gab. Ich überlegte noch, wie die Sanitäter nun ihre Arbeit fortsetzen könnten, als mich zuerst ein Tritt gegen mein Schienbein aus der Fassung brachte, dann ein Schlag gegen mein Ohr mich halb betäubte – die Gören waren sich in die Haare geraten und, unter den Anfeuerungsrufen ihrer Eltern bearbeiteten sie sich, wobei mal der eine, dann die andere mit einem kurzlebigen Vorteil die Siegchancen wahrte. Ich war schon auf die andere Seite geflüchtet und drückte mich an die Armlehne zur Gangseite. Noch benommen, zunächst traute ich meinen Ohren nicht, bekam ich mit, dass ich Zeuge einer brisant politischen Auseinandersetzung wurde. Janine, die Tochter, stand, mit Schützenhilfe der Mutter, für Marine Le Pen gerade, ja, Jean d`Arc; der Sohn wechselte die Rollen, mal verkörperte er Ben Jussuf, dann wieder Sarkozy und Hollande, dann wieder, der Vater rollte die Trikolore auf und schwenkte sie, die Gesamtheit der Republikaner. Der Kampf stand auf Messers Schneide, die Zugdurchsage ging im Lärm des Gefechts der Kinder unter, die Eltern waren aufgesprungen, ich dachte schon, sie würden sich handgreiflich einmischen, als plötzlich der Schaffner in Begleitung von zwei bewaffneten Zugbegleitern, wir hatten ihr Kommen nicht bemerkt, vor uns stand. Befürchtete ich, die Zänkereien würden nun auf dem Gang fortgesetzt, in Gedanken malte ich mir ein Schreckensszenario in allen Variationen aus, erlebte ich nun, wie die Kämpfer erstarrten und Haltung annahmen. Strammstehen! spielte der Schaffner mit, und: Die Verteidiger des Vaterlandes stehen nicht in ihren Schuhen auf den Sitzbänken! Und an die Eltern und mich, den er erst jetzt wahrnahm, gewandt, teilte er uns mit, dass die Zugfahrt wegen einer Störung des Streckennetzes, von einer Sprengung der Hauptstrecke N – S war die Rede, nicht fortgesetzt werden könne. Aber, beruhigte er uns, Busse seien eingesetzt und würden uns zu unseren Anschlusszügen befördern…

So ging es weiter, immer wieder mit Unterbrechungen der Reise und neuen Sitznachbarn, ehe ich Perpignan erreichte. Hier holte mich ein mürrisch dreinblickender Prévot, ich hatte gedacht, Sie kommen früher! vom Bahnhof ab. Meine Erwiderung: Lesen Sie keine Zeitung? nahm er nicht zur Kenntnis. Wir fuhren durch den Obst – und Gemüsegarten der Region, ganz Frankreichs! ehe wir, wir waren schon eine ganze Weile an einer Mauer, bestückt mit im gleichen Abstand versehenen kleinen Ziertürmchen, entlanggefahren, vor einer mit Schranken abgesicherten Einfahrt Halt machten. Ein Pförtner, auch er in Begleitung von zwei bewaffneten Sécurité – Leuten, beugte sich zu uns, erkannte Prévot und fragte: Alles in Ordnung? Zu mir gewandt: Sie müssen sich ausweisen, das gehört leider oder Gott sei Dank zu unseren Bestimmungen. Einer der beiden Sécuritéleute war an meine Seite getreten und nahm den Ausweis, den ich ihm entgegenhielt, entgegen und reichte ihn mir, er hatte mein Gesicht mit dem Passbild verglichen, nach der Identitätskontrolle wieder zurück. Eine ältere Aufnahme, Sie sollten sich ein neues Passbild besorgen, er lachte, ich hatte schon gedacht, Sie seien Amerikaner oder Deutscher. Na, dann einen guten Aufenthalt!

Ohne feste Regeln, sagte Prévot, als wir weiterfuhren, geht auch hier nichts, jetzt verschärft noch durch den Ausnahmezustand. Ich erblickte im Vorbeifahren einige ältere Männer in Freizeitkleidung, die merkwürdige Bewegungen verrichteten. Sie golfen, klärte mich mein Fahrer auf; eine Gruppe junger Burschen, die uns, weil wir langsam fuhren, im Dauerlauf überholte, steuerte auf einen Truppenübungsplatz zu. Das war früher ein Militärgelände, zerstreute Prévot meine Bedenken, heute dient es als Sportfeld, auch wenn es noch nicht ganz fertiggestellt ist...Ein Gebäude in der Ferne stach mir in die Augen, das sich wie ein schwarzer Block, unsere Kaaba, scherzte Prévot, von den anderen Gebäuden abhob und auf dessen Dach Antennen Nachrichten aus aller Welt auffingen , ja, eine Datensammlung ...das ist unser ganzer Stolz; mit Hilfe dieser digitalen Überwachungssysteme, er nannte den Namen A m e s y s, der mir nichts sagte, verschaffen wir uns Zugang zu den Absichten unserer Gegner. Als ich ihn ein wenig ungläubig anblickte, ich konnte mir nicht vorstellen, wie das bewerkstelligt werden könnte, schüttelte er den Kopf, ich merke, Sie sind in Sachen Abwehr – naiv. Abwehr heißt heute, dem Gegner zuvorkommen, auch, im Rahmen einer Prävention des Terrors, individuelle Personenüberwachung, ja, das dient, führte er aus und überzeugte mich mit dem Argument, der Verteidigung französischer Interessen. Wer aber, wagte ich einen Einwand, um meine letzten Zweifel zu beheben, bedient bzw. wertet die Daten aus? Der Personalaufwand muss doch gigantisch sein...Nicht im Zeitalter der neuen Technologien. Sicher haben wir einige freie, freiwillige Mitarbeiter, die unsere Aufgabe, die Arbeit des Clubs der Getreuen unterstützen. Hatte ich einen wunden Punkt erwischt? er wurde zunehmend weniger gesprächig. In der Hitze des frühen Nachmittags lag von der kleinen Anhöhe aus gesehen, die „eigentliche" Residenz inmitten eines botanischen Gartens wie ein Dorf aus Streichholzschächtelchen vor uns, dahinter mäanderte, übersät von weißen oder blauen Punkten, Himmel oder das Meer – und leuchtete grenzenlos. Prévot, zitierte, als hätte er meine Gedanken erraten, ein bekanntes französisches Chanson.

Wir waren in der Mitte des Dorfes angelangt, als eine Schulklasse? Geleitet von einem Lehrer uns tanzend und singend entgegenkam. Beim Näherkommen entpuppte sich der Lehrer als Animateur, sehen Sie darin einen Unterschied? die Klasse als eine Gruppe von kindisch wirkenden Alten, die, bei der Hand genommen, in ihre Kindheit zurückflüchten. Sie sind glücklich. Und, schien mir, einige wirkten auf mich gar nicht so alt – nur leicht verblödet. Einen Moment neidete ich ihnen ihre sorglose Unbefangenheit. Kommen Sie, riss mich Prévot aus meiner Nachdenklichkeit, dort ist das Gästehaus, in dem Sie untergebracht sind, wollen Sie sich frisch machen? Ich verneinte, wir suchen es später auf, wir sind da. Er hatte ein Gartentor, das durch Lehmspuren verschmutzt, kaum zu sehen war, aufgestoßen, führte mich über einen mit Kiessteinen angelegten Weg zu einem Haus, das im Bauhausstil errichtet war.

Später mein Alterssitz.

An der Tür begegnete uns ein Mann, der mir bekannt vorkam. Prévot schien nicht angetan zu sein von seiner Gegenwart, das Zucken in seinem Gesicht verstärkte sich. Herr Kanter, stellte er ihn mir vor, ihm obliegt die technische Aufsicht unseres Digitalsystems. Alles in Ordnung? Ich habe mir nur die Unterlagen, Kanter, der mit amerikanischem Akzent sprach, deutete mit dem Kopf auf einen Stapel Akten, den er unter dem Arm trug. Wir sprechen uns später...einen schönen Aufenthalt! wünschte er mir. Bringen Sie uns den Kaffee, Sie trinken doch Kaffee? wies er eine junge Frau, die zum Dienstpersonal gehörte, an, in mein Arbeitszimmer. Wir zogen uns in sein Arbeitszimmer zurück – ein nüchterner Raum, aber, wie ich mit meinem laienhaften Blick feststellen konnte, mit den modernsten Kommunikationsmitteln versehen; neben dem Schreibtisch standen einige Weinkisten. Mit einer Handbewegung hieß er mich Platz zu nehmen, er selbst blieb stehen. Heute, er hatte wieder zu seinem überheblichen Gesichtsausdruck zurückgefunden, berichten Sie mir, was Sie herausgefunden haben, morgen sage ich Ihnen, ich zuckte zusammen, was Sie zu tun haben...Was hat Ihnen Armand, er ließ den Namen auf der Zunge zergehen, erzählt?

Ich hatte mir die Sätze vorher zurechtgelegt und sprach von Freiheit, von der Notwendigkeit, als Volk wieder zusammenzufinden...Frankreich wieder den Franzosen.

Das sind Allgemeinplätze, Phrasen, mit denen sie ihre Anhänger einlullen. Uns interessiert, wie sie dabei vorgehen wollen. Danke, Catherine. Mit einem kräftigen Schluck leerte er seine Tasse, einen starken café creme. Ich musste mehrmals, mit einem sichtbaren Schuldbewusstsein für meine Säumigkeit, ansetzen, um das starke Gebräu herunterzuschlucken, indes er mich anstarrte.

Ich wich seinem Blick aus; dabei entdeckte ich auf dem Schreibtisch Bücher, die mich fassungslos machten: Neben „Gilles" der schonungslosen Analyse des faschistischen Charakters von Pierre Drieu La Rochelle „Krisis" und „Nouvelle Ecole" des Publizisten Alain de Benoist.

Das sind, er war verärgert, antidemokratische Schriften von früher – Schulungslektüre sozusagen. Unser amerikanischer Freund hat sie liegenlassen. Wir müssen erfahren, rechtfertigte er sich, auf wen der Gegner sich beruft, was, und damit hatte er den

Bogen zur Gegenwart geschlagen, der auch mir das Stichwort lieferte, die Absichten dabei sind.

Sie wollen in die Institutionen eindringen und die Schaltstellen der Macht besetzen, um, wie Le Pen versprochen hat, den Franzosen die Freiheit (sie meint die Souveränität) zurückzugeben. Mit einer Armbewegung wischte er mein Argument beiseite, die Macht unseres Landes, beharrte ich, über seine Grenzen, die Macht über seine Gesetze, die Macht über seine Geschichte zu bestimmen. Was sollen wir tun?

Prévot, hatte, wie mir schien, nicht mehr zugehört, er war aufgestanden und hatte einer der Weinkisten eine Flasche Wein „aus der Gegend", einen Banyuls vin doux naturel, direkt vom Winzer, ja, ich gestehe, mein eigenes Weingut, entnommen, sie entkorkt und in zwei vorbereitete Gläser eingeschenkt.

Trinken wir. Er schüttelte den Wein, sog den Duft ein, nahm einen Schluck und ließ ihn im Mund hin – und herwandern. Seit je hat mich diese Prozedur fasziniert und ich habe in Gedanken darüber Studien betrieben und dabei festgestellt, wie unterschiedlich die Kostgänger zu Werke gehen bzw. auf den Tropfen reagieren. Prévot, er hatte sich nur wenig eingeschenkt und einen bescheidenen Schluck gekostet, hegte er Misstrauen gegen seinen eigenen Wein? im nächsten Augenblick, er hatte sich umgedreht und kehrte mir den Rücken zu, schien er sich, ich schauderte, zu erbrechen...zu meiner Überraschung lobte er den eigenen Wein: Kosten Sie, ein vorzügliches Getränk. Er hatte sich indessen nachgeschenkt und beobachtete meine Reaktion. Ich hatte, nicht zuletzt durch seine Vorkostung, das Glas mit äußerster Vorsicht an den Mund gesetzt und genippt.

Er schmeckt?

Ein verführerischer Tropfen! Tatsächlich, ich nahm einen großen Schluck, ich fühlte mich leichter, als ob der Wein Hemmungen, die mir manchmal in Gesellschaft, wenn ich mich einem Brennpunkt zu dicht genähert hatte, das Reden und Argumentieren, klebte meine Zunge im Mund fest? schwer machte, gelöst hätte.

Prévot beobachtete die Wirkung mit Genugtuung: Rolands Verstand, ein sehr guter Jahrgang!

Es war, wie geschah mir? als ob das Getränk seine Wirkung nicht vefehlte und mich um mein Gleichgewicht brachte. Das Gegenteil war der Fall, ich fühlte mich stark, es verschaffte mir Sicherheit.

Auch wir werden uns einnisten, nahm er zu meiner Überraschung den Gesprächsfaden wieder auf, sein Tonfall war freundlicher geworden, einige unserer Freunde sind in der Partei und im Fokus der Machtzentrale. Wir werden unser Parteienspektrum so weit dehnen, dass wir mit unserem Wahlprogramm auch am rechten Rand Stimmen abschöpfen können – wenn das nicht gelingen sollte, dass wir die Wahlen gewinnen, bieten wir der Rechten eine Koalition an…

Das klingt als ob sie unser Wahlprogramm abgeschrieben hätten. Er blickte, schien es mir, zufrieden. Dann, fuhr ich fort, wollen sie mit der Säuberungsaktion beginnen, d.h. nicht nur unzuverlässige Kandidaten, auch Bürger mit Migrationshintergrund, vor allem aus dem islamischen Raum, die sich auffällig verhalten oder straffällig geworden sind, nein, Prévot hatte eine anzügliche Bewegung gemacht, nicht liquidieren, ausweisen.

Ferner dürfen wir uns nicht wundern, ich war selbst erstaunt über meine allem Anschein nach realitätsnahe Erfindungsgabe, wenn es in der nächsten Zeit zu einer Reihe von spektakulären Attentaten kommt. Damit wird der Öffentlichkeit deutlich gemacht, dass die regierende Linke nicht mehr Herr der Lage ist – auch den konservativen Republikanern, ganz zu schweigen von einer Geheimorganisation wie dem Club der Getreuen, traut niemand ein Vorgehen gegen die Gewalt vor. Hier tritt dann mit Erfolg der FN auf den Plan, der a l l e i n Frankreich schützen kann.

Bei der Besetzung der Minister tut sich der FN schwer, bisher fehlen die Vorschläge der Identitären, auf die er, ebenso wie auf eventuelle Überläufer der Republikaner, Rücksicht nehmen muss. Ich glaubte wieder dieses Zucken im Gesicht meines Gegenübers zu bemerken …

Ich war mir nicht sicher, ob ich überzeugend genug argumentiert hatte, aber Prévots Reaktion straften meine Zweifel Lügen. Sie haben gute Arbeit gemacht, lobte er mich. Morgen sehen wir weiter. Am besten, Sie erholen sich in unserem Ferienclub. Unser Freizeitangebot steht allen offen. Greifen Sie zu. Mit diesen Worten entließ er mich.

Ich hätte müde sein sollen, fühlte mich aber im Gegenteil seltsam angeregt und in der Laune, noch etwas zu unternehmen.

Ich besinne mich, dass ich Freizeitangeboten gegenüber skeptisch eingestellt bin, diese auf Kurzweil abgerichtete „künstliche" Vergnügungswelt stößt mich heute ab, wie sie mich damals abgestoßen hat – andererseits reizte es mich, Prévot hatte dies mit einem merkwürdigen Unterton feilgeboten, dass ich in Erfahrung bringen wollte, was es damit auf sich hatte. Zudem hatte ich, wie es sich alsbald herausstellte, keine Wahl: Ich öffnete die Tür zu meiner Unterkunft und befand mich, die Tür schloss sich automatisch hinter mir, in einem käfigähnlichen Dunkelraum; wenn ich die Arme ausstreckte, berührte ich eine Wand, ich drehte mich nach links nach rechts, um die eigene Achse, ertastete unversehens einen Knopf, den ich drückte: im gleichen Augenblick erklang Musik, eine Wand schob sich zur Seite, die plötzlich einfallende Helligkeit blendete mich, im Blinzeln erfasste ich die schattenhaften Umrisse einer Frau, ich verrate jetzt, nach Jahren, den Namen: Albertine. Sie war, meine Augen gewöhnten sich an das Licht, von auffallender Schönheit, von elfiger Grazie! Und versah, musste ich annehmen, ihre Tätigkeit an der Rezeption der Unterkünfte mit ausgesuchter Freundlichkeit. Monsieur...sie kannte meinen Namen. Ich gebe Ihnen Ihre Schlüssel zu Ihrem Zimmer, aber um dahin zu gelangen, müssen Sie, sie lächelte verführerisch, einige Aufgaben bewältigen. Es gab, beschwichtigte sie meine Bedenken, bisher noch keinen Gast, der diese Aufgaben nicht, und ich sage, bereitwilligst, gelöst hätte. Ich darf Sie bitten, mir zu folgen. Sie ging voraus, ich hatte, was sie mit Erstaunen registrierte, ihre Hand ergriffen, und um nichts in der Welt hätte ich sie wieder loslassen wollen – wenn nicht Lichtspiele ihre trügerische Verhexerei mit mir getrieben hätten – ein Abgrund tat sich auf, ich drohte hinabzustürzen und musste mich, um das zu verhindern, mit beiden Händen an den Seitenwänden festhalten, ja, Albertine, in diesem Moment habe ich dich verraten. Wenig später, vielleicht waren nur Sekunden vergangen, befand ich mich – auf sicherem Boden – im Boudoir einer, ich blickte mich um, konnte aber noch niemanden entdecken, ich nehme an: vornehmen Dame. Eine unaufdringliche, ein wenig einschläfernde Musik gestaltete den Hintergrund für das, was ich in nüchternem Zustand, ich weiß nicht, was mir Prévot in meinen Wein eingeträufelt hat, nie, das schwöre ich, hätte über mich ergehen oder mit mir geschehen lassen! Wie ich auch für das, was sich später abspielte, die Verantwortung zu übernehmen nicht bereit bin – wer will schon, wenn er, unverschuldet, seine Willenskräfte nicht mehr im Griff hat, dafür geradestehen können, was sich ereignet hat, er persönlich zum Handlanger oder Werkzeug einer teuflisch eingefädelten Intrige - doch ich will weder entschuldigen, noch etwas vorwegnehmen...und ich befinde mich, befand mich, muss ich der Genauigkeit halber sagen, in einer schier ausweglosen Situation: Soeben meiner Herzdame, ja, Albertine, ich habe mich von ersten Augenblick in dich verguckt, du warst meine Véronique! durch eigene Ungeschicklichkeit in einer laienhaft inszenierten Lage! ich weiß, ich vergrößere mein Schuldbekenntnis, verlustig geworden, wurde ich einer neuen Versuchung ausgesetzt. Zwei mädchenhaft wirkende junge Frauen, bekleidet mit, ich wagte kaum hinzusehen, durchsichtigen Schleiern, kamen mir, in diesem Moment musste ich an tänzelnde Zirkuspferdchen denken, entgegen, drehten sich, dass ich sie von allen Seiten – nein, ich bin kein Voyeur...in Augenschein nehmen konnte; ich gebe zu, mehr als einmal blieb mir das Herz fast stehen, so, ich schildere meine damals, ich bin sicher, durch Fremdeinwirkung hervorgerufene Befindlichkeit, sie, ich wage kaum zurückzudenken, ergriffen meine Hände, und gemeinsam drehten wir uns zu einer sphärisch klingenden Musik. Ich weiß bis heute nicht, wie ich bis aufs Hemd, nein, die Haut ausgezogen, mich mit ihnen, die Schleier waren längst zu Boden gerutscht, zusammen zu irgendwelchen Tanzschritten habe hinreißen lassen. Ich komme mir vor wie bei einer Beichte, aber ich muss, um mir selbst Rechenschaft abgeben zu können, mir die einzelnen Schritte dieses Abends, dieser Nacht, so sehr ich mich dabei mir selbst entfremdet habe - oder war ich ganz bei mir, wurden die Dinge, die geheimen Wünsche, die sonst immer tief vergraben, untergründig ihr Unwesen treiben und als das uns Unbewusste für eine haltlos wabernde Phantasie verantwortlich sind, hervorgerufen? Irgendwie, erwarten Sie von mir keine Details, waren wir berauscht an ein Poolbecken gelangt, in das sie mich mit hineinzogen – es schien, als seien alle sündigen Gedanken, Handgriffe, ja, ich gebe zu, es war zu Übergriffen gekommen…Werden wir Männer nicht schwach, wenn, die Frauen wissen, wovon ich spreche, dieser entblößte Leib, der seine Geheimnisse offen vor uns ausbreitet, uns einlädt und teilhaben lässt an dieser Offenbarung? In dem sprudelnden Nass---und meine Nymphen, dem Paradies entsprungen, die mir versichert haben, wes Manns - genug - ich sei, streichelten, ach, wenn ihr wüsstet! küssten und herzten ihn, ich geb euch die Wohltaten, dessen seid, hab ich mich lumpen lassen? versichert, tausendfach zurück!

Noch eine, auch wenn mir diese Wortwahl nie über die Lippen gekommen wäre, unter unschuldigem Lachen, von der Lust des Augenblicks betäubt, gespielte Fotz - Kotz - Motz - Message, ja, so nannten meine beiden Gespielinnen ein Spiel, das in einen Wettkampf ausartete, wer der erfinderischste Wortschöpfer für all die schönen Teile, die wir tagsüber verdeckt halten (und ihre Funktionen), Brigitt hebt spitzbübisch den Saum ihres Gewandes, das sie sich übergezogen hat, und wir, es ist wie, ja, wir fliehen in die Kindheit zurück, beim Doktor - Spiel, entdecken und benennen immer weitere Details ihrer den allgemeinen Blicken entzogenen Körper – und Geschlechtspartien – und wiederholen, d.h. wir untersuchen, um uns zu überzeugen, dass uns Brigitt nichts vorenthalten hat, wenig später Sandra, ich gebe zu, auch ich musste, unter den feinsinnigsten, nicht immer schmeichelhaften Kommentaren meiner Gespielinnen diese Prüfung der Leibesvisitation über mich ergehen lassen, ehe wir die Probe aufs Exempel vollzogen: Die Tauglichkeit und vielseitigkeite Verwendbarkeit der uns angeborenen sexuellen Instrumente. Ich weiß nicht, ob ich vor Scham in den Erdboden versinken müsste, ja, ich weiß nicht einmal, hatte es sich tatsächlich so zugetragen oder war es ein Traum? Ich will mich nicht weiter in die gängige Praxis der Traumdeuterei, wonach die unterdrückte Phantasie ihr Recht erheischt und die Tagwünsche auslebt, einlassen, um dieses Erlebnis nicht vor dem klinisch dezidierten Befund all seiner Illusionen zu berauben.

Ach, wenn dieser Nacht doch kein Tag, diesem Rausch keine Ernüchterung folgen würde! Gewiss, ich habe diese Erfahrung gemacht – oder den Traum erlebt, und das Schicksal war ein Spiel - das hier in einen Wettkampf ausartete, wer der erfinderischste Wortschöpfer wäre– es hat sein launiges Spiel mit mir getrieben, die Nacht, die mit dem Morgen nicht endet, eine nächste Nacht, auch Tage!

Mich weckten die Sonnenstrahlen, die durch ein geöffnetes Fenster ungehindert in mein Zimmer, durch die geschlossenen Lider drangen, Mund und Nase kitzelten, so dass ich mit einem von diesen Reizen befreienden Niesen den Tag begrüßte – noch gefangen von wehmütig nachklingenden Empfindungen, die erst nach und nach wieder als Erinnerung, war es ein Traum, war es Wirklichkeit? ins Bewusstsein rückten. Das petit déjeuner war französisch karg, nichts, auch was die Räumlichkeit anging, traf mit den Erlebnissen in meiner Erinnerung zusammen. Ein distanziert freundlicher Kellner, der auch für die Rezeption zuständig war, bemühte sich um mein Wohlergehen. Mein Verlangen, die Geschehnisse des Abends, der Nacht, durch Fragen, nein, nicht wiederauferstehen zu lassen, der Köstlichkeit der Erinnerung ein wenig Wahrheitsliebe angedeihen zu lassen, scheiterten weniger an meinem Schamgefühl, als dass mich die Stimme des Nachrichtensprechers, der von neuen Anschlägen und der gemeinsamen

Verantwortung aller Parteien sprach, von meinen persönlichen Bedürfnissen ablenkte. Ein Anruf an der Rezeption, dessen Zeuge ich, beabsichtigt oder nicht, wurde, ja, es ist alles in Ordnung, er hat schon gefrühstückt, mahnte mich an meine Verabredung mit Prévot, von der ich mir nichts versprach. Mein Auftrag, ich kam über den Selbstvorwurf, denunziatorisch tätig geworden zu sein, hinweg, die Geheimnisse, die ich ausgeplaudert hatte, waren auch durch die allgemeine Nachrichtenlage im Vop, den Medien, abrufbar – ohne mir jetzt einzugestehen oder eingestehen zu können, dass dies nur ein Test, der der Vorbereitung für größere Aufgaben, sowie deren Durchführung war.

Noch beschwingt, ohne mir die Ursache oder Tragweite dieser heiter gelassenen Stimmung bewusst werden zu lassen, machte ich mich auf den Weg zu meinem „Gönner" – dies waren nur ein paar Schritte - bereit einer, seiner moralischen Introduktion Gehör zu schenken. Prévot schenkte mir ein freundliches Lächeln, das, wie mir schien, eines spöttischen Beigeschmacks nicht entbehrte. Ich war weit entfernt, mich davon beeindrucken zu lassen und eilte, in Gedanken schon bei meiner Heimfahrt, den Ausführungen des Hausherrn voraus; d.h. ich war nicht ganz bei der Sache, denn was sollte mir dies, was Prévot vortrug, Binsenwahrheiten! bedeuten? Er, wenn ich mich erinnere, zitierte anfangs einen Philosophen: Jede Person und jede Gesellschaft lebt mit und nach einer Vorstellung oder mehreren Vorstellungen von einem erfüllten Leben, das, nennen SIe es Transzendenzverlust oder Behauptung des Säkularen, sich seinen Bezugspunkt oder seine Götter, exclusive humanism, selbst aussucht. Sie kennen die Forderung von Condorcet vor 2oo Jahren: Die Verpflichtung der Menschheit gegenüber den Ungeborenen besteht nicht darin, ihnen das Leben, sondern das Glück zu gewähren. Wenigstens die Vorstellung von Glück, ergänzte er, die Freiheit. Er fixierte mich, ich glaubte, war mir aber nicht sicher und schob es, auch wenn ich gebannt seinen Worten lauschte, meiner nicht ganz ernsten Stimmungslage zu, ein Lauern in diesem Blick zu entdecken. Alle - Parteien - verwenden die gleichen Parolen, nur versteht eine jede etwas anderes darunter. Wir wollen eine gerechte Gesellschaft, auch Franzosen nicht reiner Herkunft behalten ihre Bürgerrechte, wenn sie sich in die Gesellschaft eingliedern lassen. Hören Sie mir zu?

Ich war in Nachdenken versunken, die Sätze, wer wollte ihnen widersprechen? kamen mir bekannt vor. Das sind, warf ich ein, und handelte mir sogleich den Unmut meines Gastgebers ein, Allgemeinplätze, denen sich kaum jemand verweigern kann. Die Sozialisten, die UPM, die sich neuerdings Les Republicans nennen, selbst der FN stimmen Ihnen hierin zu. Ich hatte dies, meiner Sache sicher, in einem beiläufig lässigen Ton gesagt. Prévot sandte mir einen bösen Blick zu.

Sie wollen doch nicht Äpfel mit Birnen vergleichen, und er setzte mir auseinander, was die wesentlichen Unterschiede einer demokratischen Partei, mit allen Einschränkungen in der Auseinandersetzung mit den politischen Gegnern, und ihren oppositionellen Widersachern, bar aller Einhaltung von Regeln, sind, die ich mit einer, mir selbst nicht erklärlichen überheblichen Argumentation, zu widerlegen versuchte.

Armand, wir kamen auf ihn zusprechen, das ist der Schlüssel zu dem wahren Absichten des FN. Versuchen Sie herauszufinden, wie weit seine Partei auf solche Gedankenspiele eingehen würde... Armand, er rückte dicht an mich heran, ist Jakobiner, Dreh- und Angelpunkt einer neuen Politik, die vor nichts halt macht. Er hat, wie seinerzeit Lutard, eine Liste all derer, die liquidiert werden sollen, Sie gehören auch dazu! zusammengestellt. Ihr Armand, nehmen wir an, ist ein Pseudonym für Florian Philippot, die Nummer 2 des Front National – ich wusste nicht, sollte ich in Lachen ausbrechen oder – ich zog es vor, Betroffenheit zu heucheln. Prévot ließ sich in seinen Lehnstuhl zurückfallen und beobachtete mich scharf, um die Wirkung, die seine Worte auf mich gemacht hatten, einzuschätzen. Heute weiß ich, dass die Ungeheuerlichkeit dieser Nachricht wohldurchdachtes Kalkül seiner weitreichenden Planung war, einerseits sollte sie mich schockieren, um den Boden für das, was er mir zugedacht hatte, vorzubereiten, andererseits, ich sah ihn in diesem Moment, in einem weißen Arztkittel vor mir, diagnostizierte er mich, um befriedigt festzustellen, dass die Nachricht ihre Wirkung nicht verfehlt hatte, der Empfänger aber merkwürdig gelassen reagierte. Mir wurde mit einem Mal das Charisma meines Bekannten, dem ich von Anfang an mit Vorbehalten begegnet bin, klar, dass schon sein Namenszug in meinem Pass die Kontrolleure „gefügig" machte, und sein Auftreten bei jener Behörde, die mich und Véronique inhaftiert hatte, respekterheischend – oder auch ein Mosaiksteinchen in seiner Strategie? – war. Der Vorstand des Clubs der Getreuen, fuhr Prévot fort, hat in einer geheimen Sitzung, das schon hätte mich stutzig machen müssen, beschlossen, dass wir unsere Ziele, die Rettung Frankreichs als einer stolzen Nation, unsere Freiheit, nur erreichen können, wenn wir den spiritus rector all jener Einzelmaßnahmen, die auf den Untergang unseres geliebten Landes und all seiner Errungenschaften, hinwirken, wieder beobachtete er mich scharf, „aus dem Verkehr" ziehen.

Im nachhinein kann ich mir, oder konnte mir zum damaligen Zeitpunkt, nicht erklären, warum diese „Offenbarung", an deren Glaubwürdigkeit ich keinen Zweifel hegte, mich, der ich mich für einen gefühlsvollen Menschen halte, nicht im Innersten erschütterte. Im Gegenteil, ich stimmte Prévot zu: Man müsse, so ähnlich argumentierte ich, um weiteren Schaden von uns allen abzuwenden, dieser Person und seinen Machinationen Einhalt gebieten.

Bravo! rief Prévot aus, das haben wir von Ihnen erwartet. Sie haben sich wie ein Patriot verhalten, und wir sind sicher, Sie werden uns auch in Zukunft nicht enttäuschen! Es ist unsere Pflicht, diese Person unschädlich zu machen.

Unsere Wahl ist auf Sie gefallen. Sie müssen ihn – er hielt inne - liquidieren, wollte er sagen, ein Attentat! Die Geschichte, sowohl wie in politischer als auch in moralischer Hinsicht, erhebt keine Einwände gegen einen solchen Schritt, wenn die Situation dies erzwingt.

Sie machen mich zu einem Raskolnikoff! rief ich aus und dann, einige Sekunden später, wie stellen Sie sich das vor?

Sie werden alle Hilfe, die Sie brauchen, von uns erhalten.

Und wenn, ich staunte über meine Chuzpe, die ich meiner so aufgeräumten Verfassung dankte, Einwände vorzubringen, ich mich weigere? Hatte ich meinen Einsatz bisher als Spiel gesehen, ich sollte Prévot wie Armand, gleich wie er in Wirklichkeit hieß, ausspionieren – in diesem Tathergang konnte ich noch nichts Verwerfliches entdecken, da meine Informationen, nicht über das hinausgingen, was man auch der Presse entnehmen konnte. Ich hatte noch nicht begriffen, wie Geheimdienste funktionieren.

Ich bemerkte, wie sich das Gesicht Prévots verfinsterte.

Wir sehen, die Zukunft Frankreichs steht auf dem Spiel, keine andere Möglichkeit...

Fragen Sie, reden Sie mit Lapin! Er wird Ihnen andere Möglichkeiten vorschlagen, eine andere, besser geeignete Person nennen.

Lapin hat der Wahl zugestimmt. Niemand von uns kennt Armand so gut wie Sie, niemanden lässt er so nahe an sich herankommen wie Sie. Denken Sie an Ihre Schwester. Ich verrate Ihnen, wer sie auf dem Gewissen hat: Armand!

Nein! schrie ich auf.

Er baute sich vor mir auf: Wir sind Soldaten! Es ist Krieg, wachen Sie auf!

Wie, wann und wo, fragte ich, um Zeit zu gewinnen, soll das Attentat vollstreckt werden?

Spätestens bei der Abschlussveranstaltung vor den Wahlen. Sie werden rechtzeitig die nötigen Informationen und Materialien erhalten.

Wenige Tage waren seitdem vergangen...ich fühlte mich seltsam leicht. Jeder Tag ein Geschenk, das ich auskosten wollte. Prévot gab mir ausreichend Nachschub mit auf den Weg, von dem ich Gebrauch machte: vermittelt er mir doch ein Gefühl der Stärke und – Freiheit. Du wirkst enthemmt, stellte Marcel kopfschüttelnd fest. Und unsere Concierge musste mich zweimal darauf hinweisen, dass meine Wohnungstür offen stand. Ja, ich befand mich in einem Zustand der Sorglosigkeit, in dem man dazu neigt, leichtfertig „die Dinge schleifen" zu lassen, mon Dieu, Monsieur, was ist los mit Ihnen? Sie sind nicht wiederzuerkennen! Dass, von der Regierungspartei beschworen, mit der Gefahr von Anschlägen zu rechnen sei, störte mich, dies als Anlass nehmend, ebenso wenig wie die Tatsache, dass der Ausnahmezustand auf unbegrenzte Zeit verlängert wurde. Von meinem Fenster aus konnte ich beobachten, dass hin und wieder Militärstreifen die Straßen passierten; und wenn ich mich aus dem Fenster lehnte, konnte ich die Schule erspähen, vor der, während der Unterrichtszeit eine Wache patrouillierte. Unserem Haus direkt gegenüber war ein Laden, der Haushaltsgegenstände verkaufte, und in dem ich alle Jahre wieder meine Messer schleifen ließ, mit Holzbrettern verbarrikadiert.

Ansonsten ging das Leben normal weiter.

Es waren noch fünf Wochen bis zu der großen Wahlveranstaltung. Die Reise nach Wien hatte ich abgesagt. Ich befand mich auf dem Weg in mein Cáfehaus, als mir eine Gruppe südländisch wirkender Jugendlicher entgegenkam, denen ich zunächst keine Beachtung schenkte. Dies konnten Südfranzosen, aber auch Nordafrikaner sein. Sicherheitshalber wechselte ich die Straßenseite, musste aber erleben, dass die Jugendlichen, als sie auf meiner Höhe angelangt waren, die Straße überquerten, mir, ich konnte nicht mehr ausweichen, den Weg versperrten bzw. mich in die Zange zu nehmen versuchten. Mein erster Gedanke war, angesichts der Überzahl, warum hast du keine Waffe dabei, dann...ich konnte nicht weiter denken, geschweige denn verstehen, was sie, es waren arabisch klingende Laute, von sich gaben. Ich drehte mich um, schubste den einen, der sich mir in den Weg stellte, zur Seite, streckte im Bewusstsein der Unverhältnismäßigkeit der Mittel einen weiteren, fühlte ich mich so stark? mit einem Boxhieb zu Boden und begann zu laufen, wurde aber nach kurzer Zeit wieder eingeholt, als ich stolperte. Ich spürte die Puffe, nein die Schläge, mit denen sie mich eindeckten, als ich mich bemühte aufzustehen. Ich wollte wieder fliehen, den Ring, der mich einschloss, durchbrechen, sackte aber unter dem Hagel der Schläge zusammen. Ich nahm noch wahr, dass sie von mir abließen, als Pfiffe, dann Polizeisirenen erklangen.

Ich kam wieder zu mir, ohne anfangs die Stimmen oder die Gesichter, die sich über mich beugten, unterscheiden zu können. Haben Sie jemand von den Schlägern erkennen können? Diese Frage, anscheinend mehrmals wiederholt, ehe sie zu mir durchdrang, beantwortete ich mit einem Kopfschütteln, dann, ich konnte nur mühsam reden, Nordafrikaner! Algerier! Algerier? Das hätten Sie wohl gerne! Eine Frau in Uniform hatte sich über mich gebeugt, dem Aussehen nach, soviel konnte ich feststellen, maghrebinischer Herkunft. Sie haben arabisch gesprochen, stammelte ich. Ach, lachte sie, arabisch! Erkennen Sie, sie winkte einen Kollegen herbei, der einen jungen Mann vorführte, diesen wieder? Ich blinzelte, dann fuhr ich hoch, fiel aber gleich wieder zurück: Ja, er hat mit zwei anderen zusammen das Café, ich nannte den Namen, überfallen und die Gäste geschlagen. Bastard! Der junge Mann spuckte, verfehlte aber glücklicherweise sein Ziel, mein Gesicht, dachte ich, musste aber wenig später feststellen, dass mir eine warme Flüssigkeit über die Wange rann. War es ein Reflex, oder war ich....ich konnte mir meine Reaktion selbst nicht erklären, meine Faust traf den Schläger in die Magengrube. Laurence Didier, las die Polizistin, die den Zwischenfall, der junge Mann war in die Knie gegangen, ignorierte, vom Ausweis des jungen Mannes ab. Didier? Der Sohn von...? Ja, ein Früchtchen. Abführen, kommandierte die Polizeioffizierin. Nutte! schrie Didier, erhielt aber im gleichen Moment einen gezielten Hieb von einem der umstehenden Polizisten. Er wankte, fing sich aber gleich wieder. Ich hörte noch, wie er drohte: Wartet, das werdet ihr teuer bezahlen! Das sind die Rechten! die Identitären, präsisierte sie, Ihre Araber! Indem sie sich mir zuwandte. Ich habe die

Gesichter nicht genau erkennen können, ich habe nur gehört, dass sie arabisch gesprochen haben, entschuldigte ich mein Vorurteil. Ich richtete mich auf, um wieder auf eigenen Beinen zu stehen, es gelang mühsam, aber nach wenigen Schritten hatte ich das Gefühl, wieder festen Boden unter den Füßen zu haben. Sie sind in Ordnung? Gut. Der Streifenwagen wurde zu einem neuen Einsatz gerufen, ein anderer Wagen mit dem festgenommenen Identitären war schon abgefahren.

Ich war unschlüssig, wohin ich mich zuerst wenden sollte, zog es dann aber doch vor, mich zu Hause wieder herzurichten.

Das Caféhaus war ungewöhnlich schwach besucht, Robert servierte nach kurzem zurückhaltendem Gruß von sich aus den Kaffee. Ich hatte das Bedürfnis nach Zeitungslektüre, die Auswahl war groß, und langte, ich habe keine Vorlieben, möchte aber die Berichterstattung aller Seiten kennenlernen, zunächst nach Le Monde und dem Figaro. In der Le monde wurden nochmals, in historisch korrekter Reihenfolge, die Ereignisse, angefangen von den Attentaten, die zum Ausnahmezustand geführt hatten, abgedruckt und die Bedingungen für die Aufhebung dieser Notmaßnahmen genannt. Ich glaubte, die Handschrift Armands hinter diesen Zeilen zu erkennen. Ein friedfertiges Zusammenleben kann nur auf dem Boden einer homogenen Gesellschaft gedeihen, dann folgten, ein Toleranzedikt! die einzelnen Punkte und Ausnahmeregelungen. Ich legte das Blatt zur Seite und wollte zum Figaro greifen, der schon in der Schlagzeile auf der Titelseite die

Wahrscheinlichkeit neuer Anschläge, und er wusste, wo! ankündigte, als mir Robert, sein Gesicht drückte Anteilnahme aus, einen Brief überreichte. Einer unauffälligen schwarzen Zeile am linken Rand des Umschlags schenkte ich zunächst keine Beachtung, ein Absender fehlte, auf dem verwischten Poststempel konnte ich Lausanne? Genf? lesen. Ich öffnete den Brief und entfaltete die Todesanzeige meines Freundes Jean M., Schriftsteller...ich konnte nicht weiter lesen, das Caféhaus schwankte...dann bündelten sich Bilder, Eindrücke und Vorwürfe an Jean, eine Zumutung! die in Wirklichkeit mich selbst betrafen: Dich einfach davonstehlen, ja, ich weiß, deine Redewendung, wenn wir, die Zeiger der Uhr standen bei unseren nächtlichen Streifzügen in Berlin, denen viele in dieser Stadt folgten, auf zwei drei Uhr, das geht nicht, ich glaube, ich sollte nach Hause gehen...warum gehst du, bist du gegangen, ohne dich von mir zu verabschieden?

Es dauerte, ehe ich weiter lesen konnte: hinter Sophie, seiner Frau, die Namen der weiteren Angehörigen, die Zeit und der Ort der Trauerfeier, ich schluckte: Mitte des nächsten Monats im Münster in Bern. Keine Mitteilung, ob er nach kurzer oder längerer Krankheit oder „einfach so" aus dem Leben, ich glaube, ich sollte nach Hause gehen, getreten ist. Ich blickte auf. Robert servierte mir, ohne dass ich es bestellt hatte, einen weiteren Café, gut, gegen diese Aufmerksamkeit ist nichts einzuwenden, den Cognac Bisquit, den er dem Espresso „beigesellte", ich weiß, auch wenn meine Gemütsverfasssung Verständnis signalisiert, was der Cognac in diesem Haus kostet! musste ich zurückweisen, bitte, Robert, nehmen Sie ihn wieder zurück. Das ist, wehrte dieser ab, eine Zuwendung von...er blickte sich um, dann zur Tür, jenes Herrn, Sie kennen ihn, der gerade das Café verlässt. Ich erblickte die Rückansicht eines hochgewachsenen Herrn, der nach ein paar Schritten auf dem Trottoir an den Randstein trat, ein Taxi herbeiwinkte und es bestieg. An Haltung und Bewegung konnte ich erkennen, wer mein Gönner war: Armand. Ich hatte ihn, seltsam, im Caféhaus übersehen? aber er musste informiert gewesen sein über meine Post – und meine Stimmung! angesichts dieser Nachricht.

Danke, Robert.

Ich schluckte mit Bedacht diesen kostbaren Tropfen, nachdem ich ihn im Mundraum hin – und hergespült hatte, jede einzelne Nerven – und Geschmacksfaser meines Bindegewebes reagierte auf diese Reizung, und atmete genussvoll wieder aus, ich spürte, wie ich mich nach und nach beruhigte. Ich hatte den Brief wieder zusammengefaltet und meine Überlegungen in die Richtung gelenkt, wie ich der Trauerfeier meines Freundes, zwei Tage nach der großen Wahlveranstaltung! beiwohnen könnte, d.h. ich müsste meine „Terminabsprachen", ich weiß, das hört sich geschäftsmäßig an, so einzurichten versuchen, dass sie, ich zuckte zusammen, fing mich aber sogleich wieder, nicht in Gefahr standen: die Vorbereitungen zu dem patriotischen Anschlag und der großen Wahlveranstaltung.

Als ich nach Hause kam, empfing mich, ich nahm sie schon von weitem war, an der Haustür unsere Concierge, die sich, bewaffnet mit Eimer, Besen und Kehrblech an der Eingangstür zu schaffen machte. Hier haben sich, schimpfte sie, Nordafrikaner und die Rechten eine Schlacht, sie zeigte auf die Scherben und die Blutspuren auf dem Boden, geliefert. Und dann war Ihre Freundin da, sie schimpfte heftiger, und fragte nach Ihnen. Jacqueline? ich überlegte, Jacqueline war einige Male bei mir gewesen, aber immer in Begleitung von Frédéric. Wie sah sie aus? fragte ich. Na, Sie werden doch wissen, wie Ihre Freundin aussieht, empörte sich die Concierge. Merkwürdig, dachte ich, bestimmten Personen oder Berufsgruppen eignet kein Name, sondern ihre Tätigkeit haftet an ihnen wie ein Etikett. Véronique? Sie meinen meine junge Bekannte? Die Concierge sah mich böse an. Sie hat bei Ihnen gewohnt! Ach, ich bedankte mich mit ein paar artigen Worten, denen ich eine kleine Schmeicheleinheit hinzufügte, bei unserem Hausgeist. Sah ich ein Lächeln in ihrem Gesicht? – es war das erste Mal, ertappte ich mich, dass ich sie bewusst ansah, nie hätte ich sie, wenn ich sie hätte beschreiben oder auf einer Polizeizeichnung identifizieren sollen, ihr Aussehen wiedergeben können, allenfalls wären ihre Haltung, ihre Bewegungen ein Wiedererkennungsmal gewesen. Véronique! Der Aufzug streikte wieder, so dass Ich die Treppe nehmen musste. Mit jedem Schritt wuchs meine Erregung, was wollte Véronique? An der Wohnungstür ein Zettel: Ruf mich an. Véronique. Ich eilte, kaum hatte ich die Wohnungstür geöffnet, zum Telefon. Die Nummer kannte ich auswendig. Nun mach schon, Véronique…vergeblich, stattdessen eine Stimme des Anrufbeantworters: Der Teilnehmer ist nicht zu sprechen. Bitte hinterlassen Sie Ihren Namen, Ihre Nachricht. Ich legte auf. Sollte ich vielleicht in Ihrem Elternhaus anrufen? Von meiner Affäre, Affäre? mit ihrer Tochter wussten sie nicht. Meine Beziehung zu ihrer Tochter, redete ich mir ein, war rein, ehrlich! Welche Rolle spielt da der Altersunterschied? Und doch pochte irgendwo ein schlechtes Gewissen; das Schuldbewusstsein, Erbe bürgerlicher Konvention, ist ein schlechter Liebhaber, und die Einsicht unseres Altersunterschieds, ich hatte sie eng umschlungen, sie wirkte glücklich? mit einem gleichaltrigen Kommilitonen erlebt, ernüchterte meine Erregung. Und meine Gefühle, dämpfte ich die letzten Spuren meiner Zuneigung zugunsten eines vernunftgesteuerten Umgangs, sollten einem rein platonischen Verkehr Platz machen. Das könnten, ertappte ich mich, Ratschläge aus dem „Frauenmagazin" ihrer Mutter sein. Scham und zugleich, ein Rückfall? Ratlosigkeit, wie ich meiner Gefühlslage Herr werden könnte, ohne der Gefahr zu erliegen, lächerlich zu wirken, gewann die Oberhand. Ich schenkte mir von dem Wein, den Prévot mir mitgegeben hatte, ein edler belebender Tropfen! ein, ließ die ersten Schlucke die Kehle herunterrieseln und spürte, wie ich mich, danke Prévot, beruhigte. Dann, ich war in den beiden Räumen meiner Wohnung auf - und abgelaufen, ein Perspektivwechsel! Ich versuchte, von ihrer Seite, der Seite der Jugendlichen! aus, die Sicht auf die Dinge zu wählen. Ich erinnerte mich, und ein Gefühl der Überlegenheit, der Stärke übermannte mich, an mein Abenteuer in meiner Herberge, in der Prévot mich untergebracht hatte. Meine Gespielinnen, hatten sie nicht auf mich gewartet, waren ihre Freundlichkeit, ihre Erregung, die Inbrunst, mit der sie mich umschwärmten, ihre Hingabe! nicht Ausdruck eines tiefen Empfindens? Ein Herz, das jenseits der Professionalität, wenn auch nur für die Dauer eines Augenblicks, auf Antwort pochte? Véronique...Das schrille Geräusch des Telefons riss mich aus meiner Selbstverliebtheit, Armand! Wir müssen uns treffen...ja, im Café...Nein, kommen Sie, und er nannte die mir unbekannte Anschrift im 7. Arrondissement und die Uhrzeit. Ach, passen Sie auf Ihre Freundin auf...was in drei Teufels Namen ging ihn Véronique an? Was...? Zugleich ahnte ich, dass ich die Warnung ernst nehmen musste. Wer um alles in der Welt könnte es auf Véronique abgesehen haben, wer wollte ihr, warum? schaden? Armand und seine Partei? Ich verwarf den Gedanken, dann hätte er mich, und ich zweifelte in diesem Fall nicht an seiner Ehrlichkeit, seine Stimme klang besorgt, nicht gewarnt. Ich wusste, dass sie sich in das Seminar bei Jean – Pierre, das an jedem Mittwoch, heute! um 17.00 stattfand, eingeschrieben hatte...im, nein, vom Soziologischen Institut Paris? verlegt in ein Ausweichquartier.

Ich irrte in dem unübersichtlichen Gebäude, in dem Vorlesungen und Seminare stattfanden, herum. Ein Student, den ich fragte, konnte mir nicht weiterhelfen, ein Dozent verwies mich an das Schwarze Brett am Eingang des Instituts, wo die Veranstaltungen angeschlagen ständen. Ich eilte wieder die Treppen hinab zum Eingang des Instituts, hier entnahm ich dem Veranstaltungsplan, dass das Seminar von Jean – Pierre „Spielarten der Demokratie – ein Spiel mit dem Feuer?" in einem Seminarraum im zweiten Stock stattfand. Ein wenig atemlos, ich hatte nicht den Fahrstuhl benutzt, gelangte ich in den zweiten Stock und stand kurz darauf vor der Tür, hinter der Jean – Pierre mit seinen Studenten die Varianten der Demokratie untersuchte. Das zweistündige Seminar endete, hatte ich lesen können, erst in einer halben Stunde... sollte ich so lange vor der Tür warten? Kurz entschlossen öffnete ich die Tür und nahm einen missbilligenden Blick des Professors der sich auch nicht erhellte, als er mich erkannt haben musste, wie die belustigte Reaktion der Studenten in Kauf, ehe ich mich, ein etwas älterer Kommilitone, auf einen freien Platz niederlassen konnte.

Die USA, meldet sich ein Student zu Wort, lauthalser Verkünder einer, im wahrsten Sinne des Wortes expansiven Demokratie, wollen diese allein ihren Interessen dienende Variante weltweit exportieren...

Sie müssen schon sagen, unterbrach ihn Jean – Pierre, wie dieses Demokratieverständnis zu Hause...

Ich hörte nicht weiter zu, ich hatte Véronique entdeckt, die zunächst erschrocken, dann erleichtert meine Gegenwart wahrgenommen hatte. Eine Demokratie der oberen Zehntausend, fuhr der Student fort...

Was wäre denn das Gegenbild? insistierte Jean – Pierre.

Das Gegenbild ist die direkte Demokratie, die wahre Souveränität des Volkes.

Wie würden Sie vor diesem Hintergrund die Politik der Girondisten wie die der Jakobiner einschätzen? provozierte der Seminarleiter. Sie können das ergänzen durch die Politik der ehemaligen sogenannten kommunistischen Volksdemokratien, steigerte er seine Frage.

Ich beobachtete Véronique, die unwirsch auf diese Fragen reagierte. Warum, meldete sie sich zu Wort, machen wir diese Umwege – oder weichen wir aus? wenn wir die Situation in unserem Land, in Europa heute meinen? Wie stehen unsere Parteien da? Welche Politik vertreten sie, wie, wodurch unterscheiden sie sich - noch? Oder erleben wir eine Renaissance der Rechtsbewegung, der sich unterschiedslos alle Parteien anschließen? Oder, holte sie aus, gibt es Stimmen, Bewegungen, die sich diesen Tendenzen entgegenstemmen und diese antidemokratische Entwicklung aufzuhalten versuchen?

Oder notfalls, spitzte Jean-Pierre lachend die Fragen zu, zu den Waffen greifen...

Oder, mischte ich mich ein, nicht zögern, den Tyrannenmord zu wagen.

Alle starrten mich an, Véronique, zunächst erschrocken, reagierte begeistert. Jean Pierre hatte sich von seiner Überraschung erholt: An wen denken Sie da...?

Ich, rechtfertigte ich mich, denke an keine bestimmte Person, weder wer das Opfer, vielleicht Caligula, noch der Vollstrecker sein sollte. Nur, die Geschichte bietet hinreichend Beispiele, wie jemand in weniger prekären Situationen den Mut aufbrachte...

Nun?

...Weichen zu stellen. D.h. Entscheidungen, die überfällig waren, anzuregen...

Sie meinen: Vorwegzunehmen?

Müssen wir nicht, meldete sich Véronique zu Wort, uns fragen, was haben wir bisher getan, um die Entwicklung, ich meine die Situation in unserem Land heute, zu ändern, um wenigstens dem systematischen Demokratieabbau Einhalt zu gebieten?

Wenn wir, fragte Jean – Pierre zurück, diese Erscheinungen, vorausgesetzt sie treffen zu, bei uns beobachten, was, wir denken, er nickte in meine Richtung, nicht an Tyrannenmord, sollten die Demokraten tun?

Was können wir tun!? unterbrach ihn Véronique. Allein, im Verborgenen, spottete sie, demokratische Inselchen zu errichten, genügt nicht.

Nicht, so lange es bei einem Debattierclub bleibt, stimmte ihr der Professor zu.

Wir müssen uns entscheiden, warf ein Kommilitone ein, soll es bei einer bloßen Erörterung der Verhältnisse bleiben, jammern wir, lachte er, wie im Altersheim, den vergangenen Zeiten nach, oder ergreifen wir die Initiative.

Véronique stimmte die Marseillaise an.

Begreifen wir, erweiterte Jean – Pierre das Problem, uns als ein homogenes Volk, in dem Sinne einer autochthonen französischen Herkunft, präzisierte er, oder nehmen wir zur Kenntnis, dass unsere französische Nation, auch angesichts ihrer kolonialen Vergangenheit und einer europäischen Gemeinschaft, sich neu zusammengesetzt hat...und weiter neu zusammensetzen wird?

Wer in diesem Land lebt und sich mit unserem „demokratischen Selbstverständnis", Lachen, identifizieren, ich meine, demokratisch auseinanderetzen kann, soll uns, ungeachtet seiner Hautfarbe, Religion, seines Geschlechts, willkommen sein.

Dann fragen wir, ergriff der Professor wieder das Wort, welche Schritte, Tyrannenmord, wen sollte es treffen? schließen wir aus, wir unternehmen können, als Bürger mit einem Wahlrecht, als Parteimitglieder einer demokratischen Partei, als einfache Abgeordnete...Das einfachste wäre, fuhr er fort, als sich niemand zu Wort meldete, den demokratischen Parteien nicht, er spielte auf die Medienschelte an, in den Rücken zu fallen...Die Beantwortung dieser Frage, ich meine Vorschläge dazu, müssen wir aus Zeitgründen auf das nächste Mal verschieben. Ich danke Ihnen.

Die Studenten hatten ihre Plätze verlassen und strömten zur Tür hinaus, allein Jean – Pierre, Véronique und ich blieben zurück. Was willst du hier, herrschte er mich an.

Véronique blickte ihn ungläubig an. Demokratie fängt überall an! Unser Freund, er schaute mich feindselig an, möchte provozieren.

Sicher, sagte ich, ihr habt es ja besprochen. Debattierclub zu sein, reicht nicht aus.

Du weißt genau, dass unser Programm in die Mitte der Institutionen zielt. Ich dachte, er fixierte mich, während sein Gesichtsausdruck milder wurde, Du hast eine Sonderaufgabe. Hast du etwas herausgefunden, und, spöttisch, schon bewirken können?

Ja, sagte ich, eins habe ich begriffen, es gibt kaum noch Unterschiede zwischen den Parteien.

Großartig! lachte Jean – Pierre, nach dem Gesetz der Wahrscheinlichkeit treffen zwei Gerade, die unabhängig und in einem gewissen Abstand voneinander, auf die Reise geschickt werden, nach dem Gesetz des Neigungswinkels irgendwann, irgendwo und irgendwie zusammen. Das nächste Mal, sein Gesicht drückte noch die Verärgerung aus, meldest Du Dich vorher an, wenn Du an unseren Seminaren teilhaben willst. Ich habe leider noch einen Termin. Damit wollte er sich von uns verabschieden.

Musst du wieder...? Ich musste meiner Enttäuschung Ausdruck verleihen und hielt ihn am Mantelsaum fest.

Na, was soll das? Sein Gesicht drückte die Überraschung aus, dann nahm es seine typische Maske an: Überheblichkeit, die den Gegenüber einschüchtern sollte und meistens ihre Wirkung nicht verfehlte.

Reden, Sonntagsreden! warf ich ihm vor, helfen nicht. Wir müssen handeln.

So?! Wie stellst Du Dir das vor? Soll ich mit meinen Studenten, er blickte Véronique beifallsheischend an, auf die Straße gehen und...was dann?

Du hättest, ich kam mir in diesem Augenblick hilflos vor, fing mich aber wieder, als ich Véroniques Reaktion auf den Versuch einer Vereinnahmung wahrnahm, Deinen Studenten von dem Zwischenfall, bei dem wir Augenzeuge geworden waren, erzählen und diskutieren können, wie Demokratie, in einem kurzen Augenblick der vermeintlichen Panik, sich verändern kann, und zu welchen antidemokratischen Mitteln ihre Hüter greifen – und wie man dem begegnen könnte.

Jean – Pierre blickte mich zunächst fassungslos an, dann verzog sich sein Gesicht, seine Mundwinkel, ich dachte, er verliert die Fassung, begannen zu zucken, stattdessen begann er zu lachen, laut zu lachen: Ich soll meinen Studenten, anstatt eines hermeneutischen Zirkels- oder auf dieser Grundlage, das meinst Du doch, den Mythos Demokratie zerstören, von möglichen Auswüchsen erzählen…ihnen Angst einflößen? Abenteuer –Gespenstergeschichten! Naiv! – die Gemeinschaft einer Demokratie ist stark genug, Ausschläge in die eine oder andere Richtung zu verkraften? Du glaubst doch nicht wirklich, dass…

Wir leben im Ausnahmezustand! Erinnerst Du Dich nicht, hielt ich ihm vor, wir beide wurden Zeuge, wie die Staatsgewalt gegen friedliche Flüchtlinge, die vom Nachbarland hereingeströmt kamen, vorgegangen war und diese brutal zusammenschlug? Wir saßen im Café, sozusagen in der ersten Reihe, und haben diesem Treiben unseres demokratischen Rechtsstaats fassungslos beigewohnt.

Ist deshalb unsere Demokratie untergegangen? Der Rechtsstaat hat sich mit seinen Mitteln behauptet - es gab eine Untersuchungskommission

…die nichts zu Tage förderte! spottete Véronique.

Habe ich gesagt, dass gelebte Demokratie vollkommen ist? Sie ist, wie Malraux gesagt hat, immer – relativ, vorläufig. Und jetzt, bitte, entschuldigt mich.

Wusstest Du, fragte mich Véronique, als wir wenig später in einem Café saßen, dass in unserem Club der Getreuen, ich überhörte nicht den zynischen Unterton, ein Maulwurf ist? Wir, ich meine meine Freunde und mich, haben uns anfangs gefragt, ob nicht Du, sie sah mich herausfordernd an, der Maulwurf bist. Du verkehrst in allen Lagern, Dein Freund, Dein Bekannter, verbesserte sie sich, als sie meine Reaktion wahrnahm, scheint ein einflussreicher Mann auf der Gegenseite zu sein – gewiss, auch ich verdanke ihm meine Freilassung, und Du bist angesetzt – könnte es nicht sein, provozierte sie, dass Du...eingeknickt, Doppelagent geworden bist? Andererseits, sie schaute mich mitleidig an, bist Du, Cheri, naiv. Nicht wahr, Du würdest nur Maulwurf sein können, weil Du es, mit Deinem Verständnis für die Probleme anderer Leute, beiden Seiten gerecht machen willst?!

Ich fühlte mich ertappt, ein junges Ding...Nannte die Dinge beim Namen, sie streichelte meine Hand und fuhr dann über meinen Kopf. Mir war heiß, ich war sicher, dass man mir meine Verwirrung- oder Entlarvung? ansah...

Ich glaube vielmehr, fuhr sie fort, dass...vielleicht milderte sie ihre Beschuldigung ab, Lapin, Lapin ist Bernhard-Henri Lévy? unter Drogen, Vorträge hält und unterwegs ist in allen Krisengebieten der Welt, Malraux, Sartre, Camus...Lapin – oder vielleicht Jean – Pierre? verhielt er sich nicht seltsam? Eigentlich ein jeder vom Club der Getreuen könnte der Maulwurf sein.

Nimmst Du, nehmen wir, wandte ich ein, an, dass dieser Maulwurf existiert, was um Himmels willen sollte jemand davon haben, uns auszuspionieren.

Sind wir nicht so etwas wie die Illuminaten, eine Geheimorganisation, eine Waffenbrüderschaft?

...die auf den Umsturz aus sind, spottete ich.

Die in kleinen Schritten, ohne sich erkennen zu geben, die Institutionen unterwandern bzw., sie nannte Namen, dies bereits getan haben? Auch Jean – Pierre, nahm sie ihren Hochschullehrer in Schutz, ist – in seinem Bereich - bei dem Aufbau eines Netzwerkes dabei.

Die Sektion der Professoren, die dem Entwurf einer Hochschulreform, die jeden Kandidaten, Anfangssemester oder wissenschaftlichen Mitarbeiter auf Herz und Nieren, d.h. auf seine Herkunft und politische Gesinnung! überprüfen, zugestimmt hat! lästerte ich.

Du hast Recht, gab sie zu – aber was hast Du bisher erfahren? Was planen die Rechten?

Ich weiß es nicht, aber ich werde es herausfinden – ich treffe unseren Freund, sagte ich wahrheitsgemäß, in den nächsten Tagen.

Und dann, spekulierte sie, informierst Du wieder Prévot – und? wie lange soll dies weitergehen? ruft Ihr eine Vollversammlung ein?

Wir müssen, sagte ich, uns überlegen, wie wir den Gegner schwächen...

Mit immer neuen, d.h. den gleichen Informationen, mein Gott, wir wissen doch, was die Rechten vorhaben. Wir wissen auch, wir vermuten dies, wer verantwortlich ist für...sie sprach nicht weiter, dann, nach einer kurzen Pause: die Schaltstellen der Macht...

Du meinst, nahm ich ihr die weiteren Worte ab, ein personalpolitisches Problem?

Ja, nickte sie, wir müssen den Gegner ausschalten.

Zu meiner Überraschung, nein, wie selbstverständlich begleitete mich Véronique nach Hause. Als ich mich an der Haustür von ihr verabschieden wollte, schlug sie vor, sie beharrte darauf! bei mir zu übernachten. War ich zunächst sprachlos, fühlte ich, wie mein Herz höher schlug, dann, ich hatte mich wieder gefangen, relativierte ich, Wunder wiederholen sich nicht, diesen Ausflug ins Märchenland, und bereitete in Gedanken ihre und meine Schlafstätte, sie würde in meinem Bett schlafen können, ich auf der Liege im Wohnraum, vor. War es die Aufregung, die Aussicht, in der Nähe zu sein, nahe bei meiner „Geliebten", wie anders sollte die Schwärmerei eines in die Jahre gekommenen Mannes dies nennen? Ich vermochte nicht, meine eigene Wohnungstür aufzuschließen. Lass mich versuchen, mit diesen Worten entwand sie mir die Schlüssel, gab, woher wusste sie das? den Code ein und öffnete die Wohnungstür. Wir legten die Mäntel, ich war ihr behilflich beim Ausziehen und spürte einem Moment lang die Wärme ihres jungen muskulösen, ach, weichen Körpers, in der Garderobe ab und betraten das Wohnzimmer. Mon Dieu, entschuldige, ich raffte Kleidungsstücke, die ich aus der Wäscherei abgeholt und achtlos hatte liegen lassen, zusammen und verstaute sie in dem Wäscheschrank im Schlafzimmer. Véronique hatte sich auf der Couch niedergelassen und amüsiert meine Ordnungsbemühungen verfolgt. Warum bist du so aufgeregt, Chéri? Hast

Du nichts zu trinken? erinnerte sie mich an meine Gastgeberpflichten. Oh, entschuldige, natürlich. Auch ich, mein Körper verlangte nach einer Abkühlung, meinem geschätzten Wein von Prévot. Hatte ich erwähnt, dass eine Spedition mir als Gruß, mit der Mahnung, meine Aufgaben nicht zu vergessen, Nachschub, eine Kiste mit zwölf Flaschen von dem göttlichen Wein von Prévot ins Haus geliefert hatte? Auf Dein Wohl! À votre santé! sekundierte sie meine Höflichkeit, um sogleich, halb betäubt von dem Aroma, sie hatte mit der Nase eingeatmet, dann einen Schluck im Mund hin-und herwandern lassen und getrunken, zu bekennen: Welch ein Genuss! Rolands Verstand! Ich stutzte. Hatte nicht Prévot dasselbe Etikett benutzt?

Ich hatte Post auf dem Tisch liegengelassen um sie zu beantworten. Du schreibst noch? Hast Du keinen Computer? Ehe ich erklären konnte, dass mir eine handgeschriebene Mitteilung viel persönlicher erscheint als ein Austausch per Twitter oder e-mail, fragte sie neugierig: Wer ist? Sie hatte einen Brief hochgehoben und schwenkte ihn in der Luft, wer...? fragte sie weiter, nachdem sie einen zweiten aufgehoben hatte. Das sind Bekannte, Freunde, verdichtete ich die Beziehung, die mich fragen, wann ich komme. Italien, las sie, Portugal...Was machst Du da? Womit, drang sie in mich, verdienst Du Dein Geld - wovon lebst Du überhaupt?

Das Telefon klingelte. Entschuldige...Armand...Ich hatte versucht, Armand, so lange wie möglich aus dem Weg zu gehen. Im Caféhaus ließ ich mich nicht blicken, d.h. die meiste Zeit verbrachte ich zu Hause. Wir müssen uns treffen...Ja, natürlich. Morgen? Nein, übermorgen im Caféhaus. Es ist dringend, Sie kommen morgen in mein Büro, und er nannte eine Anschrift, unweit des Eiffelturms.... Ehe ich zustimmen konnte, hatte er aufgelegt.

Unser Freund? fragte Véronique. Oh je, sagte sie, als ich nicht antwortete. Jetzt hat er uns die Laune verdorben. Komm, stärken wir uns etwas, Sie hatte uns neu eingeschenkt. Auf Armand! Was wollte er?

Er will mit mir über die politische Situation in unserem Land reden.

Soll ich mitkommen? bot sie sich an. Ich könnte auch Jean – Pierre fragen...sie sprach nicht weiter, als sie meinen Gesichtsausdruck wahrnahm. Stattdessen hatte sie sich an meinem Abspielgerät zu schaffen gemacht und aus den CDs die Zaz herausgefischt, in den Schlitz des Geräts geschoben...sie summte mit, als die ersten Töne erklangen. Ich schaute sie an, sie hatte die Augen geschlossen, ihr Oberkörper fing die Melodie auf. Ich konnte mich, dachte ich, glücklich schätzen, die Anwesenheit eines so jungen Wesens genießen zu dürfen. Es war, ich hatte sie nicht bedrängt, ihr Wunsch gewesen, mich zu begleiten mit mir, zu mir in die Wohnung zu kommen...Ich hatte nie Besuch, d.h. ich empfing niemanden in meinem Zuhause, sondern verabredete mich im Café – gut, es gab Ausnahmen, als sie krank auf meine? Hilfe angewiesen war, selten meine Schwester. Ich hob den Brief auf, der ihr vorhin aus der Hand geglitten war, als das Telefon klingelte...nein, später, ach ja, wer ist das? Ich drehte das Kuvert, um den Absender lesen zu können. Damiani, ein Bekannter aus Rom, ein Geschichts – und Geschichtenschreiber. Wie das? reagierte sie überrascht. Damiani, buchstabierte sie, ich habe von ihm gehört. Nun ja, jeder Historiker schreibt die Geschichte aus einem anderen, aus seinem Blickwinkel. Ich erntete Widerspruch. Geschichte schreiben heißt: Annäherung an den tatsächlichen Ablauf, Sichtung aller zur Verfügung stehenden Unterlagen, Akten, d.h. größtmögliche, durch Zeugen abgesicherte Objektivität.

Glaubst Du nicht, sagte ich, dem die reinen Wahrheitssucher ein Greuel sind, dass jede Zeit ihre eigene Wahrheit hat?

Ach, und Dein Damiani, spottete sie, schreibt seine Wahrheit aus seiner heutigen italienischen Sicht?

Nun, er war früher Gerichtsreporter, er greift Fälle aus der Vergangenheit auf, rollt sie neu auf und kommt mitunter zu einem anderen Urteil, als die Nachwelt diesen Fall bisher gesehen hat.

Du meinst, sie richtete sich auf, er geht neuen Spuren nach und versucht zu beschreiben, wie sich der Vorgang wirklich abgespielt hat?

Natürlich pirscht er sich an die Wirklichkeit heran – aber ist das, die offensichtliche Tat, auch die Wahrheit? Die Wahrheit beinhaltet auch, sagte ich, die Frage nach dem Motiv – nicht um den Täter freizusprechen, aber um die Tat zu verstehen. Hinter jeder Tat steckt auch ein Motiv, zitierte ich einen bekannten Juristen. Er hat ein viel beachtetes Buch über Seneca geschrieben...

Seneca, dieser in sich ruhende Pol?

...das neue Fragen aufwirft.

Weißt Du, über wen oder welche Vorgänge er jetzt schreibt?

Soviel ich weiß: über Brutus.

Der Cäsar, seinen eigenen Vater oder Gönner? genau weiß ich das nicht, umgebracht hat? Sie überlegte einen kurzen Moment, dann stand ihr Urteil fest: Den Tyrannenmörder? Ich hoffe, er spricht ihn frei!

Ich stutzte, hatte ich bisher, zugegeben, einigermaßen achtlos das neue Projekt zur Kenntnis genommen, entdeckte ich nun die Tragweite dieses Forschungsprojektes für meine eigene Situation, mein eigenes Schicksal. Benommen tastete ich nach meinem Glas.

Was hast Du? fragte Véronique besorgt.

Ich – ich nahm einen kräftigen Schluck, mein Pulsschlag beruhigte sich. Ich überlegte gerade, wie ein Tyrannenmord heute aussähe: Wer ist der Tyrann? Wer sein oder seine Mörder? Wie sollten er oder sie ihre Tat vollbringen? Wie beurteilt die Gesellschaft: die Tat und den oder die Täter?

Wen müsste Brutus heute ermorden? Wer hat das Zeug zu einem Tyrannen? dachte Véronique laut. Willkürliche Morde, auch aus angeblich politischen Motiven, geschehen laufend, unschuldige Menschen sterben – aber ein gezielter politischer Mord…?

Du denkst doch nicht an…?

Die wahren Täter stehen in der zweiten Reihe – wobei die Rangfolge nicht den Einflussbereich charakterisiert. Ja, sie hatte Feuer gefangen, ich glaube, mir fallen viele ein, die in Frage kommen… Pilippe Martel, Didier oder Philippot, kennen wir ihn? Armand – nur als Beispiel – käme in Frage. Erinnerst Du Dich, wie unterwürfig die Offiziere ihm begegnet sind?

Ich konnte mich dieses Eindrucks nicht erinnern; das waren vielleicht nur Chargen –räumte ich ein; viel mehr besorgte mich, dass sie…ja trinken wir, sie prostete mir Mut zu, ausgerechnet meinen Kandidaten – Armand ist Zivilist, sagte ich. Ich meine, er bekleidet kein Amt.

Vielleicht lauert hinter der Maske des biederen Bürgers –

Ein politisches Schwergewicht, reizte ich ihre Phantasie.

Ein, der Strippenzieher, mutmaßte Veronique.

Das ist, wer kennt ihn? Philippot, verbesserte ich sie.

Er zeigt sich nie, stimmte sie mir zu. Was hältst Du davon? wir beide, sie drückte sich an mich, retten Frankreich. Ehe ich mein Glück fassen und „situationsbedingt", wer kann einer jungen Frau widerstehen? mein Jawort geben konnte, hatte sie den zweiten Brief gezückt.

24.10.16

Jean M. aus Lausanne, las sie. Auch ein Historiker?

In gewissem Sinne, lachte ich, ja. Ein Geschichtenerzähler...die einen, Konflikte hin, Konflikte her, ermutigen ihre Leser, preisen das Leben – hier geht die Welt unter, eine pessimistische Grundhaltung. Nichtsdestotrotz...die „Resurrektion" in der Kunst des Schreibens. Ich meine, als sie mich ratlos anblickte, dem Misserfolg mit der Ausdauer, der Hartnäckigkeit des Schreibens zu Leibe rücken...und wie ein Phönix aus der Asche, verdeutlichte ich das Bild, mit Gedichten, poetischer Hellhörigkeit! den Puls der Zeit messen. Präsenz zeigen! pries ich meinen Freund, als sie den Kopf schüttelte.

Vielleicht, stieß sie plötzlich hervor, weiß er, wer der Maulwurf ist.

Eher nicht, gestand ich, dies traue ich vielmehr Armand zu. Nicht dass ich glaube, er weiß Bescheid, aber aktuelle Ereignisse und ihr Hintergrund fallen in sein Ressort, redete ich mich heraus. Ich griff nach der Flasche und teilte den Rest des Weins gleichmäßig in die Gläser.

Comme ci, comme ca sang die Zaz, die zu einem neuen Chanson angesetzt hatte, Véronique summte mit.

Ich glaube, sagte sie plötzlich, wir sollten schlafen gehen. Sie hatte nach ihrem Glas gegriffen, santé! ich hob mein Glas, auf Dein Wohl! Und mit einem Schluck leerten wir unser Glas. Ein Gefühl der Wärme und der Stärke durchströmte den Körper. Sie war aufgestanden und fasste meine Hand, sie zerquetschte sie beinahe. Zeig mir den Weg in die Schlafstätte. Du kennst…Psst, sie legte den Finger auf meine Lippen, und zog mich in das Schlafgemach.

28.10.16

Ich – Verführer! Stürze mich auf das junge Ding! Soll ich das Licht ausschalten? Nein, sie nestelt an meinem Hemd, die Hände knöpfen die Bluse auf, ein Kleidungsstück nach dem andern verläßt seinen Träger, dann…Was zählen die Jahre? Der Wein verleiht mir die Kraft, die peinliche Situation, wir stehen uns gegenüber, zu bestehen – Véronique – Albertine, sie muss meinen schüchternen Bauchansatz sehen, gesehen haben, die schlaffer werdenden Muskeln, das hängende Gewebe, indes ich kaum wage, sie anzusehen, die junge blühende! Figur, die feste Körperlichkeit, eins mit sich selbst! aber: sie sieht mir in die Augen, streckt die Arme aus, empfängt mich, der sich willenlos mit ihr in die Kissen sinken lässt, ich, ha, welche Gefühle übermannen mich, ich, Sieger...sie gibt mir kaum Zeit, die Gefühle auszukosten, ihr Körper verlangt nach Erfüllung der Verheißung, ja... Geduld, wo keine Zeit ist...Ich fühlte mich stark, sie...Tauben am Fenster, sie gurren...ich versagte im entscheidenden Augenblick, ich habe mich aufgegeben, adieu Albertine, adieu Brigitt...habe ich mich nicht aufgedrängt?! Was fällt mir ein zur Unzeit, ja Prévot, ich habe meinen Auftrag nicht vergessen, aber muss man nicht Kraft sammeln, das Holz zum Scheiterhaufen aufstapeln, es trocken halten, damit das Feuer Nahrung findet? Armand, bist du zufrieden? Streichle mich ...wenigstens das anstelle der Genugtuung, die Eroberung, ohne sich der Beute, sie liegt ausgebreitet vor Dir! zu versichern! versichern zu können. Cheri, schmieg Dich an mich, sei eins! Umarme mich! Ich liebe Dich, sollte ich sagen, wer erwartet dies? Ich, aus der Zeit gefallen, buchstabiere, lalle ...Pst, ich spüre den Finger auf meinem Mund und die zutrauliche Wärme ihres, deines Körpers! deiner Jugend! überkommt mich...

Véronique – ich hätte Dich nicht, habe ich etwas verraten? einweihen, Dich, so beruhigend es ist, die Last nicht alleine tragen zu mussen, zum Mitwisser und möglichen Handlanger, Meuchelmörder! machen dürfen - ich, Schänder deines Körpers, nun auch Deines Geistes! Sie eilte ins Seminar, noch mehr Kraft sammeln, sich Gewissheit verschaffen, das Rüstzeug für die verwegene Tat. Ich trat meinen schweren Gang an.

Ich schwankte einen Augenblick, ob ich die Métro oder den Bus nehmen sollte, entschied mich dann aber für den halbleeren Bus. Ich hatte mich kaum hingesetzt, als mir gegenüber ein Neger, Farbiger oder Schwarzer oder Afroeuropäer, wie sagt man heute? Das Verwirrspiel um den richtigen Ton, die wechselnde – political correctness - Bezeichnung hat mich stets abgestoßen, mein Sitznachbar war, um dies vorwegzunehmen, nicht schwarz, sondern sein Haut zeigte eine schwache Tönung, hellbraun? Ich bemühte mich, um meine, aus diesem Rechtfertigungsversuch geborene Unsicherheit zu verbergen, an ihm vorbeizuschauen, musste aber feststellen, dass er mich fixierte, d.h. er suchte meine Augen, die ihm, solange es ging, auswichen, hatte aber wahrnehmen können, dass sein gepflegtes Äußeres allen Vorurteilen, in Gedanken entschuldigte ich mich dafür, widersprach; dann, der Bus hatte nach einem Halt wieder Fahrt aufgenommen, sprach er mich an, d.h. er stellte mich! Sie sind, vermute ich, Ausländer. Sprechen Sie französisch? Woher, als ich nickte, kommen Sie, wenn ich fragen darf? Ohne die Antwort abzuwarten, fuhr er fort: Sind Sie informiert über das, was in dieser Stadt geschieht? Ich vermute nein, denn dann hätten Sie als Tourist nicht dieses Land, diese Stadt gewählt. Ich will Sie nicht verunsichern: Die letzten zwei Jahre: der blanke Horror!

Ich habe davon gehört, gestand ich, aber Paris – ein Sehnsuchtsort!

Ja, lachte er, aber nicht zu dieser Zeit. Die Welt ist aus den Fugen, so oder ähnlich heißt es schon bei Shakespeare. Sie sind, man sieht es Ihnen an, ein Fremder, ein Fremdkörper in dieser Stadt - wie ich, obwohl ich hier geboren bin, mein Leben lang in dieser Stadt gewohnt habe.

Was machen Sie, entschuldigen Sie meine Neugierde, beruflich, meine ich, und stieß mit dieser Frage auf einen mitteilungsbedürftigen Fahrgast...

Ich bin Wissenschaftler - freier Mitarbeiter bei, er nannte die Firma, die ich als Partner im Gesundheitssystem dieser Stadt kannte, bisher auch mit einem Lehrauftrag am Institut für Tropenkrankheiten. Den Lehrauftrag habe ich verloren, weil die Studenten, einige, milderte er sein Urteil ab, die den Identitären angehörten, mich denunzierten, nein, verunglimpften---Ja, sie verbreiteten Bilder, auf denen ich, er lachte bitter, wie ein Affe am Ast eines Baumes hänge und von dort aus meine Seminare abzuhalten versuche. Es war, nach vielen Störaktionen, unmöglich, weiter zu unterrichten. Mein Auto wurde bemalt, dann fahruntauglich gemacht, deshalb fahre ich mit den öffentlichen Verkehrsmitteln.

Ich erinnere mich, es war ja wie gestern - ich hatte wenig Neigung, mich auf die Probleme anderer einzulassen, zumal, wie ich mit Erschrecken feststellte, die Station, an der ich hätte aussteigen müssen, schon zwei Haltestellen hinter uns lag. Andererseits, meine Passion ist es zuzuhören, mitzufühlen, mitzuleiden.

Treffen wir uns, sagte ich beim Aufstehen und kam seiner Frage nach meinem Beruf zuvor, im Café; ich nannte Namen und Anschrift. Ich bemerkte die Verwunderung in seinem Gesicht, dann winkte er ab. Ich kenne das Café, selbstverständlich - aber wie komme ich da hinein?

Fragen Sie den Kellner nach, ich nannte meinen Namen, er wird Sie zu mir geleiten...Ich fühlte, wie er mir nachschaute, als ich auf die Haltestelle auf der gegenüberliegenden Seite zuschritt. Ich wartete auf den Bus, 5, 10, 15 Minuten der nicht kam. Laut der Tafel mit dem Fahrplan verkehrte er regelmäßig in einem Abstand von fünf Minuten. Ich fluchte, ich hätte die drei Stationen zur Place des Pyramides längst zu Fuß bewältigt – ich entschloss mich, ein Taxi, das erste, das hier auftauchte, herbeizuwinken: Gabriel, mein Retter, das mich innerhalb kürzester Zeit an mein Ziel, einen hässlichen, ein trotz des Sonnenlichts wie im Dunkeln liegenden Bau, vor dem Armeeeinheiten patrouillierten, beförderte.

Was haben Sie hier zu suchen? unterstand er sich nicht, mich zu fragen, als ich aussteigen wollte.

Ich zuckte mit den Schultern. Eine Vorladung? Warum kommen Sie ohne Rechtsbeistand? Lassen Sie sich nichts gefallen. Er brauste davon.

Am Eingang wurde ich kurz aufgehalten, zwei Uniformierte fragten nach meinem Begehr, ließen sich meinen Ausweis zeigen, tasteten mich nach versteckten Waffen ab und ließen mich dann, als sie nicht fündig wurden, passieren. Im Foyer hing eine Tafel, auf der die verschiedenen Abteilungen in den einzelnen Stockwerken eingetragen waren, Namen fehlten. Der Pförtner regierte erstaunt, als ich nach Armand fragte, blätterte dann in einem Verzeichnis; sein Gesicht hellte sich auf und er gab mir bereitwilligst Auskunft: Ph....ich konnte ihn nicht verstehen, dritter Stock, Zimmer Nr. 324. Sie nehmen den Fahrstuhl.

Der Fahrstuhl entpuppte sich als ein Lastenaufzug; in Gedanken lästerte ich über diese „Mesalliance", als, bevor er sich in Bewegung setzte, 12 – 15 junge Männer in schwarzen Uniformen in den Aufzug stürmten. Ich machte mich klein, da sie für sich und ihre gute Laune allen Platz beanspruchten. Diese freundlichen, ein hochgewachsener blonder Jüngling hatte mich in seinem Bewegungsdrang angerempelt und entschuldigte sich sogleich, und lachend lärmenden Burschen sollten Angst und Schrecken verbreiten? Jagd auf Nichtfranzosen machen? Aus den Gesprächsfetzen konnte ich mir zusammenreimen, dass sie von einem erfolgreich verlaufenen Einsatz zurückkamen und nun Bericht abstatten sollten und neue Direktiven entgegennehmen wollten. Im zweiten Obergeschoss bremste der Aufzug mit einem Ruck ab, die Türen öffneten sich und die Meute verteilte sich auf die langen Gänge. Meine „Kontaktperson" hatte sich noch einmal umgedreht, mich eingehend gemustert und, ich hatte die Prüfung bestanden?! mir zum Abschied kumpelhaft zugezwinkert.

Wenig später stand ich vor der Tür mit der Nummer 324, ein Namensschild war nicht zu entdecken. Hier arbeitete der Mann, dessen Tage, rief ich mir ins Gedächtnis, gezählt waren, wenn alles nach Plan verlief. Ich klopfte an und trat, obwohl keine Reaktion erfolgt war, ein

...um so mehr sehen wir uns veranlasst, Maßnahmen, von denen wir bisher mit Rücksicht auf, ich verstand nicht, Abstand gehalten hatten, zu ergreifen, diktierte ein Mann seiner Sekretärin. Ich blickte mich um, neben einem Zeitungsstapel lagen einige Bücher, darunter der neue Roman von Houellebecq....Danke, unterbrach er seinen Rededuktus —das weitere können Sie von der CD abhören. Bringen Sie es nachher zur Unterschrift.

Ich habe auf Sie gewartet, nehmen Sie doch Platz, Sie wollten mir Bericht abstatten...so ist es nicht gemeint, entschuldigte er sich, als er meine verärgerte Reaktion spürte. Nur ich dachte, wir haben beide das gleiche Interesse, es geht um unser Land! Sie waren in Perpignan und haben, er spitzte die Lippen, unseren Freund Prévot besucht. Er zeigte sich wohl unterrichtet über alle meine Schritte. Es folgte das g l e i c h e Gespräch mit Armand, der sich von mir berichten ließ, was er schon wusste: die Partei unterwandern bzw. sie zu einer Politik der Anpassung, d.h. einer immer weiter nach rechts gerichteten Politik zu folgen, um am rechten Rand Stimmen abzufangen.

Prévot, versuchte er mich dann aufzuklären, ist der Drahtzieher vieler Anschläge, die in letzter Zeit in Paris erfolgt sind.

Ich blickte ihn ungläubig an. Die Presse hatte ausführlich darüber berichtet und die Schuldfrage offen gelassen - aber, ohne Namen oder anderen Zuweisungen Raum zu geben, konnte ein jeder sein Urteil fällen.

Dann musste ich laut auflachen. Prévot ist der Präsident des Clubs der Getreuen.

Alles, was ich dazu gehört und gelesen habe, was Sie mir erzählt haben, weist darauf hin, dass er diese Funktion dazu benutzt, um zielstrebig seine Absichten zu verfolgen. Wissen Sie denn, was Ihre Geheimorganisation, was, wandte er sich direkt an mich, sie wirklich will?

Selbstverständlich, es muss ein Ziel, ein Programm da sein. Es gibt ein Programm, versicherte ich.

War Thales nicht in den Brunnen gefallen, als er seinen Blick nach oben zu den Sternen gerichtet hatte? Wir wissen, was wir nicht wollen...Ich denke, seine Stimme wurde rauer, ich weiß, dass Prévot Sie, alle! missbraucht.

Da ich ahnte, dass er alles daran setzte, Prévot zu diffamieren, setzte ich mich zur Wehr. Prévot, lachte ich, ist ein Demokrat, durch und durch. Armand lächelte, Ja?! Ich verstummte und versuchte seinem Blick standzuhalten. Im Geheimen wünschte ich mich fort. Was habe ich mit Euren Intrigen, Euren Kämpfen zu tun? Valls, meldete ich mich wieder zu Wort, nennt Le Pen eine

Brandstifterin, sie fordert einen Einwanderungsstop, die Ausweisung radikaler Muslime, Schließung der Grenzen, lehnt freie Märkte und freien Handel ab und plädiert wie Erdogan für die Wiedereinführung der Todesstrafe. Wenn Frankreich dem nichts entgegenzusetzen habe, behauptet sie, werde eines Tages die Scharia unsere Verfassung ersetzen…

Halten Sie das für übertrieben?

Nicht nur das: Die Gefahr besteht darin, dass Republik und Sozialisten sich auch dieser Feindbilder bedienen.

Lesen Sie! Er reichte mir die Ausgabe der Le Monde. Die Sozialisten, las ich als Schlagzeile, treten für ein freies Frankreich ein und fordern die Besinnung wie die Rückkehr auf die nationalen Grenzen. Ich ließ das Blatt sinken. Ich verstehe nicht…

Alles Politische, klärte er mich auf, ist aus Kriegen hevorgegangen

…und wird daran auch wieder zugrundegehen, dachte ich. Und dann?

Bei den Europawahlen 2014 ging der Front National als stärkste Kraft in Frankreich hervor. Der Fehler der klassischen bürgerlichen Parteien liegt darin, den Gegner zu unterschätzen bzw. ihn zu übertrumpfen.

Ich verstand nicht.

Denken Sie an Chirac und Sarkozy, Chiracs, 1991, Hetzrede gegen Afrikaner und Muslims, die mehr Geld durch Sozialleistungen kassieren als Franzosen mit ihren Jobs. Der ehemalige Präsident N. Sarkozy gründete ein Ministerium für Identität und wollte die

Vorstädte, Wohnsitz der Armen und Migranten mit dem Hochdruckreiniger säubern. Der starke Staat, die traditionellen Parteien erweisen sich als unfähig, auf die Ängste der Menschen (Massenarbeitslosigkeit, Angst vor dem Fremden, der Immigrationspolitik und der Globalisierung) einzugehen.

Die Folge, ich richtete mich auf, ist der Rückzug des Rechtsstaats.

Ich weiß nicht genau, was Prévot vorhat. Sie haben, er blickte mich an, Zugang zu ihm – hüten Sie sich vor ihm, er stellt sich der Zukunft Frankreichs in den Weg.

Ich entdecke, ich starrte ihn an, keinen Dissens im Programm, zwischen den Argumenten der Parteien.

Mit dem Unterschied dass wir ehrlich und beharrlich unserer Linie folgen. Prévot tanzt auf vielen Hochzeiten – mit dem Ziel...

Ja?!

Chaos, Anarchie...Ich musste erneut laut auflachen. Prévot, wiederholte ich, ist ein lupenreiner Demokrat, der nicht davor zurückschreckt, die Souveränität des Volkes mit seinem Leben zu verteidigen.

So?! Prévot ist...viel mehr! Der beste Freund ist auch der beste Feind...Er hielt inne, obwohl er mehr sagen wollte. Sie haben, er blickte mich an, Zugang zu ihm. Ich ahne, was er plant, und ich musste mir, beinah wortgleich, die Vorwürfe und Argumente gegen die schwächelnden bürgerlichen Parteien anhören.

Am besten, das wäre die einfachste Lösung, die Parteien verbieten – er lachte, wenn sich das denn so leicht bewerkstelligen ließe. Als Ausweg, er fixierte mich, böte sich an, den Feind zu enthaupten, ihm den Kopf abzuschlagen – Sie verstehen?

Ich starrte ihn an, weniger erschrocken über die Radikalität des Vorschlags als über die Konsequenz, die mich betraf. Eine Kopie, die, ahnte ich, mich auserwählt hatte, den Schwertstreich zu führen – dann musste ich auflachen.

Armand war eine Sekunde irritiert, dann fuhr er fort: Ihn führungslos machen, den Gegner – liquidieren. Das ist eine Aufgabe für jemanden, versuchte er, mir dies Attentat „schmackhaft" zu machen? auch wenn dies Wort fehl am Platze ist, bestand ich für mich darauf, der, ein Suchender! den Ernst der Lage begriffen hat – Sie, er blickte mich lange und nachdenklich an, wären geeignet für eine solche Aufgabe. Ja, er hielt meinem Blick stand, d.h. sich selbst kennenlernen, die eigenen Grenzen, die unser Gewissen uns setzt, überschreiten, in außergewöhnlichen Situationen die Begegnung mit sich selbst erleben. Sie, er holte tief Luft, spielen Schicksal, das Volk wartet auf den Erlöser, auf die Tat, die sie zum Nationalhelden stempeln würde.

Ich empfand das als einen Appell, gerichtet, Patriotismus hin oder her - gegen mich selbst. Nicht zum ersten Mal fragte ich mich, warum ich nicht meinen Gewohnheiten nachgebe und einfach - flaniere, d.h. Italien Protugal aufsuchte, dem Land Frankreich, seinen Anforderungen, Erwartungen an mich, den Rücken kehre? Andererseits, wer fühlt sich in solchen Momenten nicht geschmeichelt, der Auserwählte zu sein? Einen Augenblick wurde ich schwach, dann schlug die Vernunft Alarm. Warum, dachte ich, fällt die Wahl auf mich? Was bewog Prévot, mich zum Märtyrer, zum heimtückischen Meuchelmörder zu machen, was Armand oder Philippot? Was, zum ersten Mal wurde mir bewusst, dass ich M ö r d e r sein wollte, sollte…Was, wenn die Tat erfolgreich ausgeführt wäre? Könnte ich fliehen? Oder würde ich, was wahrscheinlich wäre, gefasst, oder...? Was? In dieser Sekunde begriff ich, das war kein Spiel mehr - Ich selbst sollte, nachdem die Tat vollbracht war - liquidiert werden!? Wem sollte ich mehr vertrauen, Prévot oder Armand?

Armand schien meine Gedanken zu erraten. Wir sind von Natur aus ein Volk von „Müßiggängern und Hausmeistern" – wir müssen vor der Geschichte beweisen, er versuchte mich zu beruhigen, dass wir uns selbst zurückstellen können...ein Attentat ist ein Symbol der Freiheit! Sie werden aus dem Verkehr gezogen...nein, lachte er, für Ihre Sicherheit wird gesorgt, Sie reisen außer Landes, bis sich hier alles beruhigt hat.

Um einen solchen Auftrag auszuführen, dachte ich, muss man Hass empfinden - auf wen? Hass war mir fremd—Gleichgültigkeit, Ärger, vielleicht - und hatte Armand mir nicht geholfen, mich, Véronique nicht befreit? Die „Tat um eines Beispiels willen, wächst zum Gleichnis der Schicksalsverbundenheit eines Volkes, dass den Sinn solcher Beispiele erkennen muss."

Die Tage bis – meine Zeit, ich hatte mir eingeredet, jede Sekunde auskosten, erleben, empfinden können, was Leben heißt! erschien mir wie ein langer, unaufhörlicher Ferientag. Dies kommt, werden Sie sagen, meinem Lebensstil entgegen, ich bin Flaneur, Tagträumer, gebrauchen Sie ruhig, ihr Urteil kränkt mich nicht, die bürgerlichen, vom Vorurteil durchtränkten Verbalinjurien: Nichtsnutz, Arbeitsscheuer...außerhalb der bürgerlichen Arbeits – und Pflichtenwelt! Hat, kam mir in den Sinn, Prévot, hat Armand mich deshalb ausgewählt, weil ich ein „Exponat", jenseits allen Empfindens für die Strapazen, auch Erfolge! dieser fünften Republik, der, wie Deleuze oder Baudrillard es ausdrücken, von Gewohnheiten verdorbenen Gemeinde – und darin gefangenen Individuen, bin? Ich gebe zu, ich bin Anhänger der alten Schule, die mir die Freiheit, mich zu entscheiden, zugesteht, insofern Subjekt meines Handelns – und gegen allen Zweifel, den die Umstände mit sich bringen, eines sich als Objekt empfindenden Zeitgenossen! und wenn! der sich aufbäumt gegen sein Schicksal und in einem Gefühl der Gleichgültigkeit, ich verbessere mich, der Lebenswille behauptet sich, des Gleichmuts endet; ich nahm einen Schluck, es können mehrere sein, meines teuflischen, wohlschmeckenden Weines, der mir die Stärke verleiht, mich zu mir selbst zu bekennen.

Ich hatte gelesen, die Kritiken überschlugen sich, dass die Neuinszenierung von Jean-Pierre Vincent, dem Nachfolger unseres Patrice Chéreau, C a l i g u l a des Dramatikers A. Camus, für den ich immer eine Schwäche gezeigt hatte, auf dem Spielplan stand. Ich hatte kaum meine Absicht, das Théatre des Amandiers aufzusuchen, als Véronique begeistert zustimmte, so dass ich ihr den Wunsch, sicher, ich fühlte mich geschmeichelt, mich zu begleiten, nicht abschlagen konnte.

Das Theater, ein Pariser Kulturereignis, befindet sich in Nanterre. Nanterre ist Banlieue, liegt aber zugleich in der Nähe von La Defense, dem neuen urbanen Zentrum, so dass ihre Frage, wie kommen wir dahin? mehr als berechtigt war. Ich hatte mir, zugegeben, noch keine Gedanken gemacht. Naheliegend war die Fahrt mit dem Bus und/oder der Métro. Aber, wir blickten uns an, weder Véronique noch ich verspürten Lust, die Métro, in der es immer wieder zu Übergriffen kam, zu benutzen noch den Bus, der nur unregelmäßig verkehrte.

Wir nehmen das Auto, rief Véronique.

Das Auto? Hast du ein Auto?

Ich frage Pa – er leiht mir bestimmt sein Auto.

Der Gedanke erschien verlockend. Indes, ich schämte mich ein wenig, musste Frédéric, musste Jacqueline erfahren, dass ich mit ihrer Tochter…? nun, ein Verhältnis habe? Wie anders hätte ich, hätten wir ihnen unseren gemeinsamen Ausflug nach Nanterre erklären können?

Meinst du, dein Vater kann das Auto entbehren? Ich suchte nach einem Vorwand. Sicher…

Er kann doch den Wagen von Ma nehmen. Ja…

Ich versuchte, telefonisch Karten zu bestellen. Vielleicht waren die Vorstellungen ausverkauft. Die Kassiererin erkundigte sich nach unserem Wohnsitz. Oh, sie schlug die Hände, bildete ich mir ein, über den Kopf zusammen, ich schöpfte Hoffnung, dann müssen Sie früh losfahren, um rechtzeitig zur Vorstellung zu kommen. Das sagen wir allen unseren Pariser Besuchern. Es kann sein, ich mache Sie rechtzeitig darauf aufmerksam, dass unsere Vorstellungen angesichts…und sie setzte mir die Ereignisse, die zu einer Verspätung führen könnten, lang und breit auseinander. Also zwei Karten, Parterre, zweite Reihe. Merci.

7.11.16

Wir hatten beschlossen, rechtzeitig aufzubrechen, indes war es bereits früher Nachmittag, als Véronique, sie schwänzte ihr Seminar bei Jean – Pierre, mich, im Cabrio ihres Vaters Frédéric, abholte.

Ich wurde von Kontrollen aufgehalten, einmal musste ich eine Stunde warten, ehe ich weiter fahren durfte, entschuldigte sie sich. Unterwegs habe ich im Autoradio gehört, dass die Avenue Charles de Gaulle teilweise gesperrt ist. Ich weiß nicht, warum.

Das hängt vielleicht---

Wie bitte? Sie knipste das Radio aus…mit dem Vorwahlkampf zusammen- alle Ausfallstraßen stehen unter besonderer Beobachtung.

Du musst geradeaus fahren.

Die Avenue Charles de Gaulle? Sie schüttelte den Kopf. Wir fahren Richtung Crébillon, dann die Rue de Médicis…

Ich schaltete meinen inneren Kompass ein. Das ist ein Umweg! unterbrach ich sie.

Ich verlasse mich auf das Navigationsgerät. Sie betätigte das Navi und drückte den Knopf des Autoradios. Das heißt nicht, dass wir …Hören wir zu, was der Verkehrsfunk sagt: …Stau auf der Rue de Vaugirard. Bitte umfahren sie die Rue Vaugirard und die Rue… ich weiß schon, sagte Véronique…weitläufig, am Place de la Porte Chatillon…jetzt brach die Stimme ab. Ich versuchte es mit einer neuen Einstellung, ein Rauschen, eine Störung? Nein, ich konnte keinen Sender finden. Das sind, spekulierte sie, vielleicht Reaktionen, um die vorzeitige Übernahme der Sender durch den FN zu verhindern.

Was würde geschehen, wenn der FN die Mehrheit bei den Aufsichtsgremien der Sender erhielte? fragte ich neugierig. Sie bremste abrupt, dass ich nach vorne schnellte und durch die Frontscheibe geschleudert worden wäre, hätte mich nicht der Sicherheitsgurt zurückgehalten.

Ich wollte nicht provozieren.

Am besten, Véronique hatte die Hauptstraße verlassen, ich schleiche, ihre Stimme klang belegt, mich auf den Nebenstraßen bis zum Autobahnring Périphérique...

Wir verhaspelten uns in einem Gewirr von Seitenstraßen, in einer Straße mussten wir wieder umkehren, weil ausgebrannte Fahrzeuge die Weiterfahrt versperrten, das Navigationsgerät reagierte verstört, vereinzelte Schüsse, auf die kaum jemand mehr hinhörte, dann stoppte uns eine Bürgerwehr in Phantasieuniformen, verlangte die Ausweise und fragte uns nach dem Fahrtziel. Ich konnte Véronique gerade noch davon abhalten, gegen diese Willkürmaßnahme aufzubegehren – irgendwann gerieten wir, nachdem wir unsere Route wegen Baumaßnahmen oder irgendwelcher Absperrungen? verlassen mussten, auf eine Schnellstraße, von der wir hofften, dass sie uns wieder, auf die Gefahr eines Staus, auf die Avenue Charles de Gaulle, führte.

Wir haben Zeit, sagte ich, als sie mit überhöhter Geschwindigkeit auf eine Avenue zusteuerte. Die Sirene eines Krankenwagens nötigte Véronique, die Geschwindigkeit zu drosseln und ungeachtet der hinter uns hupenden Autos rechts heranzufahren. Fahr du weiter, stöhnte sie, ich kann nicht mehr. Sie traf Anstalten, die Wagentür zu öffnen, um auf den Beifahrersitz zu wechseln.

Aber du weißt doch...

Was? Sie starrte mich entgeistert an. Ich weiß, dass du kein Auto hast, aber den Führerschein...? Ich nickte. Den hast du auch nicht! Sie ließ sich wieder auf den Fahrersitz sinken.

Fahre noch weiter auf den Seitenstreifen hinaus, wir machen eine kurze Pause.

Sie steuerte das Fahrzeug dicht an den äußeren Rand des Seitenstreifens und schaltete die Warnlampe an. Ein Autofahrer, der auf dem Wagendach und in dem offenen Anhänger, diesen Anschein erweckte es, seinen ganzen Hausrat mit sich zu führte, fuhr an uns vorbei. Weg, nur weg von Paris! johlte Véronique.

Denkst du, auf dem Land lebt es sich besser – in diesen Zeiten?

Du siehst doch, was in den Städten geschieht! Ich weiß, was du sagen willst, sie legte mir den Finger auf den Mund. Auf dem Lande leben keine Ausländer und nur wenige Franzosen mit Migrationshintergrund. Sie blickte in die Landschaft hinein, weit und breit keine menschliche Ansiedlung, üppiges, nach saftiger Frische duftendes Grün, vereinzelter wie verloren wirkender Baumbestand, in der Ferne sanft ansteigende mit Schafen? befleckte Hügel – ich könnte das malen, rief Véronique und umarmte mich. Ich befreite mich vorsichtig aus der Umklammerung, in einem bestimmten Alter, sagte ich mir, ziemt es sich nicht, in der Öffentlichkeit zu schmusen. Ein hupendes Auto hinter uns bestätigte mein Bedenken. Jugendliche Insasse hatten die Fenster heruntergekurbelt und schrieen. Du alter Bock! Ich fuhr zusammen. Arschlöcher! zischte Véronique und zeigte den grölenden Jugendlichen den Mittelfinger. Lass uns weiterfahren, ihre Stimme wirkte verdrießlich...sie reihte sich in den Verkehrsfluss ein, eine Zeitlang herrschte stimmungsvolles Schweigen. Ich legte meine Hand auf ihren Schenkel, um sie zu besänftigen, sie schob meine

Hand zur Seite. Nach einer Weile: Kannst du mir sagen, worum es in diesem Stück eigentlich geht? wandte sie sich endlich an mich.

Du sprichst von Caligula? Kennst du das Theaterstück nicht?

Ich habe es gelesen, als ich jung war – ich war zwölf, ich habe es nicht verstanden.

Hast du deine Eltern nicht gefragt? Sie zog verächtlich die Lippen nach unten.

Es gilt, sagte ich, zusammen mit dem Belagerungsstück als das dramatische Hauptwerk des Künstlers, in dem er, auch wenn er dies verneint, seine existentialistische Absicht verarbeitet. Caligula...

...der blutrünstige römische Kaiser...

Nicht von Anfang an, relativierte ich. Erst der unerwartete Tod seiner Lieblingsschwester macht ihn zu dem Scheusal, als das wir ihn, historisch umstritten, kennen.

Also aus Rache an seinem Schicksal?

Ich hatte ihn als launischen Herrscher in Erinnerung, für den alles nur Spiel ist. Glaubst du, fragte sie nach einer Pause, dass der Regisseur, wer hat es inszeniert? Ich zuckte mit den Schultern, das Stück aktualisiert? Und Hollande oder Marie Le Pen als Caligula gezeichnet hat?

So weit würde ich nicht gehen, lachte ich. Andererseits, gab ich zu bedenken, stehen auch wir vor einer Autokratie – das Volk hat gesprochen.

So weit wird es nicht kommen, widersprach sie heftig und lenkte das Fahrzeug wieder auf die Fahrbahn.

Denke, Vorsicht! sie hätte beinahe einen jungen Mann, der hinter einem am Fahrbahnrand abgestellten Wagen hervorkam, angefahren, an die Ereignisse in der Türkei. Willst du ihn mitnehmen? Der junge Mann hatte gewunken und dabei auf sein Auto gezeigt, so dass Véronique bremste und auf den „tadellos gekleideten" jungen Mann, der herbeieilte, wartete. Können wir Ihnen helfen? Ja, nehmen Sie mich mit? Nanterre. Mein Auto…ich habe eine Panne. Die Kardanwelle…

Ich öffnete die Wagentür. Steigen Sie ein.

Mein Name ist Gérard, stellte er sich vor. Auch wir nannten, wohl oder übel, unsere Namen. Gérard zwängte sich auf den Notrücksitz. Geht es? Mir fiel der ein wenig aufdringliche, nein Véronique, keine Kritik an der Jugend! Duft, ein durchaus kostspieliges Parfüm, auf sowie ein Zeichenmal, das die Zugehörigkeit zu…ich konnte es nicht zuordnen und Véronique schien dem keine Beachtung zu schenken.

Statt universeller Werte, setzte Véronique unsere Unterhaltung fort: Homogener Volkswille, antipluralistisch.

 Mit der Mehrheit aller Stimmen errichtet Erdogan seine – Präsidialdemokratie.

Das ähnelt schon mehr der klassischen Variante. Die gleiche Entwicklung haben wir in den Nachbarländern. Holland, Belgien, Dänemark. Europa wacht auf, schaltete sich Gérard ein.

Ein Rechts - Populismus wie Trump, gegen das Establishment.

Wollen Sie, dass Hollande weiter regiert?

Nun, es gibt noch andere Kandidaten. Véronique hatte Feuer gefangen: Valls, der Premierminister, bewirbt sich, Macron will als parteiloser Kandidat antreten, ebenso ein früherer Hollande-Minister wie Jean – L. Mélenchon, Vorsitzender der Linkspartei Parti de Gauche (PG) oder der Linksnationalist Arnoud Montebourg, linker Flügel der PS.

Nicht zu vergessen: die UMP, jetzt LR: Sarkozy oder Juppé...

Ein verächtliches Lachen quittierte die Aufzählung. Gérard setzte sich aufrecht: Wir haben in diesem Land Probleme, die von den traditionellen bürgerlichen Parteien nicht gelöst werden können. Denken Sie an die Attentate, die sich jederzeit wiederholen können.

Wir müssen das Übel an der Wurzel anpacken, d.h. wir müssen uns fragen, sagte Véronique, wer die Drahtzieher sind, und warum – und wie wir dem am besten begegnen können.

Gérard lachte auf: Das ist, er nannte ein neues Schlagwort, der „Dschihadismus der Nähe", d.h. führte er aus, die Mobilisierung junger radikalisierter Muslime, Nachkommen, die zweite und dritte Generation, die auf angebliche Ausgrenzung und Aggression, sie sehen sich als zweitklassige Franzosen, Véronique und ich blickten uns an, er wurde erregter, warum nehmen sie die Angebote, die wir ihnen machen, nicht an? mit Anschlägen reagieren sollen – und auch so reagieren. Sie sollen die Lage im Land instabil machen, einen Bürgerkrieg initiieren und dann, er ließ die Worte auf der Zunge zergehen, auf den Trümmern der Demokratie ein Kalifat errichten.

Und? Was sollen wir tun?

Wir müssen der Kolonisierung Einhalt gebieten – ich meine die religiöse durch die Moslems und die kapitalistische durch die Amerikaner. Unser Führer Prévot, ich fuhr zusammen, hatte ich mich verhört? sicher ist der Name häufiger, prophezeit, der Vorwahlkampf hat begonnen, einen heißen Herbst! Die Identitären, er ballte die Faust, stehen bereit!

Sein Parfüm durchdrang das, Véronique hatte das Verdeck zugezogen, mittlerweile geschlossene Auto. Mir war der schwule Mitfahrer, nein, keine Vorurteile, aber ich habe etwas gegen Männerbündnerisches. Véronique ihrerseits schien angetan, weniger von dem rechten Gedankengut als der Aussicht, ein Streitgespräch, bei dem die Fetzen flögen, führen zu können.

Es muss doch auch eine politische Lösung geben – wir, die, sie druckste herum, dann sprach sie es aus, reinen Franzosen sind doch in der Mehrzahl…Auch Sarkozy, lachte Gérard, verkündet seit Wochen, dass alle Franzosen von den Galliern abstammten.

Auf der einen Seite war ich der Wahlkampfrhetorik, der sich ein jeder, der lesen und schreiben konnte, so oder so bediente, überdrüssig, sie langweilte mich; dann erinnerte ich mich wieder meiner Aufgabe, die mich verpflichtete, Stellung zu beziehen –für wen? Die polare Konstellation spannte mich wie ein Folterinstrument im Mittelalter, wo der Verurteilte zum Gaudi seiner Mitbürger zwischen zwei Pferden, die in die entgegengesetzte Richtung gejagt wurden, festgebunden war, in einen Entscheidungszwang und drohte, mich zu zerreißen.

…aber die Parteien, ich kehrte wieder in die Diskussionsrunde zurück, sind, stellte Gérard fest, heillos zerstritten!

Wenn die Sozialisten und die Republikaner und, sie stockte…

...der Front National? köderte Gérard.

Ja, meinetwegen zusammenhalten, eine große Koalition bilden, unter Führung

einer Präsidentin Le Pen...

dann, sie überhörte den Einwurf, hat die Bruderschaft der Muslime keine Chance. Ich meine die Union der demokratischen Muslime.

Er langte in den Beutel mit Süßigkeiten, den ihm Véronique hinhielt: Etwas Zum Naschen...Du auch? Ich lehnte ab, griff dann aber doch zu.

Die Schwarzköpfe, Gérard kaute, haben uns längst ausgetrixt. Sie haben die Sozialisten weichgeklopft – ja, erregte er sich, als ich ihn verständnislos anschaue, wer hat denn in den Schulen Gebetsräume bereitgestellt, wer hat die Teilnahme am Schwimmunterricht aufgehoben? Es gibt eine Schulpflicht! Wer hat das Kopftuchverbot unterlaufen, wer den Bau der Moscheen immer wieder erlaubt? Einzig der FN ist in der Lage, diese Zugeständnisse, das ist der Verrat des Abendlandes! wieder rückgängig zu machen. Können Sie da vorne rechts abbiegen? bat unser Fahrgast plötzlich.

Wir fahren, sie schaute auf ihr Navigationsgerät, direkt auf die Avenue Charles de Gaulle zu.

Vertrauen Sie mir, das ist eine Abkürzung - und viel weniger Verkehr. Danke, sagte er, Ich staunte über die Wohlerzogenheit dieses jungen Identitären, der mir trotz seiner wirren Ansichten, aber hatte er nicht in verschiedenen Punkten recht? sympathisch war.

…aber haben wir es, sie griff den Faden wieder auf, angesichts des Erstarkens der nationalistischen Tendenzen, eine Stigmatisierung findet statt! nicht mit einem Rückzug des muslimischen Engagements in der Politik zu tun?

Sarkozy meinte nach Trumps Sieg, die Amis hätten sich gegen eine Politik gewehrt, „die das Verlangen der Völker nach einer Steuerung der Immigration und Respekt für die Grenzen" ignoriere. Juppé, sein heftigster Kritiker und Widersacher, sagte, Trump sei gegen das tradierte politische System, sein Sieg könnte den Republikanern Auftrieb geben. Ähnlich argumentiert Le Pen, die Parteivorsitzende des FN, die Amerikaner hätten sich einen Präsidenten ihrer Wahl geschenkt- und nicht den, den das herrschende System ihnen aufzwingen wollte.

Im Einklang mit Präsident Hollande warnt Juppé vor den Gefahren der Demagogie und des Extremismus.

Ja, lachte Gérard, auch die Linke, Jean – Christophe Cambadélis, versucht aus Trumps Erfolg Kapital zu schlagen und die zerstrittenen Roten und Grünen endlich zu versöhnen. Eine Schuldzuweisung, wenigstens eine Mitschuld, wies Mélenchon zurück, statt Clinton hätte Ernie Sanders antreten sollen. Glauben Sie, dass ein so alter Mann…

Waren nicht alle Kandidaten jenseits der Altersgrenze?

Vor uns tauchten, bisher verdeckt, nach einer Kurve und hohen Gebäuden, gelbe und rote Lichter auf, eine von weitem sichtbare Straßensperre gebot den Fahrern die Geschwindigkeit auf Schritttempo zu verlangsamen.

Oh verdammt! Können Sie anhalten und mich aussteigen lassen?

Véronique war rechts herangefahren und hielt an, ich stieg aus und sah dem in das Dunkel der Häuserschatten flüchtenden Identitären nach. Er hätte sich wengstens bedanken können, sagte ich. Wir…Pfiffe und Rufe unterbrachen mich, Richtscheinwerfer erhellten die Straße und tasteten die Häuserfronten ab. In einem Hauseingang versuchte Gérard vergeblich, sich vor den Lichtspionen wegzuducken, ehe er weiterflüchtete. Rufe und Hundegebell kündigten an, dass die Sicherheitsorgane die Verfolgung aufgenommen hatten.

Ich drück ihm die Daumen, sagte Véronique.

Vergisst du, ich starrte sie an, wie eben diese Identitären bei der Vernissage…

Nein, sie setzte sich aufrecht, solange wir miteinander sprechen…

…oder streiten, spottete ich…

…ringen wir um „die gleiche Sache".

Ich kam nicht dazu, nachzufragen, was die „gleiche Sache" bedeutet, denn an der Sperre beugte sich ein Polizist zu uns und fragte nach unserem Ziel.

Nanterre, ins Theater.

Fahren Sie bitte rechts heraus, schalten den Motor ab und steigen aus.

Wir blickten uns an, leisteten aber der Aufforderung Folge, ebenso wie der Kontrolle unserer Papiere, Ausweise und Zulassung. Zwei weitere Polizisten? In Zivil waren an unser Auto herangetreten und durchsuchten das Fahrzeuginnere, schlugen die Sitze um…

Suchen Sie nach etwas? Vielleicht können wir Ihnen helfen? wütete Véronique.

Ja, was ist das? Der eine Zivilist hatte in einem Stapel Zeitungen eine von der Moslem – Bruderschaft herausgegebene Streitschrift mit dem Logo des IS entdeckt. Er las aus der Schrift etwas vor. Dies ist ein Aufruf zum Widerstand, man könnte das auch, er hielt die Zeitung Véronique unter die Nase, als Hilfestellung bei der Vorbereitung von Anschlägen verstehen, wenn die Rede von der Errichtung eines muslimischen Staates ist; dann blätterte der Kollege eine zweite Schrift auf: Le Pen: Ein durch den Ausstieg aus der europäischen Gemeinschaft befriedetes Frankreich. „Die Freiheit kann uns leiten. Wir können wieder ein freies Volk werden, stolz und unabhängig. Wir können Frankreich seinen wahren Platz in der Welt zurückgeben..."

Ich weiß nicht. Sie wirkte irritiert. Das ist nicht mein Auto, es gehört meinem Vater.

Ein Schuss hallte durch das Dunkel. Véronique und ich zuckten zusammen.

Es ist in Ordnung, sagte der Polizist, der die Ausweise kontrolliert hatte. Das Auto gehört in der Tat ihrem Vater, dem Journalisten Frédéric K.

Jetzt erklären Sie uns, warum Sie in Sichtweite der Absperrung angehalten haben und einen Mann haben aussteigen lassen?

Er bat uns, ihn aussteigen zu lassen.

Wer ist der Mann?

Wir kennen ihn nicht, die Zivilisten lachten, er hatte eine Autopanne und bat uns, ihn nach Nanterre mitzunehmen. Sie hielt inne, denn die Sicherheitsbeamten mit der Hundestaffel kehrte zurück, zwischen ihnen in Handschellen und verletzt, er hinkte und blutete am Bein, bleich: Gérard, und verfrachteten ihn zum Verhör? In einen Streifenwagen. Wenig später fuhr ein Krankenwagen vor.

Ist das der Mann, den Sie mitgenommen haben?

Ja, sagte ich.

Sie wussten nicht, um wen es sich handelt?

Nein.

Wir nehmen Ihre Personalien auf, dann können Sie weiter fahren – ins Theater, zu Caligula, er lachte.

Die öffentlich gekennzeichneten Parkplätze nahe der Bühne waren als Sicherheitszone ausgewiesen; wir mussten weit ab von unserem Ziel parken.

Das Theater war halb gefüllt. Die Vorstellung begann mit Verspätung. Ich konnte mich nicht richtig konzentrieren, denn meine Gedanken glitten immer wieder zu dem Zwischenfall und der Frage, was den jungen Mann zum Zielobjekt polizeilicher Ermittlungen bzw. Verfolgung machte. So blieb mir zunächst verborgen, Véronique stieß mich mehrfach an, dass sich, es trafen immer wieder neue, vor allem jugendliche Zuschauer ein, unter ihnen verschiedene Gruppen niedergelassen hatten, die sich in Aussehen und

Verhalten, es wurde laut gelacht und die Gespräche gingen über mehrere Bankreihen, unterschieden.

Theater war für mich immer ein Ort oder Hort, wie es ein französischer Dichter beschrieb, der bonheur, joie, jalouisie, eine cómedie humaine, wo die psychologie dans l`espace et le temps vorgestellt werden. Nicht, dass ein zeitgenössisches Theater zeitgenössische Stücke, die Aktualität unserer Besorgnisse treffender zum Ausdruck bringen als die Klassiker der Bühne, die ihrer Patina, die die Zeit wie einen Mantel um sie gelegt hat, entstaubt oder entkleidet werden, wo dabei, in Einzelfällen! Schauspieler so buchstäblich wie aufdringlich in ihrer natürlichen Nacktheit posieren – dies fernab ihrer nächsten Verheißung nach, wo die Bühne, im wahrsten Sinne, meiner persönlichsten Empfindung und ihrem Auftrag nach, auch eine Stätte der melánscholie dans le temps zu sein hat.

Ich drehte mich auf meinem Sitz um, als Unruhe im Zuschauerraum entstand. Eine Gruppe junger Theaterbesucher, eindeutig nordafrikanischer Herkunft, drei Männer und zwei Frauen hatten das Parterre betreten und strebten ihrem Platz, drei Reihen hinter uns, zu. Die Frauen trugen Kopftücher, Anlass für den ersten Zwischenruf. Ich konnte die Beleidigung, denn um eine solche handelte es sich, wie ich der Reaktion der Frauen entnehmen konnte, nicht verstehen. Wenn das mal gut geht, flüsterte Véronique. Eine nächste Bemerkung: „Das ist ein französisches Nationaltheater - für Franzosen!" erntete unter vielen Besuchern Heiterkeit. Dann wissen Franzosen, Véronique war, ich hatte vergeblich versucht, sie davon abzuhalten, aufgesprungen, auch, wie Franzosen sich gegenüber Franzosen, sie legte eine Schlinge um uns alle, verhalten sollen. Lachen und Pfiffe quittierten ihr Eintreten für ...Setz dich hin, du alte Schlampe! Nun geschah etwas Unerwartetes, einer der Begleiter der nordafrikanischen Frauen, ein hochgewachsener Franzose afrikanischer Abstammung, ein Afro-Franzose, hatte sich umgedreht und den Beleidiger, der eine Stuhlreihe hinter ihnen saß, geohrfeigt. Ich war sprachlos und befürchtete, dass jetzt eine Saalschlacht entbrannen würde. Einen Augenblick herrschte Stille, dann erstickte ein anhaltendes Klatschen das aufkommende Wutgeheul der Non - Debouts...

Ein Gong ertönte, die Saaltüren wurden geschlossen. Ein zweiter Gongschlag „löschte" das Licht, die Gespräche verstummten, und mit dem dritten kurz darauf folgenden ging der Vorhang auf.

Wusstest du, flüsterte Veronique mir zu, dass in der Uraufführung Gérard Philip... und...ich verstand nicht alle Namen, die sie aufzählte, die mir aber bekannt waren. Ein angedeutetes Bühnenbild, der Darsteller des Caligula: ein einnehmend sympathisch wirkender Akteur, schien alle historischen und landläufigen Vorurteile, die sich in dieser Figur angesammelt haben, Lügen zu strafen. Selbstverliebt, den Künsten aufgeschlossen...und je mehr sich die schicksalhafte Vorliebe dieses Exzentrikers für die Schönheit der Dinge öffnet, er selbst sich in diesen Künsten ausprobiert und - immer wieder mischen sich die historisch bekannten Daten oder Vorurteile? mit der Dramenfassung, er das Leben an der Seite seiner geliebten Schwester...genießt – als der jähe Tod dieser Schwester ihn aus der Bahn wirft und er selbst Schicksal zu spielen beginnt. Kann es sein, flüsterte Véronique, dass jemand, von heute auf morgen sein Leben...ich verstand nicht, ja? ich meine und dann, erschrocken, was er vollbracht hat...ich verstehe nicht...ach, ist gut. Und dann, am Schluss, beinah, nein endlich! den Tod herbeisehnt.

Der Beifall eines von der Darstellung hingerissenen Publikums belohnte Schauspieler und Inszenierung. Véronique war in sich gekehrt; erst orientiert sich, durchbrach ich das Schweigen, als wir das Auto bestiegen, der Autor am historischen Vorbild, dann demontiert er das historische Original, so dass die Umstände oder doch die charakterliche Veranlagung eines im Grunde Besessenen? die Wandlung hervorrufen - darüber stritten wir uns auf der Heimfahrt. Camus betont in seinem Drama das Existentialistische – er hat sich, soviel ich weiß, davon distanziert.

Wie soll das gehen?

Ein hoch politisches Stück, das die Frage nach der Verantwortung aufwirft. Ich starrte meine Fahrerin an. Wann hat mich je Politik interessiert? Zumal wenn die Moral als ihren Vertreter, ihren Jünger, was unausbleiblich ist, den Moralisten zeugt! der seine Nase ins Leben der anderen, La vie des autres, steckt...und sie bevormunden will. D.h. Moral zielt nur auf die Absichten, die unzweifelhaft, ein Unterdrückungsinstrument in der Hand der Stärkeren werden. Ich, ausgerechnet ich! mir wurde meine Situation bewusst, werde erpresst: ich soll für das Wohl meines Landes geradestehen! Und jeder meiner beiden Mentoren nimmt für sich die Moral in Anspruch.

Hatte sie meine Gedanken erraten? Glauben wir nicht, spottete sie, an die political correctness, Véronique ging mit diesem Begriff hausieren, an den Duktus der Wohlanständigkeit in der, wie es Bergson ausdrückt, offenen wie geschlossenen Moral? Er differenziert, nein, er spielt noch mit dem Gedanken eines dem Gemeinwohl verpflichteten Individuums und, nenne es in deinen Worten, Freiheit oder Moral, die an die amour de l`humanitè appelliert.

Ich wusste nicht, weilte sie in Gedanken noch bei dem Stück oder war sie in die Gegenwart zurückgekehrt? Ist es das, spottete ich, was euch Jean - Pierre erzählt? Im gleichen Moment schämte ich mich meines Ausfalls meinem „Freund", ihrem Lehrer; gegenüber. Wo - sicher, setzte ich ihr auseinander, ist es ein Recht, eine Pflicht der Jugend, gegen einen Missbrauch, in gutem Glauben, aufzubegehren - wird deutlicher als in der Politik, namentlich oder verschlüsselt, das Wort, der Begriff der Moral verhandelt? Wo auch hinterlässt er, sichtbar! deutlichere Fußabdrücke als im Handelsregister der Politik? Die Moral vergiftet, wie es ein deutscher Philosoph ausdrückt, einmal die ganze Weltauffassung und schneidet den Weg zur Erkenntnis zur Wissenschaft ab, dann löst sie alle wirklichen Instinkte auf und untergräbt sie - ein tatsächlicher Ehrabschneider im Dienste der Mächtigen, ein furchtbares Werkzeug der – anhaltenden – décadence.

Der Bürger von heute, wehrte Véronique ab, lebt in der Widerspruchserfahrung von Theorie und Praxis – er entscheidet…

Wenn er dazu in der Lage ist…

-was er glauben will –und was er unternehmen will.

Indem er alle paar Jahre wählen geht? Der Wahlvorgang, zugestanden als Wahlrecht des Citoyens, provozierte ich, ist die Abkehr tatsächlicher politischer Beteiligung – und beruhigt die Gewissensbisse…

Du meinst, ich konnte die Ironie in ihrer Stimme heraushören, das sei die Erlösung, um unser schlechtes Gewissen, das uns wie mit Bleigewichten an den Füßen auf dem Boden hält zu entlasten…und der Staat oder wer auch immer, greift zu der Waffe – der Moral?

Selbst die Demokratie braucht Helfershelfer! Moral, ich gehe einen Schritt auf dich zu, ist missbraucht, verkommen, aber lebenswichtig. Daher brauchen wir die (Sonntags -) Prediger, all die, die ehrenamtlich unterwegs sind, Gotteskrieger: Philosophen, Kirchenväter...

Wird der Idealtypus des Moralisten zum Moralprediger, Heuchler, Doppelgänger – du erinnerst dich an die Auseinandersetzung bei den Jesuiten und den Jansenisten, sermoneur und pédant? verstellt er, wie Rousseau sagt, den Blick auf den wahren Charakter des Menschen.

Moralvorschriften, ich wiederhole mich, leiten sich aus dem Vorrecht des Stärkeren, den wie es bei Macchiavell, Hobbes und anderen heißt, ab.

Sie sind, wie auch Caligula, ehrlich mit der Machtfülle, die ihnen zugefallen ist oder die sie dem Herrscher zugesprochen haben, umgegangen.

Alle führen, konterte ich mit Diderot, sie (die Moral) im Mund, niemand übt sie aus, sagen wir, die wenigsten üben sie aus...Daher Kampf gegen das Establishment, dem nicht mehr die Kraft zugetraut wird, ehrlich.

Die kulturell-soziale Debatte führen heute Alain Fienkelkraut und M. Houellebecq.

Aus strategischen Gründen, um des sozialen Friedens willen, reizte ich sie, die Unwahrheit zu sagen, wie schon Platon im „Staat".

Angesichts der sozialen Probleme, dem vorbildlosen schnellen Wandel, der Digitalisierung des Lebens und der Immigration wünscht sich jeder fünfte Franzose ein autoritäres System, das für Ordnung sorgt: und die Moral! aufrecht erhält.

Ich musste in diesem Augenblick an Le Pen denken. Was sagt sie in ihrem Wahlprogramm? Die Rechtspopulistin, die, wie sie behauptet, „über den Parteien steht", hat ihr Hauptquartier in dem feinen achten Arrondissement von Paris aufgeschlagen, die Kampagnezentrale liegt nun an der Rue du Faubourg Saint-Honoré, nah ihrem Ziel: Èlysée-Palais. Sie ist es, die von der Stimmung in Frankreich profitiert: Terror, Arbeitslosigkeit, innere Schwäche; sie beschreibt die Gefühlslage ihrer Landsleute mit: Lassitude morosité, mefiance.

Wie lavieren die anderen bürgerlichen Parteien?

Zwischen den politikerfahrenen Kandidaten, dem Bürgermeister von Lyon, Juppé, und Sarkozy fällt die Entscheidung, wer sich um das Amt des Präsidenten bewerben darf. Jean-Pierre Lévy, der Meinungsforscher von „Harris Interactive", glaubt, dass Sarkozy „die Stimme der schweigenden Mehrheit" sein will. Ähnlich Trump in Amerika verkörpert er – und spielt es aus - die Rolle des starken und erfahrenen Präsidenten in Krisenzeiten.

Der rechte Sozialdemokrat Valls will sich auch als Retter und Lichtgestalt präsentieren.

Emmanuel Macron, ein weiterer Präsidentschaftskandidat, hat die Unzufriedenheit und die Ängste der Bürger aufgegriffen: gegen das Establishment. Frankreich, das ist vor allem ein Projekt, erklärt er, in dem sich jeder emanzipieren kann. Deshalb seine Kandidatur. Frankreich ist reif für eine demokratische Revolution: Ich habe die Leere des politischen Systems von innen gesehen. Es ist ein Apparat, der nur seinen eigenen Interessen verfolgt. Wie glaubhaft kann er sich präsentieren? Denn Macron hat die Kaderschmiede der Republik, die berühmte Ècole nationale d`administration, Ena, durchlaufen. Nach einer Bankkarriere bei Rothschild wurde er Wirtschaftsberater im Élysée- Palast, dann stieg er zum Wirtschaftsminister von Hollande auf. Unzufrieden gründete er im Frühjahr 2016 eine eigene politische Bewegung „En Marche" (E.M.) und trat als Wirtschaftsminister zurück. Er zeigt sich als das junge, er ist 38 Jahre alt, nette Gesicht, ein liberales reformfreundliches, proeuropäisches Gegengewicht zum rechtsextremen FN.

Wir parkten das Auto auf dem Gelände einer nahegelegenen Tankstelle und legten die wenigen Schritte, die Nacht war mild und umhüllte uns wie ein warmer Mantel, sieh mal, der Mond! zu Fuß zurück.

Das Recht der Jugend, sie stubste mich an, ist der Streit, der nicht um seiner selbstwillen geführt wird, sondern, ich, die Straße war menschenleer, umarmte sie, in Versöhnung ausklingt.

Wir bogen in die nah abzweigende Avenue, meine Wohnadresse, ein, als uns im Blaulicht der Einsatzfahrzeuge und in „mein Haus" ein – und auslaufende Polizisten empfingen. „Sie dürfen hier nicht hinein!" Ich, wir wohnen hier!

Wir mussten uns ausweisen, meine Frage, was das hier bedeutet, blieb zunächst unbeantwortet, da ein Krankenwagen, ebenfalls mit Blaulicht, vorfuhr, mitten auf der Straße zum Stehen kam und ein Arzt und Sanitäter mit einer Bahre im Haus verschwanden. Es hatten sich trotz der späten Stunde einige Schaulustige angesammelt, die sich mit ihren Kommentaren nicht zurückhielten: Ein Raubüberfall! Araber! Gesindel! Ausweisen! aber trotz der menschenverachtenden Provokation keine Auskunft von den Ordnungskräften erhielten. Zur Seite! Diese Aufforderung galt uns beiden, die versuchten, ins Haus zu dringen. In diesem Augenblick traten die Sanitäter aus dem Haus, auf ihrer Bahre eine alte Frau …Bab! Ich schrie auf, unsere Concierge, was ist passiert? Ihre Wohnung, sie schlug die Augen auf und erkannte mich, sie sind da eingedrungen, ich hatte sie beobachtet und folgte ihnen… Wer? stammelte ich. Sie sehen doch, dass ihr das Sprechen schwer fällt! Die Polizisten drängten uns zurück. Sie verwüsteten … das konnte ich noch hören - dann bin ich niedergeschlagen worden. Die Sanitäter, ich kam nicht dazu nach der Schwere ihrer Verletzung zu fragen, hatten sie in den Krankenwagen geschoben und sausten mit Blaulicht davon. Sind Sie…? Ein Beamter reichte uns die Ausweise zurück und bat uns in einen Streifenwagen, um uns zu verhören. Ausländer raus! hörten wir noch, als die Tür hinter uns zuschlug. Ich weiß nicht, ob Sie in ihrer Wohnung übernachten wollen, sie ist verwüstet und die Eingangstür bzw. das Schloss ist so beschädigt, dass sie nicht abzuschließen ist.

Ich möchte in meine Wohnung, um zu sehen…ich sprach nicht weiter. Der Beamte schüttelte den Kopf.

Haben Sie keine Freunde, wo Sie unterkommen können? Wie ist es mit Ihnen, wandte er sich an meine Begleitung, Mademoiselle?

Ich lasse meinen Bekannten nicht im Stich.

Das ist Ihre Entscheidung. Dann gehen wir jetzt in Ihre Wohnung, und wir protokollieren, was gestohlen ist. Mit diesen Worten stand er auf, öffnete die Wagentür und ging uns voraus.

Verhaften! Abschieben! johlten einige der Zuschauer.

Sie kommen mit, forderte er einen weiteren Beamten auf.

Wir, Véronique und ich sollten vorausgehen, stiegen die Treppenstufen hoch, wobei wir immer wieder Polizisten begegneten; ich blickte misstrauisch auf das, was sie an Gegenständen „nach unten" beförderten, ich glaubte, Werkzeug zu erkennen. Einer von ihnen flüsterte unserem Beamten etwas ins Ohr, worauf dieser mit dem Kopf nickte, Spurensicherung, erklärte uns unser Einsatzführer.

Nein! Véronique schrie auf, als sie die zertrümmerte Wohnungstür, die windschief in den Angeln hing, erblickte. Auf dem Boden, schon auf der Türschwelle, lagen Wäschestücke. Im Wohnzimmer waren die Schranktüren mit Gewalt geöffnet worden, sämtliche Schubladen aus dem Schrank herausgerissen, der Inhalt lag auf dem Boden zerstreut. Unter den Trümmern entdeckte ich den Familienschmuck, den die Einbrecher nicht angetastet bzw. den sie übersehen hatten. Auch die Fächer in meinem Schreibtisch waren ausgeschüttet worden, meine Korrespondenz, ich durchwühlte die Unterlagen, verteilte sich über den ganzen Raum: Die Mitteilungen von Armand und Prévot fehlten. Entweder haben die Einbrecher danach gesucht und sie mitgenommen oder sie befinden sich längst in den Händen der Polizei? Unser Einsatzleiter musterte mich scharf. Ich erwiderte den Blick. Einige Aufzeichnungen…nichts weiter. Ich schüttelte den Kopf. Im Schlafzimmer bot sich ein trauriger Anblick. Federn waren bei unserem Eintritt aufgewirbelt, blieben zum Teil an unseren Kleidern hängen. Die Betten, Kopfkissen und Zudecke, lagen auf dem Boden, eine Decke war aufgeschlitzt, inmitten eines Federnmeeres unsere Nachtwäsche. Mein Schlafanzug, dann ein BH von Véronique…

Vandalismus! bemerkte der Beamte. Sie müssen sagen, was fehlt, was gestohlen worden ist!

Das kann ich Ihnen nicht sagen. Das Geld, ich hob das Bündel vom Boden auf, wurde nicht angetastet.

Oder wonach die Einbrecher gesucht haben könnten. Er sah mich durchdringend an.

Bisher vermisse ich nichts, sagte ich.

Wollen Sie wirklich hier übernachten? Die Wohnung ist mit Gewalt geöffnet worden, die Einbrecher suchten, er blickte mich wieder forschend an, etwas…Dann lassen wir Sie jetzt alleine.

Am besten – ich sah Véronique ratlos an, wir fangen an, aufzuräumen. Ja, sie schien dem Vorfall etwas Abenteuerlustiges abzugewinnen, wir versuchen, die Wohnung abzuschließen. Ein Kassettendeckel in der Türfüllung war herausgeschlagen, so dass man von außen an die Klinke greifen konnte; da das Türschloss abgeschlossen und die Türflügel zusätzlich mit einer Querstange verriegelt waren, Plastik, stellte Véronique fest, müssen die Einbrecher die Tür mit brutaler Gewalt, mit einem Stemmeisen, aus den Angeln gerissen haben.

Abschließen können wir nicht, Du musst morgen die Handwerker bestellen, stellte Véronique sachkundig fest. Fass mal mit an. Zu zweit richteten wir die Tür auf, so dass sie bis auf einen Spalt geschlossen wirkte. Dann sammelte sie die Wäschestücke auf, legte sie wieder Stoßkante auf Stoßkante ordentlich zusammen und verstaute sie auf ihren Platz im Wäscheschrank. Was machen wir mit den Betten? fragte ich, zugegeben, hilflos. Wir nehmen Decken, so, sie verzog spöttisch das Gesicht, wie es sich gehört. Du, sie schubste mich zur Seite, um die Federn aufzulesen, stehst mir im Weg – am besten setzt du dich hin oder, fiel ihr ein, räume deinen Schreibtisch ein.

Ein wenig überflüssig kam ich mir vor, staunte aber über die praktische Wendigkeit, mit der eine weibliche Hand sich, uns in diesem Chaos mit Umsicht einen Ordnungsweg bahnte, und war, ich wagte nicht, mir auszumalen, wie lange und auf welchen Umwegen, ich dazu in der Lage gewesen wäre – erleichtert.

Ich nahm mir vor, im Wohnzimmer, zugleich mein Ess – und Arbeitsraum, den alten Zustand wieder herzurichten. In der Küche konnte ich aus einem Scherbenhaufen zwei halbwegs intakte Gläser herausfischen, die Weinflaschen, in Gedanken war ich den Einbrechern für diese zivilisatorische Geste dankbar, waren nicht zerbrochen, der Wein schwamm nicht ausgeschüttet auf dem Boden. Ich füllte die Gläser, nachdem ich die Flasche entkorkt hatte und schnupperte an dem Aroma - ein Medoc! Véronique kniete im Nebenraum auf dem Boden. Ein Wein für besondere Gelegenheiten, schwärmte ich, als ich ihr das Glas anbot. Sie sah kurz auf, dann erfolgte ein unerwarteter Ausbruch. Sie war aufgestanden, einen Augenblick bangte ich um den edlen Tropfen, dann, sie hatte das Glas, das ich ihr gereicht hatte, abgestellt, fuhr sie mich an: sie, einen Kopf kleiner als ich, wuchs, überragte mich, ich, unter ihren lautstark und in heftigster Erregung vorgetragenen Vorhaltungen - wie bin ich froh, nicht verheiratet zu sein, im gleichen Moment war mir klar, dass meine Begegnungen mit dem anderen Geschlecht bisher meist im Schonraum der Öffentlichkeit stattgefunden hatten – schrumpfte; zwergenklein senkte ich die Augen, ich weiß nicht, ob ich mich einer Verfassung hingab, die man Scham, ja, ich schämte mich, ohne genau zu erfassen, warum ...?! nannte. Ich wollte, mein Glas noch in der Hand, kehrtmachen, diesem Fegefeuer entfliehen, als sie, sie hatte ihr Pulver verschossen? einlenkte, ihr Glas hob: santé. Du musst mich verstehen, erklärte sie ihr Verhalten, ich schufte und du...sie redete nicht weiter, ich nötigte sie zu einem zweiten Schluck, den sie auf der Zunge zergehen ließ, schmeckte und erst jetzt erfasste, um was für einen edlen Tropfen es sich handelte. Der Wein berührte die Geschmacksnerven, durchströmte den ganzen Körper, ich wuchs, richtete mich wieder auf, Tatendrang bemächtigte sich meiner: Ich räume im Wohnzimmer auf.

Ich hatte auf und in dem Schreibtisch beinahe wieder Ordnung hergestellt, auch Véronique war mit ihren Aufräumarbeiten fertig geworden, sie wies noch auf die zwei umgestürzten und teilweise entbeinten Stühle im Wohnraum hin – vielleicht kann man die wieder anleimen? Ich habe noch zwei intakte Stühle, mehr brauche ich nicht. Ich kam nicht dazu, Véroniques Reaktion, nahmen nicht ihre Mienen jenen verächtlichen Ausdruck an, den ich an ihr schätzte, insgeheim aber auch fürchtete? denn das Telefon läutete.

Na, haben Sie den ersten Schreck überwunden? Ja, das war ein Warnschuss. Sie müssen aufpassen, man will Sie einschüchtern.

Woher, stammelte ich, wissen Sie...?

Ach, lachte Prévot ins Telefon, in meinem Amt erfährt man alles. Vergessen Sie nicht, wir, erklärte er sich, als er mein Unverständnis spürte, haben uns zu einem Club zusammengeschlossen, um diesem Land beizustehen. D. h. wir müssen auf der Hut sein, wenigstens die Spitze unserer Organisation muss ihre Augen und Ohren überall... entschuldigen Sie, unterbrach ich ihn, Véronique? Prévot ist am Telefon. Sie machte ein ungläubiges Gesicht, nickte aber.

Schön, dass Sie eine Hilfe haben, die kann Ihnen beim Aufräumen helfen – warum ich eigentlich anrufe, er machte eine Pause, wir nähern uns den ersten Entscheidungen. Die Vorauswahl hat begonnen, wer von den Parteien und Kandidaten sich Le Pen in den Weg stellen will.

Ja, sagte ich, Macron…

Gehen Sie hin, unterstützen Sie ihn, seine politische Bewegung ist noch sehr schwach – auch wenn ich glaube, dass ein Kandidat von den Rechtspopulisten, ich meine die Republikaner, das Rennen machen wird und gegen Le Pen antritt…aber alles ist offen, relativierte er seine eigenen Aussagen. Wichtig ist doch, dass sich die Demokraten behaupten. Damit komme ich zum eigentlichen Grund meines Anrufes. Sie werden in den nächsten Tagen ein Paket von uns erhalten, in dem alles, das Was und Wie, vorhanden ist. Grüßen Sie Ihre Kleine. Damit legte er wieder auf.

Ein merkwürdiger Anruf, staunte Véronique. Was hat er gesagt?

Wir, einen Moment war ich versucht, ihr die Aufforderung zu unterschlagen, dann unterdrückte mein Schuldbewusstsein diesen Anflug einer bevormundenden Haltung, sollen die Kandidaten unterstützen, Macron…

Da wollte ich hin. Sie war begeistert von ihrem Sitz aufgesprungen. Er tritt auf…

Ist er ein Star? Ich hatte das ironisch gemeint.

Er ist ein Star! Er spricht am Mittwoch im Berufsbildungszentrum in der Banlieue Bobigny. Wir gehen hin.

Freiwillig und alleine! hätte ich diesen Veranstaltungsort nicht aufgesucht. Kritzeleien in arabischer Schrift, unterbrochen von einem französischen Wort aus der Fäkalsprache zierten die Betonfassade, Frauen in Kopftüchern und langen Gewändern bestimmten das Straßenbild, Véronique, was tust du mir an! Und auf Parkbänken herumlungernde Jugendliche, die uns auf französisch und arabisch freundliche Schweinereien zuriefen. Von einer Sekunde auf die andere änderte sich das Bild, Polizeifahrzeuge hatten auffällig – unauffällig das ganze Gelände umstellt, Ordnungskräfte, meist in Zivil, hatten sich plaziert, dann kamen Limousinen vorgefahren, aus den Métroausgängen quollen Menschenmengen, Jerome, Ben Jussef! Véronique hatte Freunde aus der Uni entdeckt, die sie herzlichst begrüßte. Nico – seit wann heiße ich Nico? Der Bruder meiner getöteten Freundin und ein Freund meines Vaters, stellte sie mich vor. Weitere Bekannte, ein Gemisch von afrikanisch – französischer Herkunft, gesellten sich zu uns.

Das ist eine Alibiveranstaltung, hörte ich. Das ist ein Zeichen, es ist doch merveilleux, wenn er seine erste Wahlkampfrede hier hält. Siehst du Einheimische? Die haben Wichtigeres zu tun, und er deutete auf die Parkbänke, wo die Jugendlichen unter Lachen versuchten, mit kleinen Wurfgeschossen ausgesuchte Persönlichkeiten zu treffen. Plötzlich waren die Bänke von Sicherheitskräften umstellt. Wir wurden vorwärtsgeschoben, so dass ich mir die Fortsetzung in Gedanken ausmalen konnte. Véronique schien das erraten zu haben, denn sie sagte: Sie werden eingesammelt, ein paar Straßen weiter verfrachtet und dann wieder freigelassen.

Obwohl wir rechtzeitig aufgebrochen waren, mussten wir uns, eingezwängt zwischen vielen anderen, vorwiegend jungen Leuten, mit einem Stehplatz begnügen, als mir jemand auf die Schulter klopfte. Ich drehte mich um: Frédéric, ah Véronique! Macron hat uns Journalisten Rede und Antwort gestanden – so weit er es verantworten konnte, Frédéric lachte. Es war ruhiger geworden. Macron, jener Herr im feingeschnittenen Anzug, der plötzlich am

Mikrofon stand, bemühte sich, nachdem der Beifall verklungen war, von Anfang an, die richtigen Worte zu finden: Die Franzosen, wir alle, überall, sind sich der Herausforderungen unserer Zeit bewusster als jene, die sie führen. Daher kommt der Bruch.

Ich studierte die Gesichter, der uns umstehenden Zuhörer; mir ist diese Eindruckserfahrung beinah wichtiger, als die Rede des Prätendenten selbst, auch hier, wollte man böse einwenden, Schlagworte, alles anders und besser zu machen – allerdings mit der Verve einer jugendlichen Frische vorgetragen, die ihm, ich beobachtete meine Partnerin, die Glaubwürdigkeit seiner Anhänger sicherte.

Der frühere Wirtschaftsminister präsentierte sich, indem er zunächst Hollande, dann Valls und Juppé als Hauptgegner anvisierte, als Hoffnungsträger einer Mitte in der vermeintlich auseinanderlaufenden Parteienlandschaft.

Er tut niemand weh, bilanzierte Véronique.

Wir werden, schaltete sich Louis ein, sehen, dass ein jeder der potentiellen Kandidaten sich populistisch verhält: Trumpeffekt.

Wir erleben, wusste Frédéric, der aus beruflichen Gründen viele Wahlveranstaltungen besuchte und die Kandidaten persönlich kannte bzw. interviewt hatte, dass die Politiker versuchen, sich voneinander, aber auch von früherer Politik, abzusetzen, alle eint der Kampf gegen das E s t a b l i s h m e n t, ein Hauptschlagwort dieses Wahlkampfes…er hielt inne, denn Macron hatte seine Stimme erhoben: Wir müssen und ich bin bereit dazu, die EU und die Eurozone erneuern, wir sind eine neue Bewegung, wir - die Gutwilligen der Linken und Rechten - ziehen von jetzt an bis zum

Sommer" „von Tür zu Tür". Starker Beifall vieler Zuhörer belohnte seine Ausführungen.

Das ist Politik von früher, flüsterte Frédéric uns ins Ohr, das hat ihm Kritik aus den eigenen Reihen eingebracht, er wurde lauter und beteiligte die Kommilitonen und Bekannten von Véronique an der Kritik: Welche Perspektiven hat er? fragte Jérome. Er ist Mitglied der Regierung gehört aber keiner Partei an.

Er steht für einen sozialdemokratischen Reformkurs, fiel ihm Louis ins Wort, Steuer – Erleichterungen für Unternehmen, um die französische Wirtschaft anzukurbeln.

Dabei kam heraus, dass er zu wenig Steuern gezahlt hatte...Auch ich hatte davon gehört, war das nicht Fillon? Lachen quittierte diese Klatschgeschichte, das sich verstärkte, als Macron ausrief:

Ich stehe dazu, dass ich anders an die Dinge herangehe. Weder bin ich der klassische Politiker, noch beherrsche ich die gängigen Phrasen des Politikbetriebs.

Das ist typisch, argwöhnte Frédéric: Es folgte eine Reihe von fauxpas- Auseinandersetzungen mit Valls und Hollande, Drohung eines Rausschmisses, Im August kündigte er seinen Rücktritt an.

Sie wissen, dass ich am 16. Nov. 16 bekanntgegeben habe, dass ich als unabhängiger Kandidat zur Präsidentschaftswahl antreten werde. Beifall brandete auf. Auch von der Jugend kann man profitieren, spottete Frédéric. Innerhalb kurzer Zeit sind dafür viele Spenden eingegangen. Montebourg behauptete, er habe es geschafft, auf 75 Titelseiten zu erscheinen, ohne auch nur einen einzigen Programmvorschlag zu unterbreiten. Er verspottete ihn auch, er musste lauter sprechen, um sich gegen einen erneuten

Beifall durchzusetzen, als den stets frisch gekämmten Labrador Hollandes, der hinter den Gardinen des Éysée-Palastes säße.

...um eine Art „Bilanz des Landes" zu ziehen, Macron richtete sich auf. Ich konnte nicht verstehen, was er sagte, denn Véronique, Frederic wirkte amüsiert, resümierte: dabei kommen zuletzt die alten neoliberalen...Programme wieder zum Vorschein, alle, auch innerhalb der gleichen Partei, bekämpfen sie sich untereinander mehr, als dass sie sich gegen Le Pen wenden. Alle sprechen zwar vom Krieg, lassen aber...

...zum Ende meiner Ausführungen möchte ich noch einmal zusammenziehen. Sie wissen, die Menschen schätzen mich wegen meiner Aufrichtigkeit, Ehrlichkeit. Es bedarf gemeinsamer An-Sprengungen...

Ich bin kein Freund von Sonntagsreden, hätte aber gerne, der Auftritt neigte sich dem Ende zu, die letzten Worte, in denen er ein Art Bilanz zog, noch vernommen...

Alle sprechen zwar vom Krieg, wiederholte Frédéric, lassen aber...

Warum, fiel ihm Abu Jussuf ins Wort, gehen sie nicht auf die wahren Probleme, geht er nicht auf das Problem Islam ein? Muslime kommen nicht zu Wort.

Bis auf Le Pen und Sarkozy hat niemand, gab ihm Frédéric Recht, Stellung dazu bezogen. Nur indirekt kam Kritik aus den eigenen Reihen zu den Vorschlägen, begrenzte Zuwanderung, Einkindpolitik, Abschiebung, Ende der Moscheebauten...

Frédéric wirkte angespannt, nein, ich bin eher müde, lachte er, zu viele Wahlveranstaltungen. Ich muss noch in die Redaktion, kann ich dich mitnehmen? Ich nahm das Angebot dankbar an.

Véronique wollte noch mit ihren Kommilitonen „weiterziehen" und „die Welt verbessern". Sie verzog böse das Gesicht, als ich mich zu dieser Bemerkung, zu der ich mich, wenn ich ehrlich bin, Kränkung, Eifersucht trieben mich, hatte hinreißen lassen.

Es war ein Spaß! versuchte ich mit der Entschuldigung mich selbst zu entlasten.

Daran musste ich denken, als wir losfuhren.

Heute erinnert, abgesehen von den vielen Streifen, nichts mehr an einen Ausnahmzustand, bemerkte ich.

Ich glaube, das täuscht. Wir müssen jederzeit wieder mit einem Anschlag rechnen.

Du hast doch selbst in deiner Zeitung geschrieben, dass nichts darauf hindeutet...

Das diente der Beruhigung...sag mal, er schaltete, um eine Kolonne von Einsatzfahrzeugen überholen zu lassen, was ist das zwischen Dir und Véronique? Ich hatte diese Frage, über deren Antwort ich mir selbst keine Rechenschaft abzugeben wagte, irgend-wann einmal befürchtet.

Wir kennen uns seit langem. Du weißt ja, sie ist, sie war die Freundin meiner jungen Schwester. Wir sind befreundet. Ich gebe zu, lenkte ich ein, als ich die Skepsis in seinem Gesicht wahrnahm, ein wenig Schwärmerei ist dabei – von meiner Seite. Aber überleg doch, wieviele Jahre mich von deiner Tochter trennen.

Ich traute meinen Überzeugungsworten selbst nicht, umso mehr war ich überrascht, als er sagte: Pass auf sie auf. Einen Schatz gibt man nicht leichtfertig aus der Hand. Übrigens, kommst du zur -

Wahlveranstaltung der Republikaner? Mit zwei Euro bist du dabei. Wir dürfen alle abstimmen über die Kandidaten.

Wo ist Jaqueline? antwortete ich mit einer Gegenfrage. Sie ist auf einer Wahlveranstaltung von Valls, sagte er.

Wer meinst du, hat die meisten Chancen?

Ich tippe auf Valls, auch wenn Sarkozy die Probleme populistischer anpacken will.

Glaubst du, er hat eine Chance?

Du hast doch erlebt, wie sich die Politiker, die sich nahestehen sollten, selbst entmannen.

Und Macron?

Gut, Marcon ist parteilos, aber er ist seelenverwandt. Vielleicht, er lachte, Hamon!

Wir waren vor meiner Wohnung angekommen, Frédéric stoppte das Fahrzeug. Was ich dich noch fragen wollte: Wie weit bist du in deinen Ermittlungen gekommen?

Ermittlungen? Du meinst Armand? Wir sehen uns hin und wieder im Café. Ich berichte Prévot von diesen Begegnungen. Das meiste, kam ich seiner weiteren Frage zuvor, kannst du, ich hielt seinem Blick stand, der Presse entnehmen.

Zwei Versprechen, die ich mir selbst abgegeben und immer wieder verschoben hatte, quälten mich. So hatte ich mich eines Tages, buchstäblich im letzten Moment, denn Olga, unsere Concierge, stand kurz vor der Entlassung, durchgerungen, einen Krankenbesuch zu machen – und war auf eine von meinem Besuch gerührte alte Dame gestoßen, die mein Mitbringsel, Blumen sind in der Klinik nicht gestattet, liebevoll versorgte. Dann, ich hatte meinen Caféhausbesuch längere Zeit vernachlässigt, erinnerte ich mich meiner „Einladung", genauer meiner Verpflichtung dem jungen farbigen Wissenschaftler gegenüber – wie sollte jemand, ich fühlte mich schuldig, „wie er" in das Café gelangen, geschweige sich hier als Gast niederlassen dürfen? So wunderte ich mich nicht oder war auch nicht erstaunt, als mir, kaum hatte ich das Caféhaus betreten, Robert auflauerte, um mir im Ton höchsten Widerwillens mitzuteilen, dass sich ein jemand, ein Neger! erdreistet habe, ja erdreiste, er habe mehrmals nachgefragt, und habe behauptet, er sei - hier! - mit mir verabredet! Ist gut, Robert, sollte er kommen, geleiten Sie ihn an meinen Platz.

Mein Platz war, ein besonderes Verdienst, sentimentale Regung, ein Privileg allemal, für mich freigehalten. Ich hatte, Robert hatte den Café serviert, zur Zeitung gegriffen, und noch einmal, im Schutze dieses Vorwandes meinen Blick über die Kopfzeile: Zwischen Juppé und Sarkozy wird die Entscheidung fallen, und den Rand der Zeitung hinweg unauffällig über die Gäste schweifen lassen, als ich den Amerikaner entdeckte. In dem Augenblick, als ich ihn erkannte, trafen seine Augen meine Augen – dann, er ließ sich nichts anmerken, wandte er den Kopf wieder seinem Gesprächspartner zu, der mit dem Rücken zu mir saß. Eine Bewegung, er zuckte mit den Achseln und fuhr mit der rechten Schulter hoch, kam mir bekannt vor und weckte meine Neugierde. Unauffällig beobachtete ich ihn, um meinen Verdacht, er drehte sich zur Seite, so dass ich ihn vom Profil wahrnehmen konnte, bestätigt zu sehen: Lapin. Was um alles in der Welt! Warum nicht? relativierte ich wenig später meine Besorgnis. Ich hatte den Amerikaner kurz bei Prévot gesehen, noch kein Indiz, ließ ich meiner Phantasie freien Lauf, dass er den Club der Gerechten unterwanderte. In der gleichen Sekunde schalt ich mich, dass ich nur noch in diesen politischen Kategorien zu denken vermochte.

Ich erinnere mich, dass ich nicht dazu kam, die Argumente der Zeitung, warum nur diese beiden in die Stichwahl kommen sollten, zu verfolgen, als im Eingang des Cafés ein Afroeuropäer erschien, der schüchtern oder bescheiden, ohne unterwürfig zu wirken, Einlass in das Caféhaus begehrte. Ein Kellner, einer der Neuen, der „vorne" seinen Dienst versah, wollte ihn zurückweisen, Robert, Zeuge dieser Dienstanweisung von oben, und mit meinem Extrawunsch versehen, beeilte sich, dazwischenzutreten und eben jener Oberkellner, der bisher jeden Versuch des Farbigen, ins Caféhaus zu gelangen, vereitelt hatte, bat ihn, bettelte ihn, der soeben der Vergeblichkeit seines Bemühens einsichtig geworden war und den Rückzug antreten wollte, an, doch hereinzukommen, er werde erwartet, und geleitete den Frappierten zwischen erstaunten und missbilligenden Blicken der anderen Gäste zu meinem Tisch. Danke, ich möchte Ihnen keine Unannehmlichkeiten machen, wollte sich Goi entschuldigen, der wohl be-merkte, wie die Gäste an den Nebentischen abzurücken began-nen. Ja, sagte ich laut, wir sind dabei, in Frankreich wieder die Apartheid einzuführen - das soll uns nicht entmutigen, den Rassisten die Stirn zu bieten – nicht wahr Robert?!

Sehr wohl. Was möchte der Herr trinken?

Einen doppelten Espresso.

Und bringen Sie uns einen Cognac Bisquit, zwei Gläser bitte, fügte ich hinzu.

Sie sind...?

Stammgast, wenn ich in Paris bin. Der Amerikaner, konnte ich aus den Augenwinkeln beobachten, war aufgestanden und machte, bevor er sich zum Gehen wandte, Lapin auf uns aufmerksam.

Sie sind Franzose?

Ich bin Franzose, ich sagte dies laut, auch wenn ich mich manchmal meiner Herkunft schämen muss!

Ich bin auch Franzose, so steht es seit meiner Geburt in meinem Ausweis.

Was wollen Sie jetzt machen? Ich meine beruflich.

Ich bin Arzt. habe einen Abschluss an der Sorbonne und habe einige Jahre an einem Krankenhaus gearbeitet, dann kam, ich hatte einige Sachen in einer medizinischen Fachzeitschrift veröffentlicht, das Angebot, ein befristeter Lehrauftrag am Institut für Tropenkrankheiten.

Ich kannte das Institut, das sich eines international guten Rufs erfreute. Respekt, sagte ich.

Sortez les sortants! Lapin war an unseren Tisch getreten und lachte. Es wird Zeit dass sich was ändert! Ihr gestattet? Er setzte sich. Mir bitte, Robert war an unseren Tisch geeilt, einen vin rouge! Ja, den.

Und noch einen Cognac, fügte ich hinzu. Osafo... vom Institut...

Ehemals! verbesserte Gofi mich.

Lapin...

Professor...

...Zeilenschinder, immer unterwegs, unterbrach mich Lapin. Wir haben die gleiche Visitenkarte. Sie sagten: ehemals. Haben Sie Ihre Arbeit aufgegeben? Ich verstehe, sagte er, als er den Ausdruck in Gofis Gesicht sah, ich bitte um Entschuldigung.

Ich habe Sie, ich konnte mich nicht zurückhalten, mit dem Amerikaner zusammen gesehen? Woher kennen Sie ihn?

Lapin schien überrascht zu sein. Die Unverblümtheit meiner Frage brachte ihn in eine Verteidigungsposition, die er aber parierte. Muss ich mich rechtfertigen?

Meine Frage, nahm ich ihr das Gewicht, hat ihren Grund darin, dass ich jenen Herrn kennengelernt, ich übertreibe, im Vorübergehen bei Prévot in Banyuls sur mer gesehen habe. Nun bin ich erstaunt, ihn hier wieder zu treffen.

Kein Grund, voreingenommen zu sein, lachte Lapin. Er ist Journalist, wahrscheinlich auch, provozierte er mich, vom CIA. Was haben Sie, entschuldigen Sie, wandte er sich an Osafo, wenn ich noch einmal darauf zurückkomme, in Ihrem Institut gemacht?

Wir forschen, ich bin ursprünglich Mediziner, nach, vereinfacht gesagt, neuen Impfstoffen für bestimmte Tropenkrankheiten.

Dann sind Sie, sagte Lapin, mein Mann. Ich suche einen Mitarbeiter, der mich, medizinische Kenntnisse vorausgesetzt, nach Mali begleitet. Ich fahre nach den Vorwahlen, wir richten unseren Kalender, lachte er, nur noch nach diesen Wahlveranstaltungen, als ob davon unsere Seligkeit abhängt, und beabsichtige, ungefähr zwei Monate im Land zu bleiben. Sollten wir gut miteinander auskommen, verlängert sich automatisch der Vertrag.

Gofi wechselte die Gesichtsfarbe, ich hatte es, und ertappe mich bei einem rassistischen Vorurteil, niemals für möglich gehalten, dass Schwarze blass werden können – Ich soll, ich kann...

Am Eingang des Cafés entstand Unruhe, Robert konnte die Eindringlinge, wie sollte er auch, nicht abhalten: Ordnungspolizei besetzte, wie soll ich dieses dreiste Auftreten sonst bezeichnen? das Café; einige der ca. zwölf Mann starken Einheit stürmten ins Obergeschoss, ich hörte die Rufe: Sitzenbleiben! Vier Mann sicherten den Eingangsbereich, die anderen in Zweiergruppen, kontrollierten Tisch für Tisch die Gäste. Einige der Gäste blieben ruhig, andere, ich hatte dafür Verständnis, verhielten sich nervös, einer der Gäste wurde, ohne dass wir unbeteiligten Beobachter den Grund einsehen konnten, abgeführt. Gofi wirkte aufgeregt, Lapin legte seine Hand auf seinen Arm. Kein Grund, nervös zu sein.

Haben Sie etwas gesagt? baute sich ein riesiger Sicherheitsmann vor uns auf.

Ja, Sie nehmen uns die Sicht!

Hier! Der Mann winkte seine Kameraden herbei. Ich glaube, die „Herrschaften" er zog das Wort in die Länge, haben ein Problem, ein schwarzes, wenn ich recht sehe!

Tag, Henri! Sag deinen Leuten, Sie sollen uns in Ruhe lassen.

Tag, Gustave, entschuldige, wir sind im Einsatz. Er musterte kurz Osafo, dann sagte er: Ist gut, Leute, wir gehen. Schönen Tag noch.

Die Tage zogen dahin. Die Konservativen hatten es eilig, erste Vorwahlen hatten stattgefunden, ein bislang im Schatten der anderen stehender Politiker, erzkatholisch und wertkonservativ, lauteten die Schlagzeilen, habe das Rennen gemacht, Sarkozy, der zuvor plakativ sein radikales Programm verkündet hatte, war ausgeschieden, zwischen Juppé und Fillon sollte in einer Stichwahl die Entscheidung fallen. Endlich, jubelte Valls, der linke Premierminister, haben die Parteien ihre Decke, die alle Unterschiede verwischt hatte, abgelegt, Kante zeigen, heißt das neue Schlagwort: Einen Schritt vor? Und zwei Schritte zurück! Das kommt in Zeiten der Globalisierung, einer allgemeinen Verunsicherung und Infragestellen aller Werte, gut an. Wir müssen uns neu justieren! hieß denn auch bei den Sozialisten der Schlachtruf.

Mehr als die Programme, die bisher je nach Lust und Laune austauschbar waren, interessierten mich die Kandidaten. Hatten sie, und das zählt, mit Ausnahme Großbritanniens, in kaum einem anderen Land so viel wie in Frankreich, nicht alle dieselben oder – gleichen Elitehochschulen, die nämliche akademische, Laufbahn absolviert und damit die Eintrittskarte in die höchsten Ämter erworben? Die Elite bleibt unter sich, schimpfte denn auch Lapin – er ebenfalls Kandidat einer Elitehochschule. Zwischen den Zeilen lesen, versicherte ich mir immer wieder selbst, kann nur der, der sich nicht scheut, auch in den Klatschspalten zu blättern: Hier wo die privaten Details zur Sprache kommen und aus Gerüchten spektakuläre Zusammenhänge gewoben werden, die bei aller offensichtlichen Unwahrscheinlichkeit auf einem authentischen Hintergrund fußen. Irgendwann, es hatte geklingelt und ich, ich hatte niemanden, was lüge ich, immer wartete ich auf ein Lebenszeichen von Véronique, und wie oft habe ich –vergeblich - versucht, dich über dein Handy zu erreichen! wich, nachdem ich die Tür geöffnet hatte, einen Schritt zurück: Prévot.

Ja, ich bins! quittierte er meinen Ausruf. Helfen Sie mir, und er drückte mir die Zügel eines Einkaufwagens in die Hand: Nachschub für unsere Freunde, und er trat zur Seite, damit ich die schwere Fracht in das Wohnungsinnere ziehen konnte.

Sind Sie allein? Ihre Freundin, Véronique, nicht wahr...?

Eine gute Bekannte, rückte ich das Verhältnis zurecht.

Gut. Sie muss nicht wissen, welche patriotische Aufgabe Sie übernommen haben. Deshalb, er hatte inzwischen Mantel und Kopfbedeckung abgelegt, bitte ich Sie, die Waffe, er hatte ein kleines Päckchen aus seiner Aktentasche herausgenommen und aus einer Lederumhüllung eine Pistole auf den Tisch platziert, so dass der Lauf direkt auf ihn zielte. Diskret schubste ich den Lauf etwas zur Seite.

Danke! Ist nicht nötig, lachte er. Die Waffe ist nicht geladen. Können Sie damit umgehen?

Es ist länger her, dass ich damit...hantierte.

Das verlernt man nicht. Ich habe recherchiert, ich weiß, Sie sind in Handfeuerwaffen ausgebildet und haben bei den Scharfschützen ihren Dienst getan. Sie kennen das Modell? Brauchen Sie noch eine Übungsstunde?

Er erinnerte mich an meine Dienstzeit in der Armee – die ich mich bemüht habe zu vergessen. Ich weiß nicht...ich nahm die Waffe in die Hand, entsicherte sie, Prévot lachte, und spielte mit der Ladevorrichtung.

Sie haben mehrere Schüsse! Ich glaube aber, dass Sie mit einem auskommen. Er holte ein weiteres Päckchen aus seiner Tasche. Die Patronen.

Und wie, fragte ich etwas benommen, stellen Sie sich das Attentat vor?

Eine gute Frage! Sie haben freie Hand. Die Wahlveranstaltung, eine reine Formsache, wird den Charakter eines Volksfestes annehmen. Es kann sein, dass Masken und Kostüme zum Einsatz kommen. Le Pen und ihre Entourage werden sich mitten in das Volk, ich meine, mitten in ihre Anhängerschaft begeben. Passen Sie auf, wo und wie sich unser Kandidat bewegt. Es kann durchaus sein, dass die Anhänger sich mit den Masken ihrer Favoriten schmücken. Das erleichtert Ihre Aufgabe. Am besten...

Nein!

Leute von uns werden zur Stelle sein. Sie können sofort in der Menge untertauchen.

Ich schluckte.

Selbstverständlich wird seitens der Polizeieinheiten das Gelände abgeriegelt. Einer von unseren Leuten wird Sie sicher aus der Gefahrenzone...Einen Moment lang schwante mir, ich könnte bei der Aktion, sollte! auch erschossen werden.

Denken Sie an Ihre Schwester! Dafür ist Armand verantwortlich. Er selbst hat sie erschossen. Frankreich, er rückte dicht an mich, braucht Sie gerade jetzt. Wir, der Club der Gerechten, haben versagt...vielleicht war die Zeit zu kurz. Haben Sie erlebt, wie zerstritten, und ohne ein Konzept die Herausforderer sind? Niemand, nicht Fillon, nicht Valls kann Le Pen mit ihrem populistischen Programm die Stirn bieten. Ich weiß, welche Kämpfe Sie bestehen. Aber in dieser Stunde, er zitierte eine „patriotische", in vielen Reden von Politikern aufgenommene Stelle aus seinem Roman, die ich kannte, sind Sie alleine - und nicht alleine, unser Land steht hinter Ihnen.

Die Stadt schien sich nach den Attentaten beruhigt zu haben. Das Straßenbild machte einen beinah „normalen" Eindruck, lediglich die vielen Militärfahrzeuge und ein je nach Bedeutung umfangreich gesichertes öffentliches Gebäude zeugten davon, dass noch der Ausnahmezustand herrschte.

Die Touristen schienen unbeeindruckt von dem, was in den letzten Monaten hier geschehen war. Im Gegenteil, sie strömten an die Stätten, an denen sich die blutigsten Szenen abgespielt hatten; Teilhabe, d.h. ein wenig Nervenkitzel gehört, wie Frédéric in seiner Zeitung schrieb, zum Pflichtprogramm eines Parisbesuches.

Wollte man den Umfragen, dies deckte sich mit der allgemeinen Stimmung, glauben, lagen die Konservativen mit ihrem Wahlprogramm vor den Sozialisten. Geschickt nutzten sie die Schwäche der alten Regierung und öffneten nicht nur die Wahlveranstaltungen, sondern auch die Vor – bzw. Stichwahl für jedermann. Die wahlberechtigten Bürger dankten ihnen das mit einer regen Wahlbeteiligung. Ich verfolgte die Veranstaltungen wie die Abstimmungen am häuslichen Bildschirm: das Ausscheiden Sarkozys, der weniger an seinem Programm als an seiner Wortwahl und geringen Glaubwürdigkeit scheiterte, wohingegen Juppé, mehr noch und mit Erfolg, Fillon eine Zukunft für unser Land verhieß, das wirtschaftlich neoliberale Wirtschaftspolitik mit gehörigen Einschränkungen (Arbeitszeitsicherheit usw.) und gesellschaftspolitisch eine nationalistisch – religiös - rassistische Hinwendung verfolgte, Morgenland gegen Abendland, Christentum gegen Islam, weiß gegen schwarz u.ä.. Die Bürger, den Eindruck hatte ich, gebeutelt durch das Gefühl einer zunehmenden von der Zeit geprägten Unsicherheit (Globalisierung, Digitalisierung, Flüchtlingsströme, einer Welt im Umbruch!) wurden von der Sehnsucht nach einer starken Führungsfigur erfasst, die ihnen die Rückkehr in die vermeintlichen Wärmestuben der Vergangenheit, als Frankreich noch den Franzosen gehörte, versprach. Damit rückten sie bis zum Schulterschluss an Le Pen heran.

Passen Sie auf, wo und wie sich unser Kandidat bewegt!

Eine Reihe von neuen Attentaten erschütterte das Land.

Zugleich änderte sich das Stadtbild, „tausende Migranten tummeln sich", so der Figaro, „auf Pariser Straßen", vor allem Muslime, trotz der bereits nach Deutschland geschlossenen Grenzen, nein, sie kommen über Menton ins Land. Einige finden in Notunterkünften im 18. Und 19. Arrondissement Platz, viele campieren „wild" unter den Brücken, am Boulevard de la Villette und anderen Straßen, die meisten ohne Papiere – ohne Identität.

Die Hilfsorganisation France Terme dasäße, so ein anderes Blatt, kümmerte sich bisher um die Migranten. Die Polizei und ihre Hilfskräfte unternehmen alles, um die Lager zu räumen und das Stadtbild frei zu halten...

Sie verfrachten sie, Le Monde, in Auffanglager. Banden, vor allem die Identitäten, machen Jagd auf die Flüchtlinge.

Die Wahlen, so ein Handzettel, der auf den Straßen verteilt wirde, sollten erst um zwei, dann um vier Monate, dann um ein Jahr verschoben werden. Nach einem offiziellen Dementi sollen sie trotz der heftigen Proteste von der FN, ein Gerücht, wie geplant, stattfinden. Le Pen hatte versprochen, im Falle einer

„Machtergreifung" mit den „angeblichen" Asylanten aufzuräumen.

Ein Außenseiter, eben jener Mister Nobody Fallen, ein Kandidat des Systems gegen Kandidaten des Volkes (Le Pen)! verspricht niedrigere Steuern, längere Arbeitszeiten (bis 48 Stunden Obergrenze); die Vermögenssteuer will er abschaffen, und mehr neue Schulden (wie M. Thatcher) aufnehmen: wirtschaftsliberale Forderungen! – in gesellschaftlichen Fragen verfolgt er stramm konservative Ansichten. Er gilt als Antipopulist, damit hat das Aufbegehren gegen das politische Establishement ein neues Gesicht:

Ein neuer Kandidat der Linken, Benoit Hamon, will in seiner „Botschaft der Hoffnung und der Erneuerung" die Arbeitsreformen Hollandes rückgängig machen, den Cannabis- Konsum legalisieren und, und, die Zeitungen überschlugen sich, mit immer neuen Meldungen, mit immer neuen Bewerbern...

Eigentlich wartete ich.

Ich wartete. Auf Véronique. Auf Armand. Auf seine Anordnungen. „Auf die Zeit nach der Zeit". Naiv stellte ich mir vor, nach dem Attentat, das Land durch meine Flucht verlassen zu können, bis Gras über die „Angelegenheit" gewachsen sei, ein Leben, einen Alltag ohne Politik! Das hieße aber, dessen wurde ich mir bewusst, Verzicht! Ein Leben ohne Véronique!

Endlich! Das Befürchtete kann zugleich das Erlösende sein. Armand erschien, ich traute meinen Augen nicht, nicht alleine, sondern in Begleitung des Amerikaners: Boris, stellte dieser sich vor. Wir haben dir Waffe und Munition mitgebracht. Boris entfaltete eine Decke, in der eingewickelt das gleiche Modell, eine handelsübliche Pistole lag, die nun zum Vorschein kam. Boris, der Amerikaner? Ich schwankte, zerlegte die Waffe, fütterte sie dann mit den Patronen und zielte, peng! auf den TV. Die Waffe, du, er duzte mich, kennst sie? ist leicht zu bedienen.

Und wie stellen Sie sich das vor? Soll ich Prévot, den ich aus mir nach wie vor unerfindlichen Gründen erschießen soll, auflauern und dann, peng...!

Die Gründe? Wir haben darüber gesprochen. Sie sind, wollte er mich festnageln, Patriot!

Wie viele andere auch, wand ich mich.

Armand hielt mich mit seinem Blick fest. Sie haben einen ganz persönlichen Grund, den ich Ihnen bislang verschwiegen habe.

Ja? Ich begann, so heikel wie unausweichlich die Situation, in der ich mich befand, ich stand meinem Opfer und Auftraggeber gegenüber! mich zu amüsieren.

Sie sollen, Armand stand dicht vor mir, ich könnte ihn erwürgen! dachte ich einen Moment lang, den Mord an Ihrer Schwester rächen!

Wie bitte!? Ich begann zu lachen, ich lachte und musste mich setzen. Was sagen Sie mir? Sie, ich konnte mich nicht mehr halten, Sie haben...

Prévot hat Ihre Schwester auf dem Gewissen!

Auf dem Friedhof du Maupassant

Marie, was hast du mir angetan! Nein, du kannst nichts dafür! Ich habe dein Engagement nie verstanden, aber ich habe dich bewundert! Für die Kraft, die Leidenschaft, mit der du dich für eine Sache einsetzt, für eine Person...für deinen Kampf gegen das, was du für unrecht hieltest, für deinen heiligen Hass, mit dem du deine Gegner verfolgt hast, für deine Unerschrockenheit, die du mit dem Leben bezahlt hast!

Die Blumen, ja es sind deine Lieblingsblumen, einfache Sonnenblumen, lege ich nun auf dein Grab, die alten, verwelkten habe ich beiseite getan.

Ich hatte geschworen, deinen Tod zu rächen. Von Anfang an stand für mich fest, wer deinen Tod verschuldet hat, wer dein Mörder ist! Die Wahlveranstaltung der Populisten, bei der du mit einigen, nein vielen Gesinnungsgenossen gegen die „Dämonie des Bösen", ja so hast du das immer genannt, demonstriert hast, geriet nach kurzer Zeit aus den Fugen – musstest du wirklich, deine Kampfgenossen hatten längst das Weite gesucht, zurückbleiben, oder bist du wieder zurückgekehrt? Und hast einen Granatapfel auf die Vorsitzende geworfen? Und eine Frucht gegen eine Kugel! eingetauscht! Es gab Zeugen, nein, gesehen hatte es niemand von deinen Freunden, die beschwören konnten, dass Armand, ja, wer sonst, der für die Sicherheit der Veranstaltung zuständig war, diesen Schuss abgegeben hat...

Ja, ich habe bisher gezögert, mein Versprechen einzulösen. War es die mangelnde Gelegenheit oder ein Rest von Zweifel, um mir die Zeit für den endgültigen Beweis, wer dein Mörder ist, zu verschaffen - oder war es Feigheit...? aber vergessen habe ich dich nie! Und nun?! bin ich zufrieden, nicht voreilig den vermeintlichen Mörder zur Rechenschaft gezogen zu haben, oder straft mich dein Vorwurf, ungeachtet aller, auf der Hand liegenden Beweise, mein Versprechen gebrochen zu haben? Nicht die Person, hast du immer gesagt, ist wichtig, das Programm, die Ideologie!

Ich gebe zu, dass ein Armand ein naheliegendes, ein sinnfälliges Beispiel für jemand ist, der Verantwortung trägt, im Guten wie im Bösen – ehrlich, ich kenne ihn nicht, ebenso wenig wie Prévot, „in Wort und Tat" ein Vertreter der Demokratie. Beide muten mir zu, im Namen der Sache, die mich nichts angeht! und die sie mit blumigen Worten zu schmücken verstehen, einen Mord zu begehen - aus politischen Gründen, das klingt nach Freispruch! und beide halten einen Trumpf in der Hand! der mich überzeugen und dir Genugtuung bringen soll. Ja ich weiß, die Sühne ist eine heilige Pflicht.

Sag mir, was ich tun soll!

Ich putzte die Handfeuerwaffen und hatte das Klingeln nicht gehört, plötzlich stand Véronique neben mir. Einen Augenblick war ich sprachlos, ich hatte vergessen, dass ich ihr gegen meine Überzeugung einen Zweitschlüssel anvertraut hatte, mit dem sie jederzeit Zugang zu meiner Wohnung hatte. Ehe ich ihr sagen konnte, wie sehr sie mir gefehlt hatte, wie ich meiner Freude, sie zu sehen, Ausdruck verleihen möchte, unternahm ich den Versuch, sie zu umarmen - sie entwand sich mit einer Drehung und deutete auf die Waffen, die offen auf dem Tisch lagen: Woher hast du die?

Das ist eine lange Geschichte, wollte ich sagen. Ich, stotterte, ich...Freunde haben sie mir vorbeigebracht.

Wen willst du, sie achtete nicht auf meine Worte und hatte eine der beiden Pistolen ergriffen und wog sie in der Hand, damit erschießen? Sie zielte auf meinen Großvater, der an der Wand hing. Ich machte eine Bewegung, um ihr die Waffe zu entreißen - oder um sie doch noch in die Arme zu schließen? Sie hatte die Unterlippe vorgeschoben...ich hätte sie in diesem Moment küssen Mo.-gen. Weißt du, sie trat einen Schritt zurück, wie lange ich voller Sehnsucht auf dich gewartet habe?

Aber was zählen, dessen ward ich mir wieder bewusst, als ihr Blick mich in die Verbannung schickte, die Gefühle eines alternden Verehrers? und die Stimme Unverständnis und Vorwurf signalisierte.

Ja?

Gut, gestand ich, ich möchte meine Schwester rächen. Sie war nur wenig älter als du...

Ich weiß, meine Freundin.

...und ist bei einer Demonstration der Units Debut gegen Le Pen und ihre rechtsextreme Partei, Gott, wie umständlich! drücke ich mich aus, erschossen worden.

Also, du willst eine politische Tat! Nein, dozierte sie, das ist keine politische, das ist eine kleinbürgerliche, eine ganz private, Provozierte sie, Aktion.

Damit möchte ich, ich wunderte mich über die Härte, die Kälte, die Gefühllosigkeit, mit der sie den Tod meiner Schwester, ihrer Freundin! und mein Anliegen registrierte, ich möchte, wehrte ich mich daher noch, ich versicherte mich dieses Beistands, des Clubs der Gerechten, aus patriotischen Beweggründen, unser Vaterland ist in Gefahr! den Kopf der radikalen Bewegung ausschalten.

Dazu benötigst du zwei Pistolen?

Wie sollte ich ihr, schwirrte es durch meinen Kopf, dies erklären? Du kennst Armand, Du weißt, wer er ist. Kennst du, wie genau, präzisierte ich meine Frage, kennst du Perot?

Willst du, sie spielte mit der Pistole, die beiden ernsthaft miteinander vergleichen? antwortete sie mit einer Gegenfrage. Der eine leitet eine demokratische Initiative, der andere, sie sammalte einige Patronen ein, ist Teil der populistischen Bewegung. Sie drückte ab: Peng!

Und doch hat Auszuschließend mich aufgefordert, Armand zu erschießen.

Auszuschließend? Sie schaute mich ungläubig an. Dann hat er dir die Waffen besorgt?

Die eine der beiden Pistolen.

Und die andere?

Die hat mir, sagte ich wahrheitsgemäß, Armand gebracht.

Armand? Und wen sollst du damit erschießen?

Prévot.

Prévot?

Beide behaupten, der jeweils andere habe meine Schwester erschossen.

Véronique schaute mich ungläubig an, dann begann sie zu lachen. Entschuldige, sagte sie, als sie mein verzweifeltes Gesicht sah.

Ich bin dafür, ich hatte mich wieder gefangen und suchte nach einem Ausweg, um dieser unheilvollen Allianz von Behauptung, Wunschdenken und Glauben zu entkommen, dass wir es den Gelehrten, den großen Geistern überlassen sollten, uns zu regieren. Sie haben Zeit, auf der Grundlage des angehäuften Wissens auszubrüten, was das für uns Human - Gemäße ist. Ich gebe zu, erweiterte ich, trunken vor Verzweiflung, meine Botschaft, dass es sich dabei um ein Theoriepaket, um noch nicht in der Wirklichkeit erprobte Ideen handeln kann - aber wäre es nicht den Versuch wert, ich dachte an den Platon meiner Schulzeit im Griechischunterricht, an die Stelle in ihr Amt besessener, nur um sich selbst und ihr eigenes Wohl drehender Politbürokraten in die Amtsstuben und Plenarsäle die Frische einer unverbrauchten Geisteshaltung einziehen zu lassen?

Ist das dein Ernst? Ich nickte.

Du kennst doch Rosanvallon? Mit dem hast du vor kurzem über demokratische Ziele, den Weg, verbesserte sie sich, wie man, so seine neue Theorie, von einer Genehmigungsdemokratie zu einer Aneignungsdemokratie gelangen könnte, gestritten.

Ja, ich erinnerte mich, ein Träumer, sagte ich ein Utopist!

Du hast ihn mit deinen Zweifeln - ja, dies war mir noch gegenwärtig, dem Glauben an die eine, die gute menschliche Natur, die eines Tages, das kann morgen sein, und Prévot unterstützte ihn, am alltäglichen Politikgeschäft Gefallen findet und uneigennützig, ja diese Konzepte, Entwürfe nannten sie dies, gab es zu allen Zeiten, neben einer beruflichen Tätigkeit sich „zum Wohle der Allgemeinheit" engagiert, um dem Volk mehr Anteilnahme am Regieren und an der Gesetzgebung zu ermöglichen – in die Enge getrieben, ja, erinnerst du dich? Prévot sprang ihm zur Seite und verteidigte seine Theorie als eine Heilsbotschaft.

...die, erinnerte ich mich meiner Worte, nur mit Gewalt durchzusetzen ist – oder, assistierte Véronique, mit Erfolg an die Dummheit der Wähler, ihre Entmündigung, denn darauf wird es hinauslaufen, appelliert.

Denke an Fillon, er ist aus der Stichwahl tatsächlich als Sieger hervorgegangen. „Ich will Taten sehen, das wahre Frankreich, und die Republik mit einem wirtschaftsliberalen Programm und konservativen Werten beglücken..."

...die Leute standen in langen Schlangen Stunden vor den Wahllokalen, um dem konservativen, erzkatholischen Provinzler, der sich eine Wahlschlacht mit Le Pen liefern will, zuzujubeln.

Wahlschlacht?

Ja, wer überbietet den anderen...Abbau von Arbeitsstellen (Entlassung von 500 000 Staatsbediensteten, als ob wir Vollbeschäftigung hätten), das war Fillon; Le Pen verspricht dagegen höhere Renten und soziale Gerechtigkeit! Wer ist, und hier treffen die beiden wieder zusammen, gegen Homoehe, gegen Abtreibung, gegen islamistischen Terror, gut, das ist ein Freibrief für eine ausländerfreie Republik...?

Das ist die neue Staatsräson.

Viele Linke, sie ließ entmutigt die Pistole sinken, haben Fillon gewählt---

Und Macron?

Der neue Hoffnungsträger der...? Ja, welcher Partei? Ist die Bewegung En marche eine Partei?

Glaubst du, fragte ich, einer plötzlichen Eingebung folgend, dass die Amerikaner ihre Hand im Spiel haben?

Wie kommst du darauf? Sie schaute mich überrascht an. Wir sind nicht in Deutschland. Hier gelten unsere Gesetze – und niemand mischt sich in unsere Angelegenheiten ein.

Ich musste an Dammbrüche denken, an die unaufhaltsam steigende Flut, der wir schutzlos ausgeliefert sind. Und während wir die einen Dämme reparieren und die Schleusen schließen, öffnen die Amerikaner andere Schleusen. Wir werden überschwemmt.

Was hast du? fragte Véronique.

Wie erklärst du dir die wachsende Zahl von Flüchtlingen aus muslimischen Ländern?

Bürgerkriege, unzumutbare Lebensverhältnisse...

Warum flüchten sie nicht nach Amerika?

Bist du so naiv?

Nein...welches Interesse haben die Amerikaner, Länder unbewohnbar zu machen und die Einwohner nach Europa zu schicken?

Du hast Verfolgungswahn, du kaprizierst dich auf die Amerikaner, lachte sie.

Ja, das ist verrückt! stimmte ich in ihr Lachen ein.

Wann, sie wechselte das Thema oder kehrte wieder zu dem alten zurück, willst du ihn erschießen?

Ich war in Gedanken. Wen? Sie hatte die Unterlippe vorgeschoben...ich hätte sie, ich wiederhole mich, in diesem Moment küssen mögen, fragte ich zerstreut zurück?

Marcel hatte es mir, kaum hatte ich das Café betreten, ins Gesicht gesagt: Valls! Er hielt mir die Zeitung vor Augen: Lies! Valls!

Ja, ich nahm die Zeitung in die Hand. Wofür steht er?

Was soll das, Marcel war empört, will er sich mit Fillon messen, wer von beiden rechtslastiger ist?

Er erregte sich. Sieh mal, versuchte ich ihn abzulenken, ich hatte ausversehen die Kulturseite aufgeschlagen, auf der die Höhepunkte der neuen Opernsaison: Was willst du? die neue Spielzeit läuft doch schon seit Monaten, korrigierte er mich, angekündigt wurden. Schon recht, sagte ich, ich befürchtete, eine endlos lange Diskussion um die Kandidaten bei der bevorstehenden „Schicksalswahl". Hier weiß ich, sagte ich, wird Theater gespielt, werden Schicksale durcheinandergewirbelt –und entschieden; hier der kulinarische Aspekt, dort der Ernstfall, kam ich ihm wieder entgegen.

Gespielt wird in beiden Fällen! Ich traute meinen Ohren nicht, nur mit dem Unterschied, in dem einen Fall, holte er aus, kann man das Schicksal ändern, in dem anderen nimmt es seinen Lauf.

Du meinst...? Ich wollte genauer erfahren, wie er das meinte.

Nun, die moderne Regie greift doch in das Drehbuch der Geschichte ein und verändert den Lauf der Dinge…

Doch nicht das Libretto! Die Musik…

Hat sich, entschuldige - ja ich geh aus dem Weg, und er machte Platz für die neuen Gäste - wie auch der Text, die Handlung, sich immer missbrauchen lassen! Hier Geschichten, die sich ändern und verändern lassen, sie brechen mit unseren Seh – und Hörgewohnheiten, heißt es doch immer, dort die Wirklichkeit, die sich nicht manipulieren lässt.

Stellt sich nur Valls, ich nahm den „aktuellen" Faden wieder auf, den Vorwahlen?

Du musst es lesen, alle Blätter berichten darüber. Und dann hielt er mir, entschuldige, die Kellnerin servierte mir den Kaffee, danke, Simone, einen Vortrag, wer von den übrigen Kandidaten, du kannst sie nicht an einer Hand abzählen, in die Stichwahl kommen möchte: Montebourg? Gérard Filoche? oder Vincent Peillon, der mehr die Mitte repräsentiert. Manchmal glaube ich…er sprach es nicht aus. Dagegen der ehemals grüne Francois de Rugy für die Sozialisten: insgesamt sieben Männer und eine Frau: Marie - Noelle Lienemann, der Grüne Yannick Jandot…das ist, ja, eine Schicksalswahl…wir brauchen ein Gegengewicht, jemanden, der stark genug ist, Le Pen Einhalt zu gebieten…bis jetzt nur Kandidaten, die sie mit ihrem Programm noch übertrumpfen.

Mélenchon, warf ich ein.

Mélenchon? Der tritt nicht für die Sozialisten an. Sein Motto: La France insoumise, Frankreich, das sich nicht unterwirft, ein Programm, das allen Spekulationen und düsteren Prophezeiungen, allen Kassandrarufen den Kampf ansagt! Aber das sagt Le Pen auch. Er wird von der KPF unterstützt, aber er und Macron, der in der Messehalle seine Kundgebung abhält, mit seiner révolution en marche...

Ja, er hat, wie es heißt, viele Anhänger...

...gehen nicht in die Stichwahl!

Bei den Wahlen im April jagen sie sich gegenseitig die Stimmen ab! Und wer profitiert davon und lacht sich ins Fäustchen?

Orpheus und Eurydike oder der Fliegende Holländer? Ich hatte Feuer gefangen.

Ach, mit dir kann man heute nicht sprechen, hielt er mir entgegen und lachte.

Sind wir nicht Ausgeburten, nein Wiederholungstäter dessen, was uns das Leben, erzählt in unendlich vielen Geschichten und Variationen, vorgeführt hat? Ja, Marcel, auch das Leben hält viele Überraschungen bereit. Danke Simone, sie servierte mir, ich sog den Duft ein und wuchs! den nächsten doppelten Espresso. Ich schmeckte, indem ich mir das Gebräu wie bei einer Weinprobe langsam auf der Zunge zergehen ließ, das Aroma – kaum ein Unterschied, dachte ich, zu meinem besonderen Wein. Einbildung ist die Trumpfkarte des guten Geschmacks, ach Sophie, ich hole die Schreibutensilien aus der Tasche, ich habe dich vernachlässigt, es wird Zeit - spült nicht jeder Tag ein wenig die Erinnerung weg, bis die Zeit irgendwann alles, was uns lieb und teuer und ewig! erschien, gelöscht hat? - dir zu kondolieren. Jean, ich verspreche dir, und in solchen Momenten fallen uns die schicklichen Worte wieder ein, „hoch und heilig" bei der Trauerfeier im Münster? zugegen zu sein.

Es gibt Tage, da bleibt die Zeit stehen, und es gibt Tage, an denen man sich fragt, wo ist sie (die immer gegenwärtig ist) geblieben. Gaukelt das gleichmäßige Verrinnen im Stundenglas unserer durch welche Benommenheit auch immer getrübten Wahrnehmung diese unterschiedliche Empfindung vor, löst der gefühlte Stillstand, ich spreche von meiner Betroffenheit, Geborgenheit aus? Man nistet in der Ruhe selbstgewählter Zurückgezogenheit oder entgeht im Schattenwurf dichter Baumkronen den gleißenden Sonnenstrahlen, die wie Speerspitzen zu irgendeiner Teilnahme aufrufen. Diese Selbsttäuschung oder Flucht, ein Kalenderspaß! endet spätestens im Gedränge der Wirklichkeit. Gedränge? du bist belagert! von unaufschiebbaren Pflichten! Du musst dein Versprechen einlösen, ach Marie, willst du wirklich darauf bestehen, dass ich mein im ersten Moment der Empörung abgegebenes Versprechen, deinen Tod zu rächen, halte? Missversteh mich nicht, mein Entsetzen über diese Tat ist nach wie vor groß, aber spricht man nicht von der heilenden Wirkung der Zeit, die alle Erregung in die Ausgewogenheit des Maßvollen dämpft? Oder ist es Feigheit, die den Gedanken an die Folgen, Flucht, Verhaftung, Tod verdrängt – oder, wenigstens, abfedert? Nein, keine Sekunde! denke ich daran, mein Versprechen zu brechen. Und adelt nicht die patriotische Tat, die das Vaterland vor dem Untergang schützt, der fällige Anschlag eines einzelnen, der Ruhm, für den diese heroische Tat bürgt, der Opfergang eines von allen guten Geistern verlassenen Wahnsinnigen! den sinnfälligen Selbstbetrug?

Véronique, was zählt deine Anteilnahme am Tod deiner Freundin? wann habe ich dich zuletzt gesehen? Ich, dein Diener, werfe mich, wenn du willst, untertänigste, wie ein Hund, der den Prügel küsst, der ihn schlägt, zu deinen Füßen, ich erniedrige mich – in Gedanken - gegen das Versprechen, ein Gelübde! deiner Anwesenheit sicher sein zu dürfen. Liebesbeteuerungen in einer Partnerschaft sind bei jungen Leuten, und ich verallgemeinere mein persönliches Empfinden, wie das Lampenfieber Ausdruck eines Augenblicks, von Dauer hingegen die Frage, der Zweifel bei dem anderen, dem Verlassenen, und aller Wahrscheinlichkeit, wie tief diese Gefühle wurzeln, zum Trotz. Indes, sucht man nicht Trost in der Hoffnung? die, wie man weiß, mit der Zeit schwindet - oder wächst?

Die Agenda des Augenblicks verharrt im Gewohnten oder hält viele Überraschungen bereit. Die Vor –und die Stichwahlen der bürgerlichen Parteien haben die Aspiranten gekürt, einige unabhängige Kandidaten haben ihren Hut in den Ring geworfen, die mehr oder minder klugen, d.h. einsichtigen wie bissigen Kommentare sortieren bzw. präparieren für das Wahlvolk die Wahlentscheidung – einzig der FN lässt sich, das ist, so empfinde ich das, meine Lebensversicherung, Zeit. Prévot, der sich über Mittelsmänner gemeldet hat, lässt mir ausrichten, dass die Wahlveranstaltung des FN als Volksfest geplant ist – dies würde meine Aufgabe erleichtern. Ich sollte mich darauf einstellen, gegebenenfalls im Kostüm und/oder maskiert zu erscheinen. Man würde dafür sorgen, dass ich Gelegenheit fände, mich, Genaueres würde man mir noch mitteilen, in der Nähe des vorgesehenen Opfers aufzuhalten. Wenig später, und das erinnert mich daran, dass meine Zeit abgelaufen ist - ich mache mir keine Illusionen, dass alles möglich ist, versichert mir Prévot: Der Anschlag kann gelingen, ich werde festgenommen – und im nächsten Augenblick als Retter des Vaterlandes gefeiert- oder von, das verschweigt er, einer wütenden Menge, die das Ränkespiele der Politik nicht durchschaut, geschweige denn, meine Motive ahnt, in Stücke gerissen. Oder ich kann, darin bestärkt mich Armand, der sich wenig später gemeldet hat, gedeckt durch die panikartige Aufregung des Augenblicks, entkommen und meine Flucht über die Schweizer Grenze, alle anderen Grenzübergänge würden sofort geschlossen, dies aber unverzüglich! antreten. Auch er sprach von einem volksfestähnlichen Charakter, den diese Veranstaltung annehmen würde, und dass er mir rechtzeitig eine Maske zukommen lassen würde. Danke, Armand, in Gedanken musste ich lachen, du ermächtigst deinen Erzfeind, sich in Deiner unmittelbaren Nähe aufzuhalten und das Urteil, das längst gefällt ist, zu vollstrecken.

8.02.17

Warum geht mir „Der Fliegende Holländer" nicht aus dem Sinn? Das Quartquintmotiv, Allegro con brio, aus den Anfangssätzen… suggeriert die Vorstellung, zugleich Ankommen und Abschiednehmen – oder umgekehrt Abschiednehmen, Ankommen?

Leichter Wind wirbelte die liegengebliebenen Blätter hoch, eine Zeitungsseite, ich konnte das Datum lesen: Charlie Hebdo…flog gegen die Windschutzscheibe. Ich hatte Gabriel überreden können, und dabei wurde ich mir wieder der Weite, der Ausdehnung dieser Stadt, ich höre, ich atme, die alle Kontinente in sich vereinigt, bewusst, mich quer durch Paris, von N nach S, von O nach W zu kutschieren. Fontainebleau? Versailles? Die Banlieue?

Nein, nur die beruhigten Zonen…ja, viele Taxifahrer streiken, nein, kein Streik im Sinne einer tariflichen Auseinandersetzung – sie fürchten um ihre Sicherheit. Die konservativen Parteien finden kein Rezept mehr auf die Fragen der Zeit, wir sollten dem FN eine Chance geben, sehen Sie, wir fuhren an ausgebrannten PKWs vorbei, an verbarrikadierten Geschäften; Brandsätze...wo ist die Polizei? Rauchschwaden steigen hoch, die Brandstifter sind nicht zu ermitteln, auch die Hubschrauber über uns, die, so hat es den Anschein, Tag und Nacht in der Luft sind, werden der Unruhe, Unruhe? Gabriel lachte, nicht Herr, ja, sie sollen die Grenzen dichtmachen und uns unser Frankreich wieder zurückgeben! Meinen Sie nicht auch, dass ein jedes Land um seine Identität ringen soll?

Ich lasse mich nur ungerne auf ein Gespräch ein, in dem ich die vorgefasste Meinung meines Gegenüber bestätigen soll; selbst, ich gebe dies gerne zu, Stellung einzunehmen, dazu noch in einer Angelegenheit, die uns den Boden unter den Füßen wegzieht, ist mir zuwider. Ich hatte den Eindruck, wir schwimmen und suchen verzweifelt nach einem Halt.

Hier haben wir, ich atmete auf, er entband mich einer Antwort, endlich jemand, der klare und verständliche Antworten auf die Fragen der Zeit gibt. Ich wusste nicht, wen er meinte. Und, schauen Sie sich das an: ist Paris, unser Paris nicht schön? Wir fuhren die Avenue Kléber entlang, überquerten die Seine und bogen in den Boulevard Grenelle, schön? Montparnasse, ein, dann, ich schloss die Augen, passierten wir, Gabriel sagte die wesentlichen Stationen an: Hôtel des Invalides, Jardin und Palais du Luxembourg, wir sind im Quartier Latin. Ich öffnete wieder die Augen, als wir einer Menschenmenge, die, Gabriel drosselte die Geschwindigkeit, ausweichen mussten, die, ich traute meinen Augen nicht, Lynchjustiz an einer Person übte. Ja, das erleben wir jetzt öfter: Das Volk holt sich seine Souveränität wieder. Wir mussten anhalten, weil die Menschenmenge sich öffnete und auf die Straße drängte, um dieser gequälten Natur Gelegenheit zu geben, seinen Peinigern zu entwischen. Gabriel lachte: Sehen Sie, ein

Katz – und Mausspiel, die Leute bilden eine Gasse, und wenn der Delinquent denkt, er sei seinen Häschern entkommen, schließen sie sich wieder und schlagen weiter auf ihn ein. Jetzt liegt er am Boden. Ich konnte beobachten, wie das Opfer zu Boden stürzte und mit Fußtritten von seinen Peinigern traktiert wurde. Plötzlich stoben die Leute auseinander, Sirenen ertönten und Einsatzwagen der Polizei hatten sich dem Ort des Verbrechens genähert. Ich konnte, Gabriel setzte unser Fahrzeug wieder in Gang, erkennen, wie das Opfer - ich schrie auf, eine verstümmelte Fleischmasse! der kommt nicht wieder, kommentierte mein Fahrer die Anstrengung - versuchte, sich aufzurichten, um im nächsten Augenblick in sich zusammenzustürzen.

Ja, eine Revolution, und wir stehen am Anfang einer Volkserhebung, das ist kein Zuckerschlecken – da fließt Blut.

Ich bereute mein Vorhaben, mich noch einmal meiner Stadt, meines Paris! zu versichern. Auf der Ile de la cité, nahe Notre - Dame, ließ ich anhalten, entlohnte meinen Fahrer und setzte meine Reise durch die Stadt zu Fuß fort. Die Tore der Kirche waren verschlossen.

Nicht jeder kann heute in den Himmel kommen, sagte eine Stimme hinter mir. Ich drehte mich um, ein Clochard nordafrikanischer Herkunft streckte die Hand aus…Sie müssen sich das erst durch eine mildtätige Gabe verdienen. Ich wollte mich wieder abwenden, kramte dann aber doch, an wen erinnerte mich die Stimme? in meiner Manteltasche zwei Fünfzigcentstücke hervor und drückte sie ihm in die Hand.

Ach, Sie sinds!

Sie? Vor einer christlichen Kirche…Singen Sie heute nicht?

Haben Sie nicht gehört? Das wird als Betteln ausgelegt – und Betteln ist im Neuen Frankreich verboten.

Noch sind wir, ich lachte, nicht so weit. Ich kann mir auch nicht vorstellen, dass einer der ältesten Berufe...

Ja, Prostitution soll auch verboten werden!

Ja, sagte ich, und die Seine soll in die umgekehrte Richtung fließen.

Sie nehmen mich nicht ernst. Aber ich habe gehört...

Ich war weitergegangen, drehte mich noch einmal um und winkte ihm, er schüttelte den Kopf, zu. Irgendetwas zog mich in eine, meine frühere Lieblingsecke im Quartier Latin, genauer gesagt, in die Rue Mouffetard. Auch wenn sie den „verwitterten" Charme, den ein altes, von Lebenserfahrung geprägtes Gesicht ausdrücken kann, verloren hat, wirkt sie auf mich noch immer wie ein in Handtücher eingewickeltes Silberbesteck, das man ein wenig putzen muss, um es im alten Glanz wieder auferstehen und strahlen zu lassen. Ich hatte einen Bogen gemacht, um vom Fuß der Straße nach oben, in Ihrem Alter, sagte die Stimme neben mir, spürt man den steilen Aufstieg noch nicht, zu gelangen. Professor J., ich hatte ihn vor Jahren bei Lapin kennen- und schätzen gelernt und wir waren uns hin und wieder bei Ausstellungen, ja, ich erinnerte mich, zuletzt bei unseren lateinamerikanischen Freunden, wo er eine flammende Rede für eine von Zensur und Willkür nicht gefährdete Kunst gehalten hatte, begegnet. Ich war überrascht, den Verfechter einer akademischen Malerei, ja, so nennt, besser schimpft man heute die vermeintlich stehengebliebenen Geister, die eine gegenständliche Malerei, in Ansätzen eine sich „in Maßen" auflösende wie...und er zählte einige Beispiele auf, befürworten. Was soll das: Orientierungslosigkeit...ein Hilfeschrei, der sich, halten Sie mich für rückständig, verzweifelt nach den alten Werten sehnt, um endlich wieder in die Überschaubarkeit der Gegenständlichkeit zurückzufinden? Um endlich wieder Boden unter den Füßen zu haben!

In Gedanken sah ich die von Mauseln gezogenen Leiterwagen – soll ich Ihnen ein Taxi rufen? Nein, so weit kommt es! Und er pochte mit seinem Gehstock auf den Boden. Aber Sie können mich in...und er nannte den Namen der Galerie, begleiten!

Gerne. Ich sah mich in die Pflicht genommen, wagte daher nicht, abzulehnen – warum sollte mich auch der Besuch einer Vernissage oder einer Matinee abschrecken? Zudem konnte ich, auch wenn ich seiner rigoros konservativen Haltung, nicht alles ist rot oder schwarz oder ist das, wonach es aussieht, nicht zustimmen mochte oder, wenn er dem Liebäugeln mit der primitiv figürlichen Darstellung als das Nonplusultra moderner Malerei wenig abgewinnen konnte, wollte ich den einen oder anderen neuen Blick auf die „neue Gegenwart", so war die Ausstellung angekündigt, ich schluckte, riskieren...Und, welch ein Wunder, ich schlug eine Schneise durch die Jahrzehnte, dass es sie noch gab: meine, die erste Galerie, die ich, noch ein Schüler, zu betreten gewagt hatte. Ich weiß, ich schlich um das Théatre National de l´Odéon, in dem Barault, einer meiner Götter in jungen Jahren, mit seiner Frau, Madame Renaud, residierte, und gelangte auf einem meiner Streif-züge in diese mir damals noch verschlossene Welt. Ich hatte meinem Begleiter meinen Arm geliehen. Schweratmend, er hatte mit seinem ganzen Gewicht meine Stützhilfe in Anspruch genommen, waren wir, erstaunt hatten wir den Fuhrpark mit Chauffeuren registriert, an den Eingang gelangt, wo er mich aufforderte: Nun öffnen Sie schon! Eine national - völkische Musik, schimpfte er, schlug uns entgegen. In den hellerleuchteten

Räumen bewegte sich eine „neue Generation", dies konstatierte der Professor böse, nachdem wir uns unserer Garderobe entledigt hatten, die gewaschen und gestriegelt Werbung für irgendwelche Modemagazine zu machen scheint. Wir hatten noch keinen Blick auf die Bilder werfen können, als ein junger Mann uns, genauer gesagt, den Professor begrüßte: Schön, dass Sie meine Einladung angenommen haben! Ja, das, er wies mit der Hand auf die ausgestellten Bilder, sind meine letzten Geschöpfe. Geschöpfe? Der Professor richtete sich, sichtlich betroffen, auf. Greifen Sie zu, Wein, den uns eine junge Frau auf dem Tablett servierte, aus Banyuls, und er nannte das Weingut meines „Freundes" Prévot. Wenn Sie mich entschuldigen! Der Künstler wurde „nach hinten", wo prominenter Besuch, verriet unsere Mundschenkin, den Künstler in Beschlag nehme, gerufen.

Das war, sagte der Professor, nachdem er die ersten Bilder betrachtet hatte, einmal einer meiner begabtesten Schüler! Es waren nicht die, was erwarten wir von der Kunst? Allerwelt – Motive, es war die besondere Art der Darstellung, die uns frappierte. In dem übersichtlich klaren figurativen Bildaufbau, nun, endlich gegenständliche Malerei! versuchte ich den sichtlich betroffenen Professor zu einer Äußerung zu locken, hier wurde bewusst mit dem Rohrstock primitiv-archaische Darstellungskunst imitiert – aber schwach! wie ich dem verzweifelten Räuspern meines Begleiters entnehmen konnte. Das ist ein Spiel mit einer traditionell eindeutigen Formensprache, munterte ich ihn auf. Das ist eine Kriegserklärung, stöhnte er, traumatisiert, ohnmächtig, hilflos, überwältigt...Das ist...seine Worte gingen unter; vier allem Anschein nach leicht bewaffnete Kräfte, ein Zivilschutz! näherten sich dem Ausgang, in dem Lachen und lauten Wortwechsel einer ihnen folgenden Gruppe geschniegelt aussehender und selbstbewusst auftretender Jünglinge, die den Künstler und eine Dame!

umringten. Der akkurat gescheitelte Kurzhaarschnitt korrespondierte mit dem sauber gewickelten Binder. Das ist, entfuhr es dem Professor, Madame Le Pen. Auch ich war betroffen, die unangefochtene Kandidatin des FN leibhaftig vor uns zu sehen. Machen Sie weiter so! Wir brauchen, und sie fuhr dem Künstler mit der Hand über den Kopf, ohne den Scheitel zu tangieren, wie der Professor spottete, eine neue Formensprache, die den Leuten die Inhalte leicht verständlich nahebringt. Es ist schön, wie Sie die Gegenwart mit den Werten der Vergangenheit kombinieren. Frankreich den Franzosen! und verließ mit ihrer Entourage die Galerie. Am Eingang drängten neue Besucher, darunter „einige meiner Studenten", in die Galerie. Adrian, sichtlich bewegt, wandte sich an den Professor. Ich glaube, meine Arbeiten haben ihr gefallen. Sehen Sie, kam er dem Professor zuvor, es kommt nicht nur darauf an, den Vorgang Leben - wir waren vor einem durch seine Größe beeindruckenden Gemälde zu stehen gekommen, auf dem eine einem Stilleben nachempfundene Arbeitsidylle abgebildet war - in seiner unvergänglichen Schönheit abzubilden...Zugleich, die Arbeitsgeräte sprachen für sich, eine mit hohem technischen Aufwand betriebene Werkhalle, die mehr einem Großraumbüro glich, wo ein jeder an den unterschiedlichen, aber miteinander korrespondierenden Maschinen hantierte, nein, glücklich lächelnd ihnen zur Seite stand und alles Leben zum Stillstand verurteilt zu sein schien.

Da der Professor schwieg, fühlte sich der Künstler, noch vom Lob und von Glückgefühlen durchströmt, bemüßigt, uns durch eine sachte Hinführung, die das einzelne für das Ganze nahm, so wie das Ganze für das Einzelne sprach, auf das neue, die Postpostmoderne, wie er es nannte, aufmerksam zu machen: Digitalisierung heißt das Zauberwort. Die Menschen ruhen – wieder, möchte ich sagen - in sich. Die Seelenlage, der Gemeinschaftssinn, darauf kommt es an! das hatte auch die Präsidentin gemeint, als sie die Bilder gewürdigt hatte.

Sie haben sich ausgezogen- entblößt! raffte sich der Professor endlich auf. Was ihr neuer Mentor, lästerte er, eine klare Formensprache nennt, die, vereinfacht, die Sprache der Politik übernimmt, das inmitten einer Stilanhäufung, ist eine Totgeburt.

Ich erinnere mich, belehrte uns der Künstler, dass Sie uns neben dem inhaltlichen Rüstzeug, Sie sehen hier, er zeigte auf den Arbeitsplatz, das Bodenständige, darauf käme es immer an, auch die formalästhetische Seite als Ausdruckgebot! nahegelegt haben, um den Bedeutungshorizont des Ganzen zu ermessen: Ich habe die Mehrfachkodierung beherzigt, wir befinden uns, schwelgte er, im postmodernen Zeitalter.

Ich blicke den Professor an, der sich ob seiner Unterrichtswirkung betroffen zeigte und die Stirn runzelte, ehe er sich zur Wehr setzte. Natürlich soll Kunst nicht nur Unruhe stiften, Visionen entwerfen, anregen, sondern sowohl einen ethischen wie, damit spreche ich den nicht zu gering schätzenden syntaktischen Aspekt an, auch einen ästhetischen Mehrwert schaffen, der bei dem Betrachter eine neue und komplexere Wahrnehmung auslöst - die syntaktische Dimension ist nicht von der pragmatisch-inhaltlichen, der semantischen Dimension zu trennen, genau so wenig wie umgekehrt.

Ich habe bewusst, Michel blickte beifallsheischend auf seine ehemaligen Kommilitonen, die uns umringt hatten, mit den Ausdrucksmitteln gespielt, wie Sie hier - der Künstler deutete auf die Darstellung der neuen technischen Wunderwelt, die z. T. wirklichkeitsnah wie einer kindlich- naiven Science - fiction der Wirklichkeit entliehen und ohne Bezug zu den ihnen zugesellten arbeitenden Menschen war - sehen, nicht zuletzt um zu unserer Ursprünglichkeit zurückzukehren. Es zeigt den Menschen in seiner angeborenen Sehnsucht, die ihm auch nicht mittels modernster Arbeitsmittel ausgetrieben werden kann. Sehen Sie, hier ist die Boschaft, er wies auf ein von uns bisher noch nicht beachtetes Nachbarbild, das die „narrative Grundidee" des Künstlers fortsetzte: eine friedlich domestizierte Landschaftsidylle, ja, die neue Technologie setzt uns imstande, unsere Träume nach der entschwundenen Welt unserer Kindheitstage, ich meine das symbolisch! wieder zu erwecken, in der die Menschen der Postmoderne ihre Kleider abgelegt hatten...

...und den Betrachter mit ihren „toten Augen", wie der Professor entgeistert feststellte, ansehen. Sie schließen, bemerkte er zurückhaltend, den Bogen von einer neuen, realistisch aufgepumpten Wirklichkeit, Sie entschuldigen, einem dem sozialistisch Realismus nahen Stilmittel zu einer faschistisch, nein nationalsozialistisch- gegenständlichen Maltradition...?

Ich hatte die Gruppe verlassen und mir mit einem Rundgang einen Überblick über die Bilderwelt des J. M., so hatte er seine Bilder signiert, verschafft und war zu der noch immer diskutierenden Gruppe zurückgekehrt, wo ein Student gerade Heidegger als Kronzeugen in die allem Anschein nach lebendige Diskussion einbrachte, der Kunst als ein Fest des Denkens! der ästhetische Diskurs war ausschlaggebend, begreifen wollte. Das ist schön und gut – was hat es gebracht? resignierte der Professor. Ich beherzige, das hörte ich beim Hinausgehen, einen Satz des französischen Philosophen Deleuze: inmitten der Dinge zu sein, aber im Zentrum von nichts.

Ein milder, zu dieser Jahreszeit ungewöhnlicher, durch keinen Luftzug bewegter Sonntagmittag empfing mich, die Stadt wirkte wie ausgestorben. Über den Boulevard Saint Michel flanierten ein paar unverbesserliche Touristen, die vorbeifahrenden Polizei – und Militärfahrzeugen nachwinkten, nachdem sie „abenteuerliche" Selfies geschossen hatten. Ich überlegte, ob ich den Louvre oder das Centre Pompidou, auch jetzt sicher Touristenmagnete, passieren sollte – ich, kein Freund von Menschenansammlungen, gebe zu, nichts wirkt erbärmlicher als eine von den Bewohnern ignorierte Stadt! die Sehnsucht nach Gesellschaft kennzeichnet das menschliche Wesen, d.h. nicht, dass ich mich mit allen Leuten gemein machen und mit ihnen unmittelbar verkehren muss, die Anwesenheit, ihre vorüberfließende Beständigkeit, die mir die Entscheidungsfreiheit eines wie auch immer selbst bestimmten Verhaltens überlässt, dieser zu nichts verpflichtende Austausch von Gefühlen, eine atmosphärische Stimmung…ich bewegte mich, wie ich registrierte, in malerischen Zonen; in Gedanken erblickte ich die hingetupften Spuren Maries im Schnee, sie selbst unsichtbar in ihrer weißen Skikleidung gegen die Schneewand. Diese Dasein und Auflösung verheißende Lebensart, die Maler in ihren Bildern eingefangen haben, dies „Vivre savoir" macht ihre Anziehungskraft: Leben aus. Die existentielle Frage des Außersichseins korrespondiert, mehr als ein Wortspiel, mit dem Wunsch, bei sich zu sein.

Tatsächlich belebte sich die Gegend; je mehr ich mich dem Museum näherte, desto urbaner, d.h. hier: internationaler wurde das Straßenbild. Sightseeingbusse entluden für einen Moment ihre Fracht, die ausgelassen das Foyer des Museums eroberte. Ein einzelner Punkt der, größer werdend, die Aufmerksamkeit auf sich zog und auf uns zustürmte, erhielt auf einmal Begleitung. Eine Motorradgang flankierte ihn bzw. überholte ihn, ließ sich wieder zurückfallen und heftete sich dann wieder an seine Fersen. Ich beobachtete einige Besucher, die ob des Spektakels stehengeblieben waren und fasziniert Zeuge wurden wie ein, ein in diesen Tagen übliches Schauspiel, Farbiger von den Identitären zu Tode gehetzt wurde. Eine am Horizont auftauchende Kolonne von Militärfahrzeugen schien die Treibjagd aufzuhalten, Wetten wurden abgeschlossen, als der Gejagte unweit von uns zu Boden stürzte und von den Identitären auf ihren Motorrädern umringt wurde. Die Sondereinheit in ihren Militärfahrzeugen fuhr, ohne Notiz von dem Zwischenfall zu nehmen, an uns vorbei, die Identitären winkten ihnen zu, indes das Opfer versuchte, sich wieder aufzurichten, um sogleich wieder unter den Schlägen seiner Peiniger kraftlos zu Boden zu sinken. Der erholt sich nimmer, sagte eine Frau neben mir. Wollen wir ihm nicht helfen? fragte ein älterer Herr, ein Japaner. Wagen Sie es, dazwischenzutreten? gab ein anderer zu bedenken. Das müssen die unter sich ausmachen! stichelte eine weißhaarige Alte. Ich machte Anstalten, dies war mehr ein – verspäteter - Reflex, auf die Gruppe zuzueilen, als eine Meute Jugendlicher, ich hatte ihr Kommen nicht wahrgenommen, sich aus der Menge der Zuschauer löste und auf die Gang stürzte, einige der Identitären konnten der Übermacht entkommen, andere „ereilte ihr Schicksal", sie wurden von ihren Motorrädern gerissen und machten, wie es ein Tourist ausdrückte, mit den Fäusten der Nuits Debout Bekanntschaft. Grandios, was die Franzosen uns hier bieten! Einige Touristen hatten die Kameras oder Handys gezückt und hielten den Vorfall fest. Ich hatte inzwischen - die Prügelszene hatte sich etwas verlagert bzw. standen die Nuits Debouts als Sieger fest, sehr schön habt ihr das gemacht, die Touristen klatschten Beifall - das noch immer am Boden liegende Opfer erreicht und versuchte, ihm auf die Beine zu helfen, was misslang. Ist ein Arzt unter ihnen? Sie sind doch vom Fach! Ich bin hier, um Urlaub zu machen, empörte sich der angesprochene. Ich bin Student der Medizin, eilte einer der Nuits Debouts herbei, bereit, Erste Hilfe zu leisten. Der geschundene

Farbige hielt die Augen geschlossen, er atmet nur noch schwach. Wir müssen einen Krankenwagen rufen! Er wählte die Nummer der ersten Hilfe.

Bitte kommen Sie, unsere Gruppe ist an der Reihe. Beeilen Sie sich, rief ein Fremdenführer die immer noch neugierig Gaffenden und lotste die Gruppe durch den schmalen Eingang in die Säle, wo sie zur Kenntnis nehmen konnten, zu was, zu welcher außerordentlichen Leistung die Menschheit fähig ist bzw. gewesen war.

Das Signalhorn des Krankenwagen erlöste uns von unserer Hilflosigkeit, der Medizinstudent hatte dem Farbigen eine Mund-zu-Mundbeatmung „verabreicht", ohne genau zu wissen, ob und inwieweit, ich hoffte, es wäre ausreichend, dies angebracht war; Sanitäter kümmerten sich nun um den Schwerverletzten und betteten ihn auf eine Trage und schoben ihn in den Wagen, um ihn ins nächstgelegene Krankenhaus zu befördern. Sie kennen ihn? fragten die Sanitäter. Ja, nein antworteten wir. Es wäre ratsam, wenn ihn einer von Ihnen mitfahren würde. Ich kann ihn ja begleiten, sagte ich, einer plötzlichen Eingebung folgend, die ich sofort wieder bereute. Ich bestieg den Krankenwagen, die Tür wurde hinter uns zugeschlagen, wir fuhren los.

Die Fahrt dauerte kaum fünf Minuten. Ich hatte den Schwerverletzten nicht aus den Augen gelassen, bereit, ihm beizustehen, ohne zu wissen, was ich in einem solchen Fall hätte tun sollen. Dankbar, dass ein solcher Fall nicht eingetreten war, der Verletzte war in eine Ohnmacht gefallen, trottete ich hinter den Sanitätern her, als wir im Krankenhaus angekommen waren. Ich hasse Krankenhäuser, ich erinnerte mich meiner Besuche bei Frédéric, wo Pflichtgefühl mit dem Widerstand gegen diese Anstalten rang. Mich reute meine Nächstenliebe, nein, das war nicht ein Pflichtgefühl, das war oder ist eine Charakterschwäche, nicht nein sagen zu können , ich fühlte mich müde und abgeschlagen, ein leichter Schwindel erfasste mich. Wir bringen ihn auf Station, ich konnte nicht verstehen, welche Station sie meinten, die Stimmen rauschten an mir vorbei...Sie bleiben hier und geben die Personalien an, beschieden die Sanitäter mich. Sie schüttelten den Kopf, weil sie ihre Aufforderung zweimal wiederholen mussten. Wie ist der Name? wollte die Dame an der Rezeption wissen. Ich nannte meinen Namen. Und Sie, sind Sie ein Angehöriger? oder irgendwie... wie stehen Sie mit dem Opfer in Beziehung? fragte sie weiter. Ich kenne ihn nicht, antwortete ich wahrheitsgemäß. Aber sie haben mir doch seinen Namen genannt! Ich habe Ihnen meinen Namen angegeben, sagte ich.

Ich hatte nach dem Namen des Schwerverletzten gefragt, In ihrer Stimme schwang ein Tadel mit.

Ich habe das wohl, entschuldigte ich mich, falsch verstanden. Ich musste mich am Tresen der Rezeption festhalten.

Haben Sie getrunken?

Nein sagte ich, es dreht sich plötzlich alles...

Soll ich einen Arzt rufen? Sie sagte das unwillig, auch die Kollegin, die ihr Telefongespräch beendet hatte, blickte mich voller Zweifel an.

Danke, sagte ich, ich hatte mich wieder gefangen. Wo kann ich erfahren, wie es dem Schwerverletzten geht?

Sie können später anrufen...Nein, gehen Sie diesen Gang, sie wies mir der Hand nach der Richtung, bis zu den Operationssälen, dort warten Sie, bis die Operation beendet ist.

Danke. Ich nahm erst jetzt wahr, dass man sich in dem Riesenbau kaum verlaufen konnte, da Richtungsschilder den Weg in die einzelnen Stationen und Behandlungsräume wiesen. Ich folgte dem Schild zu der Operationsstation. Der typische Krankenhausgeruch, oder Altersheim? ich weiß nicht, ob es ihn wirklich gibt oder ob ich es mir einbildete, verstärkte sich...dieser säuerliche Geruch zwischen Heilsversprechen und Tod und Verwesung...

Am Ende des Ganges an einer Flügeltür das Schild: Zutritt verboten - Operationssaal, davor an beiden Seiten des Gangs jeweils eine Stuhlreihe. Ich setzte mich. Ich wartete. Ich versuchte den Geruch, der sich auf die Geschmacksnerven ausweitete, loszuwerden. Ich zählte die Stühle, die Stuhlbeine, zermarterte mir den Kopf, wie lange es noch dauern würde, wobei mir das Es als ein ungewisses, unheilvolles Es erschien - anderseits dachte ich, je länger die Operation anhält, desto höher die Überlebenschance - wären die Verletzungen zu schwerwiegend, hätten die Ärzte längst aufgegeben. Als die Tür aufging und eine Schwester, die sich von ihrem Mundschutz befreite, herauskam, sprang ich auf. Ich hatte meine Frage noch nicht gestellt, da war sie wortlos an mir vorbeigegangen. Kurze Zeit später kam von der anderen Seite eine andere Krankenschwester, oder Ärztin? die mich keines Blickes würdigte, sondern die Tür aufstieß und in den Operationssaal hineineilte. Meine Ungewissheit verstärkte sich, sollte ich dies als Zeichen einer doch schweren, vielleicht aussichtslosen Behandlung werten? Ich tröstete mich vorübergehend mit dem Gedanken an einen mir unbekannten Menschen, dessen Schicksal mir, wie viele Menschen kommen täglich auf die eine oder andere ungerechte – Art ums Leben? eigentlich gleichgültig sein musste. Plötzlich, die Flügeltür öffnete sich, wurde der Frischoperierte, ich atmete auf, er schien zu leben, auf der Bahre hinausgeschoben. Zwei Krankenhaushelfer beförderten ihn auf die Intensivstation.

Ich konnte einen Augenblick lang in den Operationsaal blicken, wo ein Ärzteteam sich ihrer Operationskleidung und der Handschuhe entledigte. Ein Arzt wandte sich beim Hinausgehen an mich. Sie sind ein Angehöriger? und ohne eine Antwort abzuwarten, teilte er mir die Details der Verletzungen, Brüche, innere Verletzungen: Organquetschungen durch Tritte verursacht? mit, und dass man die nächsten Stunden oder Tage abwarten müsse, ehe man Gewissheit erhalte. Wir wurden unterbrochen, als ein neuer Notfall eingeliefert wurde: eine kleine Gefolgschaft von Angehörigen eilte der Bahre, ich konnte einen Mann erkennen, der die Augen geschlossen hielt, aber ruhig atmete, hinterher und bestürmte, ehe sich die Tür zum Operationssaal schloss, den Chefarzt, wie ich vermutete, alles zu unternehmen um diese *important person* zu retten. Ich wurde von der aufgebrachten Gruppe, die sich nicht entscheiden konnte, wo oder wie sie in ihrer Überzahl Platz finden sollte, hin – und hergestoßen. Ich suchte das Weite.

Ich wollte mich an der Rezeption unbemerkt vorbeischleichen, um nicht wieder Rede und Antwort zu stehen, musste aber eine frisch aufgestellte Wache passieren, die den Gang zum Operationssaal abgesperrt hielt und mich misstrauisch beäugte. Die Rezeption war umlagert von einer Menschentraube, Journalisten, die aufgeregt hin – und herrannten, andere, die mit ihrer Redaktion oder weiß der Himmel, mit wem telefonierten. Ich wollte mich durch die Menge hindurchzwängen, als mich jemand am Ärmel festhielt. Frédéric. Ich kannte den Gesichtsausdruck. Es war zu spät, wegzulaufen. Er fiel mir um den Hals, Jacqueline ist weg, schluchzte er.

Schon wieder? fragte ich ungerührt.

Diesmal endgültig.

Wie heißt er? fragte ich.

Du bist gemein! Er schubste mich beiseite. Entschuldige, als ich wankte. Geht es dir nicht gut?

Danke. Ich schüttelte den Kopf.

Ich hab gesehen, Du kommst vom Operationssaal, Du musst mir alles erzählen!

Ich weiß nicht, was du wissen willst...

Du weißt doch! Nicolas Bay, er ist Opfer eines Anschlags geworden.

Nicolas Bay? dämmerte es mir, der Patient, der auf der Bahre lag und mir von Fotos bekannt vorgekommen war. Warum? fragte ich naiv. Weiß man denn, wer hinter dem Anschlag steckt?

Das ist nicht schwer zu erraten! Man vermutet, linderte er seinen Verdacht ab, die UOIF. Die Muslimbrüder in Frankreich verdeutlichte er, als er merkte, dass ich ihn nicht verstand. Es war noch lauter geworden, die Journalisten stürzten sich auf einen Arzt, der aus dem Operationssaal zu kommen schien und bestürmten ihn mit ihren Fragen, auch Frédéric hatte mich stehen lassen, kehrte aber sogleich zurück, als der Arzt noch keine Auskunft geben konnte oder wollte. Die Union islamischer Organisationen, wiederholte er. Nicolas Bay ist in einer künftigen Regierung, Le Pen, Gott bewahre! vorgesehen als Innenminister, zuständig auch für Zuwanderung und Laizität.

Meinst du, dass Tariq Ramadan, ich hatte von ihm gehört, dahinter steckt?

Das nehmen einige an, mischte sich Francois, ein Kollege, ein. Ich bemerkte, dass sich Frédéric bedeckt hielt, Zumindest wollte er mit einem naheliegenden Verdacht nicht vorpreschen.

Der islamische Hassprediger, provozierte ich.

Tariq Ramadan bezeichnet sich, relativierte Frédéric meine Behauptung, als Reformsozialist, der sich für die da´wa einsetzt, die islamische Mission in Europa.

Er gilt als einflussreiches Vorbild für junge Muslime in der Diaspora.

Er stand, sammelte ich meine Vorbehalte, wie oft hatte ich mit Armand über ihn gestritten, in Konflikt mit französischen Intellektuellen, ich dachte an André Glucksmann, Bernh.- Henri Lévy, Lapin und Alain Finkielkraut.

Ja, die französischen Intellektuellen, spottete Francois, betreiben einen proisraelischen Kommunitarismus. Ramadan steht als islamischer politischer Aktivist für ein konservatives Welt – und Menschenbild, er hat großen Einfluss auf die französische Jugend, das macht ihn gefährlich: Er ist antiliberal und hält den Westen für dekadent und konsumversessen.

Meinst du, dass Houellebecq sein Buch…?

Sicher! ich glaube dies jedenfalls.

Und wo hält sich Ramadan jetzt auf?

Er ist verschwunden…

Untergetaucht? Das sieht aus wie ein Schuldeingeständnis…

Eine Vorsichtsmaßnahme. Er lachte.

Meinen Streifzug durch Paris, den das Pathos einer Abschiedsstimmung umwölken sollte, hatte ich mir anders vorgestellt. Immer wieder gerät man wie ein Zug, der seinen Gleiskörper nicht verlassen kann, auf die nämlichen, vom Tourismus abgefahrenen Gleise: das Herz von Paris. Eine Ausnahme hatte ich mir vorbehalten: die Gegend um Montmartre, genauer gesagt hinter Sacré - Couer, Rue Labat, wo mein verstorbener Freund gewohnt hatte. Ich hatte mir eine Route ausgewählt, die den muslimisch – afri-kanisch geprägten Teil, den Le Pen im Falle eines Wahlsiegs zu einer ausländerfreien Wohngegend zurückerobern wollte, ausklammerte und genoss noch einmal jenen Hauch einer wie vergessen wirkenden, unwirklichen Atmosphäre, in den sich nur ein Tourist – oder ein Flaneur hineinträumen kann. Nicht dass ich den Feinkostladen aufsuchte, um die rein französischen Delikatess - Spezialitäten zu erstehen oder, zugegeben, das Caféhaus, einen Moment wurde ich schwach - die Luft, das Atmen, das Auge, das wie durch ein umgedrehtes Fernrohr die Zeit umstülpt und in der Ferne die verklärte Vergangenheit auferstehen lässt, gehören zu den beglückenden Augenblicken, in denen die Seele „schwebt". Und einen Augenblick glaubte ich in dem älteren Herrn mit dem kurzgeschorenen weißen Bart, der selbstbewusst, fast resolut die Straße überquerte und die Fahrzeuge zum Halten zwang, Jean zu erblicken, einen Augenblick. La vraie vie est absente, zitierte ich in Gedanken Rimbaud.

Die Aufgabenstellung mag schwerer sein, manche halten sie für unlösbar. Aber: eine Problemlösung, eine von mehreren möglichen...Sie merken, ich befinde mich im Café Flor – und es wird lustig drauf losphilosophiert oder schwadroniert, wie Lapin amüsiert feststellte. Nun, meine Tischgenossen waren gestandene Männer (und eine Frau), die mitten im Leben standen, ohne zu vergessen, den philosophischen Erörterungen im Hinblick auf ihre Langlebigkeit, damit ihrer Wertigkeit, ein Zeugnis auszustellen, das, ich staunte jedesmal, obwohl mir Einwand und Argument bekannt waren, an den Klippen des Alltags zu zerschellen drohte, um wie ein Phönix aus der Asche wieder, verjüngt und mit aktuellem Repertoire versehen, der Überzeugungskraft seiner Gegner standhalten musste...Ich hingegen, ein Jünger wie Verfechter des Augenblicks, konnte nur mühsam dagegenhalten. Über uns, im ersten Stock, trohnte Sartre, ich schätze seinen oder Camus Existenzialismus, nein, ich bin kein Existenzialist! zwei völlig verschiedene Schuhe! Wie oft hat er seine Meinung geändert, ja, vor dem Augenschein des Augenblicks!

Ich besuchte ein Elitegymnasium, nicht weil ich durch Leistungen glänzte, sondern weil meine Eltern einen guten Ruf hatten – den die Schule verteidigen musste. Meine Neigungen waren nicht immer oder nur selten mit dem Lehrplan der Schule in Einklang zu bringen, ich lernte vom Leben für das Leben, wie Frédéric, mein Klassenkamerad festhielt. Und an den Eliteuniversitäten, denen meine Freunde zustrebten und die das Tor für eine gesicherte Laufbahn öffneten, wurde ich abgewiesen, ich verbessere mich, langweilte mich die Überheblichkeit und Selbstherrlichkeit der

Dozenten, Du bist voreingenommen! und ich kehrte einer gestandenen bürgerlichen Existenz, entschuldige, Jean - Pierre und Frédéric, den Rücken. In Jacqueline, einer hochgepriesenen Autorin, geehrt und geadelt mit dem Prix Goncourt, oder sollte ich sagen: Lebensphilosophin? feierte der postmoderne Roman, wie die Kritiker schrieben, einen Gegenentwurf gegen die steifleinene Literatur des nouveau roman; in ihr fand ich eine Verbündete, wenigstens eine Fürsprecherin meiner haltlosen Lebenseinstellung.

Hatte ich, ein Sinnenmensch! - das Leben, ich dachte an meine Aufgabe, fordert seinen Tribut - je daran geglaubt, einer Ideologie zuliebe ihr Vollstrecker zu werden? Nein, ich sprach mich von dem Vorwurf frei, meinem Tun liegen lautere Motive zugrunde. Und schreckte ich in der einen Sekunde vor meinem Vorhaben zurück, die Waffe gegen einen Menschen zu richten und – abzudrücken? immerhin sichert mir der Revolver eine gewisse Distanz, nicht auszudenken, ich müsste deinen Tod mit dem Messer rächen! - durchströmte mich im nächsten Moment ein Glücksgefühl, ja Maria, dein sinnloser Tod wird gerächt! und dein Mörder liefert sich mir, seinem Henker, selbst aus. Zugleich wird, eine makabre Laune, nenne es Schicksal, diese Tat selbst, phantasierte ich, als Rettung des Vaterlands in die Geschichtsbücher Einzug halten. Ich, Patriot: Sinnbild jenes Wesens, dessen Verlust sie beklagen, dessen Gegenwart sie, sobald sie seiner ansichtig werden, sie kehren ihm den Rücken zu, verfluchen. Die Philosophie des Alltags ist nie verlegen, wenn es darum geht, diese Subsidien - und sie schert sich nicht um das Unverstandene und vermeintlich Neue mit einem Etikett - aus der Rumpelkammer der Vergangenheit zu holen. ichPatriot, mehr ahnte als dass man wusste, was es damit auf sich hat, diente als Vorlage ihrer Beweisführung des noch Unverstandenen: Die Postmoderne, dozierte Jean-Pierre soeben, ist wie die Moderne mehreren Lesarten, unterschiedlichsten Referenzmöglichkeiten des Begriffs ausgesetzt, wir müssen Sorge tragen, dass wir nicht mittels eines Reizwortes oder Schlüsselbegriffs die Vielfalt der Erscheinungsformen zuschütten.

...wenn ich dich recht verstehe, unterbrach ihn Caspar, willst du ihr jenseits des Rationalisierungsgedankens, der reinen Rationalisierungsformen, ja...der Phantasie, der Einfallsfülle, eine Schlüsselstellung verschaffen.

Nicht ich, lachte Jean-Pierre, der Begriff, das sagte ich doch, verwaltet, ohne hierarchisch auftreten zu wollen, mehrere Verständnisebenen.

...Jenseits eines rein utilitaristischen oder funktionalistischen Aspekts!

Ebenso erteilt ein Pluralismus der Erscheinungsformen die Absage an ein nur gesellschaftsbezogenes Verständnis aller Kunst und - räsonierte Caspar - Lebensformen, Lebensmöglichkeiten.

Das heißt? und hier wurde ich hellhörig: Führt dies nun zu einer Umkehrung aller Werte – oder einer Neubestimmung?

Ohne nur der Selbstverwirklichung und dem Genuss dienen zu wollen...ja? Es gibt andererseits, in der Diskussion, ein Beinahsynonym von Avantgarde und Postmoderne: Was die Moderne nur reklamiert, löst die Postmoderne ein - sie setzt auf Heterogenität, damit spricht sie sich gegen ein Konsens-/Einheitsdenken aus, ohne dabei ihren Status zu verlieren...nein, sie, ich beziehe mich auf J.-Fr. Lyotard als Zeugen, das ist keine programmatische Verabschiedung der Moderne, sondern ihr alter ego...

Verstehe ich euch recht, lachte ich, der neue Wein in alten Schläuchen?

Das heißt aber auch, überlegte Jacqueline, dass, ich konstruiere für unseren Alltag, was ich auch, unter Abwägung aller Gesichtspunkte, in Angriff nehme, nichts ist als eine Wiederholung einmal gehegter Absichten

...und ihrer Legitimation.

Wie ein Mord aus niederen Motiven! keine Legitimation erwarten darf...

Gibt es einen Mord aus höheren Motiven?

Abwegig. Mord bleibt Mord.

Nein, widersprach Jacqueline heftig, Du wirst, ich beziehe mich auf mein neues Buch, in den Krieg geschickt...Ich lutschte an dem Bonbon.

Du kehrst die Verständnisebenen um, das sind andere Verhältnisse, gab Caspar zu bedenken.

Oder nehmen wir den Tyrannenmord, warf ich ein.

Das sind, erklärte Jean-Pierre, mehrere Spiel – oder Sprachformen ein- und derselben Sache.

Irreals!

Ich konnte den Tag, an dem ich „tätig" werden durfte, Maria, ich werde dich rächen! kaum erwarten, ja, ich fieberte ihm entgegen, dann wieder überfielen mich Skrupel, und ich musste die Pistole, die mir zugesteckt worden war, und die ich übungshalber handhabe, mit beiden Händen halten, obwohl die Zielperson nur in der Einbildung existierte, um abzudrücken. Was danach geschehen sollte, sei, so versicherten mir meine beiden Auftraggeber unabhängig voneinander, meiner Sorge enthoben. Man werde sich schützend vor mich stellen, ausgesuchte Personen werden mich aus der Gefahrenzone geleiten und meinen Fluchtweg, alles sei vorbereitet, und ich werde noch am selben Tag das Land verlassen können, absichern. Ich sei ein Namenloser, ein Niemandbürger, weder werde mich jemand vermissen noch, oder gerade deswegen, niemand nach mir fahnden. Ich musste an Véronique denken, ich hatte sie nicht erreichen können. Sie war nicht im Seminar von Jean-Pierre, dem letzten vor seiner Abreise, zugegen, noch konnten mir ihre Eltern weiterhelfen. Junger Mann, ich kann Ihnen auch nicht sagen, wo meine Tochter steckt...hatte er meine Stimme nicht erkannt? aber das hat nichts zu bedeuten, und er legte den Telefonhörer wieder auf. Der junge Mann, im gleichen Alter wie der Papa, empfand keinen Trost.

Ich erinnere mich: 15.2.17, an die Rede von Le Pen, ich verfolgte sie im Radio, die an die heroische Vergangenheit Frankreichs erinnerte, es gelte jetzt, den Schritt zu vollziehen, und sich aus der Fessel einer Fremdbestimmung, einer permanenten Bevormundung befreien, um wieder volle Souveränität zu erlangen. Nein, man wolle einem geeinten Europa, man verkenne nicht den friedfertigen Charakter, 70 Jahre Frieden zwischen einst verfeindeten Nationen, keine endgültige Absage erteilen, nur müssen die Prämissen geändert werden.

Die Nachricht vom Wahlsieg Trumps, ein Geschenk für die europäische Rechte, läutet, so Frédéric sarkastisch, die „Demokratische Revolution" ein...Der FN, erzählte der Reporter, tagte im Fünfsternehotel Napoléon, nahe den Champs Elysées. Dabei kündigte die Präsidentschaftskandidatin in dem Interview mit dem Fernsehsender TF1 an, dass sie im Falle eines Sieges ein Referendum über den Verbleib unseres Landes in der EU ansetzen wolle. Und der stellvertretende Vorsitzende Florian Philippot kündigte, nein, nicht wie ich erwartet hatte, den sofortigen Austritt aus der EU an, sondern plädierte wie Armand für eine fundamentale Reform der EU. Das bedeute, wie die Kandidatin nach ersten Informationen auf der Wahlveranstaltung bekanntgeben wollte, die alleinige gesetzgeberische Kompetenz, desgleichen, so die weiteren Kernpunkte ihres Programms, die souveräne Hoheit über die Kontrolle der nationalen Grenzen sowie ein Ende des Schengen – Abkommens. Und: neben der Rückkehr zum Franc – unterscheiden wir uns hier von Fillon? die Restitution der vollen budgetären und fiskalischen Grundlagen! Sollte die Kommission dem nicht zustimmen, müssten die französischen Wähler mit einem Votum über Verbleib oder Ausstieg entscheiden.

Dann kam Le Pen auf den sozialen Wandel, wie viele sind vergessen worden, zu sprechen. Ein Seitenhieb, berichtete Frédéric, auf den Kontrahenten Fillon, der das französische Sozialmodell zerschlagen wolle, konnte nicht unterbleiben; sein ultraliberales Wirtschaftsprogramm, jubelte Le Pen, diene der unaufhaltsamen wilden Globalisierung, damit der Stärkung der Unternehmen. Verhaltener reagierte sie auf die Ausländerpolitik ihres Gegners, der sie mit Hilfe seines Beraters Stefanini, der, „uns" als ehemaliger Generalsekretär eines Ministeriums für Immigration, Integration und Nationale Identität zu überholen drohte und damit die Arbeiterschaft und kleinen Angestellten umwerben wolle und:

den Endsieg gefährde. Die Ankündigung einer rigiden Ausländerpolitik, einer Ruhigstellung islamischer Extrawünsche übertrumpfte Le Pen mit der Nachricht, den Brutboden für extremistischen Nachwuchs in den „explosiven" Banlieues auszuräuchern: Ich bin die einzige, die diese Bombe entschärfen will – und kann.

Erste Namen kursierten, wer im Falle eines Wahlsiegs welches Ministeramt übernehmen solle. Nicolas Bay, aus dem Krankenhaus entlassen, stand von vornehrein fest für das Amt des Inneren, ebenso wie Bernard Monot als Minister für die Souveränität Frankreichs. Bei weiteren Namen, die gehandelt wurden, konnte man allenfalls von der Biographie her auf eine mögliche Übernahme eines Ministeramts schließen. Denkbar, dass auch Republikaner sich für ein Amt einspannen ließen, Namen wie Thierry Mariani, der für auswärtige Politik in Frage kommen sollte, Geoffroy Didier, vorgesehen für Justiz, fielen. Den Namen Armand suchte ich vergeblich.

Am Platz der Republik, eine Provokation! soll, sicher vom Wetter abhängig - die Abschlusskundgebung des Front National vor den Wahlen stattfinden. Man rechnet mit massiven Störversuchen, auch mit Straßenkämpfen, schon im Vorfeld, seitens der breiten antifaschistischen Front. Daher werden die Ordnungskräfte ihre Präsenz noch einmal verstärken.

Ich blickte diesem Tag mit einem Wechselbad meiner Gefühle entgegen. Die Rache für den Tod meiner Schwester, die Blutrache! ein Relikt aus grauer Vorzeit, würde die Justiz als ein Motiv aus niederen Beweggründen abtun; anders würde sie einen Mord aus politischen Motiven, aus Sorge um das Vaterland, werten. Patriotismus, das sollte mir einer glauben? ichPatriot?!

Im Online-Portal, hatte mich Frédéric noch informiert, publizieren konservative Intellektuelle ihre Blogs, mit denen sie die populistische Agenda der Rechten unterstützen, um eine Renaissance vergangener Größe wiederzuerlangen.

Hier, mir ging es bei diesen Überlegungen nicht um den Fall meiner Festnahme, vertraute ich der Zusage meiner Auftraggeber, denen ja ihrerseits ein Interesse, einen Moment lang schwankte ich, drängte dann aber einen Verdacht beiseite, an meiner sicheren Flucht, ja, an dem Inkognito meiner Person gelegen sein musste.

Ein Anruf Armands, dem ein Anruf von Prévot folgte, machte mir klar, dass es ernst würde, ein Zurück gab es nicht mehr. Véronique, die Person, der einzige Grund, der mich zu einer Umkehr, ging es mir durch den Kopf, veranlassen könnte – hatte ich nicht mehr gesehen, würde ich nie wieder sehen...

Ich hatte mich mit einem, nein zwei, drei Gläsern aus dem Weinbestand „meines Freundes" Mut antrinken wollen, die Wirkung blieb aus, dann meiner Concierge die Wohnungsschlüssel anvertraut – Für wie lange? Nun, ich meine, wann Sie diesmal wieder zurückkehren?

Die Waffe hatte ich geladen und entsichert und in meinem Halfter, den mir Prévot hatte zukommen lassen, unter der Jacke verstaut. In einem kleinen Rucksack, wann habe ich mich je, derartig „entstellt", auf die Straße gewagt? trug ich die Maske, die mir zunächst, ehe ich in Lachen ausbrach, Schrecken, der mehr der Verwunderung geschuldet war, einjagte: Sowohl Prévot wie auch Armand hatten mir eine Maske zukommen lassen, die Armands Gesichtszüge trug!

Der „Tag der Freiheit", andere sprachen vom „Tag des Patriotismus", war gut gewählt; die „anderen" hatten ihre Entscheidung getroffen, das Schaulaufen der linken Kandidaten (und ihre Wahlversprechen), der politische Gegner, der Primaire de la Gauche, stand fest, die öffentlichen Verkehrsmittel, sonst, es herrschte noch immer der Ausnahmezustand, kaum besetzt, waren zum Platzen voll; neben den regulären Bahnen und Bussen kamen Sonderwagen zum Einsatz, die Métro fuhr im Fünfminutentakt - von überall her strömten die Menschen, um Zeuge oder Teilnehmer einer „nationalen Erhebung" zu werden. Gleichzeitig waren die angekündigten Gegendemonstrationen, die angesichts dieser Massenbewegung, auf die sie trafen und die sich wie ein Flächenbrand immer weiter ausdehnte, unterwegs, um wie ein Schwamm von dieser hin- und herwogenden Menge aufgesogen zu werden. Lediglich an den Randzonen der Kundgebung kam es zu Auseinandersetzungen, Schlägereien zwischen Demonstranten und Einsatzkräften des FN, die nach einer gewissen Zeit in kleinen Rangeleien verebbten; die gesetzlichen Ordnungskräfte hielten sich zurück.

Ich zwängte mich, die Kundgebung selbst hatte noch nicht begonnen, aus den Lautsprechern dröhnte zwischen nationalen Tönen Marschmusik, durch das Gedränge, um zum Kern der Veranstaltung vorzustoßen. Je mehr ich mich der Tribüne näherte, trugen die Leute (waren dies alle Funktionäre?) diese Masken – und blauen Rosen! Ich war überall von den gleichen Gesichtern umgeben! Auch ich war nun Teil dieser Maskierten. Wie, fragte ich mich, sollte ich in diesem Gewimmel, den tausendfachen Armands! meinen Armand, das Opfer, entdecken? Prévot, das schien mir klar zu sein, würde ich sofort erkennen, weil er sich an dieser Maskerade gewiss nicht beteiligen würde! Er, darauf hoffte ich, würde mir helfen, Armand zu „entlarven"!

Ein Raunen, dann ein Ruck! ging durch die Menge, die Musik wurde unterbrochen, eine Lautsprecherstimme kündigte den Auftritt der großen Vorsitzenden an: Liebe Landsleute, sie erhob ihre Stimme, um sich gegen den Applaus durchzusetzen, Franzosen! Wir sind heute zusammengekommen, um ein neues Zeitalter, die sechste Republik ins Leben zu rufen: Die Zeit der Fremdbestimmung ist vorbei. Frankreich soll wieder sich selbst gehören! Und sie breitete, ich konnte dies von meinem Platz, dicht vor der Tribüne, aus gut beobachten, die Arme aus, um wie eine Mutter ihre Kinder, die ganze Menge, das ganze französische Volk, die Nation zu umarmen. In dieser Rückbesinnung auf unsere Herkunft wollen wir uns der Einzigartigkeit unseres Volkes, der Reinheit unseres Blutes! bewusst bleiben. Jubel, Der Reinheit unseres Blutes, wiederholte die Menge, erneuter Jubel unterbrach sie.

Deshalb müssen wir Stärke zeigen, sie hob die Faust, und ankämpfen gegen die Laster der Lassitude, morosité, mefiance; auch – populistisch – im Innern dafür sorgen, dass wir mit den Feinden der Republik, den Attentätern und der schleichenden Überfremdung aufräumen! Und Arbeitsplätze für alle Franzosen. Jawohl, wir bekennen uns zu unserem Land, wir lieben es, wir sind Patrioten!

Trumps Sieg, sie konnte angesichts des Beifalls kaum weitersprechen, Trumps Sieg ist ein „Zeichen der Hoffnung", Lombardi spricht von der Rettung der jüdisch - chistlichen Identität, (Buhrufe), für Nichtmuslime werde das Leben in Europa immer gefährlicher, sagte er in einem Interview und beschwor die europäische Rechte mit den Konservativen der USA Trumps zusammenzugehen! Ich musste mich ducken, der Begeisterungssturm machte sich nicht nur lauthals, sondern auch körperlich bemerkbar: Die Leute trampelten, rissen die Arme hoch oder reckten die Fäuste. Auch ich erlebte mich, wie ich, von dieser höheren Macht mitgefangen, mitgehangen! wie eine Marionette die Gliedmaßen in Bewegung setzte, die, schien es mir, nicht dem eigenen Impuls, einem fremden Willen gehorchten. Ist es denn so, dämmerte es mir, ich wurde wieder zurückgestoßen auf meinen „Stammplatz", dass die beschworene Abgrenzung, d.h. die Grenze, eine virtuelle Wirklichkeit, wir –eine neue Internationale bildet?

Sie tauschen, eine Aufhebung aller Argumente? eine, die EU! gegen eine Union der Extremrechten - und interpretieren ihre Entmündigung, die Globalisierung auf ihre Weise. Ich blickte mich um, dabei fiel mir Helvetius ein: Warum, sagen die Ausländer, bemerkt man zuerst an den Franzosen denselben Geist und denselben Charakter? Weil die Franzosen nicht nach ihrer eigenen Ansicht, sondern nach der Ansicht der Würdenträger urteilen und denken. Scheint das nicht, auch wenn Diderot das zu widerlegen versucht, gerade heute das Phänomen – und Problem zu sein?

Eine Stimme, ich konnte nicht genau unterscheiden, woher sie kam, neben oder vor mir? forderte mich auf: Nun machen Sie endlich, Ihr Mann steht vor Ihnen! Einer? Hunderte, tausende Armands! Ich erkannte den Amerikaner an seiner Kleidung, was wollte der hier? Im gleichen Moment lüftete der echte Armand seine Maske und gab sich mir zu erkennen und nickte mir zu: Ihr Mann steht links neben Ihnen! Zögern Sie nicht!

Eine männliche Stimme neben mir, Prévot! In der gleichen Maske, wiederholte: Schießen Sie! Ihr Mann steht vor ihnen.

Ich zog die Waffe aus dem Halfter und riss sie hoch und wollte mein Ziel ins Visier nehmen, als ein, zwei, nein drei, vier Masken sich zwischen Armand und mich schoben, im gleichen Moment ward ich der Ungeheuerlichkeit meines Vorhabens, meiner Mordabsicht, gewahr! Ich Marionette, ich lasse mich wie ein Bär am Nasenring durch die Manege Welt führen, nein, ich entscheide selbst! jetzt, ich wollte abdrücken, als sich die Lücke ergab, nein! – und ich genau in diesem Augenblick einen Stoß von hinten, der Schuss löste sich, spürte. Mit Mühe konnte ich, dank meiner Nachbarn! mein Gleichgewicht halten, ich sah, dass die Maske vor mir zu Boden fiel. Das Echo meines Schusses hatte sich vervielfacht...dann plötzliche Ruhe – die Welt hielt den Atem an, die Menschenmassen, die sich gestoßen und geschoben hatten, waren zum Stillstand gekommen, als ob sie das Ungeheuerliche, meinen Meuchelmord auf einen getreuen Funktionär dieser rechtsradikalen Partei noch nicht begreifen konnten. Zugleich aber verdichtete sich in mir die Gewissheit, dass ich nicht alleine geschossen haben konnte, in mir widerhallte mein Schuss und ein, zwei weitere Schüsse wurden abgegeben...und ich beinah ungläubig wahrnahm, dass der Mann links neben uns zu Boden gestürzt war und, seine Maske hatte sich gelöst und gab das Gesicht frei, ich, wir erkannten, wer das Opfer war.

Ich erstarrte.

in diesem Augenblick, als ich wahrnahm, wie ein Mann mit Maske, der Amerikaner! die Waffe auf mich richtete, drehte sich Véronique! ja, sie hatte auf Prévot gezielt, zu mir um und deckte mich mit ihrem Körper ab. Der Amerikaner hatte geschossen. Der Schuss, der mir gelten sollte, traf sie, sie sank in meine Arme. Véronique...! Sie bewegte die Lippen, wollte mir etwas mitteilen, ich verstand nichts und beugte mich über sie: Gehen wir, flüsterte sie, lass uns gehen, bat sie mich. Wir wandten uns zur Flucht, ich musste sie fast tragen, und bahnten uns einen Weg durch die Menge, erst jetzt fiel mir auf, dass die Menschen vor uns zurückwichen, weil ich noch die Waffe in der Hand hielt. Ein Schrei aus tausend Kehlen, erst jetzt löste sich die Schockstarre, und Bewegung kam in die Menge, einige Wagemutige versuchten nun, wir hatten den Rand der Veranstaltung beinah erreicht, mir die Waffe zu entreißen und unseren Fluchtversuch aufzuhalten. Merkwürdig nur, dies fiel mir beiläufig auf, dass weder der offizielle noch der FN- Sicherheitsdienst Anstalten machten, uns behilflich zu sein bzw. unsere Flucht zu vereiteln. Die Stimme der Vorsitzenden des FN erklang, unbeeindruckt von dem, was sich hier abgespielt hatte, jetzt werden wir, die echten Franzosen, uns wie Phönix aus der Asche zu erheben...Einen Taxifahrer, der gerade seine Fracht entladen hatte, zwang ich, die hintere Wagentür zu öffnen und mir, ehe die Umstehenden uns daran hinderten, behilflich zu sein, Véronique auf den Rücksitz zu betten. Ich schwang mich auf den Beifahrersitz und nötigte den Fahrer unser Chauffeur zu sein. Fahren Sie...Leute, die sich uns in den Weg stellen wollten, sprangen zur Seite, wir rasten los - wohin? Fahren Sie! In Gedanken hatte ich meinen Fluchtweg tausendmal durchgespielt, war aber davon ausgegangen, dass mir die zugesagte Hilfe zur Seite stehen würde. Nun aber, ich hörte die Sirenen der Verfolgerfahrzeuge, mussten wir, auf uns alleine angewiesen, sehen, wie wir den Verfolgern entkommen und unsere Flucht in die Schweiz bewerkstelligen konnten. Fahren Sie schneller! Biegen Sie bei der...ab und halten Sie in der Einfahrt...wir hatten das Licht und den Motor ausgeschaltet und erlebten wie die Verfolger an uns vorbeifuhren und auf die Schnellstraßen wechselten.

Wir fuhren wieder zurück. Als wir uns, bei der Oper, einem Taxistand näherten, es standen einige wartende Taxis dort, bezahlte ich, die Waffe hatte ich eingesteckt, den erstaunten Taxifahrer. Véronique hatte sich aufgerichtet und konnte das Fahrzeug ohne fremde Hilfe verlassen. Der Taxichauffeur schaute uns kopfschüttelnd hinterher. Als er weggefahren war, ich stützte sie, bestiegen wir eine andere Droschke. Zum Gare de Lyon, der, sonst drängten sich die Menschenmassen, beinah entvölkert wirkte. Ich versuchte Véronique, die sich kaum auf den Beinen halten konnte, zu stützen, unauffällig, so dass der Sicherheitsdienst, der in diesen Tagen alle „neuralgischen Punkte" überwachte und auch hier patrouillierte, nicht aufmerksam wurde. Wir, ich gebe zu, ich hatte mich Tage vor der Wahlveranstaltung erkundigt, wann und von welchem Gleis der Zug in Richtung Schweiz abfährt, und eine Fahrkarte erstanden. Wir mussten uns beeilen, so dass keine Zeit blieb, das zweite Billet zu kaufen. Wir lösen sie im Zug nach, komm! Ich war ihr beim Einsteigen behilflich und bemerkte erst jetzt die roten Flecken an ihrer Hüfte.

Hast du Schmerzen?

Nein, es geht. Sie ließ sich auf die Sitzbank nieder, wo sich sogleich ein roter anwachsender Fleck bildete.

Wir müssen die Wunde verbinden.

Ich schnürte meinen Rucksack auf und entnahm ihm ein Unterhemd, dass ich, sie lachte, hob aber, die Jacke hatte sie ausgezogen, den Pulli hoch, schob den Unterrock beiseite und, ich erschrak, legte die Wunde frei. Ich oder wir versuchten, das Blut zu stoppen, indem wir das Unterhemd so auf die Wunde legten, dass sie sich etwas schloss, um mit dem hochgezogenen Gürtel der Hose wie dem Wundverband Halt zu geben. Der Zug hatte sich in Bewegung gesetzt. Ein Geräusch, ich hatte nichts gehört, veranlasste sie, nach dem Handy zu greifen. Eine SMS. Ich weiß nicht von wem, aber...sie hatte die Hand sinken lassen, ich griff nach dem Handy. Heute letzte Gelegenheit, das Land in Richtung Schweiz zu verlassen, ab morgen sind die Grenzen geschlossen.

Als der Zugschaffner kam, stellte sich Véronique schlafend. Ich reichte ihm mein Billet. Eine Karte für, ich deutete auf meine Freundin, möchte ich nachlösen. Er nannte den überhöhten Preis, knipste die Karte dann und ging weiter.

Wer war das? Prévot?

Sicher nicht. Armand! Du hast auf ihn geschossen, nicht wahr? flüsterte Véronique. Weil du dachtest, er hätte deine Schwester getötet.

Ja, nein, erst jetzt wurde mir bewusst, dass ich Armand nicht getroffen hatte, ich hatte nicht vorbeigezielt, ich wurde gestoßen, so dass der Schuss sich löste - und ihn verfehlte.

Habe ich Prévot erschossen? fragte ich, einerseits erleichtert, andererseits…

Nein, ich habe ihn, sie sprach ganz leise, so dass ich mich zu ihr beugen musste, getötet. Ich wusste, dass er deine Schwester umgebracht hat und dass er dich, nach dem Anschlag, erschießen wollte – und ich hatte in Erfahrung gebracht, wer er, der Vorsitzende unseres Clubs der Getreuen, in Wirklichkeit ist. Der Führer der Identitären!

Das glaub ich nicht! Ich fuhr zurück. Warum wollte er dann Armand umbringen lassen?

Das sind Macht – oder Revierkämpfe! Übrigens, ich bemerkte, wie ihr das Sprechen sichtlich schwerer fiel, Armand ist nur der Deckname. In Wirklichkeit heißt er Ph…

Ich hatte den Namen nicht verstanden, fragte aber nicht nach, ebenso wenig konnte ich mir die Rolle des Amerikaners erklären

...war dieser ein Leibwächter? Sie schüttelte den Kopf und lehnte sich zurück, so dass sie fast zum Liegen kam. Hätte ich sie nicht zu einem Arzt oder ins Krankenhaus bringen sollen? Ich machte mir Vorwürfe, wusste aber nicht, was ich tun sollte. Der Zug würde in Dijon Halt machen, sollten wir hier aussteigen? Die Blutungen hatten offensichtlich nachgelassen, Véronique hielt die Augen geschlossen, sie versuchte zu schlafen oder schlief schon, so dass ich die Gelegenheit, ich mache mir noch heute Vorwürfe, verpasste, sie behandeln zu lassen.

Vielleicht sollte ich ihr etwas zu trinken besorgen? Ich wusste, der Speisewagen lag zwei Wagons vor uns. Véronique schlief, ich konnte sie einen Augenblick alleine lassen. Der Speisewagen war kaum besetzt, drei, vier Gäste, so dass der Kellner mir meinen Wunsch sofort erfüllen konnte. Beim Verlassen des Speisewagens grüßte ein Herr, kannte ich ihn? freundlich.

Der Zug erreichte, nachdem er die Stadt hinter sich gelassen hatte, die offene Landschaft, das flache Land und unmerklich die Höchstgeschwindigkeit; nach Dijon näherte er sich der Jurazone, gebirgiger Wald wechselte mit kahlen Felsen und Schluchten, er schlängelte und mäanderte, so nannte es Jean in einem seiner Romane (Der leere Sockel?) und schraubte sich, er hatte die Geschwindigkeit (oder die Umstände hatten sie) gedrosselt, langsam in die Höhe...bis hin zur Schneegrenze!

Zurück im Abteil stand ich, die Flasche in der Hand, einem spontanen Gefühl, ihrem überwältigenden Liebesbeweis! nachgebend, vor ihr, ich wollte sie, sie hielt die Augen geschlossen, küssen, sie in die Arme nehmen, fest an mich drücken...und spürte, wie ungeschickt, ja unangebracht es war, ihr in diesem Augenblick, in diesem ihrem Zustand, zu nahe zu kommen. Ich stellte die Flasche auf dem Fensterbrett ab.

Wir hatten die Grenze noch nicht erreicht, als französische Zöllner und Sicherheitsbeamte den Zug bei einem kurzen Zwischenstopp bestiegen. Ich erschrak, fing mich aber sogleich wieder, weil ich die Pistole, die ich zunächst ich in meinen Rucksack gepackt hatte, während der Fahrt aus dem Zugfenster geworfen hatte. Véronique hatte ihre Waffe fallen lassen, als sie angeschossen wurde.

Sie kontrollieren nur die Ausweise oder Pässe, beruhigte ich Véronique. Sie schien wach zu sein, hielt aber die Augen noch geschlossen. Du musst deinen Pass vorzeigen. Sie nickte mit dem Kopf, Ihre carte identitée bitte. Zwei Sicherheitsbeamte hatten sich vor uns aufgebaut und wiederholten meine Bitte...sie war aber zu geschwächt, der Aufforderung Folge zu leisten. Ich hatte meinen Pass gereicht, den sie mit einem Namen in ihren Unterlagen verglichen. In diesem Moment war ich Armand dankbar, dass er mir eine falsche Identität hatte zukommen lassen. Ist gut. Sie reichten mir meinen Pass. Was ist mit Ihnen? Die unwirsche Frage blieb unbeantwortet. Ich mischte mich ein: Meiner Freundin geht es nicht gut, sie...

Sie sind verletzt! Die Wunde hatte wieder zu bluten begonnen. Sie brauchen einen Arzt. Wir rufen einen Krankenwagen. Er benachrichtigte über sein Handy die Erste Hilfe. Und Sie begleiten uns!

Der Zug war dicht vor der Grenze zum Stehen gekommen. Véronique war nicht in der Lage aufzustehen. Warum fiel mir aber ausgerechnet jetzt das Motiv...aus Orpheus und Eurydike ein? Ja, sagten Sie etwas? Ich hatte in meiner Verzweiflung das Motiv zu summen begonnen. Nein, es ist nichts. Die Sirene des Krankenwagens erlöste uns, mich, kurze Zeit später waren ein Arzt und ein Sanitäter herbeigeeilt.

Sie haben eine Schussverletzung, stellte der Arzt fest. Sie müssen dringend ins Spital. Die Beamten des Sicherheitsdienstes schauten sich an. Das müssen Sie uns erklären! Einer der Beamten telefonierte mit seinem Handy. Der Sanitäter hatte seine Kollegen, die vor dem Krankenwagen warteten, informiert, die nun mit einer Transportliege auftauchten und die Schwerverletzte anhoben und vorsichtig auf die Bahre legten.

Kann ich sie begleiten? fragte ich.

Zunächst einmal kommen Sie mit uns mit. Ein Herr in Zivil, der hinzugetreten war, der Chef? Sie sind uns eine Erklärung schuldig. Kaum waren wir ausgestiegen, setzte sich der Zug in Bewegung, Der letzte, der die heute noch offene Grenze passierte.

Im nahegelegenen Büro des Zolls, das jetzt für die Grenzbeamten freigemacht worden war, musste ich zu den Fragen allgemeiner Art, nach den persönlichen Daten, Reisegrund, Reiseziel usw., Auskunft geben. Indessen verschwanden zwei Beamte mit meinem und Véroniques Rucksack in einem Nebenraum. Und jetzt, Duval, Monsieur Duval, stellte sich der „Herr" vor, er lächelte, jetzt sagen Sie uns, er streifte mit einem kurzen Blick zwei Kollegen, die an der Tür standen, was es mit der Schussverletzung auf sich hat. Von irgendwoher, kam es mir vor, kannte ich ihn oder hatte ihn schon einmal gesehen. War es jener Herr im doppelreihigen Anzug im Speisewagen, der, bildete ich mir dies ein, zuerst gegrüßt hatte? Ich hatte, da ich wusste, dass ich oder wir dies irgendwann erklären mussten, versucht, mir eine Antwort zurechtzulegen, die mich selbst nicht befriedigte. Wir waren, beantwortete ich zunächst wahrheitsgemäß, kurz vor unserer Abreise auf einer Kundgebung gewesen.

Auf einer Kundgebung? Sie meinen das Fest des Patriotismus? Hier können die Franzosen, wir beweisen, dass wir Patrioten sind! Sie sind Franzose? Er blätterte in meinen Unterlagen. Und Patriot?

Ich, stammelte ich...Patriot.

Sie reisen viel, stellte Duval fest. Sie sind überall zu Hause. Jetzt hätten Sie Gelegenheit gehabt, ihren Patriotismus zu beweisen - und schon wieder laufen Sie weg. Warum?

Irgendwo entstand eine Reiberei zwischen Besuchern der Kundgebung und Sicherheitsbeamten, die ausartete, als die Kugel, ein Irrläufer! meine Freundin traf. Wie gesagt, kurz vor unserer Abreise. Sie schien den Schuss anfangs kaum bemerkt zu haben, erst auf der Fahrt im Taxi zum Bahnhof begann die Wunde zu bluten, die sie aber mit einem Taschentuch stillen konnte. Im Zug, auf der Fahrt hierher, wurde uns bewusst, wie schwer die Verletzung war...ich sprach nicht weiter, die Beamten hatten zu lachen begonnen. So, Duval, der das Verhör leitete, sah mich durchdringend an, dann lächelte er, jetzt, forderte er mich auf, erzählen Sie uns, wie es sich wirklich zugetragen hat. Ich blickte in das lächelnde Gesicht, dann, mein Blick glitt nach oben, nahm ich wahr, wo das Lächeln ursprünglich zu Hause war? Über ihm schwebte auf einem großen Gemälde, engelmäßig, die Vorsitzende des FN, Le Pen – und lächelte.

Ich blieb bei meiner Version, konnte aber nicht glaubhaft machen, dass wir, nicht wahr, Sie sind doch Patrioten? den Grund nicht angeben konnten, warum wir die große vaterländische Demonstration verlassen hatten, sodann, dass meine Freundin den Schmerz und die Wunde, als die Kugel, die sie getroffen hatte, nicht gespürt haben wollte. Unverständlich auch, setzte mir

Duval auseinander, dass wir, der Vorwurf galt mir, der Zug habe ja einige Male gehalten, nicht ausgestiegen wären und ein Krankenhaus aufgesucht hätten. Ich schwieg.

Wir setzen das Verhör morgen fort, Sie können sich überlegen, was Sie uns dann zu sagen haben. Ich muss sie leider in Untersuchungshaft nehmen.

Ohne richterliche Anordnung und ohne Chance, meinen Anwalt zu konsultieren?

Die Tür öffnete sich und eine Sekretärin? ebenfalls in Uniform, trat ein und flüsterte Duval etwas ins Ohr und überreichte ihm eine Zeitung.

Ist gut, danke.

Sie haben Glück, alle Zellen sind belegt. Wir bringen Sie im Bahnhof - Hotel unter, Sie halten sich für uns zur Verfügung. Wir postieren einen Wachmann vor ihrer Tür.

Ja, eröffnete er mir weiter, Ihre Freundin hat bestätigt, dass sie auf der Wahlveranstaltung, er schwenkte eine Zeitung, ich konnte nicht genau erkennen, die Abendausgabe oder ein Extrablatt? von Le Monde? angeschossen wurde. Auf der Veranstaltung wurde auch ein bekannter Politiker des FN erschossen…ein Leibwächter habe, er las vor, heißt es hier, ich stutzte, das Feuer erwidert und den Attentäter getroffen. Der Attentäter konnte mit Hilfe eines Helfers entkommen.

Sie wussten davon…

Sie wollten sich so schnell wie möglich in die Schweiz absetzen! – Seien Sie ehrlich: Sie haben nur an sich gedacht. Er blickte mich wieder durchdringend an. SIe haben uns nichts zu sagen? Ihre „Freundin" ist schwer verletzt...

Kann ich sie sehen?

Sie haben, er fixierte mich, mit ihrer Gesundheit, vielleicht mit ihrem Leben gespielt. Sie muss, sobald sie transportfähig ist, ins Krankenhaus von Dijon überführt werden.

Ich erinnere mich, zwei Gendarmen begleiteten mich ins nahegelegene Hotel. Das Hotel wirkte wie ausgestorben, einer der Gendarmen hatte den Schlüssel besorgt, ich bezog ein Zimmer im ersten Stock.

Die Wache blieb vor der Tür stehen. Ich warf mich auf das Bett, das wie eine Pritsche in einer Zelle aussah, konnte aber keinen Schlaf finden, In meinem Kopf drehte sich alles, meine Gedanken verfingen sich in einer Müdigkeitsschleife. Dämmerte es mir, dass ich hätte liquidiert werden sollen? Ich zappelte wie in einem Netz von aufgestellten Widersprüchen---von wem aber kam die Nachrächt, dass die Grenzen um Mitternacht geschlossen würden?

Ich machte mir Vorwürfe wegen Véronique, die um ihr Leben kämpfte. Und immer wieder Fragen, dieselben Fragen: Warum war Véronique auf der Wahlveranstaltung, nahe bei mir? Woher wusste sie, wer Auszuschließend, der renommierte Autor zahlreicher Geschichten, Manifeste der Würde! in Wahrheit! war, dass er ein Doppelleben führte? Wie erkannte sie ihn hinter der Maske? Und warum, ich stockte, erschoss sie ihn einfach? Und warum stellte sie sich schützend vor mich, als der Amer0ikaner auf mich zielte? Was war das Motiv des Amerikaners? Vielleicht weil ich Armand, der nicht Armand war, bzw. nicht Armand hieß, sondern in Wahrheit...? erschießen wollte?

Dann erhob ich mich, mein Magen machte sich bemerkbar, ich hatte seit dem frühen Morgen nichts mehr gegessen und getrunken. Ich war ans Fenster getreten und beobachtete die untergehende Sonne, die den Himmel mit den wie aufgeblasen wirkenden Wolken blutrot geschwängert hatte, als hätte ein Maler mit dem Pinsel hingetupft und sei dann in breiten, dicken Streifen immer wieder über die Leinwand gefahren...unter mir, ich hatte das Fenster geöffnet, ein Anbau, mehr ein Schuppen, auf den ich von meinem Zimmer aus gefahrlos heruntersteigen könnte. Gewiss stand eine Wache vor der Tür, die sicherstellen sollte, dass ich das Zimmer unkontrolliert nicht verlassen konnte. Ich stellte mir vor, wie sie mich zur Toilette begleitete, an meiner Seite stehen blieb, während ich meine Notdurft verrichtete, dann mich nicht aus den Augen ließ, wenn ich mein Abendessen, vorausgesetzt, es gab etwas in diesem Provinznest, zu mir nähme, vielleicht neben mir den Platz wählte und jeden Bissen, den ich in den Mund steckte, mit gierigem Blick verfolgte. Ich öffnete die Tür, ich musste nicht reden, der Wachmann nickte mit dem Kopf, ließ mich vorausgehen und folgte mir in den Speisesaal, wo er sich, ich dankte ihm insgeheim, auf einem Stuhl nahe dem Ausgang niederließ. Zwei weiteren Gästen, die für einen Moment aufblickten, als wir den Speisesaal betraten, wurde soeben das Essen serviert, der eine legte die Zeitung weg, bitte, Monsieur Blanc, schaute kurz zu mir herüber und wollte zu essen beginnen, als er mich noch einmal ins Visier nahm, auf die Zeitungsseite blickte, auf der ich, ein Foto von mir? allem Anschein nach abgebildet war, dann den Wachmann entdeckte, kurz lächelte und sich seinem Essen zuwandte. Die Kellnerin kam auf mich zu: Was möchten Sie? Die Speisekarte bitte. Wir haben keine Karte. Sie können zwischen zwei Gerichten wählen: citeau dàgneuix oder assiette de crudités, roti de porc...Ich hatte weder auf das eine noch das andere Gericht Appetit, aber der Hunger...ich entschied mich für das zweite Angebot, das mir wenig später und, wie ich feststellte, zum wiederholten Male wieder aufgewärmt, serviert wurde. Den Wein immerhin konnte man trinken, ein geschmackvoller Tischwein.

Ich erinnere mich, dass ich während des Essens, das ich anfangs hinunterschlang, bis der erste Hunger gestillt oder der Sättigungsgrad erreicht war, die Topographie des Hotels, seine Ausgänge, studierte bzw. mir seine Lage, die Verbindungswege Richtung Osten ins Gedächtnis rief und dankbar war, dass der Winter bisher noch keine Spuren hinterlassen hatte. Wie aber sollte ich meinem Wachmann, der, er konnte ein Gähnen nicht unterdrücken, seine Sache mit mäßigem Eifer betrieb, entwischen können, ohne dass er Verdacht schöpfte? Die einzige Möglichkeit war die Flucht durch das Fenster – merkwürdig, dass man mich, ich unterdrückte mein Misstrauen, in einem Zimmer untergebracht hatte, dass, strategisch gesehen, diesen Ausweg bot. Ich nickte meinem Wachmann freundlich zu, als ich, nachdem ich gegessen und getrunken hatte, an ihm vorbei mein Zimmer im ersten Stock aufsuchen wollte. Er folgte mir und nahm auf einem Stuhl, den man ihm hingestellt hatte, vor meiner Zimmertür Platz. Ich konnte die Tür nicht abschließen, der Schlüssel fehlte – war dies Absicht, um sich jederzeit meiner Anwesenheit zu vergewissern oder regional verantwortete Nachlässigkeit? Nein, erinnerte ich mich, der Wachmann hatte den Schlüssel von außen ins Schloss gesteckt. Ich hatte, indem ich mich mucksmäuschenstill verhielt, vorsichtig das Fenster geöffnet: einige halbblinde Gaslaternen, die sich wie erdnahe Sterne, umwölkt vom Bodennebel, bemühten, die stockdunkle Nacht zu durchdringen; die erleuchteten Fenster einiger benachbarter Häuser hingegen erschienen mir wie die Augen von Spionen. Meine Habseligkeiten, die ich ausgepackt hatte, verstaute ich zurück in meinen Rucksack und legte mich auf die Pritsche.

Ich wartete vielleicht eine halbe Stunde, ehe ich mich ans Fenster schlich, den Rucksack umschnallte und hinauskletterte und mich hinunterhangelte, bis ich mit den Fußspitzen das Dach des Schuppens erreichte, die Festigkeit des Dachs prüfte, mich bis an das Dachende vortastete und mich dann auf den festen Boden hinuntergleiten ließ. Ich drückte mich seitab von einem Weg in den „Schatten" eines dichten Buschwerks; an einer Weggabelung, außerhalb der Ortslichter betrat ich den Weg, der in Richtung Osten, das hieß Schweizer Grenze, von der ich ungefähr, wie ich schätzte, fünf bis acht Kilometer entfernt war, führte. Ich vertraute meinem Orientierungssinn und strebte einem Waldstück zu, das mich wenig später schluckte, so dass ich mich vor möglichen Verfolgern oder Grenzbeamten sicher fühlen konnte. Jeder Schritt war ein Schreiten ins Ungewisse, da ich infolge der Finsternis und des Bodennebels kaum etwas sehen konnte. Ich stolperte mehr, als dass ich aufrecht zu gehen vermochte. Erst als der Mondschein durch die Wolken brach, konnte ich in seinem Abglanz wieder den Weg erkennen. Ich hatte vielleicht eine halbe Stunde Fußmarsch zurückgelegt, als ein Geräusch? ich erschrak, beruhigte mich aber sogleich, ein Wild? dann ein Schuss, ich fuhr zusammen, die Anwesenheit anderer Menschen meldete. Ein weiterer Schuss, der unweit von mir einschlug, menschliche Stimmen, Lachen, die Jäger oder Grenzbeamten? meine Verfolger? und Hundegebell, näherten sich mir. Ich suchte seitab vom Weg im Unterholz bzw. dem dichten Buschwerk Schutz, duckte mich, als die Lichtkegel starker Scheinwerfer die Spuren meines Fluchtweges abtasteten, hastete weiter, je näher die Stimmen heranrückten, ja, ich konnte sie nicht nur unterscheiden, auch verstehen, Duval, der Gast: Der muss hier in der Nähe sein, wir finden ihn! Und: ein Lichtkegel erfasste mich, ich warf mich auf den Boden, gleich danach hallte ein Schuss, der mich knapp verfehlte, durch den Wald. Ich hatte keine Zeit zu überlegen, ich sprang auf, rannte, allen Hindernissen ausweichend, im Zickzackkurs vorwärts, stolperte, nein, fiel in eine Kuhle, in der ich, schwer atmend, unfähig, mich wieder aufzurichten und weiter zu fliehen, liegenblieb. Ein Schuss, in meine Richtung abgegeben, scheuchte das Wild, ein Reh? auf, das, die Hunde hatten die neue Spur aufgenommen, meine Verfolger ablenkte, und ich hörte, wie die leiser werdenden Stimmen, der darf uns nicht entkommen! dem vermeintlichen Flüchtling auf der Spur, sich langsam entfernten.

Ich kletterte, die Knie zitterten mir noch, aus meiner Kuhle, streifte das nasskalte Laub, das sich an meinen Kleidern festgehangen hatte, ab, befreite mich von dem Gestrüpp und versuchte, mich neu zu orientieren. Ein Schuss, in der Ferne abgegeben, bedeutete mir, die entgegengesetzte Richtung einzuschlagen, ohne mein Ziel, die Schweizer Grenze aus den Augen zu verlieren und sich ihr, in einem weiten Bogen, zu nähern. Irgendwann, es war kurz vor Mitternacht, lichtete sich der Baumbestand, Felder und Wiesen breiteten sich vor mir aus, in der Ferne, malte ich mir aus, blitzten Lichter auf, nein, durchdrangen schwach die Nebelwand, eine Straße oder eine menschliche Besiedelung, vielleicht, nein gewiss eine Verheißung: La Chaux - de- Fonds! Frankreich lag hinter mir, die Schweiz breitete sich wie ein Gericht auf dem Silbertablett vor mir aus.

Der Weg vor mir krümmte sich, lief in einer langen Geraden weiter und wand sich dann sanft in Richtung Osten. Ich passierte eine kleine Brücke, musste dann den Weg, der im Niemandsland zu enden schien, wieder neu entdecken. War dies eine Fortsetzung oder ein anderer Weg, der, wie mir schien, nun auf einmal parallel der Grenze verlief? Plötzlich, ein kleiner Baumbestand, Obstbäume hatten mir die Sicht versperrt, lief vor mir eine Straße, die ich soeben überqueren wollte, als das Geräusch einer, wie ich im nachhinein, ich hatte mich hinter den Bäumen versteckt, beobachten konnte, kleinen Wagenkolonne, die sich in Richtung der fernen Lichterstadt bewegte und die meine Aufmerksamkeit fesselte. Es waren, ich hatte im Scheinwerferlicht der nachfolgenden Fahrzeuge die Nummernschilder lesen können, französische Grenzeinheiten, die Fahrt auf den offiziellen Grenzübergang nahmen. Wenig später, ich hatte querfeldein das vom Frost gehärtete Erdreich einiger Äcker und Wiesen überquert, stand ich vor der mit den Landesfarben bewimpelten Hofeinfahrt eines Bauerngehöftes – Hundegebell als Begrüßung einer anderen, sicheren Welt.

Chateaubriand behauptete von sich: Ich habe Geschichte gemacht und vermochte, sie zu schreiben. So vermessen, ich glaube, ich darf auch, liebe Véronique, in deinem Namen sprechen, sind wir nicht. Ja, ich hatte mir Notizen gemacht und legte nun, danke Walter für den Tee, den Stift beiseite. Mein Gastgeber hatte mir für unbefristete Zeit ein kleines Zimmer in seinem Haus, einer Perle inmitten eines riesigen Anwesens, von dem man in der Ferne die Lichtwolke, eine im Dunst der Großstadt schwimmende Feinstaubschicht, über Zürich wahrnehmen konnte, zur Verfügung gestellt. Ich war ein gesuchter Mann. In den TV – Kanälen Frankreichs wie der Schweiz, ich bin mir sicher, auch in den anderen Nachbarländern, wurde meiner Beteiligung an der Ermordung eines einflussreichen politischen Funktionärs der französischen Rechten gedacht und es wurden internationale Fahndungsfotos verschickt. Die Komplizin habe man festnehmen können, sie befinde sich in einem Gefängnisspital und ringe aufgrund einer Schussverletzung mit dem Leben. Der eigentliche

Drahtzieher dieses Anschlags habe sich, trotz umgehend eingeleiteter Großfahndung, ins Ausland absetzen können und werde nun mit internationalem Haftbefehl gesucht. Ja, ich bin meinen Häschern, die, wie in einem abgekarteten Spiel, eine Art Schnitzeljagd auf mich unternommen hatten, entkommen und muss nun, Gott, ich will nichts, nicht meine Beteiligung, meine Bereitschaft zum Tyrannenmord, darauf lege ich Wert, auch wenn mir dies im nachhinein leid tut, ich mich meiner eigenen Verblendung, mich mit diesen Politgangstern eingelassen zu haben, ja meiner Bereitschaft, jemanden zu ermorden, schäme, verklären. Aber wenn Sie Frankreich, wenn Sie die Wahrheit! lieben, dann hören Sie mich an bzw. lesen diese Zeilen, die ich seit Wochen zu Papier bringe – auch um meine Schuld und Unschuld zu dokumentieren.

Ich hatte Bekannte in La Chaux - de -Fonds, die ich aber mit meiner Verwicklung in dieses Attentat, meinem Verhängnis! nicht in Schwierigkeiten bringen, und die ich nicht zu Gewissensbissen nötigen wollte. Mit der Bahn gelangte ich über Neuchatel nach Lausanne, gerade noch rechtzeitig, wie ich hoffte, zur Trauerfeier meines verstorbenen Freundes. Sophie, die ich nach einer telefonischen Voranmeldung besuchte, hatte die Trauerfeier, die in den nächsten Tagen angesetzt war, zu meiner Überraschung ins Münster nach Bern verlegen lassen: Die Kinder und Enkelkinder wohnen und arbeiten dort. Du musst mir nichts erzählen, sagte sie, als ich außer meiner Teilnahme an der Trauerfeier den Grund meine Anwesenheit erklären wollte, und legte ihren Finger auf meinen Mund, ich weiß Bescheid. Um deine „Komplizin" tut es mir leid, Deine Freundin? fragte sie, als sie mir in die Augen blickte. Ich hoffe, sie überlebt.

Jean, Du musst mich entschuldigen, während der Trauerfeier - viele Leute waren gekommen, meine Befürchtung, Schriftsteller,

Dichter, wie viele kannte ich! würden kommen und ich müsste Rechenschaft abgeben, erfüllte sich nicht – während der Feierstunde, von einer geistlichen Freundin deiner Frau und den Enkelkindern gehalten, weilten meine Gedanken unablässig bei dir, Véronique – ich hoffte inständig, dies sei keine Vorwegnahme, ich, Tränen stürzten mir aus den Augen, schluchzte laut auf - ach, wenn ich solcher Regungen, solcher Entlastungen! in denen sich der Schmerz auf heilende Wirkung entlädt, fähig gewesen wäre! ich saß stumm und wie gefühllos auf meinem Platz in der hintersten Reihe, stand auf, wenn sich die Gemeinde zum gemeinsamen Gebet, Jean, Du warst Atheist! erhob, setzte mich wieder, wenn die Gemeinde sich setzte, und drückte nach der Trauerfeier den Familienangehörigen, Kindern und Enkelkindern mit einem Händedruck noch einmal mein Beileid aus.

Dem Leichenschmaus blieb ich fern. Erst jetzt ward ich meiner Betroffenheit, meines Schmerzes inne - und fragte mich, ich machte mir Vorwürfe, ob meine Flucht, die mich von dir, Véronique, entfernte, die richtige Entscheidung gewesen war. Hätte ich nicht die Schuld auf mich nehmen sollen? Hatte nicht auch ich einen Schuss abgegeben? Du hast dein Leben aufs Spiel gesetzt, du musst die Verantwortung tragen - worauf ich mir, auch im Nachhinein, keinen Reim machen konnte. Was hat dich, Véronique, veranlasst, Prévot zu erschießen? Gut, du sahst in ihm den Initiator dieses Komplotts; woher wusstest du, hinter welcher Maske er sich verbarg? Welche Rolle spielte der Amerikaner? In wessen Auftrag? handelte er? War das Ganze ein abgekartetes Spiel, von Armand eingefädelt? Oder war die Erschießung Prévots dem Zufall geschuldet, hattest du, dies tat dem M o r d keinen Abbruch, recht, wenn du sagst, dies sei auf unsere Kosten, ein abgekartetes Spiel gewesen? Und unsere Flucht, wieviel sprach dafür! keine Sekunde waren wir, Véronique, außer Kontrolle! für die Verfolger ein Spaß?! Und mein Ausbruch aus meiner Gefängniszelle im Hotel…? Wie leicht hatte man mir das gemacht! Und das alles, um sich an meinen Ängsten - zu weiden. Man hatte mir einen Vorsprung gelassen, das Halali mit Hunden in der Grenzregion! nach der aufkeimenden Hoffnung und der – beinahe - mit Genugtuung glückenden Flucht sollte ich - mundtot gemacht, zum Schweigen gebracht werden! Man, wer war Man? Prévot, Armand? hatte meinen Tod von Anfang an geplant! Und nun? war ich sicher oder waren schon Mörder gedungen, die mich…? oder bildete ich mir das nur ein? Unsere „Aktion", Véronique, ein kleiner, unbedeutender Schachzug, der im Augenblick, und nur jetzt, einen, seinen Zweck erfüllt?

Ich hatte die ersten Tage nahe Zürich bei einem befreundeten Ehepaar Zuflucht gefunden. Karl, ein Künstler, der in seinen Bildern den Landschaften seiner Heimat ein Ewigkeitsdenkmal schuf. Huldigt Baudrillard dem Verschwinden der Personen, der Dinge und Ideen wie der Einbildungen, entfachte K. einen Kosmos seiner Leidenschaft, wobei er es vermied, figurativ zu abeiten—auch wenn die Landschaft, ihrem Urzustand entrissen, gestaltete, zivilisierte Natur, die beste aller Welten! war.

Ich wollte den Freunden nicht zur Last fallen, geschweige denn, sie in Gefahr bringen – tust du nicht, aber, eröffnete K. mir, ich habe eine Idee, ein Freund von uns wohnt oberhalb unseres Ortes, dort kannst du für einige Zeit unterkommen…so landete ich bei Walter, der mir uneigennützig Zuflucht anbot und, ohne mich mit Fragen in Verlegenheit zu stürzen, gewähren ließ.

20.2.17

Liebe, geliebte Véronique,

ich hoffe, du lebst! Und wirst wieder gesund! und Jean – Pierre kann dir diesen Brief übermitteln. Ich bin in Sicherheit, aber willens, wenn es die Umstände verlangen und ich dir mit meiner Aussage helfen kann, nach Paris zurückzukehren, gegen das Versprechen, dass man mir nicht nach dem Leben trachtet.

Du weißt, ich bin dir sehr verbunden.

Dein N.

Ich warte auf Antwort.

Ich warte noch immer.